Het korte maar wonderbare leven *van* OSCAR WAO

OSCAR

Junot Díaz

Het korte maar wonderbare leven *van*

Vertaald en van een glossarium voorzien door Peter Abelsen

MOURIA

De dichtregels op pagina 9 zijn afkomstig uit 'The Schooner "Flight"' (uit: *Collected Poems 1948-1984*). © 1986 Derek Walcott, by permission of Farrar, Straus and Giroux, New York

Oorspronkelijke titel: *The Brief Wondrous Life of Oscar Wao*
Omslagontwerp: gray318

ISBN 978 90 458 0008 0
NUR 302

www.mouria.nl

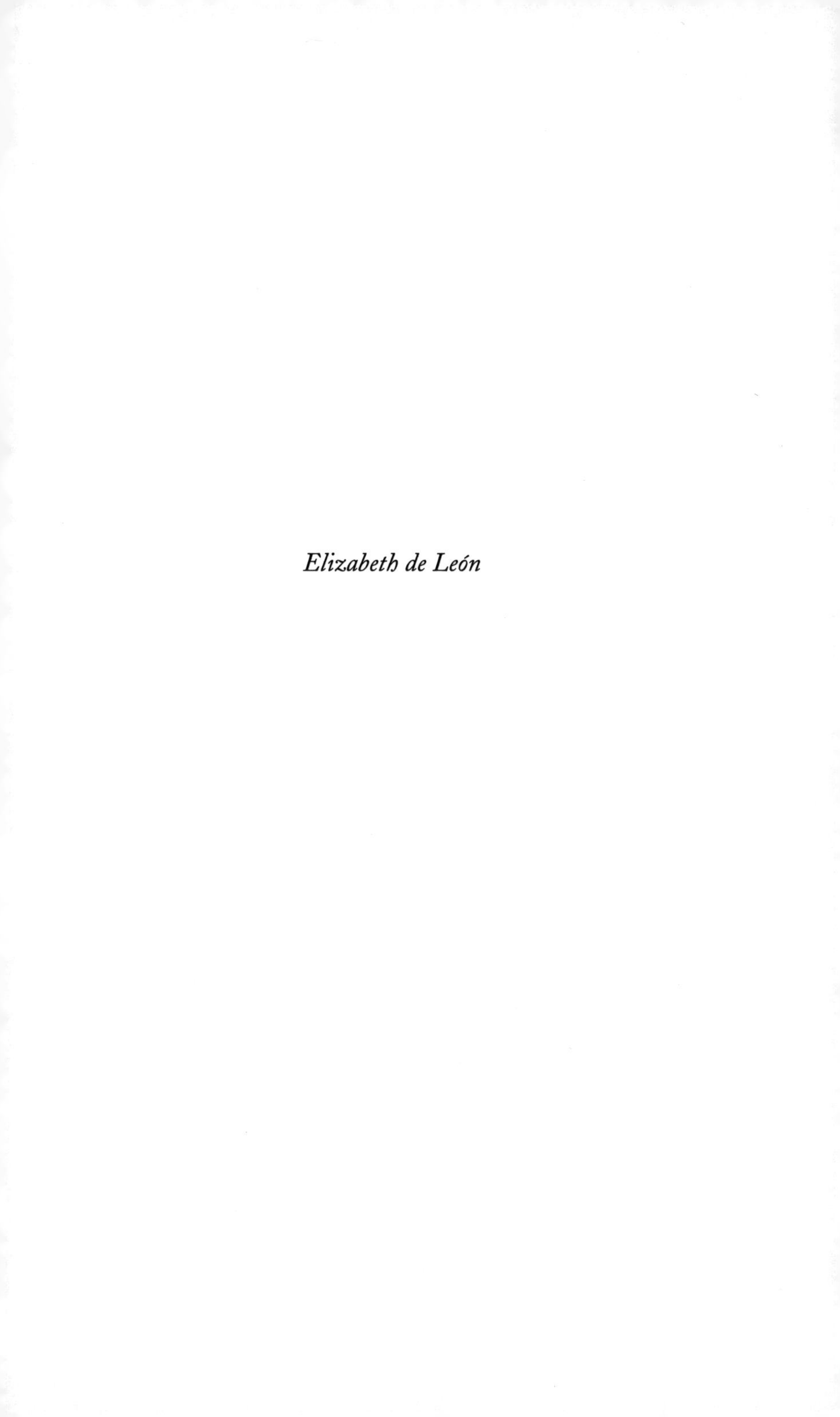

Elizabeth de León

'Van welk belang zijn deze korte, naamloze levens...
VOOR GALACTUS??'

Fantastic Four
Stan Lee en Jack Kirby
(Vol. 1, # 49, april 1966)

God sta alles bij wat slaapt!
van de hond die kwijnt in Wrightson Road
tot toen ik als een hond door deze straten zwierf;
als liefde voor deze eilanden mijn last moet zijn,
ontstijgt mijn ziel aan het verderf.
Maar zij strooiden gif in mijn ziel
met hun grote huis, grote kar, grootheidswaan,
koelie, nikker, arabier en creool,
dus liet ik het hun en hun kabaal –
ik die in zee baad, ik die ging.
Ik ken deze eilanden van Monos tot Nassau,
zeeman, roodkop met zeegroene ogen,
die zij Shabine noemen, hun woord voor
alle rooie nikkers; en ik, Shabine, zag het
toen dit sloppenrijk het paradijs was.
Ik ben maar een rooie nikker en hou van de zee,
mijn opvoeding was gedegen koloniaal,
ik draag Hollands, nikker en Engels in mij,
en ben hetzij niemand, of een volk.

DEREK WALCOTT

Ze zeggen dat het zijn oorsprong had in Afrika, dat het werd meegevoerd op het gekerm van de slaven in de scheepsruimen, en dat het lot van de Taíno erdoor bezegeld werd. Een kwaad dat tot aanzijn werd geroepen tijdens het sterven van een oude wereld en de geboorte van een nieuwe. Een demon die door de onheilsdeur sloop die in de Cariben op een kier werd gezet. Fukú noemen ze het. Een onontkoombaar noodlot, een vloek, een doem. Voluit: de Doem van de Nieuwe Wereld (*Fukú americanus*). In de volksmond: de fukú van de Admiraal, omdat de grote zeevaarder er niet alleen de brenger van was, maar ook een van de eerste slachtoffers. Hij mocht zich de Ontdekker van de Nieuwe Wereld noemen, de Admiraal der Oceanen, maar hij stierf uiteindelijk onder erbarmelijke omstandigheden aan syfilis, met bovenaardse stemmen in zijn hoofd, zeggen ze. In Santo Domingo, het Land Van Zijn Hart (Oscar zou het op het eind het knekelveld van de nieuwe wereld noemen), is zijn naam onlosmakelijk verbonden met beide soorten fukú, de grote en de kleine. Met het uitspreken van die naam, of zelfs maar het horen ervan, kun je rampspoed over jouzelf en de jouwen afroepen.

Hoe de fukú ook geduid wordt, niemand betwist dat hij ontkiemde doordat de Europeanen op Hispaniola neerstreken – en dat we sindsdien allemaal de lul zijn. Santo Domingo mag er dan de voedingsbodem van geweest zijn, de Doem leeft in ons allen voort, of we het beseffen of niet.

Denk niet dat de fukú alleen maar folklore is, een griezelverhaal uit de ouwe doos, dat allang geen angst meer aanjaagt. Voor mijn ouders was het nog zo echt als wat. Iets waar je dag in dag uit mee leefde. Iedereen kende wel iemand die de prooi van een fukú was geworden, zoals iedereen wel iemand kende die in het Palacio werkte. De lucht was er zwanger van, zou je kunnen zeggen, al was het, zoals alles wat ertoe deed op het eiland, iets waar mensen het liefst hun mond over hielden. Maar verzwegen of niet, de fukú floreerde in die dagen, vooral omdat we iemand hadden die er zo'n beetje de belichaming van was: onze dictator-voor-het-leven Rafael Leónidas Trujillo Molina.[1] Niemand wist of Trujillo dienaar of meester was, of

1 Voor wie op school zijn halve lesminuut Dominicaanse geschiedenis heeft gemist: Trujillo, een van de beruchtste dictators van de twintigste eeuw, heerste tussen 1930 en 1961 op wel zeer meedogenloze wijze over de DR. Hij was een gedrongen mulat met een sadistische inborst en glimmende varkensoogjes, die zijn huid bleekte, enorme plateauzolen droeg en een voorliefde had voor versierselen uit de tijd van Napoleon. Zijn erenaam was El Jefe. Zijn vele bijnamen varieerden van De Mislukte Veedief tot Rotkop. Trujillo had een ijzeren greep op ieder aspect van het politieke, culturele, sociale en economische leven; een controle die hij afdwong met een krachtig mengsel van geweld, intimidatie, bloedvergieten, verkrachting, afpersing en terreur. Een typisch Latijns-Amerikaanse caudillo, denk je wellicht, maar zijn macht had dimensies die maar weinig historici in woorden hebben kunnen vatten. En dat is geen wonder, want El Jefe tartte het voorstellingsvermogen. Hij was onze Sauron, onze Darth Vader, onze Darkseid, onze Alleenheerser Voor Nu En Altijd. Of nee, hij was meer dan dat – een zo bizar personage, zo verdorven, zo boosaardig, dat geen fantasyschrijver hem had kunnen bedenken. Hij bestond het om de namen van *alle* bezienswaardigheden in de DR ter ere van hemzelf te veranderen (Pico Duarte werd Pico Trujillo; Santo Domingo

hij de fukú kon sturen of dat hij erdoor geleid werd, maar één ding stond voor iedereen vast: er was een *hechte* band tussen die twee. Er werd geloofd, zelfs in intellectuele kringen, dat je het smeden van plannen tegen Trujillo met een fukú van jewelste zou bekopen, met een vloek die minstens zeven generaties boven je familie bleef hangen. Je hoefde maar iets lelijks over hem te denken of *fuá*, een orkaan veegde jou en de jouwen de zee in, *fuá*, je werd geplet door een rotsblok dat zomaar uit de lucht kwam vallen, *fuá*, de garnalen die je vandaag at waren de buikinfectie waar je morgen aan bezweek.

Het verklaart waarom elke aspirant-aanslagpleger voortijdig het loodje legde. Het verklaart waarom zij die hem ten slotte

de Guzmán, de oudste stad van de Nieuwe Wereld, werd Cuidad Trujillo). Hij had het monopolie op ieder onderdeel van het nationale erfgoed (wat hem een van de rijkste mannen ter wereld maakte). Hij wist een van de omvangrijkste militaire apparaten van het westelijk halfrond op te bouwen, compleet met bommenwerpers. Hij misbruikte zowat iedere lekkere meid en elke mooie vrouw op het eiland, de echtgenotes van zijn ondergeschikten incluis (werkelijk waar, honderden zo niet duizenden vrouwen). Hij verwachtte, nee *eiste*, niets minder dan de totale en onvoorwaardelijke aanbidding van zijn pueblo – onnodig te zeggen dat de nationale leuze 'Dios y Trujillo' luidde, en dat hem schier bovennatuurlijke gaven werden toegedicht. Bij openbare gelegenheden werd iedere gast geacht een heildronk op hem uit te brengen. Hij bestuurde zijn land als was het een opleidingskamp voor mariniers en had de gewoonte om vrienden en vertrouwelingen zomaar uit hun positie te zetten en van hun bezittingen te ontdoen. Dus ga maar na hoe hij met vijanden omging.

Een greep uit zijn erelijst. De genocide, in 1937, op de Haïtiaanse en Dominicaans-Haïtiaanse gemeenschap. De langste en bloedigste door de VS gesteunde dictatuur op het westelijk halfrond (en da's niet zomaar een record, want het tolereren van door de VS gesteunde dictators is in ons deel van de wereld een olympische sport; de chilenos en argentinos nemen nog altijd hun petje voor ons af). Het creëren van de eerste moderne kleptocratie (Trujillo was Mobutu voordat Mobutu Mobutu werd). Het stelselmatig omkopen van Amerikaanse senatoren. En als laatste maar niet minste wapenfeit: hij smeedde de Dominicaanse bevolkingsgroepen tot één natie (wat zijn Amerikaanse opleiders in geen acht jaar bezetting voor elkaar hadden gekregen).

toch om zeep wisten te helpen, stuk voor stuk op een gruwelijke manier aan hun eind kwamen. En wat te denken van Kennedy? Hij was het die het groene licht gaf voor de moord op Trujillo in 1961. Hij liet de CIA er de wapens voor naar het eiland smokkelen. En dat had hij beter niet kunnen doen. Want zijn spionnen hadden verzuimd hem iets te melden wat iedere Dominicaan wist, van de rijkste jabao in Mao tot de armste güey in El Buey, van de oudste anciano sanmacorisano tot de jongste carajito in San Francisco: hij die Trujillo zou doden, belastte heel zijn familie met een fukú waar het lot van de Admiraal bij in het niet viel. Wil je het ware antwoord op de vraag van de Warren Commission, *Wie vermoordde JFK*? Welnu, in mijn hoedanigheid van Aandachtig Waarnemer kan ik het je voor eens en altijd geven. Het was niet de maffia of de KGB of het spook van Marilyn Monroe. Het waren geen aliens. Het was geen eenzame sluipschutter. Niet de gebroeders Hunt uit Texas, niet Lee Harvey Oswald, niet de Trilateral Commission. Het was Trujillo – het was de fukú.

De *Curse of the Kennedy's*? Fukú.[2]

En wat dacht je van Vietnam? Heb je je weleens afgevraagd hoe 's werelds grootste supermacht het onderspit kon delven tegen een nietig derdewereldlandje als Vietnam?

Misschien interessant om te weten: in de tijd dat de VS hun aanwezigheid in Vietnam begon op te schroeven, besloot JFK's opvolger LBJ tot een onwettige invasie van de Dominicaanse Republiek (24 mei 1965). Deze 'democratisering' van Santo Domingo werd een eclatant militair succes, en de eenheden die er deel aan hadden genomen, werden direct doorgestuurd naar

2 Voor complotliefhebbers: Op de avond waarop John Kennedy Junior zijn vriendin Carolyn en haar zus Lauren mee uit vliegen nam en met zijn Piper Saratoga in zee stortte (fukú), stond Providencia Parédes, dominicana en al jaren dienstmeid van de Kennedy's (ze was de favoriet van John-Johns vader), in het huis op Martha's Vineyard John-Johns lievelingsgerecht te maken: chicharrón de pollo. Maar de fukú duldt geen disgenoten.

Saigon. En wat dacht je dat die soldaten, technici en inlichtingsofficieren met zich meenamen in hun bepakking, in hun koffers, in hun borstzakken, in hun neushaar, in de droge modder onder hun schoenen? Juist. Een presentje van mijn volk aan Amerika, een bescheiden vergelding voor een vuile oorlog. Fukú. Zowat een halve eeuw voor Irak was Santo Domingo al Irak.

Da's belangrijk om te weten, weet je. Dat fukú niet altijd inslaat als de bliksem. Soms werkt hij heel langzaam, ga je er stukje bij beetje aan kapot, zoals de Admiraal of de VS in de rijstvelden van 'Nam. De ene keer gaat het snel, de andere keer langzaam. Dat hoort nu eenmaal bij het mysterie. Maar van één ding kun je op aan: fukú is net als het Omega Effect van de superschurk Darkseid of de vloek van Morgoth[3] – hoeveel bochten en omwegen dit soort shit ook maakt, je zult er nooit, *nooit*, aan ontkomen.

Of ik zelf in de Grote Amerikaanse Doem geloof? Weet je, dat doet er niet echt toe. Wie in fukú-land is opgegroeid, is sowieso vergroeid met de verhalen. In Santo Domingo heeft elke familie wel zo'n verhaal, en de meeste hebben er meerdere. Ik heb een tío in de Cibao, die twaalf dochters heeft. Hij gelooft heilig dat een versmade jeugdliefde ooit de vloek over hem heeft uitgesproken dat hij zoonloos zou blijven. Fukú. Ik heb een tía die gelooft dat het geluk haar ontzegd is omdat ze ooit gelachen heeft op de begrafenis van een rivale. Fukú. Mijn abuelo

3 'Ik ben Melkor, Koning der Ouden, eerste en machtigste aller Valar, hij die de wereld voorging en schiep. Mijn oogmerk werpt zijn schaduw over Arda, en al wat er leeft zal zich voegen naar mijn wil. Maar op al wie u liefhebt zal mijn gedachte neerdrukken als een Wolk des Doems, en duisternis en wanhoop zullen hun lot zijn. Waar zij ook gaan, het kwaad zal zich er verheffen. Wat zij ook zeggen, hun woorden zullen onheil stichten. Wat zij ook doen, hun daden zullen zich tegen hen keren. Zij zullen sterven zonder hoop, en het leven zowel als de dood vervloeken.'

van vaderskant gelooft dat de diaspora van Dominicanen de wraak is van Trujillo. Zijn wraak op het volk dat hem verried. Fukú.

Haal je je schouders op over zulk bijgeloof? Prima. Nee, meer dan prima – perfect. Want wat je ook gelooft of niet gelooft, de fukú gelooft in jou.

Een paar weken terug, toen ik bezig was met de afronding van dit boek, kwam ik op het idee om de thread *fukú* te openen op het DR1 forum. Gewoon uit nieuwsgierigheid, zo nerdy ben ik tegenwoordig. Niet te geloven hoe erop gepost werd. Je zou eens moeten zien hoeveel reacties ik al gehad heb, en ze blijven komen. En niet alleen van Domo's. Er zijn Puertorocks die over *fufu* schrijven, en de Haïtianen schijnen ook iets te hebben wat erop lijkt. Geloof me, er zijn miljoenen fukú-verhalen. Zelfs mijn moeder, die vrijwel nooit meer over Santo Domingo spreekt, begint me nu de hare te vertellen.

En je hebt het vast al geraden, ik heb ook een fukú-verhaal. Ik wou dat ik kon zeggen dat het alle andere overtrof, dat het de moeder van alle fukús was, maar dat kan ik niet. Mijn verhaal is zeker niet het engste, het overtuigendste, het pijnlijkste, of het mooiste.

Het is gewoon het verhaal dat zijn vingers om mijn keel heeft.

Ik ben er niet zeker van of Oscar het wel eens zou zijn geweest met het woord 'fukú-verhaal'. Hij was zelf een hardcore sci-fi & fantasy fan. Volgens hem was dát het soort verhaal waar we allemaal in leven. Wat zou er meer sci-fi kunnen zijn dan de DR? zei hij vaak. Wat is meer fantasy dan de Antillen?

Maar ik weet hoe alles is afgelopen, dus vraag ik op mijn beurt: Wat is meer fukú?

Nog een allerlaatste dingetje vooraf. Als iemand zich vroeger de naam van de Admiraal had laten ontvallen, of er was iets anders gebeurd waardoor de fukú een van zijn talloze koppen dreigde op te steken, dan was er volgens de traditie nog maar één manier om het onheil af te wenden, één manier om jouzelf en de jouwen uit de ellende te houden: het uitspreken van een woord. Een kort, simpel woord (al kon het geen kwaad als je er stevig je vingers bij kruiste).

Zafa.

Tegenwoordig wordt het woord veel minder gebruikt, maar er zijn nog mensen, zoals mijn tío Miguel in de Bronx, die op alles zafa zeggen. Is-ie heel ouderwets in. Blunderen de Yankees in de laatste inning, zafa. Komt er iemand langs met een maaltje zelfgeraapte schaaldieren, zafa. Zet hij zelf iemand een kom parcha voor, zafa. De godganse dag zafa, in de hoop dat het ongeluk nog geen tijd heeft gehad om zich te nestelen. En tja, nu ik deze woorden schrijf, vraag ik me af of dit boek niet ook een soort zafa is. Mijn hoogsteigen bezwering.

EEN

1
GettoNerd aan het einde der tijden
1974-1987

DE MOOIE JAREN

De held van ons verhaal was niet het soort Dominicaan dat iedereen altijd voor ogen schijnt te hebben. Geen homerunspecialist. Geen duizelingwekkende bachata-danser. Geen playboy met talloze kwijlende aanbidsters. Sterker nog, en heel on-Dominicaans: op vrouwengebied was hij een regelrechte kneus – op een korte periode in zijn jeugd na.

Die vluchtige glorietijd beleefde hij rond zijn zevende levensjaar.

In die gezegende dagen was Oscar een echte liefhebber. Zo'n vroegrijpe versierder die onvermoeibaar achter de meisjes op school en in de buurt aan zat, die altijd zoentjes probeerde te geven, die tijdens elke merengue achter ze kwam staan om ritmisch tegen ze op te rijen. Zo jong als hij was, had hij de perrito al onder de knie en liet hij geen gelegenheid voorbijgaan om hem te dansen. Want in die dagen was hij nog een 'normale' Dominicaanse jongen die opgroeide in een 'typisch' Dominicaans immigrantengezin in Paterson, New Jersey. In een milieu dus waarin zijn aangeboren geilheid ten volle kon gedijen. Als er een feestje was, en feestjes waren er volop in die knusse jaren zeventig, was er altijd wel een dronken familielid dat Oscar tegen een nichtje aan duwde en algehele hilariteit als de twee koters vervolgens het heupenspel van de volwassenen nadeden.

Ach, je had hem toen eens moeten zien, verzuchtte zijn moeder in haar Laatste Dagen. Onze kleine Rubi was hij.[4]

Zijn vriendjes meden de meisjes nog alsof ze de vliegende tering verspreidden, maar Oscar was een echte rokkenjager. Hij was een 'mollig' jochie, tegen 'dik' aan, maar zijn moeder hield zijn haar in model en zijn kleren netjes, en zijn kindergezicht had nog de vertederend glanzende ogen en schattige wangetjes die hem de ster van elke schoolfoto maakten. Het zwakke geslacht (: de vriendinnetjes van zijn zus Lola, de vriendinnen van

4 In de jaren veertig en vijftig was Porfirio Rubirosa, of Rubi, zoals de kranten hem noemden, de op twee na beroemdste Dominicaan ter wereld (het beroemdst was natuurlijk de Mislukte Veedief, met María Montez – zie noot 8 – als goede tweede). Rubirosa, een rijzige en immer goedgeluimde adonis, wiens 'enorme geslachtsorgaan opzien baarde in Europa en Noord-Amerika', was de ultieme jetsettende, autoracende, polospelende playboy, alsook een vooraanstaand Trujillato. Wat heet, weinigen lagen Trujillo zo na aan het hart als Rubi. Als parttime ex-fotomodel en oogverblindende man-van-de-wereld trouwde hij in 1932 met Flor de Oro, Trujillo's dochter. En hoewel ze vijf jaar later alweer scheidden (in het jaar van de Haïtiaanse genocide) lukte het hem om altijd bij El Jefe in de gunst te blijven. Anders dan zijn boezemvriend en ex-zwager Ramfis was Rubirosa ongeschikt voor het beroep van moordenaar. In 1935 reisde hij naar New York om El Jefe's doodvonnis voor de verbannen leider Angel Morales ten uitvoer te helpen brengen, maar hij vluchtte nog voor de (overigens mislukte) moordaanslag plaatsvond. Wel was Rubi een Dominicaanse vrouwenversierder bij uitstek. Hij neukte vrouwen in elke soort en maat: Barbara Hutton, Doris Duke (destijds de rijkste vrouw ter wereld), de Franse actrice Danielle Darrieux en filmster Zsa Zsa Gabor, om er maar een paar te noemen. Net als zijn maatje Ramfis kwam Porfirio uiteindelijk bij een auto-ongeluk om het leven. In 1965 was dat, toen zijn Ferrari in een slip raakte op een weg door het Bois de Boulogne. (Auto's spelen sowieso een voorname rol in de moderne geschiedenis van de DR – zie noot 18.)

zijn moeder, ja zelfs de buurvrouw, Mari Colón, een postbeambte van in de dertig die haar lippen vuurrood stiftte en liep alsof haar kont een kerkklok was) viel massaal voor hem. Ese muchacho está bueno! Deden zijn dromerigheid en melancholieke oogopslag afbreuk aan zijn populariteit? Niet echt, nee.

Als ze in de zomervakantie naar de DR gingen en in Baní bij zijn grootmoeder, Nena Inca, logeerden, stond Oscar dagelijks voor het huis naar elke voorbijgangster te koeren. Tú eres guapa! Tú eres guapa! Tot het onvermijdelijke moment waarop er een fatsoensrakker aanklopte om zijn beklag te doen en La Inca er een stokje voor stak. Muchacho del diablo, het is hier geen bordeel!

Ja, dit was zonder meer Oscars glorietijd. En de apotheose kwam in de herfst van zijn zevende jaar, toen hij twee meisjes tegelijk had – zijn eerste en laatste ménage à trois. Met Maritza Chacón en Olga Polanco.

Maritza was de vriendin van zijn zus Lola. Langharig, nuffig en zo oogstrelend mooi dat ze een jonge Dejah Toris had kunnen spelen. Olga daarentegen was geen bekende van de familie. Ze woonde aan het einde van hun straat in het appartementengebouw waar zijn moeder zo'n hekel aan had omdat er alleen maar Puertoricanen woonden, die altijd bier zaten te hijsen op hun stoep. (Daar hadden ze ook wel voor in Cuamo kunnen blijven, schamperde ze.) Olga had wel honderd neven en nichtjes, die allemaal Hector of Luis of Wanda schenen te heten. En omdat haar moeder una maldita borracha was (beweerde Oscars moeder) liep Olga niet altijd in schone kleren rond en wilde ze nog weleens naar pis stinken, wat haar tal van ongunstige bijnamen opleverde.

Pislucht of niet, Oscar vond haar geweldig. Ze was stil, ze liet zich gewillig tegen de grond werken voor een potje stoeien, en ze had belangstelling voor zijn *Star Trek*-poppen. Maritza had zulke pluspunten niet nodig. Zij was gewoon mooi. Dus kwam hij op het lumineuze idee om verkering met hen allebei te nemen. Eerst deed hij alsof het hem was ingefluisterd door zijn favoriete supertovenaar Shazam, maar toen ze akkoord waren gegaan, deed hij geen moeite meer om de schijn op te houden. Het was niet Shazam die het zo wilde, het was Oscar.

Het was nog een onschuldige tijd, dus kwam hun omgang neer op het dicht bij elkaar staan op de bushalte, stiekem elkaars hand vasthouden, en op een keer zelfs twee heuse zoenen, op hun mond, eerst op die van Maritza en toen op die van Olga, toen ze zich onbespied waanden achter de bosjes. (Moet je die kleine boef zien, zeiden de vriendinnen van zijn moeder. Que hombre.)

De driehoeksverhouding hield één prachtige week stand. Op een dag nam Maritza hem na schooltijd mee naar de schommels en stelde een ultimatum: Zij of ik! Oscar pakte haar hand en praatte langdurig op haar in, legde uit hoeveel hij van haar hield en wees haar op de afspraak dat ze alles zouden *delen*. Maar Maritza was niet te vermurwen. Ze had drie oudere zussen en wist alles van delen. Ik praat niet meer met je tot je haar gedumpt hebt! Maritza had een huid van melkchocolade en amandelvormige ogen, en ze straalde een energie uit die niets onderdeed voor die van Ogún uit de Marvel Comics (een energie die ze de rest van haar leven op alles en iedereen zou blijven loslaten). Oscar droop af en zocht thuis troost bij zijn strips, bij de Herculoids en Space Ghost. Wat is er met je? vroeg zijn moeder, die op het punt stond om naar de avondbaan te gaan waarmee ze het loon van haar dagbaan aanvulde. Het eczeem op haar handen zag eruit als gestolde soep. Mijn meisje, piepte Oscar bedroefd. En mama De León ontplofte zowat. Tú ta llorando por una muchacha? Ze trok Oscar aan zijn oor overeind.

Mami, hou op! gilde Lola.

Zijn moeder smeet hem tegen de vloer. Dale un galletazo, hijgde ze, en laat die puta zien wie de baas is.

Menige jongen zou het advies in welwillende overweging hebben genomen, maar aan Oscar was het niet besteed. Een Het was zijn stijl niet om te slaan. En dat niet omdat hij het zonder een vader moest stellen die hem mannelijk gedrag had kunnen bijbrengen – hij ontbeerde gewoon iedere agressiviteit. (Dit in tegenstelling tot zijn zus, die geen knokpartij uit de weg ging, zelfs niet met jongens of met de morenas die haar in groepjes belaagden omdat ze jaloers waren op haar ranke neus en steile haar.) Als vechter was Oscar een nul, zelfs Olga had hem lens kunnen slaan met haar sprietige armpjes, dus geweld en intimidatie waren geen optie. Er zat daarom niets anders op dan het ultimatum te overpeinzen. En hij kwam snel tot een besluit, want Maritza was mooi en Olga niet. Olga stonk naar pis en Maritza niet. Maritza werd door zijn moeder over de vloer geduld en Olga niet. (Een Puertoricaan in mijn huis? brieste ze. Jamás!') Een tweewaardige logica volstond – als het niet ja was, was het nee. Dus brak hij de volgende dag met Olga, op de speelplaats, met Maritza aan zijn zijde. En Olga kreeg me toch een huilbui! Ze stond te schokken in haar tweedehands kleren en de schoenen die haar vier maten te groot waren. Het snot liep over haar kin!

In later jaren, toen ze beiden in moddervette freaks waren veranderd, kreeg Oscar nog weleens een scheut van wroeging als hij Olga over straat zag hobbelen of voor zich uit zag staren op de halte voor de bus naar New York. En dan vroeg hij zich af hoeveel zijn harteloze afscheid had bijgedragen aan haar toestand. (Haar verdriet had hem koud gelaten, herinnerde hij zich. Stel je niet zo aan, had hij gezegd.)

Wat hem wel had aangegrepen was de manier waarop Maritza *hem* dumpte.

Het gebeurde op de maandag nadat hij Olga bij het grofvuil had gezet. Hij liep die ochtend opgewekt naar de bushalte, met zijn geliefde *Planet of the Apes*-lunchtrommel onder zijn arm, om bij aankomst te moeten vaststellen dat de bekoorlijke Maritza hand in hand stond met de spuuglelijke Nelson Pardo. Nelson Pardo, die op Chaka uit *Land of the Lost* leek! De oerstomme Nelson Pardo, volgens wie de maan een vlek in de hemel was. (Ik heb het tegen God gezegd, verzekerde hij zijn klasgenoten, en Hij zal hem binnenkort wegpoetsen.) Nelson Pardo die zich tot de beruchtste jeugdcrimineel van de buurt zou ontwikkelen, gespecialiseerd in woninginbraken, en die later bij de mariniers zou gaan en acht tenen zou verliezen in de eerste Golfoorlog. Oscar dacht eerst dat hij het niet goed gezien had, dat de zon in zijn ogen scheen, dat hij niet goed geslapen had, dat hij zich gewoon vergiste. Hij ging bij ze staan en bewonderde zijn lunchtrommel. Wat zag Dr. Zaius er levensecht en diabolisch uit! Maar Maritza had nog geen glimlachje voor hem over. Ze deed alsof hij er niet was! Ik wil met je trouwen, zei ze tegen Nelson, die alleen maar wat grinnikte en de straat in keek om te zien of de bus er al aankwam. Oscar was te onthutst om een woord uit te brengen. Hij ging op de stoeprand zitten en er welde een ongekend gevoel in hem op. Een paar tellen later zat hij te janken. Toen zijn zus Lola naar hem toe kwam en vroeg wat er aan de hand was, kon hij alleen maar zijn hoofd schudden. Kijk die mariconcito nou, lachte iemand. Iemand anders trapte zijn lunchtrommel weg, wat tot een kras over het gezicht van generaal Urko leidde. Toen hij in de bus zat, huilde hij nog steeds. De chauffeur, die in de hele buurt hoog in aanzien stond omdat hij een verslaving aan angel dust had overwonnen, keerde zich om en riep: Jezus christus, wees niet zo'n baby, zeikerd!

Hoe heeft de breuk Olga beïnvloed? zou hij zich later vaak afvragen. Maar wat hij zich in werkelijkheid afvroeg was: *Hoe heeft de breuk Oscar beïnvloed?*

Feit is dat hij er maar niet overheen kwam dat Maritza hem de bons had gegeven. Hij was er een week lang volkomen kapot van. Hij at zich bolrond. En in de jaren die volgden werd hij almaar dikker. En zijn puberteit trof hem vervolgens als een mokerslag, dreef alle schattigheid uit zijn gelaatstrekken, bezaaide zijn huid met puistjes, maakte hem nóg dikker, ontnam hem al zijn zelfvertrouwen. Wat bleef was zijn liefde voor sci-fi & fantasy, maar terwijl niemand hem daar als kind op had aangekeken, werd het nu iets waardoor iedereen hem als een loser met een hoofdletter L beschouwde. Vrienden maken was een onmogelijke opgave. Was-ie te onbeholpen voor, te verlegen, en volgens velen vooral veel te *weird*. Die laatste kwalificatie dankte hij aan zijn gewoonte om te pas en te onpas dure woorden te gebruiken. Hoe chiquer of archaïscher hoe liever, en ze wekten altijd weer de indruk dat hij ze de avond tevoren uit zijn hoofd had geleerd. Bij meisjes bleef hij nu liever uit de buurt, omdat ze hem in het beste geval negeerden maar veel vaker een snerpende lachbui kregen of hem gordo asqueroso noemden. Hij vergat de perrito, vergat de trots die hij gevoeld had als de vrouwen in zijn familie hem hombre noemden. Het kussen van een meisje was iets ondenkbaars geworden – alsof hij in die ene treurige week voorgoed zijn kwaliteiten op vrouwengebied had verloren.

Niet dat het zijn voormalige vriendinnetjes zoveel beter verging. Het negatieve karma dat Oscar had getroffen leek hen ook te hebben aangeraakt. Tegen het einde van haar lagereschooltijd was Olga in een soort moloch veranderd, een angstaanjagend blubberlijf had ze, en daarbij begon ze Bacardi 151 te drinken, zo uit de fles, wat tot de gewoonte leidde om onder elke les GELUL! te schreeuwen, waardoor ze uiteindelijk van school zou worden getrapt. Zelfs haar borsten veranderden al snel na hun ontluiking in kolossale drilpuddingen. In de bus had ze Oscar op een keer voor vreetzak uitgemaakt en had hij de aanvechting gekregen om iets terug te roepen (kijk naar je eigen, puerca), maar hij was bang geweest dat ze naar hem toe zou komen om hem te pletten. Met zijn toch al lage aanzien zou zo'n paliza hem fataal zijn geworden. Dan was hij op één lijn gekomen met de gehandicapte kinderen, en met Joe Locorotundo, die faam had verworven omdat hij in het openbaar masturbeerde.

En de lieftallige Maritza Chacón? De hypotenusa van onze liefdesdriehoek, hoe verging het haar? Nou, voordat je *yara!* kon roepen was ze uitgebot tot de lekkerste guapa van Paterson. Een van de godinnen van New Peru was ze. En omdat ze aan de overkant bleef wonen, zag Oscar haar nog met grote regelmaat over straat gaan, deze getto-Mary Jane met haar haardos die zwart en weelderig was als een donderwolk, misschien wel de enige latina ter wereld met mooier haar dan zijn zus, en een lichaam dat bejaarden hun kwalen deed vergeten. Vanaf groep zes begon ze te scharrelen met mannen die twee-, driemaal zo oud waren als zijzelf. (Maritza deed het slecht op school, maar met mannen kon ze lezen en schrijven.) Betekende dit dat zij voor de vloek gespaard was gebleven, dat ze gelukkiger was dan Oscar en Olga, gelukkiger in de liefde in ieder geval? Dat viel te betwijfelen. Want hoe uiteenlopend haar vriendjes ook waren, ze schenen één ding gemeen te hebben: hun handjes zaten akelig los. Maritza liep zo vaak met een dikke lip of blauw oog rond, dat je bijna ging denken dat ze het lekker vond. Als een jongen *mij* sloeg, zei Lola, beet ik hem in zijn smoel.

Kijk Maritza nu weer eens. Staat ze weer te tongen op de stoep van haar huis, stapt ze weer uit de auto van zo'n klootzak, wordt ze weer tegen de straattegels geslagen. Het ontging Oscar zelden, maar niet omdat hij haar afloerde. Het raam van zijn kamer zag uit op haar huis, dus ving hij altijd wel een glimp van haar op als hij zijn Dungeons & Dragons-figuurtjes zat te schilderen of de nieuwe Stephen King zat te lezen. Zijn hele vreugdeloze, seksloze puberteit lang. Het enige wat in die jaren veranderde, waren de modellen van de auto's en de omvang van Maritza's kont. O ja, en de muziek die uit de autospeakers knalde. Eerst freestyle, toen de gangsta rap van het Ill-Will-label, en tegen het eind nog even, heel kort, Héctor Lavoe.

Hij groette haar elke dag, heel opgewekt en quasigelukkig,

en zij groette terug, heel onverschillig, en daar bleef het bij. Hij kon zich niet voorstellen dat ze zich hun zoenen nog herinnerde. Maar zelf kon hij ze natuurlijk niet vergeten.

DE HEL DER IMBECIELEN

Oscars high school werd Don Bosco Tech, en aangezien Don Bosco Tech een katholieke jongensschool was, tot de nok toe gevuld met honderden hoogst onzekere en hyperactieve adolescenten, had een dikke, sci-fi lezende nerd als Oscar er niets dan zenuwen en ellende te verwachten. En die vielen hem dan ook ten deel. Voor Oscar was de high school het equivalent van een middeleeuws spektakel, alsof hij permanent in een schandblok stond gekluisterd en de hoon en rotte eieren van het plebs moest verduren – iets wat een louterend effect had kunnen hebben, iets waar hij gesterkt uit tevoorschijn had kunnen komen, maar dat deed hij niet. Integendeel, als er uit deze kruisdraging een les kon worden getrokken, dan bleef die hem duister. Hij liep elke dag de school binnen als de eenzame dikke sf-freak die hij was, en het enige waar hij aan denken kon was de dag waarop hij zijn diploma zou krijgen en bevrijd was van deze kwelling. Hé, Oscar, zijn er flikkers op Mars? Hé, vetzak, *vangen.* Toen de leraar Engels op een keer de term moronic inferno van Martin Amis liet vallen, wist Oscar meteen hoe die hel eruitzag en wie hem bevolkten.

In zijn tweede jaar schommelde zijn gewicht rond de 110 kilo (rond de 120 als hij neerslachtig was, en dat was hij vaak) en was het iedereen duidelijk, zijn familie voorop, dat hij de parigüayo van de buurt was geworden.[5] Hij kon op geen van de

5 De deskundigen zijn het erover eens dat het scheldwoord parigüayo een verbastering is van het Engelse neologisme *party watcher*. Het woord raakte in zwang gedurende de Eerste Amerikaanse Bezetting van de DR, van 1916 tot 1924. (Wist je dat ze ons in de twintigste eeuw tot tweemaal toe bezet

talenten bogen waar de gemiddelde Dominicaan prat op gaat. Meisjes lagen verder buiten zijn bereik dan Jupiter. Hij was een kruk in elke sport (bij pelota wierp hij als een wijf), sloeg zelfs met domino een modderfiguur, en dansen kon hij al helemáál niet. Geen gevoel voor ritme. Geen humor, geen babbel, geen uitstraling. En het ergst van alles: hij zag er *niet* uit. Droeg zijn semi-kroezende haar in een Puertoricaanse afro. Droeg een monsterlijke uilenbril (zijn 'chickverschrikker' zeiden Al en Miggs, de enige jongens die met hem wilden optrekken). Tooide zich met een onappetijtelijk streepje dons dat voor snor moest doorgaan. Had twee dicht op elkaar staande ogen die hem het voorkomen van een zwakzinnige gaven. De ogen van Mingus – tot die vergelijking kwam hij op een dag zelf bij het bekijken van de platenverzameling van zijn moeder, die als meisje met een jazzminnende losbol had gescharreld, tot ze zijn vader leerde kennen en voor een betere toekomst had gekozen.

(Welnee, zou zijn Nena Inca een paar maanden later zeggen, toen ze de zomer in Santo Domingo doorbrachten, je hebt

hebben? Nee? Geeft niks hoor. Als jij kinderen krijgt, zullen ze niets van de bezetting van Irak weten.) In die jaren kwamen de leden van de bezettingsmacht vaak naar Dominicaanse feestjes, maar in plaats van zich in het feestgewoel te begeven, bleven de buitenlanders aan de rand staan toekijken. Wat natuurlijk een hoogst idiote indruk maakte. Wie komt er nou naar een feest om te *kijken*? Het leverde de mariniers de bijnaam parigüayos op – een woord waarmee tegenwoordig iedereen wordt aangeduid die passief toekijkt terwijl anderen een feestje bouwen met de meiden. Een woord voor sukkels, kortom. Iemand die niet meedoet, die niks klaarmaakt, die door iedereen wordt uitgelachen, is een parigüayo.

Ik zou er niet van opkijken als er een Encyclopedie voor Dominicaanse Dingen bestond die bij *parigüayo* ook zoiets als een houten beeltenis van Oscar noemde, zo spreekwoordelijk was zijn toekijkerschap. De kwalificatie zou hem altijd blijven aankleven, zou zich in zijn zelfbeeld nestelen, zou hem uiteindelijk een gevoel geven alsof hij Uatu de Waarnemer was – de figuur uit de strips van Marvel Comics, die voor zijn ruimteras de aarde moet observeren vanuit het Blauwe Gebied op de maan.

de ogen van je abuelo. Een hele troost, zou je denken, want welke jongen wil er nu niet op zijn grootvader lijken? Maar de grootvader in kwestie was zijn leven achter de tralies geëindigd.)

Oscar was altijd al een nerd geweest, een jochie dat Tom Swift las, dol was op strips en trouw naar *Ultraman* keek, maar in die treurige dagen van zijn highschooltijd werd zijn toewijding aan sf&f grenzeloos. Terwijl zijn leeftijdgenoten zich bekwaamden in dobbelen en straatbasketbal, in de auto van hun oudere broer rondreden en een geheime biervoorraad aanlegden, laafde hij zich aan een gestage stroom van Lovecraft, Wells, Burroughs, Howard, Alexander, Herbert, Asimov, Bova, Heinlein, en zelfs aan schrijvers die al min of meer in de vergetelheid waren geraakt: E.E. 'Doc' Smith, Stapledon en die vent van de Doc Savage-reeks. Onverzadigbaar ging hij van boek naar boek, van schrijver naar schrijver, van periode naar periode (bofte hij mee: de bibliotheken van Paterson waren zo armlastig dat ze het zich niet konden veroorloven om het nerdenvoer van vroegere generaties af te danken). Films, series, cartoons, er hoefde maar een monster of ruimteschip of mutant of tovenaar of euvele booswicht in voor te komen of hij was niet voor de tv weg te slaan. Fantasy was het enige waarin Oscar de genialiteit etaleerde die volgens zijn grootmoeder in de familie zat. Hij sprak en schreef zowel het Sindarijns als het Quenya van Tolkien, uitte zich moeiteloos in het Chakobsa van Herbert, wist tot in de details wat het Lensvolk van Smith deed verschillen van de Slan van Van Vogt of de Dorsai van Dickson, kende het Marvel-universum beter dan Stan Lee en Jack Kirby, en was een kei in rollenspelen als Dungeons & Dragons. (Als hij net zo goed was geweest in videogames, had hij wellicht torenhoog in aanzien gestaan, maar hoewel hij een Atari én een Intellivison had, ontbrak het hem aan reactiesnelheid.)

Over het algemeen zijn zulke jongens wel zo leep om hun

nerdige inslag zo veel mogelijk te verbloemen, maar Oscars tragiek was dat dit niet eens bij hem opkwam. Hij liep ermee te koop als een Jedi met zijn lichtsabel of een Lensman met zijn lens.[6] Dus kreeg hij het als dikzak alleen nog maar zwaarder in de straten van Paterson. Stoten op zijn bovenarm, zetten in zijn rug, zijn onderbroek die om de haverklap in zijn bilspleet werd getrokken, zijn bril die van zijn kop werd geslagen, zijn gloednieuwe sf-boekjes (50 cent per stuk bij Scholastic) die voor zijn ogen doormidden werden gescheurd. Je houdt toch zo van boeken? Nou heb je er twee!

Wil je weten hoe een X-man zich voelt? Wordt dan een intelligente, leesgrage latino in een Amerikaans getto. Mama mia! Alsof er vleermuisvleugels uit je rug groeien, of tentakels uit je borst.

6 Niemand schijnt te weten waar zijn buitensporige liefde voor sf&f vandaan kwam. Misschien was het een gevolg van zijn Caribische afkomst (wie is meer sf dan wij?), of van het feit dat hij in zijn eerste levensjaren met grote regelmaat in de DR vertoefde, en dus heen en weer werd geslingerd tussen een wereld van overdaad en een wereld die nauwelijks tv of zelfs maar elektriciteit kende. Je kunt je voorstellen dat een jongen door zoveel cultuurschokken een hang krijgt naar buitenissige verhalen. Of misschien hadden ze hem in de DR te vaak meegenomen naar Kung Fu-films en had zijn abuela hem te veel griezelverhalen over El Cuco en La Ciguapa verteld. Misschien was het zijn eerste bibliothecaresse in de VS die hem verslaafd maakte aan lezen, de tinteling die hij voelde toen hij dat eerste Danny Dunn-boek in handen kreeg. Misschien was het gewoon de tijdgeest (de vroege jaren zeventig waren het begin van de Nerd Age, nietwaar?) of het feit dat hij het merendeel van zijn kindertijd zonder vriendjes doorbracht. Of was het misschien iets diepers, iets voorouderlijks?

Wie zal het zeggen?

Maar toen al (op losse velletjes, in zijn schoolschriften, op de rug van zijn linkerhand) begon hij dingetjes op te schrijven, zij het nog niks bijzonders, niet meer dan ruwe schetsen en de grote lijnen van zijn lievelingsverhalen, nog zonder het besef dat dat gekrabbel zijn Lot zou worden.

En treurig maar waar: hoe meer je jezelf buiten de massa stelt, des te meer irritatie wek je. Zelfs Oscars moeder begon zich aan zijn leeswoede te ergeren. Ga buiten spelen! beval ze hem minstens eenmaal per dag. Pórtate como un muchacho normal!

En dan ging hij maar weer, sjokkend als een veroordeelde, de straat op om zich een paar uur te laten treiteren. En als hij eindelijk weer naar binnen kon glippen, sloot hij zich op in de kast boven aan de trap, waar hij kon lezen bij het licht dat door de kieren viel – tot zijn moeder hem betrapte en weer tegen hem tekeerging. Carajo, jongen, wat *mankeert* jou toch?

(Alleen zijn zus, zelf ook een fervent lezeres, bleef hem nemen zoals hij was. Nam boeken voor hem mee van haar eigen school, die een grotere bibliotheek had.)

Oscar werd een in zichzelf gekeerde eenling die beefde van ellende tijdens de gymnastiekles, die naar Britse nerdseries als *Doctor Who* en *Blake's 7* keek, en die zich bij zijn schaarse contacten te buiten ging aan superfoute nerdwoorden als 'blijmoedig' of 'alomtegenwoordig' – ook als hij met gasten sprak die zelden of nooit een voldoende haalden. De bibliotheek was de enige plek waar hij zich op zijn gemak voelde. Hij verslond Tolkien, en later de boeken van Margaret Weis en Tracy Hickman (en natuurlijk was Raistlin zijn lievelingspersonage). En met het verstrijken van de jaren tachtig ontwikkelde hij een almaar groeiende obsessie met het Einde der Tijden. Hij kende elke doemfilm, elk boek over de ondergang van de wereld, elk apocalyptisch rollenspel (Wyndham, Christopher en Gamma World waren zijn favorieten).

Afijn, zo iemand dus.

En zo iemand heeft natuurlijk geen schijn van kans op een jeugdliefde. Terwijl de anderen de verrukkingen en verschrikkingen van hun eerste verliefdheid proefden, van hun eerste afspraakjes en tongzoenen, zat Oscar achter in de klas, weggedoken achter zijn boeken, buitengesloten van zijn eigen adolescentie. Heel beroerd, om die jaren tussen je puberteit en jongvolwassenheid zo aan je voorbij te zien trekken. Alsof je op Venus in een kast zit opgesloten als de zon er voor het eerst in honderd jaar opkomt. En het ergste was: terwijl de meeste nerdboys zich nauwelijks voor meisjes interesseren, had Oscar nog niets aan hartstocht ingeboet. Hij werd nog altijd om het minste geringste verliefd, en wel tot over zijn oren. Hij had door de hele stad geheime liefdes – meisjes met een vol lichaam en een woeste bos krulhaar, het soort dat geen woord overhad voor een loser als hij, wat hem er niet van weerhield om onophoudelijk over ze te fantaseren. Hij richtte heel zijn gevoelsleven, alles wat hij aan liefde, verlangen, vertwijfeling en geilheid in zich had, op elk meisje dat zijn pad kruiste, ongeacht haar leeftijd of beschikbaarheid. Dus werd zijn hart dag in dag uit gebroken. Wat voor hem telkens weer een overdonderend drama was, terwijl de meisjes in kwestie hem niet eens in de gaten leken te hebben. Tenminste, het kwam weleens voor dat ze rilden en vol afschuw hun armen voor hun borst kruisten als hij langsliep, maar daar bleef het dan ook bij. Hij plengde menige traan om zijn onbeantwoorde liefde voor die of die. In de badkamer, waar niemand hem kon horen, met de deur op slot.

Nu gebeurt het natuurlijk wel vaker dat jongens er op liefdesgebied een slaggemiddelde van nul komma nul op na houden. Maar vergeet niet dat we het hier over een Dominicaanse jongen hebben, opgroeiend in een Dominicaanse familie. Van Oscar werd een nucleaire aantrekkingskracht verwacht. Hij hoorde te zwemmen in de meisjes. Dus viel het zijn hele familie op dat hij niks klaarmaakte. En omdat ze een Dominicaanse familie waren, had iedereen er iets over te zeggen. Hij werd bedolven onder de adviezen. Met name zijn tío Rudolfo, net uit de lik en daarom een poosje bij hen inwonend, was gul met goede raad. Luister, palomo, het is zo simpel als wat. Je moet ze gewoon pakken en een beurt geven, klaar uit. Eén:

zoek een chica. Twee: coje esa chica y metéselo! Tío Rudolfo had vier kinderen bij drie verschillende vrouwen, dus hij sprak met enig gezag.

En wat zei zijn moeder? Vergeet die meiden. Maak je liever druk over je cijfers. En één keer, in een introspectieve bui: Wees maar blij dat je mijn geluk niet hebt, hijo. (Welk geluk? vroeg zijn tío schamper. Precies, dat bedoel ik, zei ze.)

Zijn vrienden, Al en Miggs? Tja, man, je bent wel hartstikke dik natuurlijk.

Zijn abuela, La Inca? Hijo, je bent de knapste vent die ik ken!

Zijn zus Lola was een stuk praktischer in haar advies. Ze had intussen haar labiele jaren achter de rug (welke Dominicaanse meid heeft die niet?) en was veranderd in een van die stoere dominicanas waar Jersey zo rijk aan is – deed aan hardlopen, had haar eigen auto, had haar eigen chequeboek, noemde mannen bitches en verslond rijkeluiszoontjes waar je bij stond, zonder een spoor van vergüenza. In groep zes was ze aangerand door een bekende van de familie, en dat was in heel de familie bekend geworden (en via de familie ook in grote delen van Paterson, Union City en Teaneck). Die urikán van pijn, argwaan en bochinche had haar harder gemaakt dan diamant. Haar haar droeg ze nu kort, ondanks de luidkeelse protesten van haar moeder – voor een deel, denk ik, omdat ze als klein meisje haar tot op haar billen had gehad, wat de familie met trots had vervuld, maar haar aanrander waarschijnlijk bloedgeil had gemaakt.

Lola waarschuwde Oscar keer op keer. Je gaat nog als maagd de kist in, jongen. Het wordt tijd dat je *verandert*.

Denk je dat ik dat zelf niet weet? Nog vijf jaar en ze vernoemen een kerk naar me.

Laat die bos haar knippen, doe die bril weg, ga een beetje aan sport doen. En gooi in godsnaam die vieze boekjes weg. Ze zijn walgelijk, Mami raakt ervan over haar toeren en geen meisje wil met je omgaan zolang je die troep in je la hebt liggen.

Wijze woorden, maar voor een ommekeer zorgden ze niet. Hij probeerde soms wel wat aan lichaamsbeweging te doen, diepe kniebuigingen, sit-ups, 's ochtends een straatje om – maar als hij dan zag dat iedereen zo langzamerhand verkering had, sloeg de wanhoop weer toe en viel hij terug in zijn vreetbuien, de *Penthouse*, het ontwerpen van dungeons, en zijn zelfmedelijden.

Het schort mij aan bezieling, zei hij in zijn beste Nerds. Welnee, zei Lola, je bent gewoon een slappeling.

Hij had er minder onder geleden als Paterson en omgeving één groot Don Bosco was geweest, of het soort mannenreservaat waar hij weleens over las in een feministische scifi uit de jaren zeventig. Maar Paterson was meisjes zoals NYC meisjes was. Paterson was meisjes zoals Santo Domingo meisjes was. Paterson krioelde van de guapas. En wie het nog niet genoeg vond, hoefde maar een eindje zuidwaarts te karren naar Newark, Elizabeth, Jersey City, de Oranges, Union City, West New York, Weehawken, Perth Amboy – een stedelijke agglomeratie die alom bekendstond als Chicapolis One. Waar Oscar ook keek, hij zag meisjes. Spaanstalige Caribische meisjes.

Zelfs in zijn eigen huis was hij niet veilig, want de vriendinnen van zijn zus kwamen er doorlopend over de vloer. En als zij er waren, had hij geen *Penthouse* nodig. Lola's vriendinnen blonken geen van allen uit door hun intelligentie, maar jezus wat waren ze lekker – chicks van het soort dat alleen was weggelegd voor powerliftende morenos en gelikte criminelen met een pistool in hun broekband. Ze zaten allemaal in het volleybalteam van hun school. Rank, hoog op de benen, topfit. Als ze een looptraining deden, leek de sintelbaan wel de hemel waar die terroristen van dromen. De cigüapas van Bergen County. La primera was Gladys, die altijd klaagde dat haar borsten te groot waren, volgens haar de reden waarom ze telkens weer verkeerde vriendjes had. Marysol, die warempel tot MIT zou worden toegelaten, had een openlijke pesthekel aan Oscar, wat hem niet belette haar het lekkerst van allemaal te vinden. Leticia was nog maar kort in Amerika, net van de boot, half Haïtiaans half Dominicaans, de mix waarvan de Dominicaanse overheid sinds jaar en dag beweert dat hij niet bestaat. Ze had een zangerig accent en was zo zedig dat ze met *geen* van haar drie laatste vriendjes naar bed was geweest! Hun bijna permanente aanwezigheid was een bezoeking voor Oscar, vooral omdat ze hem niet als een normale jongen bejegenden maar als een doofstomme eunuch. Ze lieten zich door hem bedienen, stuurden hem om boodschappen, dreven de spot met zijn games en zijn uiterlijk, en veruit het ergste: ze spraken onbekommerd over hun seksleven terwijl hij in de keuken het laatste nummer van *Dragon* zat te lezen.

Hé, dames, er zit hier iemand van het mannelijke geslacht hoor!

Een man, waar? zei Marysol dan sarcastisch.

Toen ze er op een keer schande van zaten te spreken dat latinojongens het liefst met blanke meisjes rommelden, liet Oscar weten dat hij caribeñas wel degelijk leuk vond, waarop Marysol hem aankeek en zei: Dat is dan sneu voor je, want er is geen caribeña die jou ziet staan.

Laat hem met rust, zei Leticia. Ik vind je leuk hoor, Oscar.

Och jezus, lachte Marysol, en ze rolde met haar ogen. Nou gaat-ie waarschijnlijk een boek over je schrijven.

Dit waren Oscars furiën, zijn persoonlijke pantheon, de meisjes waar hij het vaakst van droomde en zich het vaakst op afrukte en die allemaal een plek kregen in de verhaaltjes die hij verzon. In zijn dagdromen redde hij hen uit de klauwen van buitenaardse invallers. Of hij keerde rijk en beroemd naar zijn oude buurt terug. Kijk, daar heb je hem, de Dominicaanse Stephen King! En dan maakte Marysol zich los uit de menigte. Ze had al zijn boeken bij zich, zodat hij ze kon signeren. Een typerende dialoog uit die dromen: Alsjeblieft, Oscar, trouw met me. En dan Oscar, met een hooghartig lachje: Het spijt me, Marysol, maar ik trouw niet met domme trutten. (Maar uiteindelijk gaf hij haar dan toch maar haar zin.)

Maritza sloeg hij nog altijd van afstand gade, en dan mijmerde hij over de dag waarop de Bom viel (of de Zwarte Dood maakte een comeback, of de Tripods veroverden de aarde), en dan redde hij haar van een horde radioactieve zombies, waarna ze hand in hand door het verwoeste Amerika zouden trekken, op zoek naar een betere toekomst. In deze apocalyptische dagdromen (die hij begonnen was op te schrijven) was hij altijd een plátano-versie van Doc Savage, een supergenie met stalen vuisten en een dodelijke behendigheid met vuurwapens. Een nogal florissante droom voor iemand die zelfs nog nooit met een luchtbuks had geschoten en als SAT-gamer nooit boven de 1000 was gekomen.

OSCAR VAT MOED

Aan het begin van zijn derde highschooljaar was hij dikker dan ooit en had hij constant zure oprispingen. Maar veel erger dan dat: hij was nu echt de enige zonder verkering. Zijn twee mede-nerds, Al en Miggs, hadden het onmogelijke geflikt en waren aan de vrouw gekomen. Niks bijzonders weliswaar. Twee goedkope sletten. Maar toch.

Al had die van hem in Menlo Park ontmoet. Zij was op *hem* afgestapt, pochte hij. En toen ze Al vertelde (na hem te hebben gepijpt, uiteraard) dat ze een vriendin had die gewoon *snakte* naar een vriendje, had hij Miggs achter zijn Atari vandaan gesleept en meegetroond naar de bioscoop, waar zich het tweede godswonder had voltrokken. Tegen het einde van die week was Miggs ook ontknaapt. En toen kreeg Oscar het pas te horen. Ze zaten in zijn kamer voor een 'ijzingwekkend *Champions*-avontuur' waarin ze ten strijde zouden trekken tegen de dood en verderf zaaiende Destroyers. Toen die twee hun verslag van de dubbele verovering hadden gedaan, reageerde Oscar nauwelijks. Hij wierp zijn dobbelstenen en zei: Zo zo, knap werk, mijne heren. Maar inwendig kookte hij omdat het niet bij hen was opgekomen om hem in hun amoureuze campagne te betrekken. Hij haatte Al omdat die Miggs had meegenomen in plaats van hem. En hij haatte Miggs omdat hij, *zelfs hij*, nu een meisje had. Al met een meisje, dat viel nog te bevatten, want Al (voluit Alok) was een lange, slanke Indiër met een knap gezicht, die bijna nooit voor een rollenspel spelende nerd werd aangezien. Maar Miggs... daar kon Oscar werkelijk niet bij. Het verbijsterde hem en maakte hem duizelig van jaloezie. Hij had zich altijd met de gedachte getroost dat Miggs een nog grotere nul was dan hij, met die tachtig miljoen puistjes van hem, die snerpende lach en die vieze grauwe tanden door de medicijnen die hij als klein kind had moeten slikken. Is, eh, die van jou mooi? vroeg hij Miggs. En Miggs zei: Echt te gek, man, je zou haar eens moeten zien. Gigantische tieten! viel Al hem bij. En zo ging het door, en Oscars laatste beetje hoop op een rechtvaardige wereld werd ruw de nek omgedraaid. Toen hij er niet langer tegen kon, vroeg hij op smekende toon: En, eh, hebben die twee nog andere vriendinnen?

Al en Miggs wisselden een blik over de rand van hun kaarthouder. Volgens mij niet, nee, zei Miggs zacht.

En dat maakte hem iets duidelijk wat hij nooit van zijn vrienden geweten had (of nooit had willen weten). Het was een inzicht dat een siddering door heel zijn dikke lijf joeg. Hij zag opeens in dat die twee striplezende, rollenspelminnende en sporthatende minkukels zich voor hem *geneerden*.

Het benam hem de adem. Hij was er compleet kapot van. Hij had totaal geen zin meer in het spel en zorgde ervoor dat de Exterminators binnen de kortste keren de schuilplaats van de Destroyers ontdekten. (Wat was *dat* nou? mopperde Al.) Toen hij ze had uitgelaten, sloot hij zichzelf op in zijn kamer en lag een paar uur verdwaasd op bed. En toen stond hij op, en hij kleedde zich uit in de badkamer die hij niet meer met zijn zus hoefde te delen omdat ze aan Rutgers University studeerde, en hij bekeek zichzelf in de spiegel. Wat een vet! Wat een rollen! Overal zwangerschapsstriemen! Wat een weerzinwekkend, misvormd lichaam! Hij leek wel iets uit een strip van Daniel Clowes. Of een van de bomkratermonsters uit zijn Aftermath-games.

Jezus christus, fluisterde hij. Ik ben een Morlock.

De volgende ochtend, bij het ontbijt, stelde hij zijn moeder een vraag: Ben ik lelijk?

Ze slaakte een zucht. Tja, hijo, je lijkt in elk geval niet op mij.

Dominicaanse ouders, zijn ze niet geweldig?

Hij stond die week keer op keer voor de spiegel. Bekeek zichzelf van alle kanten. Objectief en kritisch. En besloot ten slotte dat hij als Roberto Durán moest zijn: No más! Die zondag ging hij naar Chucho's en liet er zijn afro afscheren. (Schei uit, zei Chucho's partner, ben *jij* een Dominicaan?) Het donzige snorretje moest er ook aan geloven. En de bril. Hij kocht contactlenzen van het geld dat hij in een houthandel verdiende. Hij deed zijn best om zijn Dominicaansheid, of wat ervan over was, zo goed mogelijk op te poetsen. Hij deed zijn best om op zijn stoere neven te lijken, hun bravoure en grove taalgebruik incluis. Want hij vermoedde, of het leek hem op zijn minst denkbaar, dat het antwoord in hun Caribische machismo school.

Maar hij was te ver heen voor noodgrepen. Bij zijn eerstvolgende ontmoeting met Al en Miggs had hij drie dagen lang geen hap gegeten. Jezus, man, zei Miggs, wat *is* er met je?

Het roer is om, zei Oscar cryptisch.

Hoe bedoel je, 'het roer is om'?

Met een plechtig hoofdschudden: Ik ben aan een nieuwe levensfase begonnen.

Hoor hem. We krijgen ons Senior Year nog en hij klinkt nou al als een student.

Toen de zomervakantie begon en zijn moeder hem en Lola naar hun abuela in Santo Domingo stuurde, stribbelde hij voor het eerst in jaren niet tegen. Er was niets wat hem in de States hield.

Hij arriveerde in Baní met een stapel schriften en het voornemen om ze allemaal vol te schrijven. Nu het geen zin meer had om rollenspelen te ontwerpen (met wie moest hij die spelen?) zou hij een echte schrijver proberen te worden.

De vakantie werd inderdaad een soort keerpunt, vooral dankzij zijn grootmoeder, Nena Inca. In plaats van hem te ontmoedigen en het huis uit te jagen, zoals zijn moeder altijd deed, liet zij hem zijn gang gaan. Hij mocht zo lang als hij wilde in de achterkamer zitten en hoefde niet 'de wereld' in. (Zijn abuela had Lola en hem altijd al voor 'de wereld' willen behoeden. Zo goed was het de familie er niet in vergaan, vond ze.) Ze liet de radio uit en bracht hem elke dag op precies dezelfde tijden zijn eten. Zijn zus was altijd de hort op met haar bloedmooie eilandvriendinnen, maar hij bleef waar hij was, in de achterkamer. Als er neven voor hem aan de deur kwamen, wuifde La Inca hen weg. Ik heb toch gezegd dat de muchacho aan het werk is? Maar wat doet hij dan? vroeg zo'n neef dan niet-begrijpend. Hij doet wat genieën zoals hij doen, en nu váyanse! (Als hij in later jaren aan die zomer terugdacht, vroeg hij zich altijd af wat er gebeurd zou zijn als hij toch een keer was meegegaan. Misschien hadden zijn neven toen nog wel een wip voor hem kunnen regelen. Maar je kunt je leven niet overdoen.) 's Avonds, als hij geen woord meer op papier kreeg, ging hij met zijn abuela voor het huis zitten om het straattafereel gade te slaan en naar de ruzies van de buren te luisteren. Op een van die avonden, de vakantie was bijna voorbij, zei zijn abuela opeens: Je moeder had ook dokter kunnen worden, net als je grootvader.

Wat is er dan gebeurd waardoor ze het niet werd?

La Inca schudde haar hoofd. Ze zat door haar doos met foto's te scharrelen, zocht de foto van zijn moeder op haar eerste dag op de particuliere school. Wat er altijd gebeurt. Un maldito hombre.

Hij schreef die zomer twee boeken. Beide gingen over een jongeman die aan het einde der tijden tegen mutanten vecht (en ze overleefden het geen van beiden). Deed ook een massa research, maakte aantekeningen van allerlei zaken die hij later misschien in sciencefictionele of fantasyvorm kon gieten. (Wat hij niet opnam was het verhaal over de familievloek dat zijn grootmoeder hem voor de duizendste keer vertelde. Want kom op, welke Dominicaanse familie gelooft nou niet dat ze vervloekt is?) Op de dag van hun terugkeer naar Paterson voelde hij zich bijna verdrietig. Bijna. La Inca legde zegenend haar hand op zijn hoofd. Cuidate mucho, mi hijo. Weet dat er altijd iemand zal zijn die van je houdt.

Op JFK deed zijn tío Rudolfo alsof hij hem nauwelijks herkende. Wat ben je bruin geworden, zei hij zonder veel overtuiging.

Met Al en Miggs wilde het niet echt meer vlotten. Hij zag ze nog wel, ging nog wel met ze naar de film, besprak Frank Miller, Alan Moore en de gebroeders Hernández nog wel met ze, maar het werd nooit meer de vriendschap van weleer. Als ze het antwoordapparaat hadden ingesproken, bedwong hij de neiging om meteen naar ze toe te gaan. Hij trof ze nog maar een keer of twee per week. Werkte liever aan zijn verhalen. Het werden eenzame weken, waarin hij alleen nog zijn games en zijn boeken had, en zijn woorden. Nou is mijn zoon *echt* een kluizenaar, mopperde zijn moeder. Hij sliep slecht, keek

’s nachts urenlang tv. En video’s. Van twee films was hij volkomen in de ban: *Zardoz* (had hij al eens samen met zijn tío in de bioscoop gezien, kort voordat Rudolfo de bak was ingedraaid) en *Virus* (de Japanse doemfilm met dat lekkere wijf uit *Romeo and Juliet*). Het einde van *Virus* roerde hem telkens weer tot tranen, als de Japanse held het basiskamp bereikt na een voettocht die hem van Washington D.C. via de Andes naar de zuidpool heeft gevoerd, en dan de vrouw van zijn dromen vindt. Ik werk nu aan mijn vijfde roman, zei hij toen Al en Miggs wilden weten waarom ze hem zo weinig zagen. En deze wordt echt *fantastisch*.

Wat zei ik je? zei Al tegen Miggs. Hij klinkt nou al als een student.

In de dagen van zijn jeugd had hij na elke vernedering door zijn zogenaamde vriendjes toch steeds weer hun wreedheid en minachting opgezocht, uit angst en omdat hij niet alleen wilde zijn, iets wat hij altijd verafschuwd had in zichzelf. Maar dat was nu voorbij, en daar was hij verdomd trots op. Hij vertelde het zelfs aan zijn zus toen die een paar dagen thuis was. Sterk van je, O! zei ze, en het was duidelijk dat ze het meende. Ja, hij toonde eindelijk eens ruggengraat. En het deed wel pijn, maar het voelde toch vooral *lekker*.

TOENADERING

In oktober, toen hij zijn aanvraagformulieren had verstuurd (naar Montclair State University, Fairleigh Dickinson, Rutgers, Drew, Glassboro State, William Paterson – hij had er zelfs een naar NYU gestuurd, je weet maar nooit, maar de lijm van de envelop was nog niet droog of de weigeringsbrief werd al bezorgd) en de winter zich al bleek en hatelijk over noordelijk New Jersey uitstrekte, werd Oscar verliefd op een klasgenote waarmee hij de voorbereidingscursus voor het universitaire toelatingsexamen deed. De wekelijkse lesavond was in een wijkgebouw in de buurt, dus ging hij er te voet naartoe, een gezonde manier om af te vallen. Hij was de eerste keer zonder sociale illusies het klaslokaal binnengelopen, maar toen hij die schoonheid op de achterste rij zag, was zijn adem gestokt. Hij *moest* gewoon naast haar gaan zitten. Haar naam was Ana Obregón, een knappe, praatgrage gordita die Henry Miller las terwijl ze geacht werd propositielogica te leren. Op de vijfde avond zag hij dat ze *Sexus* zat te lezen, en zij zag dat hij het zag, en ze boog zich naar hem toe en wees een passage aan die hem een erectie van schokbeton bezorgde.

Je zult me wel weird vinden, hè? vroeg ze in de pauze.

Jij weird? Ben je mal. Ik weet alles van weird en jij bent allesbehalve weird.

Ana was vrij en makkelijk in de omgang. Ze had prachtige Caribische ogen, van het zuiverste antraciet, en een rubensfiguur waarvan je gewoon *wist* dat het zonder kleren net zo adembenemend zou zijn als met. Ze zat ook totaal niet met haar overtollige pondjes, droeg dezelfde zwarte stretchbroeken als alle andere meisjes, en nauwsluitende bovenkleding, de duurste merken. Ook gaf ze alle aandacht aan het bijhouden van haar make-up, een ritueel dat Oscar altijd weer gefascineerd volgde. Ze vertoonde een unieke combinatie van straatraffinement en meisjesachtigheid (het leed geen twijfel dat ze thuis een lawine van knuffelbeesten op haar bed had liggen) en het moeiteloze gemak waarmee ze tussen deze twee aspecten heen en weer ging, overtuigde hem ervan dat het een zowel als het ander een masker was – dat er een derde Ana bestond, een verborgen Ana die precies wist wanneer ze welk masker op moest zetten, maar die zelf voor iedereen onkenbaar bleef. Ze had alle boeken van Miller. Van haar ex-vriend Manny gekregen toen die bij het leger ging. Daarvoor had hij haar er vaak uit voorgelezen. (En daar werd ik dan altijd zo geil van!) Ze was dertien jaar geweest toen ze verkering kregen. Manny was toen vierentwintig, en een ex-cokeverslaafde.

Dit soort dingen vertelde Ana alsof het niks was.

Wacht eens even, jij was dertien en je moeder vond het goed dat je met zo'n ouwe lul omging?

Mijn moeder was gek op Manny, zei ze. Ze kookte altijd voor hem.

Ik kan me vergissen, zei hij, maar volgens mij is dat vrij ongebruikelijk.

Die avond legde hij het voor aan Lola, die thuis was voor haar wintervakantie. Stel, jij hebt een dochter van dertien, zou je het dan goedvinden als ze met een gast van vierentwintig ging?

Ik zou hem zijn poten breken.

Hij stond versteld over de opluchting die het antwoord hem schonk.

Ken je soms iemand die zoiets heeft meegemaakt, O?

Hij knikte. Het meisje dat naast me zit op de cursus, een orchideïsche schoonheid.

Lola nam hem onderzoekend op. Ze was nu een week thuis maar droeg nog steeds de sporen van de atletiektraining op Rutgers. Het wit van haar kattenogen zat vol adertjes. Weet je, zei ze ten slotte, wij bruintjes doen altijd net alsof we zoveel om onze kinderen geven, maar in werkelijkheid valt dat vies tegen. Ze slaakte een zucht. Het valt ontzettend tegen, echt.

Hij legde zijn hand op haar schouder, maar ze schudde hem af. Tijd voor je buikspieroefeningen, Mister.

Zo noemde ze hem altijd als ze in een tedere of bezorgde stemming was. Mister. Na zijn dood wilde ze het zelfs op zijn grafsteen laten zetten, maar daar was iedereen tegen. Ik ook.

Stom, achteraf.

Hij en Ana naast elkaar onder de les, hij en Ana na afloop samen op de parkeerplaats, hij en Ana in de McDonald's, hij en Ana raakten bevriend. Hij verwachtte elke week dat ze adiós zou zijn, maar als hij de klas binnenkwam, zat ze altijd op haar vaste plek achterin. Ze kregen de gewoonte om elkaar thuis te bellen en dan gewoon wat te babbelen, over niks eigenlijk. De eerste keer belde zij *hem*, om hem een lift aan te bieden naar het wijkgebouw. Een week later belde hij haar, in een opwelling. Bij de eerste keer overgaan werd hij bloednerveus. Zijn hart ging zo tekeer dat hij er bang van werd. Maar toen ze opnam was het gelijk: Hé, Oscar, moet je horen wat mijn zus heeft geflikt – en daar gingen ze, enkele reis Babbelonië. Toen hij haar voor de vijfde keer belde, merkte hij dat hij niet langer bang was om afgepoeierd te worden. Ze was het enige meisje buiten zijn directe familie dat openhartig was over haar menstruatie, dat gewoon zei: Ik bloed als een rund vandaag (een verbluffende ontboezeming die eindeloos door zijn hoofd bleef spoken, omdat het hem veel meer leek dan zomaar een opmerking). Haar lach was gul en vrij, alsof ze de lucht om zich heen bezat, en hij hoefde er maar aan te denken of zijn hart bonkte tegen zijn ribben. Het was anders dan al zijn eerdere geheime liefdes, want op Ana werd hij verliefd terwijl ze daadwerkelijk met elkaar omgingen. En omdat ze zo plotseling in zijn leven was verschenen, onder zijn radar was komen binnenvliegen, had hij geen gelegenheid gehad om zijn gebruikelijke toren van onzinfantasieën en waanzinnige verwachtingen op te trekken. Misschien was hij gewoon moe na al die seksloze jaren, of anders begon hij misschien vat op de materie te krijgen, maar hij slaagde er zowaar in om zichzelf niet voor paal te zetten. Hij deed het rustig aan en liet komen wat komen ging. Hij gebruikte geen protserige woorden, sprak op een ontspannen toon en met veel zelfspot, want hij had ontdekt dat ze die zeer vermakelijk vond. Het was ronduit verbazend zoals het tussen hen ging. Zei hij zomaar iets oppervlakkigs, een of andere waarheid als een koe, en dan zei zij: Goh, wat goed bedacht van je. Als zij zei: Ik ben dol op mannenhanden, spreidde hij de zijne voor zijn gezicht en zei quasiterloops: Ach, werkelijk? En dan lag ze dubbel.

Ze zei nooit hoe ze hen beiden zag. Ze zei alleen maar: Oscar, ik ben blij dat ik jou ken.

En dan zei hij: Ik ben blij dat ik door jou gekend word.

Op een avond zat hij naar New Order te luisteren en zich door *Clay's Ark* te worstelen toen er op zijn deur werd geklopt. Het was zijn zus.

Je hebt bezoek.

Heb ik bezoek?

Ja. Lola stapte zijn kamer binnen. Ze had haar hoofd kaalgeschoren à la Sinéad, waardoor iedereen nu in de overtuiging leefde, haar moeder incluis, dat ze in een lesbiana was veranderd.

Ze streek vluchtig over zijn wang. Ik zou me maar even opknappen als ik jou was.

Het was Ana. Ze stond in het halletje in een lange leren jas. Ze had blosjes van de kou. Haar gezicht was een meesterwerk van eyeliner, mascara, foundation, lipstick en blush.

Steenkoud buiten, zei ze. Ze hield haar handschoenen als een verlept boeketje in een hand.

Hé, was alles wat hij uit kon brengen. Hij voelde hoe Lola boven aan de trap stond te luisteren.

Wat doe je? vroeg Ana.

O, niets.

Ga je mee naar de film?

Oké.

Boven stond Lola op zijn bed te springen. Hij heeft een date, hij heeft een date, gilde ze zachtjes. En toen sprong ze op zijn rug en het scheelde niks of ze waren met zijn tweeën door het raam geflikkerd.

Dus, eh, is dit een date of zo? vroeg hij toen hij zich op de passagiersplaats van haar Cressida had geïnstalleerd.

Ze glimlachte. Zoiets ja.

Ze liet de buurtbioscoop voor wat die was en reed helemaal naar de Multiplex in Perth Amboy. Dit is mijn lievelingsbioscoop, zei ze terwijl ze een plekje zocht op de parkeerplaats. Mijn stiefvader nam ons hier altijd mee naartoe toen het nog een drive-in was. Ben jij er toen weleens geweest?

Hij schudde zijn hoofd. Ik heb wel gehoord dat ze hier de laatste tijd veel auto's jatten.

O ja? Nou, ik zou deze maar laten staan als ik hen was.

Het was zo ongelooflijk wat er opeens gebeurde, dat Oscar het gewoon niet serieus kon nemen. Tijdens de voorstelling (*Manhunter*) bleef hij de hele tijd verwachten dat er iemand naar hem toe zou komen om de verborgen camera aan te wijzen. Goeie film, hè? fluisterde hij in een uiterste poging om bij de les te blijven. Ana knikte. Ze had een parfum op dat hij niet van haar kende. De gloed van haar lichaamswarmte was *zinsbegoochelend*.

Toen ze terugreden klaagde Ana over hoofdpijn en zei daarna niets meer. Hij wilde de radio aanzetten, maar ze zei: Nee, echt, ik barst van de koppijn. Zal ik wat crack voor je scoren? grapte hij. Nee, Oscar. Dus leunde hij weer achterover en zag het Hess Building en de rest van Woodbridge voorbijglijden door een gewoel van viaducten. Hij voelde opeens hoe moe hij was, uitgeput door de nervositeit die de hele avond in hem gewoed had. Hoe langer ze bleven zwijgen, hoe mistroostiger hij werd. Doe normaal, man, dacht hij. Je hebt gewoon een filmpje met haar gepakt. Niks bijzonders.

Ana kreeg iets verdrietigs over zich. Ze beet op haar onderlip, haar verrukkelijke onderlip, tot haar tanden onder de lipstick zaten. Hij wilde er iets van zeggen, maar liet het maar zo.

Lees jij iets goeds momenteel?

Nee, zei ze. Jij?

Ik heb laatst *Dune* weer eens gelezen.

Ze knikte. Waardeloos boek vind ik dat.

Ze kwamen bij de afslag naar Elizabeth, een stuk waar je New Jersey ziet zoals het werkelijk is, bergen industrieel afval aan beide kanten van de weg. Hij zat zijn adem in te houden tegen de ondraaglijke stank toen Ana opeens een gil slaakte die hem tegen het portier deed vallen. Elizabeth! schreeuwde ze. Doe je benen bij elkaar!

Ze keek hem van opzij aan, wierp haar hoofd in haar nek en schaterde.

Toen hij thuiskwam zei zijn zuster: En?

En wat?

Heb je haar geneukt?

Jezus, Lola. Hij voelde zijn wangen gloeien.

Niet liegen, broertje.

Dat zou driest en overijld zijn geweest. En na een zucht: Met andere woorden, ik heb nog geen knoopje bij haar losgemaakt.

Ja ja, leer mij de Dominicaanse mannen kennen. Son pulpos. En ze wriemelde demonstratief met haar vingers.

De volgende ochtend werd hij wakker met een gevoel alsof hij was vrijgemaakt uit zijn vet, alsof hij was schoongewassen van al zijn ellende, en de eerste paar minuten had hij geen idee waarom hij zich zo voelde, en toen wist hij het en zei hardop haar naam.

OSCAR VERLIEFD

Een nieuwe gewoonte: ze gingen nu elke vrijdagavond naar een film of winkelcentrum. En hun gesprekken gingen steeds dieper. Ana vertelde hem dat haar ex-vriend Manny haar vaak verrot had geslagen, en dat dat erg verwarrend voor haar geweest was, want in bed hield ze er wel van als een jongen een beetje ruw met haar was. Ze vertelde dat haar echte vader was omgekomen bij een auto-ongeluk toen ze nog klein was en het gezin nog in Macorís woonde. En dat haar nieuwe stiefvader geen moer om haar gaf, maar dat dat haar niks kon schelen, want als Penn State haar aannam, kwam ze nooit meer terug naar huis. Hij liet haar op zijn beurt een paar van zijn verhalen zien, en vertelde dat hij ooit was aangereden door een auto, en dat zijn tío hem vroeger vaak verrot had geslagen. Hij vertelde haar zelfs over zijn verliefdheid op Maritza Chacón, en zij gilde: Maritza Chacón? Die cuero ken ik! O mijn god, Oscar, volgens mij is ze zelfs met mijn stiefvader naar bed geweest!

Jazeker, ze werden heel close met elkaar. Maar zoenden ze elkaar ooit in haar auto? Liet hij ooit zijn hand onder haar rok glijden? Vingerde hij haar ooit? Reed ze ooit tegen hem op terwijl ze hees zijn naam fluisterde? Woelde hij ooit door haar haar terwijl ze hem afzoog? Neukte hij haar ooit?

Arme Oscar. Zonder het zelfs maar te beseffen was hij weggezakt in een heilloos laten-we-vrienden-blijven-moeras, het lot van menige nerd. Zulke relaties zijn de amoureuze variant van het schandblok – je zit er met handen en voeten aan vast, wordt er totaal door ontluisterd en houdt er niets aan over. Nou ja, een beetje mensenkennis misschien.

Heel misschien.

In april kreeg hij de uitslag van zijn toelatingsexamen (1020 punten, onder het oude systeem) en de week daarop kwam de bevestigingsbrief van Rutgers: hij zou, net als zijn zus, naar New Brunswick gaan. Nou, je wordt student, hijo, zei zijn moeder met een bijna kwetsende opluchting in haar stem. Ja, zei hij, hoef ik later misschien toch niet met potloden langs de deuren. Je zult het er fantastisch vinden, zei Lola. Vast, zei hij, ik ben gewoon geschapen voor het universitaire leven.

Ana vernam in dezelfde week dat ze inderdaad naar Penn State ging. Op een Honors Program nog wel, de volle mep. Zo, nu kan mijn stiefvader aan het gas, zei ze bij de koffie in de mall van Yaohan. En ze had nog ander nieuws voor Oscar. Haar ex-vriend Manny was militair af en terug in de stad. Ze vertelde het met een vreugde die Oscars hoop definitief de bodem insloeg. Voorgoed terug? vroeg hij. Ana knikte. Manny had oneervol ontslag gekregen. Hij was kennelijk weer eens in de problemen geraakt, iets met drugs, maar ditmaal (en ze leek het stellig te geloven) was hij er ingeluisd. Door drie cocolos. Oscar had haar dat woord nooit eerder horen gebruiken, dus hij nam aan dat ze het van Manny had. Arme Manny, zei ze.

Ja, arme Manny, mompelde Oscar onhoorbaar.

Arme Manny, arme Ana, arme Oscar. Alles werd anders. Om te beginnen nam Ana bijna nooit meer op. Hij sprak menig bericht in. Met Oscar, er knaagt een beer aan mijn been, dus bel snel terug als je wilt. Hé, Oscar hier, ze willen een miljoen in contanten of ik ga eraan, bel snel! Dit is Oscar, er is hier een lichtgevende meteoriet neergekomen en ik ga nu naar buiten om te kijken. Het kon een paar dagen duren, maar ze belde altijd terug en klonk altijd opgewekt. Maar toch. Toen ze drie achtereenvolgende vrijdagavonden had afgezegd, besloot hij genoegen te nemen met zondagmiddag na de kerk. Dan haalde ze hem op en reden ze naar Boulevard East. Ana parkeerde op de rivierkade zodat ze naar de skyline van Manhattan konden kijken – geen zee of gebergte, maar voor Oscar was er geen inspirerender uitzicht denkbaar, en het leidde dan ook tot betere gesprekken dan ze ooit hadden gehad. Heel diep, heel eerlijk.

Tijdens een van die samenspraken verzuchtte Ana: Jezus, ik was vergeten hoe groot de lul van Manny was.

Bedankt voor de mededeling, snauwde hij. Fijn dat ik het weet.

O, sorry, zei ze. Ik dacht dat wij alles met elkaar konden bespreken.

Nou, wat mij betreft mag je de afmetingen van Manny's geslachtsorgaan voor je houden.

Dus we kunnen niet alles bespreken?

Hij gaf er niet eens antwoord op.

Nu Manny en zijn enorme lul er waren, verviel Oscar weer in dagdromen over de Nucleaire Doem. Hoe hij door een waanzinnig toeval aan de weet zou komen dat de aanval was ingezet, en dan de auto van zijn tío stal, naar de winkels reed om voorraden in te slaan (en misschien al wat plunderaars doodschoot) en Ana ging halen. Maar Manny dan? jammerde ze. Geen tijd! riep hij, en hij knalde nog maar wat plunderaars neer (sommige waren al een beetje gemuteerd) en ze scheurden weg, naar zijn stralingsvrije schuilplaats waar Ana zich al snel gewonnen gaf voor zijn geniale daadkracht en zijn lichaam dat tegen die tijd pezig en atletisch zou zijn. Was hij in een minder gewelddadige stemming, dan liet hij Ana de flat van Manny binnengaan, waar ze hem aan het snoer van de plafondlamp zag hangen, met zijn tong paars en dik uit zijn mond en zijn broek op zijn enkels. Op tv was het nieuws van de ophanden zijnde aanval, en o ja, Manny had een zelfgeschreven briefje op zijn borst gespeld. *Willik nie meemake.* En dan zou hij, Oscar, Ana troosten en haar de harde maar bevrijdende waarheid influisteren. Lieverd, hij was gewoon te zwak voor de wereld die komen gaat.

Zeg, hoe zit het nou? wilde Lola op een avond weten. Heeft ze een vriendje?

Ja, zei hij.

Hou jij dan maar een beetje afstand de komende tijd.

Luisterde hij naar haar? Natuurlijk niet. Hij bleef dag en uur beschikbaar, altijd bereid om Ana's geklaag en gemijmer aan te horen. Tot zijn peilloze vreugde kwam het zelfs tot een ontmoeting met de befaamde Manny. Voor de deur van Ana's gebouw was dat. Manny bleek een mager maar intimiderend heerschap. De bouw van een marathonloper en een smeulende blik in zijn ogen. Toen hij zijn hand uitstak, dacht Oscar eerst dat hij een ram ging krijgen, zo dreigend keek Manny. Hij was al kalend en had ter verhulling daarvan zijn kop gladgeschoren. Had een ring in elke oorlel. Had iets van een tanig oud roofdier over zich.

Zo, dus jij bent Ana's schoolvriendje, zei hij.

Klopt! zei Oscar met een schrille opgewektheid die hem met zelfhaat vervulde.

Oscar is een briljant schrijver, zei Ana, hoewel ze nooit had gevraagd of ze een verhaal van hem mocht lezen.

Manny snoof minachtend. Waar moet iemand als jij nou over schrijven?

Mijn belangstelling gaat uit naar de speculatieve genres, zei Oscar, en hij was zich er ten volle van bewust hoe bespottelijk dit klonk.

De speculatieve genres, herhaalde Manny. Hij keek naar Oscar alsof hij hem wilde uitbenen. Praat jij altijd zo?

Oscar glimlachte, en bad in stilte om een aardbeving die Paterson in één seconde zou wegvagen.

Dat doe je toch niet om mijn meissie in te pikken, hè?

Oscar lachte met zoveel inspanning dat zijn stem ervan oversloeg. Ana sloeg met een rood hoofd haar ogen neer.

Peilloze vreugde.

Nu Manny er was leerde Oscar een geheel nieuwe kant van Ana kennen. Het enige waar ze het over had bij de schaarse gelegenheden dat ze elkaar nog spraken, was Manny. Manny sloeg haar, Manny schopte haar, Manny noemde haar een vet varken, Manny bedroog haar, wist ze heel zeker, met een Cubaans meisje dat nog op junior high zat. Aha, zei Oscar jolig, dus daarom kon ik toen nooit een date krijgen, ze waren allemaal met Manny aan de rol! Ana kon er niet om lachen. Ze konden elkaar geen tien minuten spreken of haar pieper ging en het was Manny die wilde weten waar ze uithing en met wie ze was. Op een dag kwam ze bij Oscar thuis met een blauwe plek op haar wang en een scheur in haar blouse, en Oscars moeder zei: Zeg, heb ik dat? Ik wil hier geen ellende hoor.

Wat moet ik nou? vroeg Ana keer op keer op keer, en dan sloeg Oscar beschroomd zijn arm om haar heen en zei: Tja, als hij je zo slecht behandelt, is het misschien beter als je met hem breekt. En dan schudde ze haar hoofd en zei: Ik weet het, maar dat kan ik niet. Ik *hou* van hem.

Tja, de liefde. Liefde is vaak blind, en als buitenstaander kun je dan maar beter afstand nemen. Dat Oscar niettemin met Ana om bleef gaan, was puur uit antropologische interesse, zei hij tegen zichzelf. Puur om te observeren hoe het af zou lopen tussen die twee. Maar diep vanbinnen wist hij dat hij zich gewoon niet van haar los kon rukken. Hij was hopeloos en onverbeterlijk verliefd. Wat hij vroeger gevoeld had voor al die meisjes die hij nauwelijks kende, viel in het niet bij de amor die hij voor Ana in zijn hart droeg. Het had de intensiteit van een dwergster, de kracht van een supernova. Het leek sterk genoeg om hem krankzinnig te maken. Het enige wat er nog een beetje bij in de buurt kwam, was zijn liefde voor boeken. Alleen de som van alles wat hij ooit gelezen had en ooit hoopte te schrijven, benaderde dat wat Ana voor hem betekende.

Tja, elke Dominicaanse familie heeft verhalen over intense liefdes, en Oscars familie vormde geen uitzondering.

Wat te denken, bijvoorbeeld, van zijn Nena Inca? Die was pas zes maanden getrouwd geweest toen haar echtgenoot op zijn vrije paasdag ging zwemmen en verdronk, en ze had daarna nooit meer iets van een man willen weten. Ik hoef geen ander, zei ze altijd. Ik zal snel genoeg weer bij *hem* zijn.

En dat was nog niets vergeleken bij de abuelo van wie Oscar de ogen scheen te hebben en die gestorven was in de gevangenis. Hij was daar omwille van de liefde beland, en was zelfs gek geworden voor hij stierf. (Meer wist Oscar er niet van, want de precieze toedracht scheen niemand in de familie te kennen. Of ze verzwegen het.)

Het vuur van deze grootvader scheen te zijn overgegaan op Oscars moeder. Jouw mamá, had zijn tía Rubelka weleens gefluisterd, was vroeger een loca als het om de liefde ging. Ze is er bijna aan onderdoor gegaan.

En nu leek Oscar zelf aan de beurt. *Welkom in de familie*, zei zijn zuster in een droom, *je ware familie*.

Familietrek of niet, het was hem duidelijk wat er gaande was. Maar wat kon hij eraan doen? Wat hij voelde viel niet te ontkennen of te negeren. Kostte het hem zijn nachtrust? Ja. Kostte het hem zijn concentratie op school? Ja. Hield hij op met het lezen van André Norton en had hij zelfs geen interesse meer voor de Watchmen-reeks, de belofte van een verbluffende ontknoping ten spijt? Ja. Begon hij de auto van zijn tío te lenen voor lange ritten naar Sandy Hook, waar zijn moeder hem vaak mee naartoe had genomen toen zij nog gezond was en hij nog niet veel te dik voor het strand? Ja. Leidde zijn onbeantwoorde liefde tot gewichtsverlies? Helaas, dat nou net niet. Hij snapte zelf ook niet hoe dat kon. Toen Lola het had uitgemaakt met Golden Gloves, was ze twintig pond afgevallen. Wat was dit voor genetische discriminatie? Wat was dit voor rotstreek van een wrede God?

Er begonnen vreemde dingen te gebeuren. Op een keer werd het hem zomaar zwart voor de ogen terwijl hij de straat overstak, en kwam hij weer bij met een scrum van bezorgde passanten om zich heen. Op een andere keer zat Miggs hem te dollen met zijn ambitie om rollenspelauteur te worden (lang verhaal – Fantasy Games Unlimited had belangstelling getoond voor een module die Oscar voor PsiWorld had bedacht, en was kort na het tonen van die belangstelling op de fles gegaan). Nou, zei Miggs, Gary Gygax hoeft voorlopig dus niet voor concurrentie te vrezen. Een onschuldig grapje, maar Oscar werd witheet, haalde zonder een woord te zeggen uit en bezorgde Miggs een bloedlip. Jezus christus, zei Al, doe een beetje normaal, man! Sorry, zei Oscar zonder veel overtuiging, het ging per ongeluk. Govverdomme, zei Miggs ontredderd, govverdomme.

Op een avond had hij Ana weer eens aan de telefoon met een snikkend relaas van Manny's laatste misdragingen, toen hij opeens zei: Het spijt me, maar ik moet nu naar de kerk. Hij hing op, liep naar de kamer van zijn tío Rudolfo (die in de blotetietenbar zat) en pikte zijn antieke Virginia Dragoon, de bovenmaatse Colt .44 die menige indiaan fataal werd, zo zwaar als de pest en tweemaal zo dodelijk. Hij stak de vervaarlijke loop in zijn broekband, ging de straat op en vatte post voor Manny's gebouw. Kom op, teringlijer, fluisterde hij voor zich uit, ik heb een lekker elfjarig meisje voor je. Hij bleef er de hele nacht staan, vergroeide zowat met de gevel. Het kon hem niet schelen dat hij voor de rest van zijn leven in de bak zou verdwijnen, waar hij met een postuur als het zijne aan de lopende band verkracht zou worden, zowel in zijn mond als in zijn kont. Het kon hem niet schelen dat hij de aandacht van de politie kon trekken, die dan de revolver zou ontdekken en zijn tío in de gevangenis zou smijten wegens schending van zijn parool. Niets kon hem die nacht schelen. Hij zag zijn toekomst als schrijver aan zich voorbijflitsen, hij besefte dat hij nog maar één verhaal had geschreven dat iets voorstelde (over een groepje Australische studenten dat ten prooi valt aan een woestijngeest) en dat hij nooit meer de kans zou krijgen om iets beters te schrijven, en het kon hem geen moer schelen. Gelukkig voor hem en de Amerikaanse letteren kwam Manny die nacht niet thuis.

Het was moeilijk uit te leggen. Het was niet alleen het idee dat Ana zijn allerlaatste kans op geluk vormde (hoewel hij dat geen moment betwijfelde), maar ook het feit dat hij nog nooit, nooit in zijn achttien waardeloze jaren op deze wereld, het gevoel had ervaren dat hij kreeg als hij met haar samen was. Ik wacht mijn leven lang al op de liefde, schreef hij in een brief aan zijn zus, en ik zou niet weten hoe vaak ik gedacht heb dat zoiets voor mij niet was weggelegd. Maar nu ik Ana ken, is het alsof ik een stukje van de hemel heb ingeslikt. Het gevoel dat ze me geeft is onvoorstelbaar. (Toen hij *Robotech Macross* had gehuurd en de scène zag waarin Rich Hunter eindelijk met Lisa wordt verenigd, begon hij te huilen als een kind. Wat is er? riep zijn tío Rudolfo die een lijntje zat te doen in de achterkamer. Hebben ze de president vermoord?)

Toen zijn zus voor een paar dagen thuiskwam om haar was te doen, kon hij zich niet bedwingen en biechtte hij haar het revolververhaal op. Lola schrok zich te pletter. Ze trok hem mee naar het altaartje dat ze voor hun dode abuelo had gebouwd, dwong hem op zijn knieën en liet hem zweren, op de ziel van hun moeder, dat hij nooit meer zoiets stoms zou doen. Ze was zo bezorgd dat ze tranen in haar ogen kreeg.

Je moet hier een streep onder zetten, Mister.

Ik weet het, zei hij. Maar ik ben gewoon helemaal de kluts kwijt, weet je.

Die avond vielen ze samen op de bank in slaap. Lola had haar vriendje net voor de zoveelste keer de bons gegeven en zei dat het nu echt *uit* was. Maar Oscar wist ondanks zijn ontreddering dat het binnen de kortste keren weer aan zou zijn. Bij het ochtendkrieken kreeg hij een droom waarin alle meisjes langskwamen op wie hij ooit verliefd was geweest, alle vriendinnetjes die hij nooit had gehad, in een eindeloze optocht, als de extra lichamen van de wondermensen in Alan Moore's *Miracle Man*. Je kunt het, Oscar, zeiden ze allemaal.

Hij werd rillend van de kou wakker.

Hij sprak met haar af in de Japanse winkelgalerij aan Edgewater Road in Yaohan, die hij ontdekt had op een van zijn lusteloze autoritten en waar hij sindsdien zijn anime-video's kocht. Precies de goede omgeving, onalledaags en exotisch. Iets waar ze later hun kinderen over konden vertellen. Ze zochten een plekje in de cafetaria, aan het raam met uitzicht op Manhattan, en bestelden ieder een katsu met kip.

Wat heb je toch een prachtige borsten, zei hij bij wijze van opening.

Ze keek hem verwilderd aan. Wat heb jij opeens?

Hij keek naar buiten, liet zijn blik over de westelijke flank van Manhattan dwalen, met een air van diepzinnige bedachtzaamheid. En toen zei hij het.

Ze was niet verrast. Natuurlijk niet. Haar ogen werden zacht en ze legde haar hand op de zijne. Schoof haar stoel dichterbij. Er zat een geel vezeltje tussen haar tanden. Oscar, zei ze ingetogen, ik *heb* een vriend.

Ze reed hem naar huis. Hij dankte haar voor haar tijd, stapte uit en ging naar binnen, naar zijn kamer, naar bed.

In juni studeerde hij af aan Don Bosco. (Zie de familie bij de ceremonie. Zijn moeder begint mager te worden – haar kanker werkt aan een comeback. Rudolfo is te high om uit zijn ogen te kijken. Alleen Lola ziet eruit zoals het moet. Trots en blij. Het is je gelukt, Mister. Het is je gelukt.) In de drukte na afloop hoorde hij dat hij niet de enige was die het promfeest had laten schieten. Olga, dikke geschifte Olga, was ook niet geweest. Misschien had *jij* haar moeten vragen, zei Miggs, die het dollen nog steeds niet verleerd was.

In september vertrok hij naar New Brunswick om zijn studie aan Rutgers te beginnen. Zijn moeder gaf hem honderd dollar en zijn eerste zoen in vijf jaar. Van zijn tío kreeg hij een doos condooms en het klemmende advies om ze allemaal te gebruiken. Met meisjes. In de dagen die volgden was er de euforie van zijn nieuwe leven, eindelijk op de campus, van alles bevrijd, helemaal zelfstandig – plus het optimisme dat er onder die duizenden jonge mensen vast wel een paar zouden zijn die net zo waren als hij. Maar dat viel lelijk tegen. De blanke eerstejaars keken naar zijn afro en zijn bruine huid en liepen met een minzame boog om hem heen. De donkere eerstejaars beluisterden zijn spreektrant, bekeken zijn amechtige dikke lijf en schudden vol ongeloof hun hoofd. Jij een Dominicaan? Schei uit! Jazeker wel, zei hij keer op keer. Soy dominicano. Dominicano soy. Na een paar feestjes waarop zijn enige aanspraak bestond uit de dreigementen van dronken blanke jongens die zich aan hem ergerden, en een stuk of twintig colleges waarbij niet één meisje hem een blik waardig keurde, voelde hij zijn optimisme wegebben. En voor hij het wist had hij zich overgegeven aan de college-versie van zijn voornaamste bezigheid op de high school: treuren om zijn seksuele uitzichtloosheid. Zijn gelukkigste momenten waren sf&f-momenten, zoals het uitkomen van *Akira* (1988). Droevig maar waar. Hij at tweemaal per week met Lola in de eetzaal van Douglass College. Zij was een voorname tante op de campus, kende iedereen die ook maar een greintje pigment had, was betrokken bij elk protest en elke demonstratie. Maar daar schoot hij niks mee op. Tijdens die maaltijden gaf ze hem adviezen en knikte hij stilletjes, en naderhand zat hij dan op de halte van de universiteitsbus naar al die mooie Douglass-meisjes te kijken en zich af te vragen waar het toch fout was gegaan in zijn leven. Het lag voor de hand om het aan de sf&f te wijten, maar dat kon hij niet – daarvoor hield hij te veel van zijn boeken, video's en spelen. Hij nam zich voor het roer om te gooien, maar hij bleef een boekenwurm, bleef te veel eten, bleef niets aan lichaamsbeweging doen, bleef dure woorden gebruiken, en na een paar semesters zonder één vriendschap buiten die met zijn zus, meldde hij zich aan bij dé nerdenorganisatie van de universiteit, de RU Gamers – een club met louter mannelijke leden, die bijeenkwamen in de lokalen onder Frelinghuysen Hall. Hij had gedacht dat het hem op de universiteit beter zou vergaan qua meisjes, maar in die eerste jaren kwam hij bedrogen uit.

2
Wildwood
1982-1985

Het zijn nooit de veranderingen waar je op hoopt die alles anders maken.

Het begint allemaal hiermee: met je moeder die je naar de badkamer roept. Je zult je de rest van je leven kunnen herinneren wat je op dit moment doet – je leest Watership Down *en de konijnen vluchten net naar de boot en je wilt eigenlijk niet ophouden met lezen, ook al omdat je broer het boek morgen terug wil, maar ze roept je opnieuw, luider, met haar ik-meen-het-stem, en je mompelt geërgerd: Sí, señora.*

Ze staat halfnaakt voor de spiegel van het medicijnkastje. Haar bustehouder hangt om haar middel als een aan flarden gewaaid zeil. Het litteken op haar rug is als een woeste zee. Je wilt terug naar je boek, je wilt doen alsof je haar niet hebt gehoord, maar daar is het nu te laat voor. Haar ogen vinden de jouwe in de spiegel – de grote donkere ogen die jij later ook zult krijgen. Ven acá, beveelt ze, en haar blik keert terug naar een van haar borsten. Je moeders boezem is immens. *Het achtste wereldwonder. Een cup G of zo. Grotere borsten zie je alleen in speciale pornoboekjes of op monsterlijk dikke vrouwen. De tepelhoven zijn zo groot als schotels en donker tegen het zwarte aan, en om de korrelige randen groeien walgelijke ha-*

ren die ze soms plukt maar ook vaak laat zitten. Je hebt je altijd doodgeschaamd voor haar borsten, en als je met haar over straat loopt, heb je altijd het gevoel dat iedereen ernaar kijkt. Zij denkt er zelf anders over. Na haar gezicht en haar haar is haar boezem datgene waar ze het meest trots op is. Je vader kon er geen genoeg van krijgen, zegt ze altijd pocherig. Maar dat lijkt in strijd met de feiten. Hij is er destijds na twee jaar huwelijk vandoor gegaan.

Je verafschuwt gesprekken met je moeder, omdat ze altijd weer hierop neerkomen: zij levert kritiek, dramt en foetert, en jij moet luisteren. Zoals ze daar met haar tieten staat te pronken, zal het nu wel weer over je eetgedrag gaan. Ze gelooft dat je veel te weinig plátanos eet en daarom geen schijn van kans maakt om net zo'n schitterende voorgevel te krijgen als zij. Voor de rest ben je overduidelijk haar dochter. Twaalf jaar oud en al bijna net zo lang als zij. Ook jij bent slank, ook jij hebt de hals van een ibis. Je hebt haar groene ogen (al zijn die van jou iets lichter) en haar lange steile haar, waardoor je eerder Hindoestaans lijkt dan Dominicaans. En een kont die je al sinds groep zeven de aandacht van alle jongens oplevert, al snap je nog steeds niet wat er zo aantrekkelijk aan is. En je hebt haar teint, donkerder dan de meeste dominicanas. Maar de erfelijkheid strekt zich nog steeds niet uit tot je bovenlichaam. Jij hebt nog maar een zweem van buste, bent eigenlijk nog gewoon plat, en je verwacht dat ze je weer verbieden gaat bh's te dragen, omdat ze gelooft dat die de groei belemmeren. Maar je neemt je voor om je fel te verzetten, want je bh's zijn een persoonlijke aangelegenheid voor je, net zo persoonlijk als het maandverband dat je sinds een tijdje nodig hebt en per se zelf wilt kopen.

Maar nee, geen woord over plátanos. Ze zegt helemaal niets. In plaats daarvan pakt ze je hand en leidt die naar haar borst. Je moeder is altijd heel hardhandig, ruw in alles wat ze doet, maar nu is ze heel behoedzaam. Je wist niet eens dat ze dat zijn kon.

Voel je dat? vraagt ze met haar al te vertrouwde raspstem.

In het begin voel je alleen de warmte en stevigte van haar vlees. Ze duwt er je vingertoppen in, dwingt je tot kneden. Je bent nog nooit zo dicht bij haar geweest en je hoort jezelf ademhalen.

Voel je dat?

Ze slaat haar ogen naar je op. Coño, muchacha, gaap me niet zo aan en voel.

Dus doe je je ogen dicht en kneedt en denkt aan Helen Keller en hoe graag je als klein meisje op haar wilde lijken behalve dat jij niet zo stijf en truttig wilde zijn en opeens voel je iets. Een bult, vlak onder haar huid, hard en geheimzinnig. Er begint je een eigenaardig gevoel te doorstromen. Het voorgevoel dat je leven gaat veranderen. Je wordt licht in je hoofd en je bloed klopt in je oren. Je ziet kleine lichtflitsjes, als vallende sterren. Je weet niet waar dat gevoel vandaan komt, maar wel dat het onfeilbaar juist is, boven elke twijfel verheven. Een opwindende zekerheid. Je leven lang heb je al iets van een bruja over je. Zelfs je moeder erkent dat, terwijl ze er een hekel aan heeft om je wat voor gave dan ook toe te dichten. Toen je je tía die winnende lottonummers had ingefluisterd, noemde je moeder je hija de Liborio. (En jij nam aan dat die Liborio gewoon een familielid was, want je wist nog niks van Santo Domingo.)

Ja, ik voel het, zeg je iets te schel. Lo siento.

En inderdaad, alles wordt anders. De doktoren halen een paar weken later die hele borst weg, plus de lymfklieren in haar oksel. Door die operatie zal je moeder de rest van haar leven moeite hebben om haar arm boven haar hoofd te heffen. Haar haar begint uit te vallen. Wat ze nog overheeft, trekt ze er op een dag zelf uit en stopt ze in een plastic zak. Jij begint ook te veranderen. Niet meteen, en niet ingrijpend, maar het gebeurt wel. En het was de badkamer waar het allemaal begon. Waar jij begon.

Een punkchick, dat werd ik. Een Siouxsie and the Banshees minnende punkchick. Mijn nieuwe haar was een bron van vermaak voor de Puertoricaanse kinderen uit de buurt. Ze noemden me Blacula. En de morenos wisten helemáál niet wat ze zagen. Zij noemden me een devil bitch. Yo, devil bitch, yo, *yo*! Mijn tía Rubelka dacht dat ik malende was. Hija, zei ze terwijl ze pastelitos stond te bakken, gaat het wel goed met je? Misschien heb je hulp nodig. Maar mijn moeder was het ergst. Dit is de laatste druppel! schreeuwde ze. De... laatste... druppel! Als ik 's ochtends beneden kwam en zij stond in de keuken haar café en greca te drinken en naar Radio WADO te luisteren, maakte mijn haar haar telkens weer razend, alsof ze het in de voorafgaande nacht vergeten was. Mijn moeder was een van de langste vrouwen van Paterson en haar woede was minstens zo imposant. Een woede die je in een omklemming nam, en als je niet oppaste, werd je doodgedrukt. Que muchacha tan fea, zei ze vol verachting, en dan kwakte ze de rest van haar koffie in de gootsteen. Fea, dat werd haar nieuwe naam voor mij. Op zich niks nieuws, want ze had altijd al op ons gescholden. Voor de liefdevolheidsprijs was ze nooit echt in aanmerking gekomen, geloof me. Als ze niet aan het werk was sliep ze, en als ze niet werkte of sliep, ging ze tekeer of mepte erop los. Als ukkies waren Oscar en ik banger voor haar geweest dan voor het donker of El Cuco. Altijd bereid om ons ervan langs te geven, met een slipper als je geluk had, met een riem als je pech had, of er nu mensen bij waren of niet. Maar ook dat werd anders door haar kanker. Haar laatste poging tot een mep was toen ik was thuisgekomen met mijn punkhaar, maar in plaats van ineen te duiken of weg te rennen, onderschepte ik haar hand met een opstoot. Het was een reflex, maar ik wist meteen dat ik het niet meer, nooit meer, ongedaan kon maken. Dus bleef ik met mijn vuisten in de aanslag voor haar staan, wachtend op wat komen ging. Misschien zette ze haar tanden nu wel in me, zoals ze die vrouw had gebeten met wie ze ruzie kreeg in de Pathmark. Maar ze stond alleen maar te beven, met haar kale hoofd, in haar stomme duster, met die reusachtige schuimrubber vulling in haar bh. Ik kreeg bijna medelijden met haar. Ga je zo met je moeder om? krijste ze. En als ik had gekund, had ik haar al mijn grieven uit al die jaren in haar gezicht geslingerd, maar ik schreeuwde alleen maar: Ga jij zo met je dochter om?

Het ging al een jaar lang beroerd tussen ons, en het werd steeds slechter, en dat kon ook niet anders. Zij was mijn Dominicaanse moeder met haar Dominicaanse achtergrond en haar Dominicaanse opvattingen. En ik was haar enige dochter, die ze helemaal alleen had grootgebracht, waardoor ze het haar plicht achtte om me voortdurend onder de duim te houden. Nee, onder haar hak. Ik was veertien en snakte al jaren naar mijn eigen plekje op deze wereld, een plek waar zij niets te zoeken zou hebben. Al jaren wilde ik het leven dat ik voor het eerst als klein meisje had gezien als *Big Blue Marble* op tv was, het leven dat me schoolatlassen mee naar huis had doen nemen, dat me op mijn achtste lid had doen worden van een internationale correspondentieclub, een leven buiten Paterson, buiten mijn familie, buiten de Spaanse taal. Dat leven wilde ik al jaren. En toen ze ziek werd, had ik mijn kansen erop zien stijgen. En nu, met mijn punkhaar, had ik mijn kans eindelijk gegrepen. Het klinkt misschien hard, maar zo was het. Wie niet is opgegroeid zoals ik, zal het zich niet kunnen voorstellen, en als je het je niet kunt voorstellen, kun je ook maar beter niet oordelen. Je hebt geen idee van de greep die onze moeders op ons hebben. Zelfs de moeders die er nooit zijn. *Juist* de moeders die er nooit zijn. Je hebt geen idee hoe het is om de volmaakte Dominicaanse dochter te zijn, wat een eufemisme is voor de volmaakte slavin. Je weet niet hoe het was om op te groeien met een moeder die nooit maar dan ook nooit iets positiefs zei, niet over haar kinderen en niet over de wereld, die altijd achterdochtig was, die altijd kritiek had en altijd je dromen aan diggelen smeet.

Toen mijn eerste penvriendinnetje, Tomoko, na drie brieven ophield met schrijven, was het mijn moeder die lachte en zei: Dacht je nou echt dat iemand dat met *jou* volhield? Ik huilde tranen met tuiten. Ik was acht, en ik had er al stiekem op gerekend dat Tomoko en haar ouders me zouden adopteren. Mijn moeder had dat natuurlijk door en lachte me vierkant uit. Ik zou ook niet met jou blijven schrijven! Zo'n moeder was ze. Het soort dat je aan jezelf doet twijfelen, het soort dat je voortdurend onderuithaalt. En wat deed ik? Ik liet me keer op keer kleineren. Erger nog: ik geloofde haar. Ik was nergens goed voor, een idiota. Ik geloofde haar, en omdat ik haar geloofde, was ik de volmaakte hija. Ik kookte, maakte schoon, deed de was, haalde boodschappen, vertaalde de post, schreef brieven aan de bank om late aflossingen voor de hypotheek uit te leggen. En op school haalde ik de hoogste cijfers. En op straat maakte ik nooit heibel, zelfs niet met de morenas die me haatten om mijn steile haar. Ik kwam zo snel mogelijk naar huis en maakte de boel aan kant en zorgde dat Oscar op tijd zijn eten kreeg terwijl onze moeder werkte. Ik voedde hem op, en mezelf. En zij vond dat normaal. Je bent mijn hija, zei ze, die dingen hoor je te doen. Toen me op mijn tiende dat ene overkwam en ik ten slotte de kracht vond om haar te vertellen wat de buurman met me had gedaan, zei ze dat ik mijn mond moest houden en moest stoppen met janken. Dus deed ik dat. Ik hield mijn mond en perste mijn benen tegen elkaar en sloot mijn geest af, en na een jaar had ik hem zo ver uitgebannen dat ik hem niet eens meer had kunnen beschrijven. Ik hoor jou alleen maar klagen, zei ze tegen me, maar je hebt geen benul van het echte leven. Sí, señora. Toen ze zei dat ik mee mocht op het schoolreisje van groep acht, naar Bear Mountain, en ik een rugzak kocht met het geld van mijn krantenwijk, en briefjes uitwisselde met Bobby Santos die gezegd had dat hij onze blokhut zou binnenkomen om me te zoenen waar iedereen bij was, geloofde ik haar. En toen ze op de ochtend van vertrek zei dat ik thuis moest blijven en ik zei: Maar u hebt het beloofd, en zij zei: Ik heb je niks beloofd, muchacha del diablo, gooide ik niet mijn rugzak naar haar hoofd en rukte ik niet mijn ogen uit van verdriet. Zelfs toen het me daagde dat Laura Saenz nu de zoentjes ging krijgen die voor mij waren bestemd, hield ik me koest. Ik lag alleen maar met mijn stomme Bear-Bear op mijn bed, zong stilletjes voor me uit en fantaseerde hoe ik weg zou lopen als ik groter was. Naar Japan misschien, waar ik Tomoko op zou sporen, of naar Oostenrijk, waar mijn zangstem tot een remake van *The Sound of Music* zou leiden.

Mijn favoriete boeken uit die tijd, *Watership Down*, *The Incredible Journey*, *My Side of the Mountain*, gingen allemaal over weglopers, en toen Bon Jovi 'She's a Little Runaway' uitbracht, fantaseerde ik dat ze over mij zongen. Niemand had enig idee. Ik was het langste, tuttigste meisje van de hele school. Het meisje dat zich elke Halloween als Wonder Woman uitdoste, en nooit een woord zei. De mensen zagen me met mijn bril en mijn afleggertjes en hadden geen idee van wat er in me omging. Maar toen, op mijn twaalfde, was er opeens dat geheimzinnige voorgevoel, en voor ik het wist werd mijn moeder ziek, hard ziek, en was er geen houden meer aan. De wildheid die al zo lang in me sluimerde maar altijd was weggedrukt door mijn huishoudelijke taken en mijn huiswerk en de hoop dat ik later, als ik ging studeren, de vrijheid zou krijgen om te doen wat ik wilde, die wildheid was niet meer te stuiten. Ik probeerde haar nog wel te beteugelen, maar ze begon bruisend en kolkend door me heen te stromen. Niet zozeer als een gevoel maar als een inzicht, een wetenschap die in me weergalmde als klokkengelui: verandering, verandering, verandering.

Niet dat alles op slag veranderde. Ja, die wildheid was er en ging niet meer liggen. Ja, ze liet constant mijn hart jagen. Ja, ze danste om me heen terwijl ik over straat liep, en maakte dat ik jongens recht in hun ogen keek als ze iets riepen. Ja, ze veranderde mijn lach van een kuchje in een woeste brul. Maar ik was nog steeds bang. Want ik was nog steeds de dochter van mijn moeder, en de greep die ze op me had was sterker dan de liefde zelf. Maar toen kwam de dag, in mijn eerste highschooljaar, waarop ik naar huis liep met Karen Cepeda, mijn beste (en enige) vriendin, die in het tweede jaar zat. Karen was een goth en was daar bijzonder goed in. Ze had rechtopstaand

Robert Smith-haar, droeg alleen maar zwarte kleren en had de huidkleur van een spook. Als je met haar door Paterson liep, was het alsof je reclame maakte voor het circus. Iedereen staarde altijd naar ons en dat was behoorlijk eng, en dat laatste zal de reden zijn geweest waarom ik tot mijn besluit kwam.

We liepen door Main Street en werden weer eens door iedereen aangegaapt en opeens zei ik: Karen, ik wil dat je mijn haar knipt. Zodra de woorden over mijn lippen waren gekomen, wist ik het. Dit was het. Het gonzen in mijn bloed liet er geen twijfel over bestaan. Karen trok een wenkbrauw op. En je moeder dan?

(Je ziet, ik was niet de enige. Iedereen was bang voor Belicia de León.)

Mijn moeder kan doodvallen, zei ik.

Karen keek me verbluft aan. Ik was nooit grof in de mond. Maar ook dat stond op het punt te veranderen. De volgende dag sloten we ons bij haar thuis op in de badkamer, terwijl haar vader en ooms zaten te schreeuwen bij een voetbalwedstrijd. Nou, hoe wil je het? vroeg ze. Ik keek een hele tijd naar het meisje in de spiegel, en het enige wat ik wist was dat ik haar nooit meer wilde zien. Ik pakte de hand waarin Karen de tondeuse had, klikte hem aan en leidde haar hand tot het klaar was.

Dus, eh, van nu af aan ben je punk? vroeg ze onzeker.

Ja.

De volgende dag gooide mijn moeder me een pruik toe. Zet op! Die ga je elke dag dragen, en als ik je zonder zie, maak ik je af!

Ik zei geen woord en hield de pruik boven het gasfornuis.

Waag het niet, brieste ze terwijl ik op de ontstekingsknop drukte. Waag het...

Hij ging op in een steekvlam, als benzine, als een dwaze hoop, en als ik hem niet snel in de gootsteen had gegooid, had het me mijn hand gekost. De stank was verschrikkelijk, alsof we alle fabrieken van Elizabeth in onze keuken hadden.

Dat was het moment waarop ze me probeerde te slaan, en ik haar afweerde met een stoot, en zij haar hand terugtrok alsof ik het vuur was.

Natuurlijk vond iedereen me de slechtste dochter aller tijden. Mijn tía en de buurvrouwen bleven het herhalen: Het is wel je moeder hoor, hija, en ze is doodziek. Maar ik wou niet luisteren. Toen ik haar hand had afgeweerd, was het alsof er een deur openging, en daar wilde ik per se doorheen.

Maar jezus, wat ging ze tekeer! Ziek of niet, stervende of niet, ze was niet van plan zich gewonnen te geven. Ze was geen pendeja. Nooit geweest. Ik had haar grote kerels op hun bek zien slaan, had het haar zien opnemen tegen hele groepen bochincheras, had haar ooit een blanke smeris op zijn reet zien duwen. Ze had Oscar en mij in haar eentje grootgebracht, ze had drie baantjes tegelijk gehad om het huis te kunnen kopen waarin we nu woonden, ze had het plotse vertrek van mijn vader overleefd, ze was helemaal alleen uit Santo Domingo gekomen, ze was als meisje in elkaar geslagen, in brand gestoken en voor dood achtergelaten. Dus ze was niet van plan om mij zomaar te laten gaan. Dan maakte ze me liever af. Ze maakte me uit voor figurín de mierda. Je denkt dat je heel wat voorstelt, maar je bent nada! Ze zette alles op alles, zocht naar zwakke plekken, wilde me murw beuken zoals ze al zo vaak had gedaan. Maar ik was ongenaakbaar. Ik bleef overeind door het gevoel dat mijn leven, mijn eigen leven, binnen handbereik was. Dat gevoel nam al mijn angst weg. Toen ze mijn posters van The Smiths en Sisters of Mercy weggooide (In mijn huis geen maricones!), kocht ik doodleuk nieuwe. Toen ze mijn nieuwe kleren dreigde te verscheuren, verstopte ik ze in mijn locker op school en bij Karen thuis. Toen ze zei dat ik mijn baantje in het Griekse restaurant moest opgeven, vertelde ik mijn baas dat de chemotherapie haar in haar bol was geslagen. Dus toen ze op een avond belde om te zeggen dat ik naar huis moest komen, gaf hij mij de telefoon en staarde verlegen naar de gasten terwijl ik haar afpoeierde. Toen ze de sloten van de voordeur had laten vervangen, als straf omdat ik veel te laat thuiskwam (ik was veertien maar leek wel vijfentwintig, dus ik kwam makkelijk de Limelight binnen), klopte ik gewoon op Oscars raam en liet hij me erin, bevend van ellende omdat ze de volgende dag razend en tierend door het huis zou benen (Wie heeft die hija de gran puta binnengelaten? Nou, wie?) en hij dan bedremmeld aan de ontbijttafel zou zitten (Geen idee, Mami, echt niet!).

Haar woede trok door het huis als een stank die overal in ging zitten, in je haar, je kleren, je eten. Mijn broer wist zich geen raad. Hij bleef de hele tijd op zijn kamer en deed alsof zijn neus bloedde, al vroeg hij mij soms besmuikt wat er toch aan de hand was. Niks, Oscar, helemaal niks. Je kunt het me heus wel vertellen, Lola. En dan schoot ik onwillekeurig in de lach. Ga jij nou maar eens wat aan je gewicht doen.

In die laatste weken bleef ik zo veel mogelijk bij haar uit de buurt. Want hoewel ze me meestal alleen maar vuil aankeek, greep ze me ook weleens onverhoeds bij mijn strot en hield dan vast tot ik haar vingers een voor een loswrikte. Praten deed ze niet meer tegen me, op het uiten van dreigementen na. Ooit duik ik in een donker steegje voor je op en maak ik je af, en niemand zal weten dat ik het heb gedaan. Zonder een greintje ironie. Glunderend zelfs.

Je bent niet goed bij je hoofd, mens.

Wat een schande om zoiets tegen je moeder te zeggen! En dan liet ze zich hijgend op een stoel zakken.

Het was verschrikkelijk, maar niemand zag aankomen waar het op uitliep. Terwijl dat natuurlijk voor de hand lag.

Ik had jarenlang gezworen dat ik op een dag gewoon weg zou lopen.

En op een dag deed ik dat.

Het was een jongen die me de benen deed nemen.

Tja, wat kan ik je over hem vertellen... Hij was als alle andere jongens, knap maar zo groen als gras. En rusteloos als een insect, hij kon geen seconde stilzitten. Un blanquito met lange harige benen die ik op een avond in de Limelight leerde kennen.

Zijn naam was Aldo.

Hij was negentien en woonde aan de kust met zijn vader van vierenzeventig. Op de achterbank van zijn Oldsmobile trok ik die avond zelf mijn leren rokje omhoog en mijn visnetpanty omlaag, en ik was zo nat dat ik mezelf kon ruiken. In de lente van mijn tweede jaar op de high school schreven we elkaar brieven en belden we elkaar dagelijks. Op een dag reed ik zelfs met Karen (die net haar rijbewijs had) naar Wildwood om hem op te zoeken. Hij woonde vlak bij de pier en beheerde er met twee andere jongens de botsautootjes. Toen we die avond over het strand liepen, buiten gehoorsafstand van Karen, die een heel eind voor ons uit liep, vroeg hij of ik wilde blijven. Waar moet ik dan wonen? vroeg ik. Hij glimlachte. Bij mij. Niet liegen, zei ik, maar hij liet zijn blik naar de branding dwalen en zei: Serieus, ik wil echt dat je komt.

Ik hoor het hem nog zeggen. In totaal vroeg hij het drie keer.

Die zomer verklaarde mijn broer dat hij zijn leven wilde wijden aan het ontwerpen van rollenspelen. Mijn moeder probeerde er voor het eerst sinds haar operatie een tweede baan op na te houden. Het ging belabberd. Ze kwam elke avond uitgeput thuis, en omdat ik geen poot meer uitstak, werd het een steeds grotere bende. Soms kwam mijn tía Rubelka in het weekend om te koken en schoon te maken en ons vermanend toe te spreken. Meer kan ik niet doen, zei ze, ik heb thuis ook een gezin.

Kom dan hier, zei hij aan de telefoon.

In augustus vertrok Karen naar Pennsylvania om aan Slippery Rock te gaan studeren. Ze was een jaar eerder klaar met de high school en vast van plan om nooit meer een stap in Paterson te zetten. Toen ik weer naar school ging in september, spijbelde ik zes dagen in mijn eerste twee weken. Ik kon het gewoon niet meer opbrengen. Er was iets in me wat me tegenhield, en wat ook niet hielp was dat ik in die dagen *The Fountainhead* las en het idee had dat Aldo en ik Roarke en Dominique waren. Ik zat in het slop, kon (en durfde) geen stap te zetten, en zo had het jaren kunnen doorgaan. Maar de doorbraak kwam toch nog tamelijk snel.

Mijn moeder kwam ermee onder het avondeten. Luister eens even, zei ze stilletjes, de dokter heeft gezegd dat ik weer naar het ziekenhuis moet voor onderzoek.

Oscar leek in tranen te gaan uitbarsten en liet zijn hoofd hangen. En mijn reactie? Ik keek haar aan en zei: Mag ik het zout even?

Ik kan nu heel goed begrijpen waarom ze me een klap op mijn smoel gaf, maar op dat moment sloegen mijn stoppen door. We vlogen elkaar aan en de tafel viel om en de sancocho ging over de vloer en Oscar stond in de hoek te schreeuwen: Hou op! Hou op! Hou op!

Hija de tu maldita madre! krijste ze. En ik zei: Ik hoop dat je er dit keer aan doodgaat.

In de dagen die volgden was het huis een oorlogsgebied, maar op vrijdag mocht ik van mijn kamer komen en naast haar op de bank zitten terwijl ze novelas keek. Ze wachtte op de uitslagen van haar bloedonderzoek, maar je merkte aan niets dat haar leven op het spel stond. Ze keek naar die stomme series alsof ze niets anders aan haar hoofd had. Als een van de personages een streek uithaalde, hief ze haar armen op en riep: Tuinen ze er weer in! Ziet niemand dan waar die puta op uit is?

Ik haat je, prevelde ik onhoorbaar.

Haal eens een glas water voor me, zei ze. En doe er een ijsblokje in.

Het was het laatste wat ik voor haar deed. De volgende ochtend zat ik in de bus naar de kust. Eén tas met kleren, tweehonderd dollar aan fooien, en het oude mes van tío Rudolfo. God, wat was ik bang. Ik bibberde aan één stuk door. Ik verwachtte de hele rit dat de hemel zou opensplijten en dat de hand van mijn moeder zou neerdalen om me in mijn nekvel te pakken. Maar dat gebeurde niet. Niemand had enige aandacht voor me, laat staan dat iemand iets zei, behalve de man aan de andere kant van het gangpad. Wat een mooi meisje ben jij. Je doet me aan iemand van vroeger denken.

Ik stuurde niet eens een briefje. Zo'n afkeer had ik van ze. Van haar.

Toen we die avond in Aldo's bloedhete, naar kattenpis stinkende kamertje lagen, zei ik: Kom, doe het met me.

Hij begon mijn broek open te knopen. Weet je het zeker?

Heel zeker, zei ik grimmig.

Hij had een lange dunne die gemeen pijn deed, maar ik zei de hele tijd: Ja, o ja, Aldo, ja. Want dat hoorde je volgens mij te zeggen als je je maagdelijkheid verloor aan de liefde van je leven.

Het viel bitter tegen. Ik voelde me geen moment op mijn gemak, en ik verveelde me kapot. Maar dat weigerde ik natuurlijk toe te geven. Ik was van huis weggelopen, dus ik was gelukkig! Intens gelukkig! Bij elke keer dat Aldo me gevraagd had bij hem te komen wonen, was hij vergeten te vermelden dat hij het net zo slecht met zijn vader kon vinden als ik met mijn moeder. Aldo senior was een veteraan uit de Tweede Wereldoorlog die het de 'jappen' nog altijd niet kon vergeven dat ze zovelen van zijn maats hadden gedood. Hij lult uit zijn nek, zei Aldo daarover. Hij heeft nooit een voet buiten Fort Dix gezet. Voor mij had zijn vader geen goed woord over. Hij had altijd een rothumeur en was gierig op het belachelijke af – had zelfs een kettingslot om zijn koelkast. Met je poten uit mijn koelkast blijven, zo heette hij me welkom. We mochten zelfs geen ijsblokjes pakken.

Ze woonden in een vervallen bungalow en Aldo en ik moesten in het kamertje slapen waar zijn vader de bak voor zijn twee katten had staan, plus de zakken met kattengrit. Elke avond zetten we alles zo stil als we konden op de gang, maar zijn vader werd toch altijd wakker en schreeuwde dat we het weer op zijn plek moesten zetten. En blijf met je poten van mijn spullen af! Achteraf kan ik erom grinniken, maar toen kon ik er het komische niet van inzien. Het lukte me een baantje te krijgen als patatbakker op de pier. Overdag de stank van frituurvet in mijn neus, 's nachts de stank van kattenpis. Op vrije dagen dronk ik bier met Aldo, en als hij moest werken zat ik met mijn zwarte kleren in het zand en probeerde in mijn dagboek te schrijven. Bespiegelingen die ooit de grondslag voor een nieuwe beschaving moesten vormen als de kernoorlog was uitgewoed. Soms kwam er een jongen naast me zitten die een praatje probeerde aan te knopen. Hé, wat heb jij met je haar gedaan? En die kleren, is er iemand dood of zo? Trek lekker een bikini aan! Waarom? zei ik dan. Zodat je me kan verkrachten? De meesten maakten binnen een minuut dat ze wegkwamen.

Ik snap nog steeds niet hoe ik het er uithield. In oktober werd ik ontslagen bij het patatpaleis, en op de pier waren de meeste tenten al gesloten voor de winter, dus had ik niks anders te doen dan in de openbare bibliotheek zitten, die nog kleiner was dan die van mijn high school in Paterson. Aldo werkte nu bij zijn vader in de garage, waardoor ze nog erger de pest aan elkaar kregen, en die onlust kreeg ik over me heen. Als ze thuiskwamen, gingen ze aan de keukentafel zitten om Schlitz te hijsen en over de Phillies te kankeren. Ik mag van geluk spreken dat ze nooit dronken genoeg werden om de strijdbijl te begraven en mij bij wijze van vredesfeest te gangbangen. Ik bleef zo veel mogelijk buiten en wachtte er op de terugkeer van mijn magische gevoelens die me konden vertellen hoe het verder moest. Maar er kwam niks. Ik stond helemaal droog, en ik begon te vrezen dat het waar was wat er in de boeken stond: dat je met je maagdenvlies ook je heksengaven verloor. Ik werd steeds vaker kwaad op Aldo. Je bent een zuipschuit, zei ik, en een debiel. O ja? zei hij. En jouw kut stinkt! O ja? Blijf er dan uit! Maar ik bleef natuurlijk volhouden dat ik gelukkig was. Vrij en gelukkig! Ook al hoopte ik stiekem dat mijn familie naar de pier zou komen om opsporingsflyers te plakken. Ik zag het al voor me, mijn moeder als langste, donkerste en rondborstigste vrouw op de hele pier, Oscar als een bruine versie van The Blob, mijn tía Rubelka, en misschien zelfs tío Rudolfo, als ze hem lang genoeg van de coke konden houden. Maar de enige flyers die ik zag hadden foto's van weggelopen katten. Tja, zo is het nou eenmaal – als blanke mensen hun kat kwijtraken, beleggen ze een persconferentie, maar als wij Dominicanen een dochter kwijtraken, zeggen we niet eens onze afspraak bij de kapper af.

In november was ik het spuug- en spuugzat. Zat ik daar 's avonds voor de tv met Aldo en zijn chagrijnige ouwe vader naar stompzinnige ouwe series te kijken, dingen die ik samen met Oscar had gezien toen we nog klein waren, *Three's Company*, *What's Happening*, *The Jeffersons*, terwijl mijn ontgoocheling als een rat aan mijn binnenste knaagde. Het begon koud te worden, en de wind waaide dwars door die bungalow heen en hield je gezelschap onder de dekens en onder de douche. Verschrikkelijk was het. En vraag me niet waarom, maar ik had voortdurend visioenen van mijn broer die in zijn eentje eten probeerde klaar te maken. Had ik hem in het echt nooit zien doen. Ik had altijd gekookt, Oscar wist alleen hoe hij brood moest snijden. In mijn fantasie doolde hij vermagerd door de keuken en trok vergeefs kastdeurtjes open. Ik begon zelfs over mijn moeder te dromen, maar in die dromen was ze heel klein. Echt *heel* klein. Ze stond in mijn handpalm en probeerde iets tegen me te zeggen, maar hoe dicht ik haar ook bij mijn oor hield, ik verstond het nooit.

Van die overduidelijke dromen, weet je wel. Vreselijk.

Ik voelde al een tijdje dat het Aldo ook de keel uithing, maar ik begreep pas hoe erg het was toen hij op een avond een paar vrienden op bezoek had. Zijn vader was naar Atlantic City en zij zaten te drinken en te blowen en moppen te tappen, en op een gegeven moment zei Aldo: Weten jullie wat het verschil is tussen een neger en een trampoline? Voor een trampoline trek je eerst je schoenen uit. En naar wie keek hij bij dit staaltje tophumor? Hij keek mij recht in mijn ogen.

Die nacht wilde hij me, maar ik duwde zijn hand weg. Raak me niet aan.

Doe niet zo raar, zei hij, en hij legde mijn hand op zijn pik. Het was gewoon een mop.

En toen schoot hij in de lach.

Dus wat deed ik een paar dagen later? Iets heel doms. Ik belde naar huis. De eerste keer werd er niet opgenomen. De tweede keer was het mijn broer. De León, de zoon des huizes. Met wie heb ik het genoegen? Typisch Oscar om zo de telefoon op te nemen. Daarom had iedereen een schijthekel aan hem.

Ik ben het, lul.

Lola!

En toen werd het stil, en drong het tot me door dat hij huilde. Waar *ben* je?

Dat hoef je niet te weten. Ik hield de hoorn tegen mijn andere oor en probeerde ontspannen te klinken. Hoe gaat het daar?

Lola, Mami *vermoordt* je!

Hé, schreeuw niet zo. Ze is toch niet thuis, hè?

Ze is op haar werk.

Sjonge, wat een verrassing, Mami is op haar werk. In de laatste minuut van het laatste uur van de laatste dag zal mijn moeder aan het werk zijn. Al zijn de atoomraketten onderweg, mijn moeder is op haar werk.

Ik neem aan dat ik hem ontzettend graag wilde zien, of misschien wilde ik contact met iemand die me echt kende, of misschien waren mijn hersens aangetast door de kattenpis, want ik gaf hem het adres van een coffeeshop op de pier en zei dat hij wat kleren van me moest meenemen, en een paar boeken.

En geld, neem geld voor me mee.

Hij zweeg even. Ik weet niet waar Mami het geld bewaart.

Niet zwammen, dat weet je heel goed.

Hoeveel? vroeg hij timide.

Alles.

Da's een hoop geld, Lola.

Doe het nou maar, Mister.

Oké, oké... Hij slaakte een diepe zucht. Wil je me op zijn minst vertellen hoe het met je gaat?

Het gaat goed, zei ik, en dat was het enige moment in het gesprek waarop ik bijna begon te huilen. Ik bleef even stil tot ik mijn stem weer onder controle had, en vroeg hem hoe hij van plan was te komen zonder dat onze moeder erachter kwam.

Je kent me toch? protesteerde hij zwakjes. Ik mag dan een lul zijn, maar ik ben geen domme lul.

Tja, ik had beter moeten weten dan op iemand te vertrouwen wiens lievelingsboek als kind *Encyclopedia Brown* was geweest. Maar ik dacht niet na. Ik wilde hem veel te graag zien.

Ik had mijn plan al klaar. Ik zou mijn broer overhalen om er met me vandoor te gaan. En dan reisden we naar Dublin, want ik had op de pier een stel Ieren leren kennen dat me het hoofd op hol had gebracht over hun land. Ik zou achtergrondzangeres worden bij U2, en zowel Bono als de drummer werd verliefd op me, en Oscar werd de Dominicaanse James Joyce. Ik geloofde het allemaal ook nog. Zo ver heen was ik ondertussen.

De volgende dag liep ik fris en vrolijk die coffeeshop binnen, en daar zat hij, met een draagtas. Oscar! lachte ik. Wat ben je dik geworden!

Ik weet het, zei hij met een rood hoofd. Ik maakte me zorgen om jou.

We vielen elkaar in de armen en bleven zo een hele tijd staan, en toen begon hij te huilen. Lola, het spijt me zo.

Geeft niks, jongen, zei ik niet-begrijpend, maar toen keek ik om en zag mijn moeder en tía Rubelka en tío Rudolfo de coffeeshop binnenkomen.

Oscar! gilde ik, maar het was te laat. Mijn moeder had me al in haar klauwen. Ze was helemaal uitgeteerd, een levend lijk, maar ze hield me vast alsof ik haar laatste stuiver was en de groene ogen onder haar pruik waren *furieus*. Ondanks mijn schrik ontging het me niet dat ze op haar chicst gekleed was voor het uitje. Typisch mijn moeder. Muchacha del diablo, hijgde ze. Ik wist haar mee naar buiten te sleuren, en toen ze daar uithaalde voor een mep, kon ik me losrukken. Ik maakte me meteen uit de voeten. Achter me hoorde ik haar tegen het beton smakken. Maar ik keek niet om. Ik was in volle ren. Op de sportdagen van mijn lagere school was ik altijd al het snelste meisje van mijn klas geweest, kwam elke keer met alle lintjes thuis. De andere meisjes vonden het niet eerlijk omdat ik zulke lange benen had, maar dat kon me niets schelen, ik liep ze er steevast uit, en had de jongens er waarschijnlijk ook uitgelopen. Dus zat het er nu niet in dat mijn zieke moeder, mijn verslaafde oom en mijn moddervette broer me zouden inhalen. Als een hazewind ging ik, en zou ik blijven gaan, de pier af, Aldo's krot voorbij, Wildwood uit, New Jersey uit, de wereld in. Ik ging als een speer. Ik *vloog*.

Tenminste, zo had het moeten gaan. Maar het liep anders, want ik keek toch om. De impuls was te sterk, en hoe kan het ook anders? Als je de dochter bent van iemand die er als moeder altijd helemaal alleen voor heeft gestaan en zich kapot heeft gewerkt, wil je toch even zien of ze geen arm heeft gebroken, of erger. Je wilt natuurlijk niet haar dood op je geweten hebben, zeg nou zelf. Daarom, en daarom alleen, keek ik om. Ze lag languit op de grond. Haar pruik was een eind weggerold en haar arme kale hoofd was aan het felle daglicht blootgesteld. Ze jammerde als een verlaten kalf. Hija, hija, huilde ze. En daar stond ik, gemangeld tussen mijn medelijden en het verlangen mijn toekomst tegemoet te rennen. Ik had meer dan ooit mijn 'gevoel' nodig om me te leiden, maar het viel nergens te bekennen. Ik moest zelf beslissen, en ik werd week. Zij lag daar languit te huilen, kaal en waarschijnlijk op sterven na dood, en ik was haar enige dochter. Dus ik kon niet anders dan teruglopen. En toen ik me over haar heen boog, greep ze me met twee handen vast. Ze had helemaal niet liggen huilen. Ze had theater liggen maken. Ze keek naar me op met de grijns van een leeuw.

Ya te tengo, zei ze, en ze krabbelde triomfantelijk overeind. Te tengo.

En zo ben ik in Santo Domingo terechtgekomen. Mijn moeder zal gedacht hebben dat het moeilijker zou zijn om van een eiland te vluchten waar ik niemand kende, en of dat nou waar is of niet, feit is dat ik hier nog steeds zit. Zes maanden is het nu, en ik heb me redelijk met mijn lot verzoend. In het begin was dat wel anders, maar op een gegeven moment moet je je gewoon overgeven. Het was als het gevecht van een ei tegen een rots, zei mijn abuela. Niet te winnen. Ik ga hier zelfs naar school. Ik kan mijn cijfers wel niet meenemen als ik weer naar de high school in Paterson ga, maar ik heb iets omhanden, kan me niet in de nesten werken, en ik ga met mensen van mijn eigen leeftijd om. Het is niks om alleen maar tussen de oudjes te zitten, zei Abuela, en daar had ze natuurlijk gelijk in. Een ander voordeel is dat mijn Spaans een stuk beter is geworden, maar nadelen zijn er ook. Het is een particuliere meisjesschool, met leerlingen die mijn tío Carlos Moya omschrijft als las hijas de mami y papi. Een rake typering, geloof me. En daar zit ik dus tussen... Het viel niet mee om goth te zijn in Paterson, maar je weet pas wat zwaar is als je je staande moet houden als New Jersey Domo op een particuliere kakschool in de DR. Gemenere secreten vind je nergens. Ze roddelen zich dood over me. Een ander had allang een zenuwinzinking gekregen, maar na Wildwood ben ik niet zo teergevoelig meer. Ik laat het van me afglijden. En het toppunt van ironie: ik zit in het hardloopteam van de school! Ik gaf me op omdat Rosío, mijn enige vriendin hier, zei dat ze me alleen al vanwege mijn beenlengte zouden aannemen. En ze kreeg dubbel en dwars gelijk, want intussen ben ik onze beste loopster op de afstanden tot 400 meter. Het blijft me verbazen dat ik er talent voor heb. Karen zou het besterven als ze me bij de sprinttraining zag op het terrein achter de school, terwijl we worden toegeschreeuwd door coach Cortés, eerst in het Spaans en dan in het Catalaans. Ademen, ademen, *ademen*! Er zit geen grammetje vet meer aan mijn lijf en mijn beenspieren doen iedereen versteld staan, mezelf incluis. Ik kan geen korte broek meer aan zonder verkeersopstoppingen te veroorzaken, en toen mijn abuela laatst de deur in het slot had getrokken en ontdekte dat de sleutels nog binnen lagen, zei ze: Niks aan de hand, hija, trap jij hem maar even in. Konden we allebei smakelijk om lachen.

Er is ontzettend veel veranderd deze laatste paar maanden. In mijn hoofd en in mijn hart. Rosío, die uit Los Mina komt en hier met een beurs zit, heeft ervoor gezorgd dat ik me als een 'echt Dominicaans meisje' kleed. Zij doet mijn haar en helpt me met mijn make-up. Soms kijk ik in de spiegel en herken ik mezelf maar amper. Niet dat ik me er rot bij voel, hoor. Integendeel, als ik in een luchtballon kon stappen die me rechtstreeks naar het huis van U2 bracht, denk ik niet dat ik het zou doen. Mijn verrader van een broer krijgt nog steeds geen woord van me, maar ik denk er eerlijk gezegd hard over om nog een jaar te blijven. Als het aan Abuela lag, ging ik nooit meer weg. (Wat zal ik je missen, zegt ze vaak, op een toon die er geen twijfel over bestaan laat dat ze het meent.) Van mijn moeder mag ik blijven als ik dat wil, maar thuis ben ik ook welkom. Tía Rubelka heeft me verteld dat mijn moeder nog altijd zo taai is als tuigleer en inmiddels weer twee baantjes heeft. Ze hebben een foto van de hele familie gestuurd, die Abuela in een lijstje heeft gedaan, en ik kan er niet naar kijken zonder vochtige ogen te krijgen. Mijn moeder heeft haar vulling niet in haar bh en is zo mager dat het mijn adem afsnijdt.

Als je maar weet dat ik voor je zou sterven, zei ze toen ik haar laatst aan de telefoon had. En voor ik iets terug kon zeggen, hing ze op.

Maar goed, dat wilde ik je niet vertellen. Ik wil het over dat rare gevoel hebben waarmee dit allemaal begon. Het bruja-gevoel dat door mijn botten begon te zingen toen mijn moeder me in de badkamer riep, dat door me heen trok als bloed door een verband. Het gevoel dat mijn leven totaal ging veranderen. Dat gevoel is weer terug. Een tijdje geleden werd ik wakker uit een warrige droom en voelde het weer in me kloppen. Eenzelfde gewaarwording, stel ik me zo voor, als merken dat je zwanger bent. Eerst schrok ik ervan, want ik dacht dat het me weer tot weglopen zou aanzetten. Maar elke keer dat ik door het huis liep, om me heen keek, mijn abuela zag, werd het sterker – en uiteindelijk wist ik dat het ditmaal een andere boodschap had. Misschien had het iets met Max te maken, mijn nieuwe vriendje, een schat van een morenito die ik in Los Mina heb ontmoet toen ik bij Rosío thuis logeerde.

Max. Hij is klein van stuk, maar zijn glimlach en blitse kleren maken veel goed. Omdat ik uit Amerika kom, bezweert hij me doorlopend dat hij van plan is schatrijk te worden. En dan zeg ik dat ik niks om geld geef, en dan kijkt hij me aan alsof ik stapelgek ben. Ooit koop ik een witte Mercedes-Benz, zegt hij, tú veras. Schattig. Maar de reden waarom ik op hem viel was... zijn baan. Hij werkt voor drie bioscopen die altijd dezelfde film vertonen en dan één set filmrollen delen. Als de eerste bioscoop klaar is met rol één, dan geven ze die aan Max en rijdt hij als een gek op zijn ouwe motorfiets door de stad, levert hem in bij de tweede bioscoop en crost weer terug, et cetera. Komt hij vast te zitten of krijgt hij een ongeluk, dan zal de eerste rol zijn afgespeeld terwijl de tweede er nog niet is en gaat het publiek met flessen gooien. Tot dusver is hij altijd op tijd geweest, zegt hij glunderend, en hij kust zijn medaillon van San Miguel. Dankzij mij, pocht hij, wordt één film drie films! Max komt niet bepaald uit 'la clase alta', zoals mijn abuela het zou zeggen, en als de kapsoneswijven van mijn school hem zouden zien, kregen ze een rolberoerte. Maar ik vind hem lief. Hij houdt deuren voor me open. Hij noemt me zijn morena. Toen ik hem net kende, had hij er al zijn moed voor nodig om even vluchtig mijn arm aan te raken, waarna hij zijn hand weer ijlings terugtrok.

Geen wonder, kortom, dat ik het 'gevoel' met Max in verband bracht. Dus liet ik me op een dag door hem meenemen naar een motel. Hij was zo opgewonden dat hij bijna van het bed lazerde, en het eerste wat hij wilde was mijn kont zien. Ik had nooit geweten dat mijn kont zo'n indruk op iemand kon maken, maar hij drukte er een kus op, en nog een, en nog een, en zijn adem gaf me kippenvel en hij verklaarde plechtig dat mijn achterste een tesoro was. Na afloop, toen hij zich in de badcel stond te wassen, ging ik voor de spiegel staan en bekeek mijn culo van alle kanten. Een tesoro, grinnikte ik.

En? vroeg Rosío de volgende dag op school. En ik knikte, heel kort, en ze pakte me beet en gierde het uit en al die tuttebollen keken om maar konden niks zeggen. Geluk, als het komt, is sterker dan alle kutwijven van Santo Domingo bij elkaar.

Maar mijn verwarring bleef. Want het gevoel werd alleen maar sterker. Ik kon er niet meer van slapen, had geen moment rust meer. Ik verloor zelfs een wedstrijd. Ongekend.

Je hebt het niet meer, hè, gringa? sisten de meisjes van de andere ploegen, en ik kon slechts mijn hoofd laten hangen.

Coach Cortés was zo ontgoocheld dat hij zich opsloot in zijn auto en met niemand wilde praten.

Ik werd er horendol van, en toen kwam ik op een avond laat thuis van een uitje met Max. We hadden langs de Malecón gelopen (voor iets anders hadden we geen van beiden geld) en naar de vleermuizen gekeken die boven de palmen fladderden. Hij had stilletjes over een vertrek naar de States gefantaseerd, en ik had mijn hamstrings gestrekt. Mijn abuela zat aan de tafel in de woonkamer op me te wachten. Hoewel ze nog altijd zwarte kleren draagt, uit rouw om de man die ze als jonge vrouw verloor, is ze een van de mooiste vrouwen die ik ken. We hebben dezelfde zigzaggende haarscheiding, als een bliksemstraal. Toen ik haar bij mijn aankomst uit de States in de hal van de luchthaven zag staan, wilde ik het niet hardop zeggen maar wist ik meteen dat we een goede tijd tegemoet gingen. Volkomen ontspannen was ze, en ze zei: Hija, ik wacht al op je sinds je de laatste keer vertrok. En toen omhelsde ze me en kuste me en zei: Ik ben je abuela, maar je mag me La Inca noemen.

Ik ging achter haar staan, keek naar haar bliksemstraalscheiding en er kwam een golf van tederheid in me op, die me mijn armen om haar heen deed slaan. En toen zag ik pas dat ze naar foto's zat te kijken. Oude, verkleurde foto's, zoals ik ze nooit bij ons thuis in Paterson had gezien. Foto's van mijn moeder toen ze nog jong was, en van andere mensen die ik niet eens kende. Ik pakte er een op. Mami stond voor een Chinees restaurant. Zelfs met dat schort om zag ze er sterk uit. Een jonge vrouw om rekening mee te houden.

Ze was heel guapa, zei ik terloops.

Abuela snoof. Guapa? Ik ben guapa. Jouw moeder was een diosa. Maar *zo* cabeza dura. Toen ze zo oud was als jij, lagen we altijd met elkaar overhoop.

Dat wist ik niet, zei ik.

Zij was cabeza dura en ik was... exigente. Maar uiteindelijk is alles goed gekomen, zei ze met een zucht. We hebben jou, en je broer, en na alles wat ze heeft meegemaakt is dat meer dan we ooit hadden kunnen hopen. Ze pakte een andere foto uit de hoop. Dit is je moeders vader. Ze reikte me de foto aan. Hij was mijn neef en...

Ze viel stil.

En op dat moment kreeg het de kracht van een orkaan. Het *gevoel*. Ik ging rechtop staan. Zo recht als mijn moeder altijd wilde dat ik stond. Mijn abuela zat voor me, vertwijfeld naar de juiste woorden te zoeken, en ik kon geen vin verroeren. Ik kreeg zelfs geen adem meer. Ik voelde me als op de laatste meters van een wedstrijd, alsof ik uit elkaar ging barsten. Zij zocht naar woorden en ik wachtte op wat ze me vertellen ging. Op mijn begin.

3
De drie ontluisteringen van Belicia Cabral
1955-1962

ER WAS EENS

Voor het Amerikaanse verhaal, lang voordat Paterson, New Jersey, zich als een droom voor Oscar en Lola uitstrekte, toen de klaroenstoot voor de Uittocht zelfs nog klinken moest, was er hun moeder, Hypatía Belicia Cabral:

ze was zo lang dat het pijn aan je botten deed om haar te bekijken

zo donker dat de Creatrix in de war moest zijn geweest toen ze haar schiep

en net als de dochter die ze zou baren, leed ze aan een onstilbaar verlangen om elders te zijn.

OP DE BODEM VAN DE ZEE

Beli woonde destijds in Baní, toen nog een heel andere stad dan het Baní van nu, waar de mensen veelal afhankelijk zijn van goedgeefse verwanten die zelf in Boston, Providence of New Hampshire wonen. Nee, dit was nog het weelderige Baní, trots en overwegend blank. Ze woonde er in een brede straat in het centrum, in een huis dat daar allang niet meer staat, bij de achtertante die als een moeder voor haar was. En al schortte het haar aan tevredenheid, veel vrediger had haar bestaan niet kunnen zijn. Vanaf 1955 hielp ze na schooltijd mee in het huishouden en in de befaamde bakkerij die haar 'madre' bij het Plaza Central dreef. (In de jaren daarvoor had ze als weeskind bij andere pleegouders gewoond, monsterlijke lieden als we de verhalen mogen geloven, een duistere periode waar zij noch haar madre ooit over sprak – hun hoogsteigen taboe.)

Dit waren de Mooie Dagen, waarin ze samen deeg kneedden terwijl La Inca over Beli's familie vertelde (Je vader! Je moeder! Je zusters! Jullie huis!), of er was alleen de radio van Carlos Moya en het geluid van boter die op Beli's verminkte rug werd gesmeerd. Dagen van mango's, dagen van brood. Er zijn vrijwel geen foto's meer uit die tijd, maar je zult je kunnen voorstellen hoe ze poseerden, zij aan zij voor het smetteloos schoongehouden huis in Los Pescadores, hun barrio. Elkaar niet aanrakend, want dat was iets wat hun geen van beiden lag – la grande had een vormelijkheid waar met geen snijbrander doorheen viel te komen, en la pequeña was onneembaarder dan Minas Tirith in Midden-Aarde. Ze leidden het bestaan van Deugdzame Zuiderlingen. Tweemaal per week naar de kerk en op vrijdag een wandeling door het Parque Central, waar toen nog eersteklas orkesten speelden en niemand ooit beroofd werd (bedenk: het waren de dagen van Trujillo).

Ze deelden een doorzakkend tweepersoonsbed. 's Ochtends vroeg, als La Inca nog op de rand van het bed de slaap uit haar ogen wreef en met haar voeten naar haar chancletas tastte, glipte Beli al naar buiten. En terwijl La Inca koffiezette, leunde Beli op het hek voor het huis en staarde... ja, naar wat? De buren? Het warrelende stof? De wereld?

Hija, riep La Inca dan. Hija, kom binnen!

Vier, vijf keer, tot ze ten slotte maar naar buiten liep om het kind te halen.

Waarom schreeuwt u zo? vroeg Beli geërgerd.

La Inca duwde haar het huis in. Hoor me dat brutale nest eens! Ze denkt dat ze al heel wat voorstelt!

Ja, Beli was toen al een rusteloze ziel, allergisch voor tranquilidad. Een ander meisje zou Dios Santísmo op haar blote knieën hebben bedankt dat ze zo goed terecht was gekomen – ze had een madre die haar nooit sloeg, die haar juist door en door verwende, die mooie kleren voor haar kocht, die haar zelfs loon betaalde voor haar werk in de bakkerij. Een schijntje weliswaar, maar nog altijd meer dan andere kinderen in haar situatie kregen. Ze had het dik voor elkaar, en toch was er geen voldaanheid in haar hart. Integendeel. Het waarom was haar een raadsel, maar ze vond het vreselijk om in de bakkerij te werken. Ze vond het vreselijk om de 'dochter' te zijn van 'een van de eerzaamste vrouwen van Baní'. Ze vond *alles* vreselijk. Haar hele bestaan stond haar tegen. Ze smachtte naar iets *anders*. Ze wist zelf niet wanneer deze ontevredenheid over haar was gekomen, en later, veel later, zou ze haar eigen dochter vertellen dat ze altijd zo geweest was, maar of dat waar is... *Wat* ze wilde was haar al evenmin duidelijk. Haar eigen wonderbaarlijke leven, ja. Een knappe en rijke echtgenoot, ja. Prachtige kinderen, ja. Een mooi vrouwenlichaam, zonder meer. Maar wat ze volgens mij vooral wilde, was wat ze ook al gewild had in de Verloren Jaren van haar vroege jeugd: ontkomen.

Waaraan, dat valt makkelijk op te noemen: de bakkerij, haar school, het oersaaie Baní, aan het delen van een bed met haar madre, aan het niet zelf mogen uitkiezen van haar kleren, aan nog tien jaar te moeten wachten tot ze haar haar zou kunnen ontkroezen, aan de overspannen verwachtingen van La Inca, aan het feit dat haar echte ouders gestorven waren toen ze één was, aan de geruchten dat Trujillo erachter zat, aan de herinneringen aan haar eerste jaren als wees, aan het gruwelijke litteken uit die tijd, aan haar veel te donkere huid. Maar *waarheen*, daar had ze geen idee van. Ontkomen, vluchten, wegwezen – het was een doel op zichzelf. Volgens mij zou het niet eens hebben uitgemaakt als ze in een paleis had gewoond, of als Casa Hatüey, de glorieuze villa van haar dode ouders, op miraculeuze wijze hersteld zou zijn van Trujillo's Omega Effect. Dan nog had ze willen ontkomen.

Elke ochtend hetzelfde liedje: Hypatía Belicia Cabral, ven acá!

Kom zelf hier, mompelde Beli.

De escapistische verlangens van de puberleeftijd hadden Beli al vroeg in hun greep. En o wat waren ze heftig. Maar konden ze tot iets leiden? Vergeet het maar. Geen verlangen, hoe hartstochtelijk ook, kon iets afdoen aan het wrange feit dat ze in de DR puberde, de republiek van Rafael Leónidas Trujillo Molina, de tiranniekste tiran uit de tiranniegeschiedenis. Dit was een land dat volstrekt ontsnappingsproof was. Het Alcatraz van de Antillen, omgeven door een Plátano Gordijn waar geen muisje doorheen kwam. Kansen op een vrij bestaan waren er schaarser dan Taíno, en voor opstandige flacas met een donkere huid en een smalle beurs waren ze nog schaarser.

(Als ik het even in een breder licht mag plaatsen: Beli leed aan dezelfde benauwdheid die een hele generatie jonge Dominicanen verstikte, het gevolg van ruim twintig jaar Trujillo. Haar generatie zou uiteindelijk de revolutie ontketenen, maar nu liep ze nog blauw aan van de ademnood. Het was een generatie die tot bewustzijn kwam in een samenleving die ieder bewustzijn miste. Een generatie die opgroeide met de zekerheid dat verandering onmogelijk was, waardoor ze daar des te meer naar hunkerde. Aan het eind van haar leven, toen Beli door haar kanker werd verslonden, zou ze nog vaak vertellen hoe opgesloten ze zich allemaal voelden. Alsof je op de zeebodem lag, zei ze. Er was geen licht en de hele oceaan drukte op je neer.

De volwassenen waren eraan gewend en vonden het normaal. Zij waren zelfs vergeten dat er daarboven nog een andere wereld was.)

Maar wat kon ze doen? Beli was een meisje, gewoon een meisje. Ze had geen macht, geen vaardigheden, geen ouders en zelfs (nog) geen schoonheid die haar een ander leven kon schenken. Ze had alleen La Inca, en La Inca was niet van zins om haar met welke ontsnapping dan ook te helpen. Integendeel. La Inca, met haar stijve rokken en heerszuchtige manieren, had maar één doel: Belicia zo stevig mogelijk in Baní te laten verwortelen. In Baní en in het Glorieuze en Onontkoombare Verleden van haar ouders – de ouders die Beli nooit gekend had, die ze al op eenjarige leeftijd had verloren. (Vergeet niet, kind, je vader was een dokter, een *dokter*, en je moeder was verpleegster, *verpleegster*.) La Inca wilde dat Beli de laatste hoop van haar gedecimeerde familie zou zijn, ze wilde dat Beli de sleutelrol zou spelen in een historische reddingsactie. Terwijl Beli zich er zelf ten volle van bewust was dat ze niets van haar familie wist, afgezien van de verhalen die ze tot walgens toe verteld kreeg. Het kon haar geen moer schelen, die familiegeschiedenis. Ze was toch geen cigüapa met omgekeerde voeten die naar het verleden wezen? Haar voeten wezen gewoon vooruit, hield ze La Inca keer op keer voor. Vooruit, naar de toekomst.

Je vader was een dokter, zei La Inca onverstoorbaar. Je moeder was een verpleegster. Ze hadden het grootste huis in La Vega.

Beli kon het niet meer *horen*, en luisterde dan ook niet meer. Maar als 's nachts de passaatwind waaide, kreunde ons meisje in haar slaap.

Toen Beli dertien was, wist La Inca een beurs voor haar te regelen voor El Redentor, de duurste middelbare school van Baní. Op papier een voor de hand liggende stap – wees of niet, Beli was de Derde en Laatste Dochter van een van de aanzienlijkste families uit de Cibao, en een goede opleiding was voor haar geen recht maar een *geboorterecht*. La Inca hoopte bovendien dat het Beli's rusteloosheid zou temperen. De school voor de voornaamste mensen uit de vallei, dat moest wel een gunstige uitwerking op haar hebben. Maar het liep anders.

Beli mocht dan van hoge komaf zijn, ze was niet in het gegoede milieu van haar ouders grootgebracht. Ze had überhaupt geen opvoeding genoten tot ze werd opgespoord (gered, kan ik beter zeggen) door La Inca, de lievelingsnicht van wijlen haar vader, die haar vanuit de Duisternis naar het Licht van Baní had gevoerd. In de voorbije zeven jaar had La Inca weliswaar veel van de schade hersteld die het kind op het platteland van Azua was toegebracht, maar die eerste jaren bleven merkbaar. Ze had inmiddels de verwaandheid die bij haar afkomst hoorde, maar toch ook nog de manieren van een boerin, en de driftbuien die bij haar jaren in Azua hoorden. In theorie was het misschien geen slecht idee om dit donkerhuidige en grofbesnaarde meisje naar een chique school te sturen, die in meerderheid bezocht werd door de lelieblanke kinderen van de hoogste ladronazos van het regime, maar de praktijk viel tegen. Beli mocht dan het vlees en bloed zijn van een beroemde arts, op El Redentor was ze vooral een lelijk eendje.

Onder zulke netelige omstandigheden zou menig ander meisje haar persoonlijkheid geweld hebben aangedaan om maar zo goed mogelijk tussen de anderen te passen. Een ander meisje zou zich koest hebben gehouden en geen aanstoot hebben genomen aan de tienduizend-en-één stekels die elke dag weer tegen haar werden opgezet, door de leerkrachten zowel als de leerlingen. Maar zo zat Beli niet in elkaar. Ze gaf het voor geen goud toe (zelfs niet aan zichzelf), maar ze voelde zich hoogst ongemakkelijk bij al die blanke aandacht voor haar donkere huid, al die ogen die als sprinkhanen aan haar knaagden. Ze voelde zich kwetsbaar, en wat erger was: ze wist zich geen raad met haar kwetsbaarheid. Dus viel ze terug op dat wat haar in het verleden ook altijd gered had – ze werd afwerend en overgevoelig en opvliegend. De onschuldigste opmerking over haar schoenen kwam je op de repliek te staan dat je een schele drollekop had of danste als een geit met een bezemsteel in zijn reet. Eén verkeerd woord en ze schold je helemaal verrot.

Hielp dit? Natuurlijk hielp het. Tegen het eind van haar tweede trimester kon ze door de gang lopen zonder bang te zijn dat iemand iets onaangenaams zei. Maar de keerzijde was dat niemand meer wat dan ook zei, dat ze volstrekt alleen was (voor Beli was er geen vrijgevochten Mirabal-zuster[7] die met de conventie brak en vriendschap met haar sloot – ze werd gemeden als de pest). Ze was het jaar begonnen in de stellige verwachting dat ze de beste van haar klas zou zijn en tot koningin van het schoolbal zou worden gekozen, met de knappe Jack Pujols als koning, maar een halfjaar later was ze een bannelinge, verstoten tot buiten de Knekelmuren van het Multiversum. Ze behoorde niet eens tot de kaste van hen die de zwakkelingen tot pispaal dienden. Een ultra-paria was ze, met slechts twee lotgenoten: de jongen in de ijzeren long, die elke ochtend door zijn bedienden naar een hoek van het klaslokaal werd gereden

7 De gezusters Mirabal waren de Grote Martelaressen van die tijd. Patría Mercedes, Minerva Argentina en Antonia María – drie beeldschone zusters uit Salcedo die het waagden om Trujillo te weerstaan en die dat met de dood moesten bekopen. (Vrouwen uit Salcedo hebben nog altijd de reputatie dat ze niks pikken en zich door niemand laten koeioneren.) Het hevige publieke protest dat op de drievoudige moord volgde, wordt alom beschouwd als het begin van het einde voor de Trujillato – het omslagpunt waarop de mensen tot de overtuiging kwamen dat het zo niet langer kon.

en die altijd leek te glimlachen (de idioot), en het Chinese meisje wier vader de grootste pulpería van het land bezat en die, weinig vleiend, Trujillo's Chino werd genoemd. In haar twee jaar op El Redentor leerde Wei slechts een handjevol Spaanse woorden, maar dat weerhield haar er niet van om zich elke ochtend weer plichtsgetrouw in het lokaal te melden. In het begin hadden de andere leerlingen haar op de gebruikelijke anti-Aziatische vooroordelen getrakteerd en hadden ze grappen gemaakt over haar haar (Zo *vet*!), haar ogen (Hoe kun je daarmee *zien*?), haar eetstokjes en haar taal. Maar toen daar de lol vanaf was (omdat ze nooit reageerde, want ze verstond hen niet), hadden ze haar naar de Fantoomzone verbannen en was zelfs het *spleetoog, spleetoog* verstomd.

En zo werd Wei het meisje waar Beli de eerste twee jaar naast zat. En zelfs Wei keek op haar neer. Jij zwart, zei ze terwijl ze haar wijsvinger op Beli's magere onderarm drukte. *Zwart*-zwart.

Als leerling deed Beli haar uiterste best, maar het schrale uraniumerts waarmee ze op school was gekomen, liet zich niet tot bomwaardig plutonium verrijken. In haar Verloren Jaren had ze totaal geen onderwijs genoten en die leemte wreekte zich nu op haar neurale netwerk – ze kon zich zelden op haar lesstof concentreren. La Inca hield koppig vast aan haar verwachtingsvolheid en bleef haar naar school sturen, maar haar cijfers waren nog slechter dan die van Wei. (Je zou toch denken dat jij betere cijfers kon halen dan zo'n spleetoog, mopperde La Inca.)

Als de andere leerlingen noest over hun proefwerk zaten gebogen, staarde Beli naar de kruinwerveling in het haar van Jack Pujols.

Señorita Cabral, bent u klaar?

Nee, maestra. En dan wierp ze zich maar weer op haar hopeloze sommen, alsof ze een duik nam in drijfzand.

In de barrio wist niemand, La Inca incluis, hoezeer ze haar

school verfoeide. Colegio El Redentor lag helemaal aan de andere kant van de stad, de chique kant, en Beli wekte tegenover iedereen de indruk dat het een paradijs was voor haar en haar mede-Onsterfelijken. Ze was verwaander dan ooit en zette die houding kracht bij door de spreektrant van haar medeleerlingen over te nemen. (Ik hoef haar nooit meer te corrigeren, pochte La Inca tegen de buren. Ze klinkt als Cervantes!) Veel vriendinnen had Beli trouwens niet in de buurt – alleen Dorca, de dochter van La Inca's poetsvrouw, die op slippers liep en een heilig ontzag voor haar koesterde. Voor Dorca voerde ze elke dag de komedie aller komedies op. Ze hield haar schooluniform zo lang mogelijk aan en praatte honderduit over haar klasgenoten, die ze stuk voor stuk als vertrouweling afschilderde. Zelfs de vier meisjes die er in werkelijkheid een sport van maakten om Beli van alles buiten te sluiten (we zullen hen verder de Voortreffelijke Vier noemen) voerde ze tegenover Dorca op als hartsvriendinnen die ze dagelijks van advies diende over schoolaangelegenheden en het leven in het algemeen. Dit ondanks hun jaloezie op Beli's omgang met Jack Pujols (Je weet wel, de jongen met wie ik ga trouwen). De Vier deden menige poging om Jack van haar af te pikken, maar hij wees ze telkens verontwaardigd terecht. Hoe durf je! riep hij uit. Ondanks alles wat Belicia Cabral, dochter van de vermaarde chirurg, voor jou gedaan heeft! Elke vertelling eindigde met een scène waarin de betreffende Voortreffelijke zich snikkend van wroeging aan Beli's voeten wierp, waarop Beli haar na enig nadenken vergiffenis schonk. Ze kunnen het ook niet helpen dat ze zo zwak zijn, legde ze Dorca uit. En dat Jack zo guapo is.

Almaar grootser werden haar verhalen. Ze schilderde Dorca een wereld van party's en zwembaden en polowedstrijden en diners met geurige steaks en weelderige druiventrossen. En ze was het zich niet bewust, maar wat ze beschreef was het leven van Casa Hatüey, zoals La Inca het haar had geschilderd.

Zo grandioos maakte ze het vaak, dat Dorca ervan zwijmelde en vroeg: Mag ik niet eens met je mee naar school?

Beli snoof minachtend. Natuurlijk niet! Daar ben je veel te stom voor!

En dan liet Dorca haar hoofd zakken en staarde naar de vuile voeten in haar chancletas.

La Inca hield Beli telkenmale voor dat ze het in zich had om dokter te worden (Je zou niet de eerste vrouwelijke dokter zijn, maar wel de beste!), en ze had visioenen waarin haar hija in een laboratorium reageerbuizen tegen het licht hield, maar Beli bracht haar lesuren vooral door met dromen over de jongens in haar klas (ze durfde hen niet meer openlijk aan te staren nadat een leraar daar een brief over geschreven had aan La Inca, die in grote woede was ontstoken. Waar denk je dat je je dagen doorbrengt? In een bordeel? Dit is de beste school van Baní, muchacha! Je gooit je naam te grabbel!) En als ze niet over de jongens droomde, dan droomde ze over het huis dat ze op een dag zou bezitten, en hoe ze de talloze kamers zou inrichten. Haar madre wilde dat ze het legendarische Casa Hatüey in al zijn luister zou herstellen, maar Beli's droomhuis was gloednieuw en onbelast door het verleden. In haar favoriete María Montez-dagdroom werd de bakkerij bezocht door een oogverblindende Europeaan à la Jean-Pierre Aumont (met dien verstande dat hij sprekend op Jack Pujols leek), die meteen verliefd op haar werd en haar meenam naar zijn château in Frankrijk.[8]

8 María Montez was een gevierd Dominicaans actrice die naar de VS verhuisde, waar ze van 1940 tot 1951 in meer dan vijfentwintig films schitterde, waaronder *Arabian Nights*, *Ali Baba and the Forty Thieves*, *Cobra Woman* en mijn eigen favoriet: *Siren of Atlantis*. Deze schoonheid, die zowel door filmhistorici als haar fans de Queen of Technicolor wordt genoemd, werd op 6 juni 1912 in Barahona geboren als María África Gracia Vidal en leende haar artiestennaam van de 19e-eeuwse courtisane Lola Montez (op haar beurt beroemd door haar bedavonturen met onder meer Alexandre Dumas, een halve Haïtiaan). [vervolg noot op pagina 94]

(Hé, sta niet zo te dromen, muchacha! Je laat de pan de agua verbranden!)

In haar verdediging: Beli was niet de enige die zo droomde. Dit soort jeringonza hing gewoon in de lucht, het was het droomvoer dat meisjes dag en nacht opgedrongen kregen. Het mag zelfs een wonder heten dat Beli ook nog weleens aan iets anders dacht met al die boleros, canciones en versos die de radio op haar losliet, met al die glamourfoto's in de *Listín Diario*. Op haar dertiende geloofde Beli in de liefde zoals een zeventigjarige kinderloze en berooide weduwe in God gelooft. Ze was volslagen jongensgek. (En in een land als de DR wijst de kwalificatie 'jongensgek' op een hartstochtelijkheid die Amerikaanse meisjes tot zelfontbranding zou brengen.) In de bus naar school gluurde ze stiekem naar alle bravos, in de bakkerij drukte ze geheime kusjes op elk brood dat door een buenmoso zou worden afgehaald, en ze zong de hele dag Cubaanse liefdesliedjes.

(God helpe je, mopperde La Inca, als je denkt dat jongens de oplossing voor al je problemen zijn.)

Maar met jongens was het net zo als met de rest: de werkelijke situatie liet te wensen over. Als ze belangstelling had gehad voor wat er in de barrio rondliep, zou ze weinig te klagen hebben gehad – die gasten zouden gaarne aan haar romantische verlangens tegemoet zijn gekomen door haar een straffe beurt te geven. Maar La Inca's opzet om haar hija onder de in-

María Montez was de grote voorloopster van J-Lo (of de hete Caribische filmchick van je eigen keuze), de eerste wereldster die de DR voortbracht. Met de Trujillato had ze weinig – ze liet zich af en toe met iemand fotograferen, maar daar bleef het zo'n beetje bij. Trouwde ten slotte met die fransoos en vestigde zich na de Tweede Wereldoorlog in Parijs. Verdronk in haar badkuip op haar negenendertigste. Geen tekenen van geweld, geen aanwijzingen voor boze opzet. Verder dien ik nog te vermelden dat ze zich in haar Franse tijd zowaar als intellectueel ontpopte. Schreef drie boeken. Twee werden er uitgegeven. Het derde manuscript raakte zoek na haar dood.

vloed van het El Redentor-milieu te brengen, was op één punt geslaagd: Beli keek naar alles wat bewoog, maar *interesse* had ze alleen in het type Jack Pujols. En dat was nou jammer, want de mondaine jongelui waar ze zo naar smachtte, hadden totaal geen oog voor haar. Ze kwam op alle fronten tekort om deze jonge Rubirosa's uit hun dromen van rijke meisjes te wekken.

Wat een leven... Elke dag duurde langer dan een jaar. Haar school, de bakkerij, de verstikkende zorg en opvoedingsdrift van La Inca, er zat niets anders op dan het allemaal met een grimmige frons te verduren. Ze snakte naar een frisse wind, hunkerde naar iets nieuws dat de sleur zou kunnen breken, en 's nachts kreunde ze onder het gewicht van de oceaan die op haar neerdrukte.

DOORBRAAK!

En wat gebeurde er toen?

Een jongen, dat gebeurde er.

Haar eerste.

NÚMERO UNO

Jack Pujols zelf, natuurlijk – de knapste (lees: blankste) jongen van de hele school. Een slanke en zelfverzekerde Tovenaar-Koning van zuiver Europese afkomst, wiens gezicht het werk leek van een begenadigd beeldhouwer, op wiens huid geen litteken, sproetje, puistje of vlekje te bekennen viel, wiens volmaakt ronde tepels de kleur hadden van verse salchicha. Zijn vader was een doorgewinterde playboy alsook kolonel in Trujillo's beminde luchtmacht (tijdens de revolutie zou hij een aandeel hebben in het bombardement van de hoofdstad, waarbij talloze onschuldige burgerslachtoffers vielen, waaronder mijn arme tío Venicio). Zijn moeder was een voormalige schoonheidskoningin die zich op kerk en liefdadigheid had toegelegd, menige kardinaalsring kuste en werken van barmhartigheid verrichtte voor de wezen. Jack was hun Zoon en Stamhouder, hun Hijo Bello, hun Aanbedene en Gezalfde, vereerd door heel zijn familie, en die eindeloze moesson van adoratie had het bamboe van de arrogantie in hem omhoog doen schieten. Door zijn zwierige gang leek hij twee keer zo lang en hij verstond de kunst om zijn neerbuigendheid als ruitersporen in iemands vlees te zetten. In de toekomst zou hij slippendrager van de demon Balaguer[9] worden en als beloning het ambassa-

9 Voor dit verhaal is Balaguer nauwelijks van belang, maar voor het verhaal van de DR is hij dat des te meer, dus wijd ik toch maar een noot aan hem, al zou ik liever op zijn graf pissen. *Al wat voor het eerst gezegd wordt, roept een demon op*, zo luidt een oude volkswijsheid bij ons. Welnu, toen de 20e-eeuwse Dominicanen voor het eerst massaal het woord vrijheid in de mond namen, was Balaguer de demon die ze opriepen.

In de dagen van de Trujillato was Balaguer nog gewoon een paladijn van El Jefe, zij het wel een van de bekwaamste. Hij baarde veel opzien met zijn intelligentie (die in elk geval veel indruk maakte op de Mislukte Veedief) en zijn zedigheid (lees: als *hij* kleine meisjes verkrachtte, wist hij het verdomd goed stil te houden). Na Trujillo's dood nam hij Project Domo over en regeerde het land van 1960 tot 1962, van 1966 tot 1978, en nog eens van 1986 tot 1996 (hoewel hij toen stokoud en stekeblind was, weinig meer dan een levende mummie). In zijn tweede regeerperiode, door Dominicanen de Twaalf Jaren genoemd, liet hij een golf van geweld los op politiek links. Honderden werden de prooi van doodseskaders, duizenden vluchtten het land uit. Het was Joaquín Balaguer die het initiatief nam tot wat wij onze Diaspora noemen. In naam was hij ons nationale genie, in werkelijkheid was hij een rabiate negerhater, een voorstander van genocide, een knoeier met verkiezingen (zijn bijnaam is De Stemmendief) en de moordenaar van iedereen die beter schreef dan hij. Wat dat laatste betreft: hij gaf opdracht tot de moord op de journalist Orlando Martínez, en toen hij later zijn memoires publiceerde, beweerde hij daarin te weten wie deze schandelijke daad had begaan. De naam hield hij voor zich, maar hij had een bladzij opengelaten – een página en blanco waarop na zijn dood de waarheid kon worden ingevuld. (Ook een manier om je onschendbaarheid te handhaven, nietwaar?) Hij stierf in

deurschap in Panama verwerven, maar nu was hij nog de Apollo van El Redentor. De leraren, de leiding, de meisjes, de jongens, iedereen wierp overdrachtelijke rozenblaadjes voor zijn welgeschoeide voeten. Hij was het levende bewijs dat de Almachtige God zijn Liefde wel zeer ongelijk verdeelde.

En hoe gedroeg Beli zich tegenover dit welhaast metafysische idool? Op een wijze die strookte met haar stijfkoppige rechtlijnigheid en totale gebrek aan nuance. Het werd haar gewoonte om op hoge snelheid door de gang te benen, haar boeken tegen haar bakvissenborst en haar blik star op haar schoenpunten, en te doen alsof ze hem niet zag, en dan pardoes tegen zijn geheiligde lichaam aan te lopen.

Caramb... brieste hij terwijl hij zich omdraaide, en dan zag hij dat het Belicia was, die gebukt haar gevallen boeken stond op te rapen. En dan bukte hij zich ook (want arrogant of niet, een caballero was hij) en voelde zijn woede omslaan in verwarring die omsloeg in irritatie. Caramba, Cabral, kijk toch eens uit je doppen!

Hij had een verticaal rimpeltje tussen zijn wenkbrauwen en ogen van het diepste azuur. De Ogen van Atlantis. (De kijkers van mij? had Beli hem weleens horen snoeven tegen een van zijn aanbidsters. Heb ik van mijn Duitse abuela.)

Wat mankeert jou toch, Cabral?

Het is jouw schuld! snauwde ze, en in zekere zin was het dat ook echt, vond ze.

Misschien ziet zij beter in het donker, gniffelde een van zijn paladijnen.

En het had ook net zo goed donker kunnen zijn. Want ze was onzichtbaar voor hem.

En dat zou ze zijn gebleven, ware het niet dat ze in de zo-

2002, en die pagina is nog steeds blanca. Vargas Llosa voerde hem als sympathiek personage op in *La Fiesta del Chivo* (*Het feest van de bok*). Zoals het een duivel betaamt bleef hij ongetrouwd en liet hij geen kinderen na.

mer na haar eerste schooljaar opeens de biochemische jackpot won. Het werd de Zomer van Haar Secundaire Geslachtskenmerken, een zomer waarin ze een *drastische* gedaanteverwisseling doormaakte. Was ze tot dan toe een slungelige ibis van een meid geweest, niet onknap maar erg rank, tegen het eind van die zomer was ze un mujerón total, had opeens het lichaam dat haar in heel Baní beroemd zou maken. De genen van haar dode ouders herhaalden de special-effectstruc die ze eerder hadden toegepast op de zuster die ze nooit gekend had – Beli veranderde bijna plotsklaps in een minderjarige seksbom, en als Trujillo ondertussen niet te oud en aftands was geweest om hem nog overeind te krijgen, zou hij waarschijnlijk net zo hard achter haar aan zijn gekomen als hij volgens de overlevering achter haar arme dode zus aan had gezeten. Om kort te gaan, onze heldin kreeg die zomer een lijf dat normaliter slechts aan het brein van pornografen of striptekenaars ontspruit. Elke buurt heeft zijn tetúas en Los Pescadores natuurlijk ook, maar Beli stelde ze allemaal in de schaduw. Zij was de Tetúa Suprema. Haar tetas waren zo onwaarschijnlijk gigantisch dat teergevoelige lieden zich bezorgd afvroegen of ze ze nog wel torsen kon, terwijl minder teergevoelige lieden gedachten van een radicaal andere aard hadden. De borsten van Luba had ze. En wat te denken van de supersonische culo die de naden van haar broek onder hoogspanning zette, monden deed openvallen en ramen uit hun sponningen deed springen? Dios mío wat een kont! Zelfs Uw Aandachtige Waarnemer hapt naar adem als hij haar foto's uit die tijd bekijkt. Wat een stuk![10]

Ande el diablo! riep ook La Inca uit. Hija, wat heb je *gegeten*?

Was Beli een meisje als ieder ander geweest, dan had haar

10 Als derdewerelder, omringd door al dat lekkers, ontkom je bijna niet aan gevoelens van verwantschap met Uatu de Waarnemer, al woont hij in het Blauwe Gebied van de Maan en wij, om Glissant te citeren, op *la face cachée de la Terre* (het verborgen gezicht van de Aarde).

plotse status als meest vooraanstaande tetúa van de buurt haar in een permanente verlegenheid gedompeld, of misschien zelfs wel depressief gemaakt. En in het begin had ze die beide reacties ook, plus een extra dosis van het gevoel dat je als puber toch al met emmers tegelijk krijgt aangeleverd: *schaamte*, *shame*, *sharam*, *vergüenza*. Ze wilde niet langer met La Inca onder de douche, een forse inbreuk op hun ochtendroutine. Mij best, je bent oud genoeg om jezelf te wassen, zei haar madre luchtig. Maar je kon zien dat ze gegriefd was. In de donkere beslotenheid van hun badcel liet Beli haar washandje mistroostig om haar Novi Orbis gaan, en haar hypergevoelige tepels meed ze al helemáál. Telkens als ze de deur uit moest, had ze het gevoel een gevarenzone te betreden, waar iedere man verzengende laserstraalogen had en iedere vrouw een giftige roddeltong.

Het was haar een last die haar bitter stemde jegens de wereld, en jegens zichzelf.

Tenminste, de eerste maand. Daarna begon ze de mechanismen te ontwaren waarvan al het gefluit en het *Dios mío asesina* en het *y ese tetatorío* en het *que pechonalidad* de uitingen waren. Op een keer liep ze van de bakkerij terug naar huis, met La Inca naast zich die over de dagopbrengst liep te mopperen, toen het tot haar doordrong: mannen vonden haar leuk! En niet zomaar leuk, ze kregen het water van haar in hun bek! Het definitieve bewijs kwam op de dag toen een van hun vaste klanten, een tandarts uit de buurt, haar bij het betalen een briefje toeschoof. Er stond één simpel zinnetje op: Ik wil je ontmoeten. Het duizelde Beli van schrik en verontwaardiging. De tandarts had een ontzettend dikke vrouw die elke week een taart bij La Inca bestelde, zogenaamd voor een van haar zeven kinderen of een van haar meer dan vijftig neven en nichten, maar in werkelijkheid natuurlijk voor zichzelf. Ze had een schommelende gang en een ontzagwekkend achterwerk waar geen stoel tegen bestand leek. Beli las het briefje talloos vele malen, als was het een huwelijksaanzoek van Gods Zoon zelve, hoewel de tandarts een kale kop en een onsmakelijke bierbuik had, en een netwerk van rode adertjes op zijn wangen. Bij zijn volgende bezoek aan de winkel had zijn Hallo, Señorita Beli een geile ondertoon en verslond hij haar openlijk met zijn ogen, en Beli's hart bonkte zo woest dat ze er bang van werd. Zijn volgende bezoek verliep net zo. Maar bij het derde had ze een briefje voor hem klaar, waarin ze liet weten dat hij haar dan en dan mocht komen ophalen bij de ingang van het park. Ze gaf het hem aan met zijn wisselgeld, en bewoog vervolgens hemel en aarde om La Inca zover te krijgen dat ze op het uur in kwestie meeging voor een wandeling in het park. Haar hart ging die middag erger tekeer dan ooit. Ze had geen idee wat ze moest verwachten, maar haar hoop won het van haar vrees, en toen ze het park verlieten ontdekte ze de tandarts in een auto die niet de zijne was. Hij deed alsof hij de krant las, maar keek smachtend in haar richting. Kijk, Madre, zei ze op luide toon, daar heb je de tandarts, en La Inca keek om en de tandarts startte de auto en scheurde weg voor La Inca zelfs maar een hand had kunnen opsteken. Da's ook raar! zei ze.

Ik mag hem niet, zei Beli. Hij kijkt zo naar me.

Daarna was het telkens zijn vrouw die naar de bakkerij kwam om de taart op te halen. Hoe gaat het met de tandarts? vroeg Beli op een keer. Die wordt hoe langer hoe luier, zei de vrouw narrig.

Beli had haar leven lang op datgene gewacht wat haar lichaam haar nu schonk, en ze genoot er dan ook met volle teugen van. Het stond onbetwistbaar vast dat ze aantrekkelijk was, en daarmee stond het vast dat ze over macht beschikte. Beli had de Ring van Sauron gevonden. Ze was zomaar de tovenaarsgrot van Shazam binnengewandeld. Hypatía Belicia Cabral stelde eindelijk iets voor, had eindelijk een *echt* gevoel van eigenwaarde. Ze begon op haar houding te letten, rug recht, schouders naar achteren. Ze trok alleen nog strakke kleren aan. Dios mío, zei La Inca telkens als ze de deur uit ging. Waarom heeft God je die last te dragen gegeven, uitgerekend in een land als het onze!

Zou het zin hebben gehad om Beli het pronken met haar rondingen te verbieden? Tja, zou een dikke en jarenlang gepeste jongen zich iets van een gebruiksverbod aantrekken als hij op een dag ontdekte dat hij supergaven had? Men zegt vaak dat macht verantwoordelijkheid met zich meebrengt, maar voor Beli kon 'men' de pot op. Haar nieuwe lijf betekende een nieuwe toekomst, en die rende ze tegemoet zonder om te kijken.

DE JACHT BEGINT

Toen Beli na de vakantie met haar nieuwe en o zo volle 'gemoed' op school terugkeerde, zag ze tot haar voldoening dat ze zowel de leerkrachten als de leerlingen in een toestand van grote ontreddering bracht. Dus zette ze onverwijld de jacht in op Jack Pujols, met de vastberadenheid waarmee Ahab op Jeweetwel had gejaagd. Een ander meisje zou subtieler te werk zijn gegaan, zou haar prooi naar zich toe hebben gelokt, maar wat wist Beli van verlokking en geduld? Ze ging met haar hele hebben en houden op haar doel af. Ze greep elke kans aan om haar formidabele borstpartij in Jacks blikveld te manoeuvreren. Ze knipperde zo vaak en zo indringend in zijn richting, dat ze zowat haar oogleden verstuikte. Ze leerde zichzelf heupwiegen en deed dat met zoveel inzet dat het lerarenkorps er schande van sprak én er collectieve oorsuizingen van kreeg. Maar Pujols bleef volstrekt onaangedaan. Hij observeerde haar slechts met zijn diepzeeogen en liet verder niks blijken. Na een week was Beli ten einde raad. Ze had verwacht dat hij als een blok voor haar zou vallen, maar hij gaf geen krimp. Op een dag kwam ze er in haar schaamteloze wanhoop toe de bovenste knoopjes van haar blouse open te laten. Ze droeg er een kanten bh onder die ze gepikt had van Dorca (die zelf ook een behoorlijke bos hout voor de deur had gekregen). Maar net toen ze hem met haar peilloze bustegleuf wilde confronteren, haar hoogsteigen massavernietigingswapen, kwam Wei met rode wangen naar haar toe rennen en maakte alle knoopjes dicht.

Zij kunnen allemaal jou zien!

Jack liep totaal onverschillig door.

Na een poosje viel ze maar weer terug op haar methode van het jaar daarvoor en liep te pas en te onpas tegen hem op. Cabral, zei hij met een glimlach, kijk toch eens waar je loopt.

Ik hou van je! wilde ze schreeuwen. Ik wil je vrouw worden! Ik wil kinderen van je! Maar wat ze zei was: Kijk zelf uit!

September was alweer voorbij. Ze werd er moedeloos van. En het idiote was: met leren ging het beter dan ooit. Haar beste vak was Engels. Ze kende de namen van alle vijftig staten. Ze kon om koffie vragen, waar het toilet was, hoe laat het was, waar het postkantoor was. De leraar Engels verzekerde haar dat haar uitspraak *superb* was, werkelijk *superb*. Helemaal zonder bijbedoelingen was dat niet – de man was een beruchte viezerik. De meeste andere meisjes lieten zich door hem aanraken om hun gemiddelde op te krikken, maar Beli was ondertussen allergisch voor raar mannengedrag, en ze was er bovendien van overtuigd dat ze minimaal een prins waardig was, dus ontweek ze keer op keer zijn klamme handen.

Van een andere leraar moesten ze op een dag een opstel schrijven over de vraag wat ze het komende decennium wensten voor zichzelf, hun land en hun geliefde president. Hij moest het onderwerp drie keer opnieuw uitleggen voor de klas er iets van begreep.

De opdracht had tot gevolg dat een van Beli's klasgenoten, Mauricio Ledesme, zich danig in de nesten werkte. Zozeer zelfs dat zijn familie hem uiteindelijk het land uit moest smokkelen. Mauricio was een stille jongen die een bank deelde met een van de Voortreffelijke Vier. En niet slechts dat, hij was smoorverliefd op haar. Dus misschien wilde hij indruk op haar maken (lees: misschien voelde hij aan dat het tijdperk nabij was waarin je op Che moest lijken om het goed te doen bij de meiden), of misschien was hij het gewoon zat, maar hij schreef in de hanenpoten van een dichter-revolutionair: Ik zou willen dat ons land een democracía werd zoals de Verenigde Staten. Ik zou willen dat we hier geen dictators meer hadden. Ik geloof trouwens ook dat Trujillo Galíndez heeft vermoord.[11]

11 Jesús de Galíndez was met grote regelmaat in het nieuws in die dagen – een Baskische boekenwurm en medewerker van Columbia University die promoveerde op een nogal opzienbarende dissertatie. Het onderwerp? Het regime van Rafael Leónidas Trujillo Molina. Wat natuurlijk niet zonder gevolgen kon blijven.

Galíndez, loyalist in de Spaanse Burgeroorlog, had persoonlijke ervaring met het regime. Hij was in 1939 naar Santo Domingo gevlucht, had er hoge posities bekleed, en had er een fikse allergie voor de Mislukte Veedief ontwikkeld. Na zijn vertrek in 1946 zag hij het als zijn plicht om de gruwelijkheid van Trujillo's bewind aan de kaak te stellen. Crasweller beschrijft Galíndez als 'een intellectualistische man die graag het gezelschap zocht van politieke activisten uit Latijns-Amerika [...] winnaar van een prijs voor poëzie'. Wat wij dus een Nerd Tweede Klas zouden noemen. Maar dan wel een die voor zijn linkse opvattingen durfde uit te komen en onverschrokken aan zijn Trujillo-dissertatie bleef schrijven.

(Wat is dat toch met schrijvers en dictators? Sinds de dagen van Caesar en Ovidius, of nee, sinds daarvoor al, hebben ze het met elkaar aan de stok. De Fantastic Four en Galactus, de X-Men en de Brotherhood of Evil Mutants, Ali en Foreman, Morrison en Crouch, Sammy en Sergio – allemaal voorbestemd om voor eeuwig in de Galerij der Tegenstrevers te prijken. Volgens Rushdie zijn tirannen en schrijvers natuurlijke vijanden, maar dat lijkt mij te simpel, en schrijvers worden zo wel heel gemakkelijk in een gunstig daglicht gesteld. Volgens mij hebben dictators gewoon een goed oog vóór (en een grote hekel áán) concurrentie. En dat geldt voor schrijvers ook. En gelijke polen stoten elkaar af.)

Om een lang verhaal kort te maken: toen El Jefe van het proefschrift hoorde, deed hij er eerst een bod op, en toen hij te horen kreeg dat het niet te koop was, stuurde hij zijn gehaaidste Nazgûl, de lugubere Felix Bernardino, naar NYC – en werd Galíndez binnen de kortste keren gekneveld, geblinddoekt, in een zak gestopt en naar La Capital gevlogen. Toen hij uit zijn chloroformdutje ontwaakte, hing hij volgens de legende naakt en onderste-

De volgende dag kwam hij niet naar school, en die leraar ook niet, en niemand zou hen ooit nog zien.

Maar niemand zei iets.[12]

Beli's opstel was een stuk minder controversieel. Ik wil getrouwd zijn met een knappe en rijke man. En ik wil een dok-

boven boven een ketel kokende olie. El Jefe stond ernaast met een exemplaar van het proefschrift in zijn hand. (En jij maar denken dat *jouw* promotie moeizaam verliep.) Wat een ontvangst, Dios mío! Afijn, Galíndez' verdwijning wekte groot tumult in de VS, en alle beschuldigende vingers wezen naar Trujillo, die natuurlijk met beide handen op het hart zwoer dat hij nergens van wist (en daar zinspeelde Mauricio dus op).

Triest verhaal, nietwaar? Maar vat moed: niet elke nerd komt voortijdig aan zijn eind. Niet lang na de brute moord landde er een horde revolutionaire bollebozen op de zuidkust van Cuba. Jazeker: Fidel en zijn mededenkers, terug voor een revanchepartij tegen Batista. Van de tweeëntachtig revolutionairen die het strand op renden, overleefden er slechts tweeëntwintig, onder wie een boekenwurm uit Argentinië. Een bloedbad. Batista's troepen schoten zelfs hen dood die zich overgaven. Maar de tweeëntwintig die er doorheen kwamen, zouden volstaan.

12 Dit doet me denken aan de droeve geschiedenis van Rafael Yepez, een man die in de jaren dertig een school leidde in de hoofdstad, niet ver van de buurt waar ik opgroeide. Het was een voorbereidingsschool voor het kroost van de lagere ladroncitos van de Trujillato. Op een onzalige dag gaf Yepez zijn leerlingen opdracht een opstel over een onderwerp naar hun eigen keuze te schrijven (ja, het was een ruimdenkend man) en het zal je niet verbazen dat één jongen een lofzang op Trujillo en zijn vrouw Doña María schreef. Yepez was zo vermetel om zijn klas erop te wijzen dat andere Dominicaansen net zoveel lof verdienden als Doña María, en dat er in de toekomst mannen zouden opstaan, misschien wel een van hen, die net zo'n groot leider als Trujillo zouden worden. Yepez zal een moment van geesteszwakte hebben gekend en met zijn hoofd in een ander Santo Domingo hebben vertoefd dan het land waar hij feitelijk in woonde – een andere verklaring kan ik er ook niet voor bedenken.

Die nacht werden de arme schoolmeester, zijn vrouw, zijn dochter *en* de complete klas van hun bed gelicht door de militaire politie, waarna ze in afgesloten trucks naar Fort Ozama werden gebracht voor ondervraging. De leerlingen werden uiteindelijk weer vrijgelaten, maar van Yepez en zijn vrouw en dochter werd nooit meer iets vernomen.

ter zijn met mijn eigen ziekenhuis, en dat zal ik naar Trujillo vernoemen.

Thuis bleef ze tegen Dorca opscheppen over haar 'verkering', en toen er een foto van Jack Pujols in de schoolkrant stond, nam ze die triomfantelijk mee naar huis. Dorca was zo overdonderd dat ze de hele nacht in haar eigen kamertje lag te huilen. Zo hard dat Beli het in haar kamertje kon horen.

En toen, het was begin oktober en het volk maakte zich op om de zoveelste verjaardag van Trujillo te vieren, ving Beli het gerucht op dat Jack Pujols het had uitgemaakt met zijn vriendinnetje (een meisje dat op een andere school zat, waardoor Beli niet van haar had geweten, wat geen verwondering hoeft te wekken omdat ze nog steeds met niemand omging, laat staan dat iemand haar ooit iets vertelde). Ze drukte zichzelf op het hart dat het alleen maar een gerucht was, iets waar ze vooral geen valse hoop aan mocht ontlenen. Maar het bleek meer dan een gerucht, en de hoop die ze natuurlijk toch koesterde bleek meer dan gerechtvaardigd, want nog geen twee dagen later hield Jack haar staande in de gang en staarde haar aan alsof hij haar voor het eerst zag. Cabral, fluisterde hij, wat ben je *mooi*. De geur van zijn haarwater was bedwelmend. Dat weet ik, zei ze met gloeiende wangen. Aha, zei hij, en hij streek door zijn volmaakte haardos.

Binnen de kortste keren mocht ze meerijden in zijn gloednieuwe Mercedes en kreeg ze na elke rit een ijsje, waar hij voor afrekende met de dikke bundel dollars in zijn achterzak. Officieel was hij nog veel te jong om auto te mogen rijden, maar in heel Santo Domingo was niemand te vinden die het in zijn hoofd zou halen om de zoon van een kolonel voor wat dan ook op zijn vingers te tikken – en al helemaal niet als die kolonel een vertrouwensman was van Ramfis Trujillo.[13]

13 Met Ramfis Trujillo bedoel ik uiteraard Rafael Leónidas Trujillo Martínez, de oudste zoon van El Jefe, geboren toen zijn moeder nog getrouwd was

AMOR!

Het werd niet echt de romance waar ze van gedroomd had. Na een paar rondritjes, een paar gesprekjes en één strandwandeling terwijl de rest van de klas zat te picknicken, werd ze geacht om na schooltijd een bezemkast met hem in te duiken en zich half buiten westen te laten neuken. Ze begreep al snel waarom de andere jongens hem Jack the Ripio noemden – ondanks haar onervarenheid was het haar duidelijk dat hij over een kolossaal geslachtsdeel beschikte, een lingam van Shivaëske proporties, een Vernietiger van Werelden. Later, na haar affaire met de Gangster, zou ze inzien dat Pujols' bejegening van weinig respect getuigde, maar op dat moment had ze geen vergelijkingsmateriaal en nam ze aan dat het normaal was als seks je een gevoel gaf alsof je met een fileermes werd bewerkt. De eerste keer was de pijn zelfs onverdraaglijk geweest en was ze bijna flauwgevallen van angst – maar zelfs toen had het gevoel

met een andere man, un cubano. Pas nadat de cubano geweigerd had de jongen als zijn eigen bloed te erkennen, nam Trujillo hem als zijn zoon aan. (Bedankt, pap!) Ramfis, door het volk liefkozend de Kleine Rotkop genoemd, werd op vierjarige leeftijd door El Jefe tot kolonel benoemd, waarna hij op zijn negende tot brigadier-generaal werd gepromoveerd. Als volwassene verwierf hij faam als polospeler, naaier van Noord-Amerikaanse actrices (Kim Novak, hoe kón je?), ruziemaker met zijn vader, en als harteloze ploert die persoonlijk leidinggaf aan de grootschalige martelmoorden van 1959 (het jaar van de invasie op Cuba) en 1961 (na de moord op zijn vader zag hij er persoonlijk op toe dat alle samenzweerders werden doodgemarteld).

In een geheim rapport van de consul van de VS, dat tegenwoordig kan worden ingezien in de JFK Presidential Library, wordt Ramfis omschreven als een 'labiele jongeman' die zich als kind vermaakte door met een revolver kippen de kop van hun romp te schieten. Toen het Trujillo-tijdperk voorbij was, ontvluchtte hij de DR en leefde riant van het geld dat zijn vader had geroofd. In 1969 kwam hij om bij een door hemzelf veroorzaakt auto-ongeluk. In de auto die hij aanreed zat de hertogin van Albuquerque, Teresa Beltrán de Lis, die ter plekke overleed. Je kunt dus zeggen dat Rotkop Junior tot het eind toe bleef moorden.

overheerst dat ze eindelijk *op weg* was, een eerste stap had gezet naar iets Groots.

Na afloop probeerde ze hem altijd te omhelzen, zijn zijdezachte haar te strelen, maar hij duwde haar telkens van zich af. Schiet op, kleed je aan. Als we betrapt worden, ben ik er gloeiend bij.

Maar niet half zo gloeiend, dacht ze dan, als het gevoel tussen mijn benen.

Een maand lang ging het zo door, tot de dag waarop een leraar, na anonieme tips uit de leerlingengemeenschap, de deur van de bezemkast opengooide en het stel in flagrante delicto aantrof. Stel het je eens voor, Jack met zijn broek op zijn enkels en Beli helemaal naakt, met dat onafzienbare litteken op haar rug.

Wat een schandaal! Bedenk, we hebben het hier over het Baní van de jaren vijftig. En neem daarbij in aanmerking dat Jack Pujols de voornaamste zoon was binnen de vermaarde B... clan, de aanzienlijkste en rijkste familie van Baní. En neem ook in aanmerking dat hij niet met een meisje uit zijn eigen stand was betrapt, hoewel dat ook problemen zou hebben gegeven, maar met een beursleerlinge, en een prieta bovendien! (Het neuken van arme zwartjes was weliswaar een algemeen aanvaard tijdverdrijf binnen de elite, maar dan en slechts dan als het strikt geheim werd gehouden.) Pujols legde de schuld uiteraard eenzijdig bij Beli. Hij zat in de spreekkamer van de rector en vertelde uitgebreid hoe ze hem verleid had. Ik was het niet, beweerde hij met klem. Zij was het! Het echte schandaal was evenwel dat Jack het in weerwil van de geruchten helemáál niet had uitgemaakt met zijn vriendinnetje, Rebecca Brito, een telg van de R... clan, die andere machtige Baní-familie. Integendeel, hun verkering was alleen maar ten einde gekomen omdat ze zich met elkaar verloofd hadden! Maar nu Jack in een bezemkast en met zijn machtige fallus in een prieta was betrapt, kon hij een huwelijk wel vergeten. (Rebecca's familie hechtte zeer aan haar reputatie van onberispelijke vroomheid.) Pujols senior was zo ontstemd dat hij de jongen bij thuiskomst een geducht pak op zijn kloten gaf, en Jack ging binnen een week scheep naar Puerto Rico om zijn opleiding voort te zetten aan een militaire academie waar men hem, in de woorden van de kolonel, zou leren wat plichtsbetrachting was. Beli zou hem pas dertig jaar later terugzien, op een foto in de *Listín Diario*.

Pujols had zich na hun betrapping misschien als een vuile rat gedragen, maar Beli's reactie was er een die zo in de geschiedenisboeken kon. Niet alleen was ze niet in het minst beschaamd over wat er was gebeurd, zelfs niet na de gezamenlijke schrobbering door de rector, de hoofdnon en de conciërge, nochtans een geduchte drievuldigheid, ze weigerde ten enenmale toe te geven dat ze iets verkeerds had gedaan! Als ze haar hoofd 360 graden had rondgedraaid en een straal groene erwtensoep tegen de muur had gekotst, zou dat nauwelijks meer ontzetting hebben teweeggebracht. Met de stijfkoppigheid die haar was ingebakken hield ze vol dat haar niets te verwijten viel. Sterker nog, dat ze volledig in haar recht stond.

We mogen doen wat we willen, zei ze onverstoorbaar. Hij is mijn echtgenoot.

Pujols, zo bleek, had haar beloofd dat ze zouden trouwen zodra ze van school kwamen, en Beli had hem grif en klakkeloos geloofd. Het kost Uw Aandachtige Waarnemer moeite om zoveel naïviteit te verenigen met de keiharde en bloednuchtere vrouwelijke matador die ik later zelf zou leren kennen, maar we mogen niet vergeten dat ze nog jong was, en verliefd. Over een hang naar fantasy gesproken: de trien geloofde nog *steeds* dat Jack haar trouw zou blijven.

De leiding en het lerarenkorps van El Redentor deden hun uiterste best maar brachten haar tot niets wat ook maar in de verte op een mea culpa leek. Ze bleef haar hoofd schudden, als werd ze bewogen door de fundamenteelste aller natuurkrachten – Nee Nee Nee Nee Nee Nee Nee Nee Nee Nee Nee Nee Nee Nee Nee Nee Nee Nee Nee Nee Nee Nee Nee Nee Nee Nee Nee Nee Nee Nee Nee Nee Nee Nee Nee Nee Nee Nee Nee Nee Nee Nee Nee Nee Nee Nee Nee Nee Nee Nee Nee Nee Nee Nee Nee Nee Nee Nee Nee Nee Nee Nee Nee Nee Nee Nee Nee Nee Nee Nee. Niet dat ze er haar nek mee redde. Aan haar dagen op El Redentor was een eind gekomen, en daarmee kwam er een eind aan de droom van La Inca dat ze Beli tot dezelfde verfijning, ontwikkeling en algemene genialiteit kon brengen die Beli's vader hadden gekenmerkt.

In elke andere familie zou dit de ontluisterde dochter een nog-net-niet fatale ranseling hebben opgeleverd, een pak slaag dat haar in het ziekenhuis had doen belanden, waarna ze bij thuiskomst een pak slaag had gekregen dat haar opnieuw in het ziekenhuis had doen belanden. Maar zo'n opvoeder was La Inca niet. Ze hield er weliswaar strenge fatsoensnormen op na, maar ontbeerde het vermogen om het kind fysiek te straffen. Noem het een zwakte, noem het een aberratie, maar dat kon ze gewoon niet. Toen niet en later niet. Het enige wat ze kon was met haar armen zwaaien en haar onbegrip uitschreeuwen. Hoe heeft dit nou kunnen gebeuren? jammerde ze. Hoe, hija? *Hoe*?

We zouden gaan trouwen! huilde Beli. We gingen een gezin stichten!

Hoor me die onzin toch eens aan! tierde La Inca. Hija, ben je *gek* geworden?

De storm hield nog een flinke tijd aan (tot intens vermaak van de buren – ik zei toch dat dat zwartje een slet was!), maar uiteindelijk ging hij liggen en vond La Inca dat ze maar eens goed over Beli's toekomst moesten praten. Ze begon de sessie met haar vijfhonderdenvijfenvijftigduizendste tirade over het bedenkelijke gebrek aan mensenkennis van haar hija, en haar bedenkelijke gebrek aan zelfrespect, en haar bedenkelijke gebrek aan nog een heleboel andere dingen, en toen ze voldoende haar hart had gelucht, kwam ze meteen maar ter zake: Je gaat terug naar school. Niet naar El Redentor, maar naar een school die ook heel goed is. Padre Billini.

En Beli, met ogen die nog dik waren van haar Jack-verdriet, lachte smalend. Ik ga nooit meer naar school. Nooit!

Was ze dan vergeten hoe erg ze het in haar Verloren Jaren had gevonden om niet naar school te mogen? Misschien. Haar nieuwe leven leek misschien zo beloftevol dat het verleden er niet meer toe deed. Maar als dit al een rol speelde, viel het in het niet bij een leefregel die ze zichzelf ondertussen had opgelegd. In de tumultueuze weken na haar verwijdering van El Redentor, toen onze meid in bed had liggen snikken om het verlies van haar 'echtgenoot', was ze tot een paar daverende inzichten gekomen. Inzicht in de broosheid van de liefde, bijvoorbeeld, en in de aangeboren lafheid van mannen. En deze woelingen hadden haar tot een eed gebracht waaraan ze haar leven lang trouw zou blijven, tot in Paterson aan toe, tot het bittere eind. *Ik laat me niks meer wijsmaken.* Ze was niet van plan om zich ooit nog door een ander te laten leiden, in wat dan ook. Niet door de rector, niet door de non, niet door La Inca. Zelfs de gedachtenis aan haar arme dode ouders zou haar niet meer beïnvloeden. Ik ga alleen nog van mezelf uit, fluisterde ze. Alleen van mezelf.

Het was een eed waaraan ze grote kracht ontleende. Niet lang na haar weigering om naar een nieuwe school te gaan, trok ze een jurk van La Inca aan (waar ze aan alle kanten uit dreigde te knappen) en nam de bus naar het Parque Central. Geen lange reis, maar o wat een verstrekkende.

Toen ze laat in de middag weer thuiskwam, zei ze: Ik heb een baan!

Zo zo, zei La Inca schamper. Bij welk bordeel?

Maar het was geen bordeel. Voor de buren mocht Beli dan een cuero van jewelste zijn, een puta was ze zeker niet. Nee, ze had een baan als serveerster in een restaurant aan het park. De eigenaar, een gedrongen, goedgeklede Chinees met de naam Juan Then, had niet echt iemand nodig gehad. Hij wist niet eens of hij zichzelf nog wel nodig had. Zaken heel slecht, had hij geklaagd. Te veel politiek. Politiek slecht voor alles, behalve voor politieke mensen.

Geld had Juan nauwelijks, en personeel juist veel te veel – ook al omdat het stuk voor stuk moeilijke mensen waren, met wie hij veel te stellen had.

Maar Beli was niet van zins zich te laten afpoeieren. Ik heb veel in mijn mars, zei ze, en ze kneep haar schouderbladen samen om hem duidelijk te maken waar ze op doelde.

Een minder rechtschapen man zou een kans op misbruik hebben geroken, maar Juan slaakte alleen maar een zucht en zei: Goed, wij geven jou proeftijd voor te proberen. Geen garantie, moet jij goed begrijpen. Te veel politiek nu voor garantie.

Wat wordt mijn loon?

Loon? Geen loon! Jij serveerster, jij fooien.

En hoe hoog zijn de fooien hier?

Hij keek haar mistroostig aan. Dit is geen zekerheid.

Geen zekerheid? Wat wil dat zeggen, geen zekerheid?

De bloeddoorlopen ogen van Juans broer José kwamen boven de rand van zijn krant uit. Mijn broer bedoelt dat het er maar van afhangt.

La Inca hoorde het relaas aan en schudde haar hoofd. Een serveerster. Hija, je bent alleen de bakkerij gewend. Wat weet jij nou van serveren?

Beli's houding van de laatste weken had La Inca het idee gegeven dat haar hija in luiheid was vervallen, maar ze vergat dat onze meid daarvoor altijd de werklust zelve was geweest. In de eerste jaren van haar leven had ze *alleen maar* gewerkt. La Inca ging ervan uit dat Beli het na een maand of wat zou opgeven, maar dat gebeurde niet. Sterker nog, ze liet zich in het restaurant van haar allerbeste kant zien, kwam nooit te laat, was altijd alert, liep haar benen onder haar welgevormde kont vandaan. Ze vond het *leuk* om er te werken. Het was niet echt een baantje om over op te scheppen, maar voor een veertienjarige die naar het echte leven snakte, leverde het voldoende op, en het gaf haar iets omhanden terwijl ze de ontvouwing van haar Gouden Toekomst afwachtte.

Achttien maanden werkte ze in het Palacio Peking (voorheen El Tesoro de ..., ter ere van de Admiraal, maar die naam hadden de gebroeders Then ijlings afgeschaft toen ze hoorden dat het bezigen ervan fukú was. Chinees houdt ook niet van vloeken, had Juan gezegd). Ze zou haar leven lang blijven beweren dat het restaurant de plaats was waar ze tot wasdom kwam, en in sommige opzichten deed ze dat ook. Ze leerde er mannen verslaan met domino en toonde zich zo verantwoordelijk dat de gebroeders Then haar na verloop van tijd de leiding durfden geven terwijl zij een paar uurtjes gingen vissen of verpozing zochten bij een van hun talloze vriendinnen. In later jaren had Beli er innige spijt van dat ze haar 'chinos' uit het oog had verloren. Die twee zijn altijd zo goed voor me geweest, klaagde ze tegen Oscar en Lola. Veel beter dan jullie waardeloze borracho van een vader. Juan, de melancholieke gokker die over Sjanghai kon vertellen alsof hij een liefdeslied zong over een prachtige maar onbereikbare vrouw. Juan, de bijziende romanticus die werd kaalgeplukt door zijn vriendinnen en nooit fatsoenlijk Spaans leerde spreken (als oude man woonde hij in Skokie, Illinois, en daar viel hij altijd op zijn Spaans terug als hij uitvoer tegen zijn veramerikaanste kleinkinderen, die dan gierden van de lach omdat ze dachten dat het Chinees was). Juan, die Beli domino leerde spelen en als enige religie zijn onverwoestbare optimisme had. (Als Admiraal eerst ons restaurant had ontdekt, was dit land nooit zoveel problemen geweest!) De altijd bezwete en immer zachtmoedige Juan, die het restaurant nooit overeind had kunnen houden zonder zijn oudere broer. José, zwijgzaam en altijd op de achtergrond, maar wel als een dreigend onweer. José, die met een beschaafde meedogenloosheid over het restaurant waakte. José, de bravo, de guapo, die in de jaren dertig zijn vrouw en kinderen had verloren bij een strijd tussen twee krijgsheren. José, wiens verdriet alle zachtheid uit hem had weggeschroeid, alle gezelligheid, en alle hoop. Hij leek het nooit zo op het personeel begrepen te hebben, en dus ook niet op Beli, maar omdat zij als enige niet bang voor hem was (Ik ben bijna net zo groot als jij!), schonk hij haar het enige wat hij nog te bieden had: praktische adviezen. Wil jij je hele leven een nutteloze vrouw zijn? Nee toch? Hij leerde haar timmeren en elektriciteit aanleggen, leerde haar autorijden en Chow Mein maken, en nog veel meer dat haar van pas kwam toen ze in de Diaspora werd meegezogen. (José zou zich niet onbetuigd laten tijdens de revolutie, al vrees ik te moeten melden dat hij tegen het volk vocht. Toen hij in 1976 aan pancreaskanker lag te sterven in Atlanta, riep hij onophoudelijk de naam van zijn vrouw en dachten de verpleegsters dat hij in het Chinees lag te raaskallen.)

En dan was er Lillian, de andere serveerster, een gedrongen mensenhaatster wier cynisme alleen in vrolijkheid omsloeg als iemand zich nog een grotere schoft, plurk of gluiperd toonde dan zij voor mogelijk had gehouden. In het begin kon ze Beli niet uitstaan, vreesde haar als fooienconcurrent, maar die houding verbeterde langzaam tot een neutrale collegialiteit. Ze las kranten, wat Beli een vrouw nog nooit had zien doen (Oscars leeswoede zou haar later altijd aan Lillian doen denken). En, hoe staat de wereld ervoor? vroeg Beli altijd. Jodido, was steevast het antwoord. En er was Indiase Benny, een stille, nauwgezette ober met de uitstraling van een man die zijn leven lang elke droom, hoe bescheiden ook, op onthutsende wijze uiteen had zien spatten. In het restaurant werd gefluisterd dat Indiase Benny getrouwd was met een voluptueuze en wellustige azuana die hem om de haverklap buiten de deur zette om haar gang te kunnen gaan met een van de straat geplukte kerel. De enige keren dat er bij Indiase Benny een lachje af kon, was als hij José versloeg met domino (beiden waren verwoede stenenschuivers en dus ook bittere tegenstrevers). Ook hij zou tijdens de revolutie vechten, aan de goede kant, en het verhaal ging dat hij die hele Zomer van Onze Bevrijding een blije glimlach op zijn gezicht had, zelfs na de sluipschutterskogel die zijn hersens op de uniformen van zijn maten deed spatten. En wat te denken van de kok, Marco Antonio, een eenbenig en oorloos gedrocht dat niet misstaan zou hebben in Gormenghast? (Zijn verklaring voor dit onfortuinlijke uiterlijk: Ik heb ooit een ongeluk gehad.) Zijn meest opvallende karaktertrek was een bijna ziekelijk wantrouwen jegens cibaeños, wier trots op hun afkomst volgens hem op een bijna Haïtiaanse veroveringszucht wees. Geloof me, cristiano, die gasten willen de hele republiek voor zichzelf. Ze willen hun eigen land beginnen!

In het restaurant kreeg Beli dag in dag uit met hombres van allerlei slag te maken, waardoor ze er haar rechtstreekse, van iedere opsmuk gespeende omgangsvormen kon vervolmaken. Het zal je niet verbazen dat iedereen een oogje op haar had. (Haar mannelijke collega's incluis, maar die waren gewaarschuwd door José: Raak haar met één vinger aan en ik ruk je ingewanden uit. Maak je niet druk, zei Marco Antonio, die berg zou ik niet eens met *twee* benen kunnen beklimmen.) De belangstelling van de klanten was als een balsem voor haar, en ze gaf hun iets in ruil waar geen man ooit genoeg van kan krijgen: de plagerige, dartele aandacht van een mooie vrouw. Er lopen nog steeds ouwe kerels in Baní rond die zich haar met vreugde herinneren.

La Inca zat natuurlijk vreselijk in haar maag met Beli's val van princesa tot mesera. Thuis kwamen ze nooit meer tot een fatsoenlijk gesprek. La Inca probeerde wel te praten, maar Beli weigerde te luisteren. En de stiltes die daardoor vielen, vulde La Inca met gebeden om een wonder dat Beli weer de oude Beli zou maken. Ze had beter moeten weten – nu Beli zich uit haar greep had losgemaakt, had zelfs God de caracaracol niet om haar weer in het gareel te brengen. Af en toe maakte La Inca haar opwachting in het restaurant, bestelde een thee en zat in haar eentje, kaarsrecht en helemaal in het zwart, met treurige ogen naar onze meid te staren. Misschien hoopte ze Beli daarmee zo verlegen te maken dat ze van ellende weer de heropbouw van het Huis van Cabral ter hand zou nemen. Maar Beli bleef gewoon haar werk doen, vol ijver en toewijding. Het moet La Inca met afgrijzen hebben vervuld hoezeer haar 'dochter' was veranderd, want Beli, het meisje dat vroeger nooit een mond opendeed als er een vreemde bij was, had in Palacio Peking een vlotte babbel waarmee ze een hele massa mannen in verrukking bracht. Wie ooit op de hoek van 142nd Street en Broadway heeft gestaan, kan zich een voorstelling maken van haar spreektrant: ad rem, spottend en recht voor zijn raap. De volkse taal die dominicanos cultos nachtmerries bezorgt tussen hun satijnen lakens. De trant waarvan La Inca had aangenomen dat Beli hem op het platteland van Azua had achtergelaten – maar hier was hij opeens, springlevend. Oye, parigüayo, y qué pasó con esa esposa tuya? Gordo, no me digas que tú todavía tienes hambre!

En uiteindelijk kwam dan het moment waarop ze bij La Inca's tafel bleef staan. Wilt u nog iets?

Alleen maar dat je weer teruggaat naar school, mi'ja.

Helaas, zei Beli dan, en ze veegde met haar doekje over het tafelblad. We serveren al een tijdje geen pendejada meer.

En dan betaalde La Inca haar kwartje en ging ze weer, tot opluchting van Beli, die zich eens temeer gesterkt voelde in het idee dat ze de juiste keuze had gemaakt.

In die achttien maanden kwam ze heel veel over zichzelf aan de weet. Zo kwam ze erachter dat ze enerzijds dan wel de mooiste wilde zijn en alle mannen tot razernij wilde drijven, maar dat ze anderzijds zo trouw was als een vrouw maar zijn kon. Als Belicia Cabral van iemand hield, dan bleef ze van hem houden. Ondanks de gestage stroom van mannen in alle soorten en maten die het restaurant platliepen om haar hart (of op zijn minst haar boezem) te veroveren, dacht ze nooit aan iemand anders dan Jack Pujols. Diep vanbinnen bleek onze meid eerder Penelope te zijn dan de Hoer van Babylon (al zal La Inca, die met zorg naar al die kerels keek, daar anders over gedacht hebben). Ze had dromen waarin Jack terugkeerde van die militaire academie en in al zijn mannelijke schoonheid het restaurant binnenliep, met een lach op zijn mooie gezicht en een fonkeling in zijn Ogen van Atlantis. *Ik ben terug, mi amor. Ik ben teruggekomen voor jou.*

Jazeker, onze meid was trouw als geen ander, zelfs aan een linkmiegel als Jack Pujols.

Maar dat wilde nu ook weer niet zeggen dat ze zich geheel voor het mannendom afsloot. Daarvoor was ze te zeer op mannenaandacht gesteld, en dat zou ze altijd blijven, zo trouwhartig als ze was. Ze had een legertje aanbidders, gasten die zich in elk mijnenveld wilden begeven als dat ze een kans bood om het Elysium van haar genegenheid te bereiken. Arme schlemielen. De Gangster zou haar volkomen in zijn macht hebben, maar deze sapos gingen aan de Gangster vooraf. Zij mochten van geluk spreken als ze een zoentje op hun wang kregen. Laten we de twee belangrijksten voor een kort moment aan de vergetelheid ontrukken.

De Fiat-dealer. Kaal, blank en beminnelijk, een soort Hipólito Mejía, maar dan met goede manieren. En verzot op Noord-Amerikaans honkbal. Zo verzot dat hij zijn vrijheid en gezondheid riskeerde door wedstrijdverslagen te volgen op een illegale kortegolfradio. Hij hield van honkbal met de bezetenheid van een puber en hij geloofde heilig in een toekomst waarin Dominicanen de Major League zouden bestormen om zich er te meten met de Mantles en Marises van deze wereld. Marichal is alleen maar het begin, voorspelde hij, van een reconquista. Je bent niet goed bij je hoofd, zei Beli, en ze liet geen kans onbenut om hem en zijn kinderachtige juegito belachelijk te maken.

Als tegenwicht voor de Fiat-dealer hield ze er een student van de UASD op na. Eentje van het eeuwige soort dat altijd net een paar studiepunten tekort kwam om zijn doctoraal te kunnen doen. Maar toch, een estudiante. Tegenwoordig stelt het geen ruk meer voor om student te zijn, maar in het Latijns-Amerika van die dagen, dat volop in beroering was door de Val van Arbenz, door de Bekogeling van Nixon, door de vrijheidsstrijders van de Sierra Madre, door de mislukte invasie van Cuba in 1959 en alle andere machinaties van de Yankee Pig Dogs (in een Latijns-Amerika, kortom, dat een begin had gemaakt met het decennium van de guerilla), had het studentenleven heel wat meer betekenis. Je wist je een factor in de Onafwendbare Omwenteling, een trillende kwantumsnaar in het verstarde Newton-universum. Zo'n student was Arquimedes, zoon van een schoenmaker en een vroedvrouw. Ook hij luisterde naar de kortegolf, maar niet voor de score van de Dodgers. Hij riskeerde zijn leven voor het nieuws uit Havana, de berichten uit de toekomst. Hij was student-agitator en oproerkraaier voor het leven. En dat was geen grap in die dagen, want Trujillo en Johnny Abbes[14] lieten voortdurend mensen oppak-

14 Johnny Abbes Garcia was een van Trujillo's favoriete Heren van Morgul. Hij was het hoofd van de gevreesde en almachtige Geheime Politie (SIM), en in die hoedanigheid de wreedste beul uit de geschiedenis van de Dominicaanse Republiek. Chinese martelmethoden hadden zijn voorkeur; het verhaal gaat dat hij een dwerg in dienst had die zijn tanden in de testikels van gevangenen zette, en het is een historisch feit dat hij een onvermoeibare bestrijder van Trujillo's tegenstanders was en talloze revolutionairen en studenten vermoordde (onder wie de gezusters Maribal).

Op verzoek van Trujillo smeedde Abbes een complot tegen het leven van de democratisch gekozen president van Venezuela, Rómulo Betancourt, een oude vijand van El Jefe. In de jaren veertig was er al eens een aanslag mislukt toen SIM-agenten er niet in slaagden Betancourt een gifinjectie te geven terwijl hij over straat liep in Havana. Deze tweede, bedacht en opgezet door

ken. Arquimedes was constant in gevaar, wat hem tot een onvoorspelbaar dagprogramma noopte, waardoor hij op de gekste momenten in Beli's leven opdook. Archie (zoals hij zich liet noemen) had een volle kop met haar, een brilletje à la Héctor Lavoe en de bevlogenheid van een zendeling. Hij verfoeide de VS om hun Stille Invasie van de DR en verachtte de Dominicanen om hun onderworpenheid aan de yankees. Guacanagarí heeft ons allen in het verderf gestort! Dat hij zich liet leiden door de ideologie van twee dode Duitsers die bij leven nooit iemand met een bruine huid hadden ontmoet, deed er niet toe.

Beli spaarde hen geen van beiden. Ze zocht ze op in hun kamer dan wel de showroom en gaf ze er hun vaste dosis ik-weet-wat-je-wilt-maar-je-kunt-het-vergeten. Avondjes met de Fiatdealer eindigden onveranderlijk met een smeekbede zijnerzijds. Ik wil ze alleen maar even aanraken, piepte hij. Met de rug van mijn hand, toe nou! Maar die hand was even kansrijk als een balletje in het binnenveld. Arquimedes toonde tenminste eni-

Abbes en gepleegd in Caracas, was evenmin succesvol. De autobom (onder de motorkap van een Oldsmobile) was sterk genoeg om de presidentiële Cadillac weg te vagen en de chauffeur en een passant te doden, maar Betancourt en zijn vrouw bleven ongedeerd! (Dus Venezolanos, zeg nooit dat jullie niets met de DR hebben. Wij kijken al eeuwen naar dezelfde novelas als jullie, tot aan de jaren negentig kwamen we met duizenden naar jullie land om werk te zoeken, en onze dictator stond jullie president naar het leven. Als dat geen gezamenlijke historie is, weet ik het ook niet meer.)

Na Trujillo's dood werd Abbes (om hem het land uit te krijgen) tot consul in Japan benoemd, en later trad hij in dienst van die andere Caribische nachtmerrie, dictator François 'Papa Doc' Duvalier van Haïti. Aan Papa Doc was hij echter lang niet zo trouw als hij aan Trujillo was geweest. Hij probeerde hem zelfs te bedriegen, maar toen dat uitkwam, kwam het Abbes en zijn gezin op een kogelregen te staan, gevolgd door het opblazen van hun huis. Papa Doc kende hem blijkbaar goed genoeg om geen halve maatregelen te nemen. Toch is er geen Dominicaan die gelooft dat Abbes werkelijk het leven liet bij die explosie. Hij zou nog steeds ergens ondergedoken zitten, in afwachting van de wederkomst van El Jefe, zodat ook hij weer uit de schaduw kan treden.

ge klasse als hij werd afgewezen. Geen gemok of gejammer over het geld dat hij aan haar besteed had. Hij bleef stoïcijns, zei: Oké, de revolutie wordt niet in één dag gemaakt, en vergastte haar maar weer op zijn anekdotes over het ontlopen van de Geheime Politie.

Trouw als geen ander, zelfs aan een linkmiegel als Jack Pujols. Uiteindelijk raakte ze toch over hem heen. Ze mocht dan zo romantisch zijn als wat, een pendeja was ze niet. Maar ze koos een riskante tijd om tot bezinning te komen. Het land was onrustiger dan ooit – de mislukte invasie van '59 werkte door, er was een complot van jonge revolutionairen aan het licht gekomen en er werden overal jongelui opgepakt, gemarteld en vermoord. Politiek, verzuchtte Juan terwijl hij naar de lege tafels in het restaurant keek. *Politiek.* José onthield zich van commentaar. Hij zat in zijn kamer op de bovenverdieping zijn Smith & Wesson schoon te maken. Ik weet niet hoe lang ik nog op vrije voeten blijf, zei Arquimedes in een doorzichtige poging om Beli zo te ontroeren dat ze zich eindelijk door hem wilde laten pakken. Je redt het heus wel, zei ze, en ze duwde hem van zich af. En die voorspelling zou uitkomen, al was hij een van de weinigen die ongehavend bleef. (Archie leeft nog steeds. Toen ik een tijdje geleden met mijn gabber Pedro door de hoofdstad reed, zag ik zijn kop op de poster van een splinterpartijtje dat als enige agendapunt het herstel van de stroomvoorziening in de DR heeft. Ese ladrón no va' pa'ningún la'o, snoof Pedro minachtend.)

In februari nam Lillian ontslag omdat ze terug moest naar haar geboortestreek om er de zorg op zich te nemen voor haar zieke moeder, naar Lillians eigen zeggen een señora die nooit ene moer voor haar had gedaan. Maar dat is je lot als vrouw, zei ze. Je leeft om dingen tegen je zin te doen. En toen vertrok ze, en alles wat ze achterliet was de goedkope kalender waarop ze altijd haar dagen had afgestreept. Een week later namen de gebroeders Then een vervangster in dienst. Constantina, in de twintig nog, aan de magere kant maar altijd een zonnig humeur, een 'mujer alegre' in het idioom van die tijd. Ze kwam soms rechtstreeks van een feest naar het restaurant, nog omgeven door de geur van rum en sigaretten. Muchacha, zei ze dan tegen Beli, je moest eens weten hoe ik me weer in de nesten heb gewerkt. Ze had een ontwapenende grofheid over zich en kon het zwart van een kraai schelden. Geen wonder dat ze in Beli een zielsverwante zag en meteen een grote sympathie voor haar opvatte. Mijn hermanita, noemde ze Beli. Meid, wat ben je toch mooi. Jij bent het bewijs dat God een Dominicaan is.

Het was Constantina die haar van de laatste restjes Jack Pujols zuiverde. Haar advies: Vergeet die domme lul, die comehuevo. Elke desgraciado die hier komt eten is verliefd op je. Jij kunt de hele maldito wereld krijgen!

De wereld! Dat was precies wat Beli wilde, met heel haar hart zelfs, maar hoe kreeg ze hem? Ze keek naar het verkeer dat langs het park raasde en had geen idee.

Op een vrijdag namen ze in een meisjesachtige opwelling een uurtje eerder vrij, gingen naar de Spaanse modezaak verderop en kochten twee bij elkaar passende jurken.

Je ziet er schitterend uit, zei Constantina goedkeurend.

Wat ga jij nu doen? vroeg Beli.

Constantina lachte haar scheve tanden bloot. Ik? Ik ga dansen in de Hollywood. De portier is een buen amigo van me en hij zegt dat het er elke avond stikvol rijke kerels zit. Die moeten *dit* dan maar eens zien. Ze streek demonstratief over haar ranke heupen en keek Beli doordringend aan. Heeft ons prinsesje soms zin om mee te gaan?

Beli liet de uitnodiging op zich inwerken. Ze dacht aan La Inca die thuis op haar wachtte. Ze dacht aan het liefdesverdriet waar ze eindelijk overheen was.

Ja, ik ga mee.

En dat was het, de Beslissing Die Alles Veranderde. Of zoals ze het op haar sterfbed tegen Lola zei: Ik wilde alleen maar dansen, maar wat ik kreeg was esto – en ze spreidde haar armen om het allemaal te omvatten: het ziekenhuis, haar kinderen, haar kanker, Amerika.

EL HOLLYWOOD

El Hollywood was Beli's eerste echte uitgaansgelegenheid. Maar niet de eerste de beste – destijds was het dé plek om in Baní gezien te worden, het was Alexander, Café Atlántico en Jet Set in één.[15] De verlichting, de luxueuze aankleding, de guapos in hun mooie pakken, de vrouwen die als paradijsvogels met zichzelf pronkten, de band die uit een hemel van pure ritmiek leek neergedaald, de paren op de vloer die zich al dansend aan hun sterfelijkheid leken te onttrekken, het was er allemaal. Beli keek er eerst ontredderd om zich heen, wist dat ze te jong was om iets te bestellen, zag dat ze te klein was om op een kruk te zitten zonder haar goedkope schoenen te verliezen. Maar toen de muziek begon, deed dat er allemaal niets meer toe. Een corpulente kantoorman stak zijn hand naar haar uit en ze vergat op slag hoe verlegen en overdonderd ze was. Ze *danste*. Twee uur aan één stuk. Dios mío wat danste ze! Ze putte de ene partner na de andere uit. De bandleider, een peper-en-zoutharige veterano die in heel Latijns-Amerika plus Miami had gespeeld, kreeg haar in de gaten en greep de microfoon: La negra está encendida! En zo was het – ze stond in brand. In lichterlaaie stond ze. Zie de lach op haar gezicht, en prent hem je goed in, want zo vaak zul je haar niet meer zien lachen. Iedereen hield haar voor een bailarina cubana uit een van de shows. Niemand wilde geloven dat ze gewoon dominicana was. Schei uit, dat kan niet waar zijn, no lo pareces, et cetera.

15 En de lievelingstent van Trujillo, vertelt mijn moeder me als het manuscript bijna af is.

En het was in deze maalstroom van pasos, guapos en aftershave dat hij op haar toe kwam. Ze stond net even aan de bar, wachtte tot Tina terugkwam van een 'rookpauze'. Haar jurk: verfomfaaid. Haar permanent: verwoest. Haar voeten: alsof ze bij de enkels waren afgezaagd. Hij daarentegen was het summum van gedistingeerde onderkoeldheid. Hier is hij dan, Oscar en Lola en alle toekomstige generaties De León, dit is de man die het hart zou stelen van jullie Moeder en Stammoeder, hij was het die haar en de haren in de Diaspora zou jagen. Gekleed in de stijl van the Rat Pack, een zwarte smoking op een witte broek. En geen druppeltje zweet, alsof hij zo uit de koelkast kwam. Knap? Ja, al was het een louche, buikige, middenveertige, Hollywoodproducer-achtige knapheid. Met wallen onder een paar grijze ogen waaraan je kon zien dat ze veel zagen en zelden iets misten. Ze hadden Beli al een uur gevolgd, en dat had ze al die tijd in de gaten gehad, want hij was nadrukkelijk aanwezig. De manier waarop iedereen hem groette maakte duidelijk dat hij iemand was die ertoe deed, en hij had meer goud aan zijn lijf dan een Inca-koning.

Hun eerste contact zouden we als weinig veelbelovend kunnen karakteriseren. Wil je wat van me drinken? vroeg hij, en toen ze zich zonder iets te zeggen van hem afwendde, como una ruda, greep hij haar ruw bij haar arm en vroeg: Hé, waar ga je heen, morena? En dat bleef niet zonder gevolgen. Ten eerste omdat ze er niet van hield om aangeraakt te worden, door niemand. Ten tweede omdat ze geen morena was (zelfs de Fiat-dealer wist wel beter en noemde haar een india). En ten derde was er dat driftige karakter van haar. Zijn hand had het effect van een detonator. *No... me... toques*! krijste ze. Ze pakte een glas en gooide de inhoud in zijn gezicht, en vervolgens gooide ze het glas in zijn gezicht, en daarna haar handtas, en als ze een baby onder handbereik had gehad, zou ze die ook hebben gegooid, maar nu bleef het bij een stapel cocktailservetten en een stuk of honderd olijfprikkertjes. En terwijl die nog over de vloer dansten, begon ze als een bezetene op hem in te slaan. De Gangster deed niets terug, bukte zich slechts om zich tegen haar timmerende vuisten te beschermen en stak alleen een hand uit om haar voet af te weren toen ze hem in zijn gezicht wilde schoppen. Toen ze was uitgeraasd, hief hij zijn hoofd op alsof hij over de rand van een loopgraaf keek en wees naar een plekje op zijn lip. Je hebt nog wat gemist, zei hij.

Tja.

Het was een pittige ontmoeting, maar de confrontatie die ze bij thuiskomst met La Inca had, had meer betekenis. Toen Beli binnenkwam, afgepeigerd van het dansen en de rest, zag ze La Inca in het schijnsel van de olielamp staan, met een riem in de aanslag. De oerscène van moeder versus dochter, zoals die zich door de eeuwen heen overal ter wereld heeft afgespeeld. Toe maar, Madre, zei Beli toonloos. Maar La Inca kon het niet, haar kracht vloeide uit haar weg. Hija, als je nog eens zo laat thuiskomt, zul je hier weg moeten. En Beli zei: Rustig maar, ik zal hier snel genoeg weg zijn. Die nacht wilde La Inca niet naast haar in bed liggen. Ze sliep in haar schommelstoel. De volgende ochtend zei ze geen woord, en toen ze de deur uit ging om naar de bakkerij te gaan, hing haar teleurstelling als een regenwolk boven haar hoofd. Beli begreep dat haar madre een bron van grote zorg hoorde te zijn, maar ze betrapte zich erop dat ze alleen aan de stomme gordo kon denken die haar hele avond had verpest. In de dagen die volgden raakte ze er niet over uitverteld. Zelfs Arquimedes en de Fiat-dealer kregen er meerdere versies van te horen, en ze voegde er telkens nieuwe buitensporigheden aan toe, die wel niet echt gebeurd waren maar volgens haar toch recht deden aan de geest van het voorval. Un bruto, noemde ze hem. Un animal. Wat een lef om me zomaar beet te pakken! Alsof hij iets voorstelde, ese poco hombre, ese mamahuevo!

Dus hij sloeg je? De autohandelaar probeerde haar hand op

zijn been te leggen, maar faalde. Misschien zou ik dat ook eens moeten doen.

Dan zou je net zo'n pak slaag krijgen als hij!

Arquimedes, die intussen de gewoonte had opgevat om in zijn kleerkast te gaan staan als ze op bezoek kwam (voor het geval dat de Geheime Politie binnenviel), liet weten dat hij de Gangster een 'typisch bourgeoistype' vond. Zijn stem werd gedempt door alle kleren die de Fiat-dealer voor Beli had gekocht en die ze in zijn kast had gehangen om La Inca niet nog hoger in de gordijnen te jagen. (Is dit trouwens echt mink? vroeg hij. Echt konijn, zei Beli wrokkig.)

Ik had hem een mes in zijn hart moeten steken, zei ze tegen Constantina.

Muchacha, volgens mij heeft hij *jou* in je hart geraakt.

Wat bedoel je daarmee?

Wat ik bedoel is dat je wel heel veel over hem praat.

Hoe kom je daar nou bij? zei Beli verhit. Wat een onzin!

Nou, hou dan eens op over hem, zei Tina. En terwijl Beli haar verbluft aanstaarde, keek ze op een denkbeeldig horloge. Zo zo, vijf seconden, een nieuw record.

Ze nam zich voor hem uit haar gedachten te bannen, maar het was hopeloos. Ze voelde nog steeds zijn vingers om haar arm, en voelde zich voortdurend bespied door die hondenogen van hem.

De volgende vrijdag was een topdag voor het restaurant. De plaatselijke afdeling van de Dominicaanse Partij hield er een feestelijke bijeenkomst en het personeel liep tot diep in de avond zijn benen onder zijn kont vandaan. Beli, die ondertussen verzot was op drukte, buffelde naar hartenlust, en zelfs José was uit het kantoortje gekomen om mee te helpen met koken. Hij gaf de afdelingsvoorzitter een fles 'echte Chinese rum' ten geschenke, die in feite Johnnie Walker was met het etiket eraf gepulkt. Het afdelingskader liet zich de Chow Mein goed smaken, maar het voetvolk uit de campo zat afkerig in de noedels te prikken en vroeg keer op keer of er geen arroz con habichuelas was, en elke keer natuurlijk tevergeefs. Toch was het een groot succes. Aan niets was te merken dat er buiten een vuile oorlog aan de gang was. Toen de laatste stombezopen gast naar buiten was geloodst en in een taxi was gepropt, voelde Beli zich nog lang niet moe. Zullen we teruggaan? vroeg ze Tina.

Terug naar wat?

Naar El Hollywood.

Maar we zien er niet uit. In deze kleren?

Geen probleem, ik heb alles meegebracht.

En in minder dan geen tijd stond ze bij zijn tafel.

Een van de mannen met wie hij zat te eten zei: Hé, Dionisio, is dat niet de meid que te dío una pela vorige week?

Hij knikte zwijgend.

Zijn vriend nam haar aandachtig op. Ik hoop voor jou dat ze je geen rematch komt aanbieden. Dat overleef je niet.

Hij keek haar aan. Nou, waar wacht je op, de bel voor de eerste ronde?

Dans met me. Nu was het haar beurt om hem bij zijn arm te pakken en ze trok hem mee de pista op.

Zijn smoking mocht dan om zijn buik spannen, hij danste als een god. Je bent hier speciaal voor mij, hè?

Ja, zei ze, en toen drong het pas tot haar door dat ze inderdaad voor hem was gekomen.

Fijn dat je zo eerlijk bent. Ik hou niet van leugenaars. Hij haakte zijn wijsvinger onder haar kin en hief haar gezicht naar zich op. Hoe heet je?

Ze sloeg zijn hand weg. Mijn naam is Hypatía Belicia Cabral.

Fout, zei hij met het pathos van de klassieke pooier. Jouw naam is Schoonheid.

DE GANGSTER NAAR WIE WE ALLEMAAL OP ZOEK ZIJN

Hoeveel Beli van de Gangster wist, zullen we nooit weten. Ze beweerde dat hij haar alleen verteld had zakenman te zijn. Natuurlijk geloofde ik dat! Hoe had ik beter kunnen weten?

Zaken deed hij zeker, maar hij verrichtte ook hand- en spandiensten voor de Trujillato, en dat waren geen kleinigheden. Voor een goed begrip: hij was geen Nazgûl, maar een Ork was hij ook niet.

Door Beli's zwijgzaamheid over dit onderwerp, en door de tegenzin die mensen nog altijd hebben om over het regime van destijds te praten, moeten we het met fragmentarische informatie doen – ik zal je vertellen wat ik aan de weet ben gekomen, en de rest zal moeten wachten tot de páginas en blanco eindelijk worden ingevuld.

De Gangster werd aan de vooravond van de jaren twintig in Samaná geboren, als vierde zoon van een melkboer. Een huilerige, door wormen verzwakte koter van wie iedereen dacht dat er nooit iets van terecht zou komen. Zijn ouders kennelijk ook niet, want ze schopten hem op zijn zevende het huis uit. Maar onderschat nooit wat het vooruitzicht van een leven vol honger, machteloosheid en vernedering in een jong mens teweeg kan brengen – op zijn twaalfde etaleerde het schriele joch meer lef en vindingrijkheid dan de meeste volwassenen. Met zijn eindeloos herhaalde bewering dat El Jefe hem 'inspireerde' trok hij de aandacht van de Geheime Politie, en voor je SIM-salabim kon zeggen spioneerde hij als jochie in de nietsvermoedende vakbondswereld en verklikte hij links en rechts sindicatos. Op zijn veertiende hielp hij in opdracht van Felix Bernardino[16] zijn eer-

16 Felix Wenceslao Bernardino, geboren en getogen in La Romana, was misschien wel de meest sinistere agent van Trujillo, zijn Heksenkoning van Ang-

ste 'communista' om zeep, en zijn werkwijze schijnt zo spectaculair te zijn geweest, zo godsgruwelijk *grondig*, dat de helft van links Baní subiet de boot nam naar de relatieve veiligheid van Nueva York.

Van het bloedgeld kocht hij een pak en vier paar schoenen.

En vanaf dat moment waren er geen grenzen meer voor onze jonge onverlaat. Hij pendelde tussen de DR en Cuba, bekwaamde zich in het plegen van valsheid in geschrifte, diefstal, afpersing en witwaspraktijken – alles ter meerdere eer en glorie van de Trujillato. Volgens sommigen was onze Gangster de beul die in 1950 Mauricio Báez uit de weg ruimde. Bevestigd werd dat nooit, maar mogelijk is het zeker, want hij had toen al volop contacten in de Cubaanse onderwereld en weinig scrupules op moordgebied. Harde bewijzen zijn schaars, maar het staat vast dat hij een favoriet was van Johnny Abbes en Porfirio Rubirosa. Hij had een speciaal paspoort van het Palacio, en de rang van majoor binnen de Geheime Politie.

Onze Gangster ontwikkelde zich tot een ware allrounder, was bedreven in menige tak van misdaad, maar waar hij werkelijk in uitblonk, vele records brak en telkenmale goud pakte, was vrouwenhandel en prostitutie. Net als tegenwoordig was popóla destijds voor Santo Domingo wat chocolade is voor

mar. Hij was consul in Havana toen daar de verbannen Dominicaanse vakbondsman Mauricio Báez werd vermoord. Ook schijnt Felix de hand te hebben gehad in de mislukte aanslag op Angel Morales, de verbannen Dominicaanse leider (toen de aanslagplegers het huis binnenstormden, troffen ze Morales' secretaris die zich in de badkamer stond te scheren – ze zagen de ingezeepte man voor hun doelwit aan en doorzeefden hem met kogels).

Bovendien was Felix in New York (met zijn zuster Minerva, de eerste vrouwelijke ambassadeur bij de Verenigde Naties) op de dag dat Jesús de Galíndez spoorloos verdween toen hij op Columbus Circle de metro naar huis wilde nemen. Over de naam van de Admiraal gesproken...

Naar men zegt bleef Felix een trujillista tot het bittere einde. Hij stierf op hoogbejaarde leeftijd in Santo Domingo, waar hij zijn illegale Haïtiaanse gastarbeiders liet ombrengen in plaats van ze te betalen.

Zwitserland, en er was iets aan het ronselen, verhandelen en uitbuiten van vrouwen dat het beste in hem bovenhaalde. Hij had er een aangeboren talent voor, instinct, caracaracol. Op zijn tweeëntwintigste bezat hij een eigen bordeelketen met vestigingen in en om de hoofdstad, plus auto's en huizen in drie verschillende landen. En hij vond het een eer om El Jefe van zijn succes te laten meegenieten, overlaadde hem niet alleen met lof maar ook met donaties en de lekkerste import van Colombiaanse Culo. Zo trouw was hij aan het regime dat hij op een avond in een bar iemand keelde die de naam van Trujillo's moeder verkeerd had uitgesproken. Het gerucht ging dat El Jefe hier als volgt op reageerde: Kijk, die man is nu eens *capaz*.

De toewijding van de Gangster bleef natuurlijk niet onbeloond. Als veertiger was hij meer dan alleen maar een rijke boef – hij was alguien. Op foto's uit die tijd verkeert hij in het gezelschap van de drie Tovenaar-Koningen van het regime, Johnny Abbes, Joaquín Balaguer en Felix Bernardino, en hoewel er geen foto's van hem met El Jefe zijn, is het onomstreden dat ze op de best mogelijke voet stonden en elkaar met regelmaat spraken. Zo was het Trujillo zelf die de Gangster als beheerder aanstelde van een aantal familiebezittingen in Venezuela en Cuba. En het kan geen toeval zijn dat de prostitutiemarkt van beide landen vervolgens een verdrievoudiging van het Dominicaanse segment zag.

In de jaren veertig was de Gangster in de kracht van zijn leven. Hij reisde door Zuid- én Noord-Amerika, van Rosario tot Nueva York, verbleef in de beste hotels, naaide de meest uiteenlopende mokkels, dineerde in viersterrenrestaurants en keuvelde met de zwaarste aartscriminelen.

Als feilloos opportunist kon hij nergens komen of hij maakte er de mooiste deals. Hij ging met koffers vol dollars op pad en kwam met minstens zoveel poen terug. Niet dat zijn pad altijd over rozen ging, er was geweld in overvloed en hij overleefde het soms maar net, maar na elke moordpoging, elke hinderlaag en elke schietpartij kamde hij zijn haar en trok zijn das recht – de reflex van een dandy. Ja, hij was een ware gangster. Een boef tot op het bot. Hij leefde het leven waar die rappers van nu alleen maar rijmpjes over maken.

Het was een tijd waarin zijn flirt met Cuba in een innige liefdesband veranderde. Hij bleef dol op de langbenige mulatas van Venezuela, hield nog steeds van Argentiniës koele schoonheden en zwijmelde onverminderd bij de onvergelijkbare brunettes van Mexico, maar in Cuba lag zijn hart. Cuba was zijn thuis. Als hij zes van de twaalf maanden in Havana doorbracht, was dat een mager jaar, en ter ere van zijn liefde gaf de SIM hem de codenaam 'Max Gómez'. Hij reisde zo vaak naar Havana dat het eerder onvermijdelijk was dan pech dat hij er ook de beruchte oudejaarsavond van 1958 doorbracht – de avond waarop Fulgenico Batista de pleiterik maakte en heel Latijns-Amerika op slag veranderde. Hij was er met Johnny Abbes, en terwijl ze een feestje bouwden en whisky slurpten uit de navels van minderjarige hoertjes, bereikten de guerillas Santa Clara. Het was louter aan een alerte informant te danken dat ze het er levend van afbrachten. Als jullie niet aan je huevos willen worden opgehangen, moet je *nu* wegwezen! Door een blunder van de Dominicaanse inlichtingendienst ging het bijna alsnog mis – de Dominicanen vertrokken met het allerlaatste vliegtuig (de Gangster met zijn neus tegen de ruit gedrukt), om nooit weerom te komen.

Toen Beli de Gangster leerde kennen, kampte hij nog steeds met de naweeën van die wrede middernachtsvlucht. Nog afgezien van de financiële belangen was Cuba een wezenlijk onderdeel van zijn prestige, zeg maar rustig van zijn *mannelijkheid*, en hij kon het nog steeds niet verkroppen dat het land ten prooi was gevallen aan een horde ondervoede studenten. Soms leek het wel weer een beetje te gaan, maar er hoefde maar iets over de revolutie op het nieuws te zijn of hij trok zijn haren uit en beukte op de dichtstbijzijnde muur in. Er ging geen dag voorbij of hij tierde over Batista (Die achterlijke boer!) of Castro (Die communistische geitenneuker!) of CIA-chef Allen Dulles (Dat wijf!) die Batista niet had weerhouden van de oerstomme Moederdag-amnestie waarbij Fidel en de andere moncadistas op vrije voeten waren gekomen. Als ik Dulles hier voor me had, schoot ik hem dood, bezwoer hij Beli. En daarna schoot ik zijn moeder dood.

Kortom, het leven had de Gangster een onbarmhartige klap toegebracht, waar hij nog steeds niet van hersteld was. De toekomst oogde troebel en het leed geen twijfel dat hij in de val van Cuba de vergankelijkheid van Trujillo en die van zichzelf bespeurde. En volgens mij was dat de voornaamste reden waarom hij zoveel werk maakte van Beli. Natuurlijk, menige middelbare bok droomt ervan om zichzelf te regenereren met de alchemie van een jong meisjeslichaam. En Beli's lichaam loog er natuurlijk niet om – haar heupen alleen al lieten je wiegen op een zee van wellust. Maar in tegenstelling tot de gegoede niemendallen met wie ze tot dusver had verkeerd, was de Gangster een man van de wereld. Hij had meer prietas gehad dan hij zich ook maar bij benadering herinnerde. Dat regeneratiegeleuter zei hem niks. Ja, hij wilde zich aan Beli's superborsten laven, hij wilde haar toto tot mangopulp neuken, hij wilde haar tot in de afgrond verwennen, maar dat wilde hij eerst en vooral om niet meer aan 'Cuba' te hoeven denken. Clava saca clavo, zegt het spreekwoord, en Beli was bij uitstek geschikt om Cuba te verdringen.

In het begin had Beli zo haar twijfels over de Gangster. Jack Pujols was haar idee van de ideale amor geweest, en nu was daar ineens die middelbare Caliban die zijn haar verfde en harige schouders had – niet echt de belichaming van haar Glorieuze Toekomst. Maar met volharding komt een man een heel eind, zeker als hij vrijelijk met geld en voorrechten kan strooien. De Gangster wierp al zijn ervaring in de strijd. Hij ondermijnde haar reserve met zijn geduldige charme en kalme hoffelijkheid. Hij bedolf haar zowat onder de bloemen. Zeeën, explosies, orgies van rozen stuurde hij haar op het werk en thuis. (Wat romantisch, zuchtte Tina. Wat vulgair, schamperde La Inca.) Hij nam haar mee naar de exclusiefste restaurants van de hoofdstad, en naar clubs die normaliter alleen prietos toelieten wanneer die muziek kwamen spelen (zo machtig was hij – hij kon de blokkade voor *zwart* doorbreken), tenten als de Hamaca en de Tropicalia (maar niet de Country Club, want zelfs zijn macht was begrensd). Hij streelde haar met de origineelste complimenten (die hij tegen betaling liet bedenken door een paar letterenstudenten). Hij trakteerde haar op toneelstukken, films en bals, kocht kasten vol kleren voor haar, en schatkisten vol juwelen, stelde haar aan allerlei beroemdheden voor, en op een keer zelfs aan Ramfis Trujillo. Kortom, hij gaf haar de *wereld* (althans de wereld zoals die in Santo Domingo werd gekend). En geloof het of niet, maar halsstarrige Beli, die ten koste van alles had willen vasthouden aan haar idee van de ideale liefde, was op den duur toch bereid om die visie bij te stellen, ten faveure van de Gangster.

Hij was een gecompliceerde man. Beminnelijk en duister. Amicaal en onheilspellend. Onder hem (letterlijk en figuurlijk) voltooide Beli de sociale ontwikkeling die ze in het restaurant had ingezet, want hij was een hombre die ervan genoot om onder de mensen te zijn, om te zien en gezien te worden, wat volmaakt overeenstemde met haar droom van het Echte Leven. Maar hij was ook een hombre die nadrukkelijk zijn verleden met zich meedroeg.

Aan de ene kant was hij trots op wat hij bereikt had. Ik heb mezelf gemaakt, zei hij tegen Beli, zonder hulp van wie dan ook. Ik bezit auto's, huizen, elektriciteit, kleren, noem maar op, terwijl ik als niño niet eens schoenen had. Niet één paar. En familie had ik ook niet. Ik was een wees, begrijp je wat ik bedoel?

Ze was zelf een wees en begreep het volkomen.

Aan de andere kant werd hij gekweld door herinneringen aan wat hij gedaan had. Als hij te veel ophad, en dat had hij vaak, mompelde hij dingen als: Als je eens wist wat ik voor diabluras heb uitgehaald, dan zou je niets met me te maken willen hebben. En soms schrok ze 's nachts wakker omdat hij lag te huilen. Het was niet met opzet! Het was niet met opzet!

En het was in een van die nachten, terwijl ze hem in haar armen hield en de tranen van zijn wangen veegde, dat ze het zich met een schok realiseerde: ze hield van deze Gangster.

Beli Verliefd, tweede bedrijf! Maar het was heel anders dan de eerste keer met Pujols. Ze wist zeker dat dit het echte werk was, echte onversneden en onvervalste liefde van twee kanten. Een gevoel alsof ze de Heilige Graal had gevonden, het gevoel dat haar kinderen later ook zo vaak parten zou spelen. Maar oordeel niet te hard. Vergeet niet dat Beli lange, lange tijd naar een kans had gehunkerd om echte liefde te voelen, en te krijgen (feitelijk niet eens zo heel lang, maar een eeuwigheid volgens de tijdmeting van haar adolescentie). In haar Verloren Jaren was die kans uitgesloten geweest, en in de tussenliggende jaren was het verlangen ernaar scherper en scherper geworden, tot het uiteindelijk scherper was dan het scherpste zwaard, scherper dan de waarheid zelf. En nu was haar kans dan eindelijk gekomen. Logisch dus, dat haar vier maanden met de Gangster een periode van ongekende heftigheid vormden. Ze had hem lief alsof haar leven ervan afhing. Ze beminde hem met atoomkracht.

En de Gangster? Normaal gesproken zou zo'n al te liefhebbend speelkameraadje hem snel zijn neus uit zijn gekomen. Maar als gezegd: hij was nog steeds uit het lood door de historische wending die hem met orkaankracht had geraakt – en hij beantwoordde haar liefde met evenredige heftigheid. Hij begon dingen te roepen die zelfs hij niet kon waarmaken, deed beloftes die hij onmogelijk kon inlossen. Als dat gedoe met de communisten voorbij is, neem ik je mee naar Miami en Havana. En dan koop ik in beide steden een huis voor je, gewoon omdat ik zo gek op je ben!

Een huis? stamelde ze. Ze kreeg er kippenvel van. Dat lieg je!

Ik lieg nooit. Hoeveel kamers wil je?

Eh, tien?

Tien is niks. Je krijgt er twintig.

De ideeën die hij in haar hoofd plantte... mensen zijn om minder voor de rechter gesleept. En geloof me, La Inca had hem dolgraag een proces aangedaan. Zie je dan niet hoe hij je in de maling neemt? riep ze uit. Het is een zwendelaar, een pooier, een dief van je onschuld! En er valt inderdaad veel voor de zienswijze te zeggen dat hij gewoon een ouwe chulo was die Beli's naïviteit uitbuitte. Maar als je het van een, laten we zeggen, welwillender kant bekijkt, dan zou je kunnen stellen dat hij haar hoe dan ook aanbad, leugens of niet, en dat die aanbidding het grootste geschenk was dat iemand haar ooit had gegeven. Het was in ieder geval een weldaad voor haar. Het *raakte* haar. (Ik had voor het eerst het gevoel dat ik echt bestond, zou ze later zeggen.) Dankzij de Gangster voelde ze zich mooi, en gewild, en veilig, en dat had niemand ooit voor haar gedaan. Niemand. 's Nachts liet hij zijn hand over haar naakte lichaam glijden en mompelde: Guapa, guapa, steeds opnieuw datzelfde woordje. (Het brandlitteken op haar rug deerde hem niet. Het lijkt net een tekening van een ciclón, en dat ben je ook, mi negrita, una tormenta en la madrugada.) Onvermoeibaar was hij, de geile ouwe bok. Hij hield het de hele nacht vol en leerde haar alles over haar eigen lichaam, haar gevoel, haar ritme, haar orgasme. Hij leerde haar zelfbewust te zijn, en vrijmoedig. En daar verdient hij lof voor, ondanks de manier waarop het afliep.

Wat er nog van haar reputatie over was, werd door de affaire verzengd. In Baní wist weliswaar niemand wie de Gangster eigenlijk was en wat hij zoal deed (hij was erg discreet in zijn doen en laten), maar het volstond dat hij een man was, een oudere man. In de ogen van Beli's buren had die verwaande prieta nu eindelijk haar ware bestemming in dit leven gevonden, als cuero. En die kwalificatie zou haar altijd blijven aankleven. Ik heb bejaarde buurtbewoners gesproken, volgens wie ze in haar laatste maanden in Santo Domingo meer tijd in motels doorbracht dan ze daarvoor op school had gedaan. Dat zal vast overdreven zijn, maar het geeft goed weer hoe diep onze meid in ieders achting was gedaald. En zelf deed ze weinig om haar naam op te vijzelen. Je hebt slechte verliezers maar ook slechte winnaars, en nu het Beli in materieel opzicht voor de wind ging, liep ze met een air van heb ik jou daar door de barrio en trof alles en iedereen met haar minachting. Los Pescadores was een 'infierno' en de bewoners waren 'brutos' en 'cochinos' en o wat was ze blij dat ze binnenkort naar Miami verhuisde en verlost zou zijn van dit pokkeland. Thuis deed ze geen enkele moeite meer om zelfs maar een zweem van fatsoen op te houden. Ze bleef tot diep in de nacht weg, als ze al thuiskwam, en nam de ene permanent na de andere. La Inca wist zich geen raad meer met haar hija. Van de buren kreeg ze het advies om haar een flink pak slaag te geven (Wacht niet te lang, zeiden ze, straks moet je haar nog doden om erger te voorkomen). Maar de buren wisten niet hoe het destijds geweest was om het verbrande kind achter het gaas van een afgesloten kippenhok te vinden. Hoe diep die aanblik zich in La Inca's hart had geboord, hoe haar hele wezen erdoor veranderd was, zodat ze nu de kracht ontbeerde om haar hand tegen Beli op te heffen. Met woorden bleef ze het echter proberen. Ze bleef pogingen doen om haar tot bezinning te brengen.

En je plannen dan om naar de universiteit te gaan?

Ik wil niet naar de universiteit.

Maar wat wil je dan wel? De rest van je leven een gangsterliefje zijn? Je ouders, God hebbe hun ziel, hadden een betere toekomst voor je in gedachten.

Hou toch eens op over mijn ouders. *Jij* bent mijn ouders.

En kijk eens hoe je me behandelt. Kijk eens wat je me allemaal aandoet. Misschien hebben de mensen wel gelijk, misschien ben je inderdaad vervloekt.

Beli schoot in de lach. Ik weet niet wie er hier vervloekt is, maar ik ben het niet!

De chinos konden haar houding al evenmin waarderen. Wij jou moet gaan, zei Juan.

Eh, wat?

Hij streek met zijn tong langs zijn lippen en probeerde het nog eens. Wij moet jou gaan.

Je bent ontslagen, zei José. Laat je schort maar op de toog achter.

Toen de Gangster het de volgende dag hoorde, stuurde hij een paar van zijn jongens bij de gebroeders Then langs en o wonder, onze meid werd prompt weer in genade aangenomen. Maar het werd niet meer zoals het geweest was. De broers wilden niet meer met haar praten, vertelden geen verhalen meer over hun jeugd in China en de Filipijnen. Na een paar dagen stilte begreep Beli de hint en kwam niet meer opdagen.

Zo, dus nu heb je ook al geen baan meer, zei La Inca.

Ik heb geen baan nodig. Hij gaat een huis voor me kopen.

Een man bij wie je nog nooit thuis bent geweest, zegt dat hij een huis voor je gaat kopen? En dat *geloof* je? O, hija...

En of ze het geloofde.

Want ze was verliefd! De wereld schudde op zijn grondvesten. Santo Domingo leek aan de rand van de totale ineenstorting te staan en de Trujillato werden steeds nerveuzer. Controleposten op elke straathoek, en zelfs de jongens en meisjes met wie ze op El Redentor had gezeten, het puikje van de jeugd, werden meegesleurd in de Terreur. Een voormalige klasgenote vertelde dat het jongere broertje van Jack Pujols was opgepakt als lid van een groepering tegen El Jefe. De kolonel had alles in het werk gesteld om hem weer vrij te krijgen, maar zelfs hij had niet kunnen voorkomen dat zijn zoon bij het 'verhoor' een oog verloor door een stroomstoot. Maar Beli wilde er niets van weten. Want ze was verliefd! Verliefd!

Ze doolde als in een roes door haar dagen en weigerde zich ergens druk om te maken. Het kon haar niet eens schelen dat ze nog steeds geen telefoonnummer van de Gangster had, en zelfs geen adres (altijd een slecht teken, meisjes!), en dat hij de gewoonte had om zomaar te verdwijnen en dan dagenlang niets van zich te laten horen (ook geen goed teken). Die dagen werden soms weken, en als hij dan weer terugkwam van zijn 'zakenreis', rook hij naar sigaretten en oud angstzweet en wilde hij alleen maar neuken. En na afloop wilde hij alleen maar whisky drinken en zat hij in zichzelf te mompelen bij het raam van de motelkamer. Zijn haar, zag Beli, begon steeds grijzer te worden.

Na verloop van tijd begonnen die verdwijningen haar toch wel dwars te zitten, omdat ze erdoor voor schut stond tegenover La Inca en de buren, die nooit nalieten te vragen waar haar Redder nu weer was. Ze verdedigde hem weliswaar door dik en dun, maar als hij weer opdook, kreeg hij de rekening gepresenteerd. Dan nam ze pruilend zijn bloemen in ontvangst, had geen zin om mee uit eten te gaan, zeurde onophoudelijk dat hij een verhuizing voor haar moest regelen, bleef vragen wat hij in de voorbije *x* dagen had gedaan, praatte honderduit over de bruiloften waarover ze in de *Listín* had gelezen, en (het bewijs dat La Inca's tirades toch wel enig effect hadden) ze wilde weten wanneer ze nu eindelijk eens bij hem thuis mocht komen. Net zolang tot hij razend werd en opsprong uit zijn stoel.

Hija de gran puta, hou nou eens op met je gedram! We zitten midden in een oorlog, verdomme! Hij stond voor haar in zijn onderhemd en zwaaide met zijn pistool. Weet je wat de communisten doen met meisjes als jij? Je wordt opgehangen aan die mooie tieten van je, en daarna word je ervan losgesneden! Dat hebben ze ook met de hoeren op Cuba gedaan!

Tijdens een van zijn langere absenties brachten haar verveling en het leedvermaak van de buren haar ertoe om nog één keer haar oude vlammen op te zoeken. Om het netjes af te sluiten, zogezegd, maar volgens mij wilde ze zich alleen maar afreageren en had ze behoefte aan mannelijke aandacht. Waar niks op tegen is, maar ze beging de grove fout om uitgebreid over de nieuwe liefde van haar leven te vertellen, hoe gelukkig ze wel niet was. Nooit doen, meisjes, en zeker niet met Dominicaanse hombres. Qua domheid is het vergelijkbaar met een verdachte die vlak voor het vonnis tegen zijn rechter zegt dat hij diens moeder vaak gevingerd heeft. Je brengt ze uit hun humeur, wil ik maar zeggen. De Fiat-dealer, die altijd een toonbeeld van beschaving en de ingetogenheid zelve was geweest, gooide een whiskyfles naar haar hoofd en brulde: Waarom moet ik blij zijn voor een gore, stinkende apin! Ze zaten in zijn appartement aan de Malecón (hij heeft je tenminste wel thuis uitgenodigd, zou Tina later lachen) en als hij een betere pitcher was geweest, had ze buiten westen kunnen raken en had hij haar daarna misschien wel verkracht en vermoord. Maar zijn fastball schampte haar slechts en toen was het haar beurt om agressief te worden. Ze pakte de fles op en gaf hem vier pittige rammen op zijn kop. Toen ze vijf minuten later nog zat na te hijgen in een taxi, werden ze naar de kant gedirigeerd door de politie, die gebeld was door iemand die haar blootsvoets naar buiten had zien rennen. Ze probeerde het eerst nog te ontkennen, maar merkte dat ze die fles nog steeds in haar hand had, met het bloed en wat sluike blonde haren van de Fiat-dealer eraan.

Na haar uitleg van wat er gebeurd was, mocht ze gaan.

Ere wie ere toekomt: Arquimedes, die ze eerder had bezocht, had een stuk rustiger gereageerd. Nadat ze haar verhaal over haar nieuwe levensgeluk had gedaan, hoorde ze 'een geluidje' in de kast waar hij zich verborgen hield, en verder niets. Vijf minuten bleef het stil, en toen fluisterde ze: Nou, ik ga maar weer eens. (Ze zag hem nooit meer in levenden lijve, alleen nog op tv als ze de zomer op het eiland doorbracht en hij op het nieuws was met een toespraak, maar ze zou altijd aan hem blijven denken, en vroeg zich dan altijd af of hij nog weleens aan haar dacht.)

Wat heb jij zoal gedaan? vroeg de Gangster toen hij eindelijk weer was opgedoken.

Niks, zei ze, en ze gooide haar armen om zijn nek. Helemaal niks.

Een maand voordat de pleuris definitief uitbrak, nam de Gangster haar mee voor een vakantie in zijn geboorteplaats Samaná. Hun eerste gezamenlijke reis, een zoenoffer na een wel zeer langdurige afwezigheid, en een voorproefje van de buitenlandse reizen die ze volgens hem gingen maken. Capitaleños denken vaak dat Güaley het middelpunt van het heelal is en dat de beschaving ophoudt bij de 27 de febrero. Maar dan rekenen ze buiten Samaná. Ik zeg je: Samaná es una chulería. Ik stel me zo voor dat de schrijver van de King James Bible regelmatig naar de Cariben reisde en dat hij het hoofdstuk over de Hof van Eden in Samaná heeft gepend. Zo mooi is het er, een volmaakte harmonie van mar en sol en het weelderigste groen dat je je voor kunt stellen. Geen lofprijzing is hoogdravend genoeg om Samaná en zijn bevolking recht te doen.[17] En de Gangster was sowieso in een opperbeste stemming, want

17 In mijn eerste versie speelde deze passage in Jarabacoa in plaats van Samaná, maar mijn vriendin Leonie, Domo-deskundige par excellence, wees me erop dat er in Jarabacoa geen stranden zijn. Mooie rivieren wel, maar geen stranden. Leonie wees me er ook op dat de perrito (zie het begin van hoofdstuk één, 'GettoNerd aan het einde der tijden') pas in de late jaren tachtig populair werd. Die fout heb ik echter gehandhaafd, omdat ik het beeld gewoon te mooi vond. Vergeef mij, dames en heren historici der moderne dans, vergeef mij!

met de oorlog tegen de subversieven leek het de goede kant op te gaan. (Ze zijn op de loop, glunderde hij. Nog even en alles is weer zoals het hoort.)

En Beli? Voor haar zou die vakantie altijd de mooiste week blijven die ze ooit in de DR had beleefd. De naam Samaná zou haar altijd doen terugdenken aan die laatste primavera van haar jeugd, de primavera van haar volmaakte schoonheid. Altijd zou er de herinnering zijn aan hun liefdesspel, de bestoppelde kin van de Gangster in haar hals, het geluid van de Mar Caribe die de ongerepte stranden koesterde, de geborgenheid die ze voelde, de verwachtingen die ze had.

Er zijn nog drie foto's van die vakantie, en op alle drie lacht ze.

Ze deden alles wat Dominicanen graag doen tijdens hun vakanties. Ze aten pescado frito en waadden in de río. Ze maakten strandwandelingen en dronken rum tot hun ogen ervan brandden. Beli kon voor het eerst in haar leven volkomen zichzelf zijn. Als de Gangster in zijn hamaca lag te dutten, speelde zij huisvrouwtje, repeteerde alvast voor het leven dat nu snel zou aanbreken. 's Ochtends maakte ze de cabaña grondig aan kant en hing voluptueuze bloemenslingers aan de plafondbalken en langs de ramen. De groente en vis die ze met veel gepingel bij de buren inkocht, toverde ze avond aan avond in de verrukkelijkste maaltijden om, gebruikmakend van de vaardigheden die ze zich in haar Verloren Jaren eigen had moeten maken. En daarna was er de voldaanheid van de Gangster, zijn klopjes op zijn buik, zijn gulle complimenten, zijn boeren en winden als hij in de hamaca lag, en alles klonk haar als muziek in de oren. (Voor haar gevoel werd ze die week zijn vrouw, in elke zin behalve de wettige.)

Het lukte hun zelfs om openhartige gesprekken te hebben. Op de tweede dag, nadat hij haar het huis had laten zien waar hij geboren was, nu een door orkanen gemangelde bouwval, vroeg ze: Mis je het nooit dat je geen familie hebt?

Ze zaten in het enige kwaliteitsrestaurant van de stad, waar El Jefe ook at als hij op bezoek was (wat ze je tot op de huidige dag vertellen). Zie je die mensen daar? zei hij, naar de bar wijzend. Die hebben allemaal familie, dat kun je aan hun gezicht zien. Ze hebben allemaal familie, mensen die van hen afhankelijk zijn en van wie zij afhankelijk zijn. Voor sommigen is dat prettig en voor anderen niet, maar dat is nauwelijks van belang. Van belang is dat ze geen van allen vrij zijn. Niemand van hen kan doen wat hij wil en zijn wat hij wil zijn. Ik mag dan kind noch kraai hebben, maar ik ben tenminste wel vrij.

Zoiets had Beli nog nooit iemand horen zeggen. *Ik ben vrij* – in het Trujillo-tijdperk was die frase niet bepaald in zwang. Maar hij raakte een gevoelige snaar. La Inca, de buren, haar nog altijd in de lucht hangende toekomst, het kwam er allemaal door in perspectief te staan.

Ik ben vrij.

Ik wil net zo zijn als jij, zei ze een paar dagen later toen ze haar zelfgemaakte krab in achiote-saus zaten te eten. Hij had haar net over de naaktstranden van Cuba verteld en zat nog na te grinniken. Jij zou de ster van de voorstelling zijn geweest, zei hij, en hij kneep speels in haar tepel. Maar, eh, hoe bedoel je dat, net zo zijn als ik?

Ik wil ook vrij zijn.

Hij glimlachte en gaf haar een aaitje onder haar kin. En dat zul je ook zijn, mi negra bella.

Maar de volgende dag spatte de zeepbel van hun idylle uiteen. Een moddervette motoragent kwam voor hun cabaña tot stilstand. Capitán, u bent nodig in het Palacio, zei hij van onder zijn helm. Er zijn problemen met de subversieven, springt u maar achterop.

Ik stuur een auto om je op te halen, beloofde de Gangster. Nee, zei ze, ik ga met je mee. Ze wilde niet alleen achterblijven. Niet weer. Maar hij hoorde het niet, of het kon hem niet schelen. Wacht! schreeuwde ze, maar de motor reed al weg. Wacht!

En de beloofde auto kwam ook niet. Ze had gelukkig de gewoonte opgevat om geld van hem te pikken als hij sliep, zodat ze in haar onderhoud kon voorzien als hij weer eens spoorloos was, anders was ze tot dat kutstrand veroordeeld geweest. Na acht uur als een parigüaya op die auto te hebben gewacht, pakte ze haar reistas, liet zijn troep in de cabaña liggen, en beende als een wraakgodin de trillende hitte in. Voor haar gevoel had ze urenlang lopen zwoegen toen ze een colmado zag. Op het terras zat een stel zonverdoofde campesinos lauw bier te drinken, terwijl de colmadero onder de enige parasol van het etablissement de vliegen van zijn dulces zat te verjagen. Toen het eindelijk tot ze doordrong dat zij daar voor hen stond, sprongen ze als één man overeind. Haar woede was ondertussen weggeëbd en ze wilde alleen nog maar voor een langere voettocht gespaard blijven. Kennen jullie iemand met een auto? Een uur later zat ze in een gammele Chevy op weg naar huis. Als ik jou was, zou ik het portier vasthouden, zei de bestuurder. Anders valt-ie er misschien af.

Dan valt-ie maar, zei ze met haar armen stijf over elkaar.

Na een tijdje reden ze langs een van die godverlaten 'dorpjes' die aan het wegennet van Santo Domingo kleven; groepjes schamele hutten die eruitzien alsof ze er door een orkaan zijn neergesmeten. Het enige teken van bedrijvigheid was een dode geit aan een touw. Het beest was helemaal gevild op de kop na, en dat was pas gedaan, want het vlees oogde nog vochtig onder de talloze vliegen die zich te goed eraan deden. Beli wist niet of het door de hitte kwam, door de twee biertjes die ze gedronken had tot de neef van de colmadero kwam voorrijden, door die geit, of door de herinneringen die hij opriep aan haar Verloren Jaren, maar de man die ze voor een van de hutten in een schommelstoel zag zitten, en die naar haar zwaaide terwijl ze voorbijreed, *leek geen gezicht te hebben*. Toen ze omkeek om die bizarre indruk weg te nemen, hadden ze de hutten al te ver achter zich gelaten. Zag jij dat ook? vroeg ze de bestuurder. Hij slaakte een zucht. Alsjeblieft, ik doe mijn best om mijn ogen op de weg te houden.

Twee dagen na haar terugkeer gaf een buikgriep haar het gevoel alsof er vanbinnen iets aan het verdrinken was. Het was een hardnekkige aandoening. Ze moest elke ochtend overgeven.

La Inca had het als eerste door. Nou, nu heb je het echt voor elkaar hoor. Je bent zwanger.

Welnee, raspte Beli, en ze veegde het braaksel van haar kin.

Maar ze was het wel degelijk.

EEN OPMERKELIJK NIEUWTJE

Toen de dokter het gelijk van La Inca bevestigde, slaakte Beli een kreet van opwinding. (Dit is geen spelletje, jongedame, zei de arts bestraffend.) Ze was doodsbang en dolblij tegelijk. Ze deed geen oog meer dicht, zo diep was ze van het mirakel onder de indruk, en ze begon zich van de weeromstuit eerbiedig en meegaand te gedragen. Dus nu ben je opeens gelukkig? zei La Inca. Mijn hemel, kind, wat ben je toch dom. Maar voor Beli was dit het wonder waar ze op gewacht had. Als ze haar hand op haar platte buik legde, hoorde ze de bruiloftsmars en zag ze het huis voor zich dat haar door de Gangster was beloofd.

Zeg het in vredesnaam tegen niemand, smeekte La Inca. Maar ze kon de verleiding natuurlijk niet weerstaan om het haar hartsvriendin Dorca toe te fluisteren, zodat het in een mum van tijd in de hele straat bekend was. En het duurde niet lang of de hele barrio gniffelde erover. Geen groter vermaak dan leedvermaak, nietwaar?

Bij haar eerstvolgende ontmoeting met de Gangster, na diens terugkeer van zijn zoveelste zakenreis, had ze zich mooier opgedoft dan ooit. Een gloednieuwe jurk, fijngewreven jasmijn in haar ondergoed, een nieuwe permanent, haar wenkbrauwen in sierlijke boogjes geplukt. Hij had zich dagen niet geschoren en moest hoognodig naar de kapper. Het haar in zijn oren begon op struikgewas te lijken. Je ziet eruit om op te vreten, gromde hij, en hij zoende haar teder in haar hals.

Raad eens wat, kirde ze.

Hij keek op. Wat?

BIJ NADER INZIEN

Natuurlijk vond hij het goed nieuws – daar was ze zeker van. Uit niets bleek dat hij er onaangenaam door getroffen was, laat staan dat hij haar vroeg het weg te laten halen. Jaren later pas, toen ze zich dag in dag uit kapot moest werken en 's nachts rilde van de kou in haar kelderwoning in de Bronx, zou ze zich gaandeweg herinneren dat hij daar wel degelijk om gevraagd had.

Maar nu was ze verliefd, en liefde maakt doof.

NAAMGEVING

Ik hoop dat het een zoon is.

Ik ook. (Maar hij geloofde het nog maar half.)

Ze lagen in een motelbed. Boven hen draaide een plafondventilator, te traag om zelfs maar de vliegen te verjagen.

Wat geven we hem als tweede voornaam? vroeg ze zich hardop af. Het moet wel een deftige naam zijn, want hij wordt later dokter, net als mi papá. En voor hij antwoord kon geven, zei ze: Abelard. We noemen hem Abelard.

Hij maakte een grimas van afschuw. Dat is een naam voor een maricón. Als het een jongen wordt, noemen we hem Manuel. Naar mijn grootvader.

Hoe weet je dat? Je hebt je familie toch nooit gekend?
Hij duwde geërgerd haar arm van zich af. Zeik toch niet zo.
Ze zweeg gegriefd en legde haar handen op haar buik.

DE WAARHEID EN WAT ERUIT VOORTVLOEIT 1

Ze kenden elkaar nu al een hele tijd en de Gangster had Beli ondertussen veel, heel veel verteld. Maar er was één dingetje dat hij al die tijd verzwegen had.

Hij was getrouwd.

Jij vermoedde dat waarschijnlijk al. Het was een dominicano, immers. Maar je raadt nooit met *wie* hij was getrouwd.

Een Trujillo.

DE WAARHEID EN WAT ERUIT VOORTVLOEIT 2

Jazeker, de wettige echtgenote van de Gangster was (drummer, een roffel alsjeblieft) *een zuster van Trujillo*! Tja, het zal je ongetwijfeld verbazen, maar denk nou even na – had een straatjoch uit Samaná het met alleen maar hard werken tot de top van de Trujillato kunnen schoppen?

Kijk, je zit natuurlijk geen Marvel Comic te lezen...

Het was de zuster die het volk liefkozend La Fea noemde. De Gangster had haar op Cuba leren kennen. Ze was narrig, gierig, en zeventien jaar ouder dan hij. Aanvankelijk werkten ze alleen maar samen in de vrouwenvleeshandel, maar het duurde niet lang of ze raakte onder de bekoring van zijn onweerstaanbare joie de vivre. Hij moedigde het van harte aan (als gezegd, hij was een rasopportunist, en dit was natuurlijk een gouden kans) en nog voor het jaar voorbij was, sneden ze de bruidstaart aan en schoven de eerste punt op het bord van El Jefe.

Ik heb bejaarde Dominicanen gesproken volgens wie La Fea vroeger, voordat haar broer aan de macht kwam, zelf ook de hoer had gespeeld. Maar dat lijkt me eerlijk gezegd roddelpraat, net zo onaannemelijk als het verhaal dat Balaguer tientallen onwettige kinderen had en overheidsgeld aanwendde om hun bestaan stil te houden, of nee, wacht even, dat is echt waar, maar het eerste waarschijnlijk niet... hoewel, wie kan waarheid en leugens uit elkaar houden in een land dat zo baká is als het onze? Wat vaststaat is dat haar verleden haar una mujer bien fuerte y bien cruel had gemaakt. Ze was bepaald geen pendeja, en meissies als Beli lustte ze rauw. Kei- en keihard. Dickens zou haar als bordeelhoudster hebben opgevoerd, of nee, wacht, ze *was* een bordeelhoudster! Tja, misschien had Dickens haar een weeshuis laten leiden, wie zal het zeggen? In werkelijkheid was ze in elk geval een typische exponent van een kleptocratie – geld als water en geen greintje fatsoen. Ze bedroog iedereen met wie ze zakendeed, haar broer incluis, en had al twee eerbiedwaardige zakenlieden de dood ingejaagd door ze tot hun laatste cent uit te persen. Ze zat in haar immense huis in La Capital als een spin in haar web de hele dag smoezelige zaakjes te doen en ondergeschikten te koeioneren. In de weekends hield ze regelmatig literaire salons waarbij haar 'vrienden' urenlang naar gedichten moesten luisteren die door de poëet zelf werden voorgedragen: haar van ieder talent gespeende zoon (uit haar eerste huwelijk – met de Gangster had ze geen kinderen).

Enfin, op een mooie meidag verscheen er een bediende in de deuropening van haar werkkamer.

Donder op, snauwde ze met haar potlood in haar mond.

Een diepe inademing. Doña, er is nieuws.

Er is altijd nieuws. Donder op.

Een uitademing. Nieuws over uw man.

Twee dagen later zwierf Beli verdwaasd door het Parque Central. Haar haar had betere tijden gekend. Ze was naar buiten gegaan omdat ze het binnen niet meer uithield met La Inca, en het restaurant vormde geen toevluchtsoord meer, al lag het op een steenworp afstand aan de rand van het park. Ze was in gepeins verzonken, liep met een hand op haar buik en de andere op haar pijnlijk bonkende hoofd, nog verdrietig om de ruzie die ze eerder die week met de Gangster had gehad. Hij was in een rotstemming geweest en had opeens gebruld dat hij geen kind op deze vreselijke wereld wilde zetten, waarop zij gekrijst had dat de wereld in Miami een stuk minder vreselijk was, en toen had hij haar bij haar keel gegrepen en geschreeuwd: Als je zo nodig naar Miami wilt, ga dan zwemmen! Hij had niks meer van zich laten horen en ze doolde nu rond in de bespottelijke hoop dat ze hem tegenkwam. Alsof hij iets in Baní te zoeken had. Haar voeten waren opgezwollen en haar hoofdpijn stroomde over naar haar nek en nu werd ze opeens beetgepakt, door twee enorme kerels met enorme vetkuiven, die haar meetroonden naar het midden van het park, waar een chic geklede mevrouw op een bank zat, in de schaduw van een jacaranda met verlepte bloemen. Witte dameshandschoenen en een parelketting om haar hals. Ze nam Beli op met roerloze leguanenogen.

Weet jij wie ik ben?

Geen idee, maar wat moet dit verdomme...

Soy Trujillo. En daarnaast ben ik de vrouw van Dionisio. Het is mij ter ore gekomen dat jij overal rondbazuint dat je met hem trouwen gaat en dat je zwanger bent van zijn kind. Welnu, mi monita, dat eerste gaat niet door en aan dat tweede gaan we wat doen. Deze twee agenten nemen je nu mee naar een dokter, en als die je stinkende toto heeft uitgeschrobd, zal er geen kindje meer zijn om over te kakelen. En daarna lijkt het me zeer in je belang dat ik je zwarte cara de culo nooit meer zie, want doe ik dat wel, dan voer ik je eigenhandig aan mijn honden. Maar genoeg gepraat, het is tijd voor je afspraak en ik wil niet dat je te laat komt.

Beli zal zich gevoeld hebben alsof het mens haar met kokende olie had overgoten, maar aan lef had het haar nooit ontbroken en ze snauwde: Cómeme el culo, ouwe heks!

Kom op, we gaan, zei Elvis Número Uno. Hij draaide haar arm op haar rug en sleurde haar samen met zijn partner naar de rand van het park, waar een auto stond te bakken in de zon.

Déjame! gilde ze, en toen ze opkeek zag ze dat er nog een derde agent in de auto zat, en toen hij zich naar haar toe draaide, zag ze *dat hij geen gezicht had.* Alle kracht vloeide uit haar weg.

Goed zo, zei de agent die haar vasthield, tranquila.

Wat zou het bedroevend zijn afgelopen als onze meid niet nog eens radeloos om zich heen had gekeken en José Then had ontwaard, die terug kwam kuieren van het wedkantoor, met een opgevouwen krant onder zijn arm. Ze probeerde zijn naam te roepen, maar merkte als in een nachtmerrie dat ze geen lucht in haar longen had. Pas toen de twee agenten haar in de auto probeerden te werken en haar hand in aanraking kwam met het gloeiend hete chroom, keerde haar stem terug. José, riep ze hees, red me!

En daarmee was de angstige betovering verbroken. Ze gilde het uit. Hou je bek! zeiden de Elvissen, en ze sloegen haar, maar het was te laat. Ze zag dat José aan kwam rennen. En achter hem, o wonder, volgden zijn broer Juan en alle anderen van Palacio Peking: Constantina, Marco Antonio, Indiase Benny. De klabakken probeerden hun pistool te grijpen maar hadden hun handen vol aan Beli, die nu helemaal ontketend was, en toen was er José die zijn revolver tegen het hoofd van de grootste agent zette en iedereen viel stil. Behalve Beli zelf.

Hijos de puta! Ik ben zwanger! Horen jullie dat? *Zwanger*!

Ze draaide zich om naar de plek waar de ouwe heks had gezeten, maar die was spoorloos verdwenen.

Deze jongedame is gearresteerd, gromde een van de agenten.

Nu niet meer, zei José, en hij trok Beli met zijn vrije hand bij hen vandaan.

Jij alleen laat haar! gilde Juan met een hakmes in elke hand.

Luister, chino, je weet niet wat je doet.

Geloof me, ik weet precies wat ik doe, zei José, en hij spande de haan van zijn revolver. Een akelig geluid, als een knappende rib. Zijn gezicht was als een dodenmasker en in zijn ogen gloeide alles wat hij had verloren. Beli, weg hier, zei hij toonloos.

En ze zette het op een lopen, huilend als een kind, maar niet dan nadat ze beide smerissen nog een trap tegen hun schenen had gegeven.

Mis chinos hebben me toen gered, zou ze later haar dochter vertellen.

AARZELING

Ze had op de loop moeten blijven, maar in plaats daarvan rende ze regelrecht naar huis. Ongelooflijk maar waar. Zoals iedereen in dit verhaal verkeek ze zich volledig op de diepte van de stront waar ze in zat.

Wat *is* er, hija? La Inca liet van schrik de koekenpan vallen en sloeg haar armen om haar meid. Wat is er in vredesnaam gebeurd?

Beli schudde haar hoofd. Ze vergrendelde de deur en de ramen, nam een keukenmes in haar trillende handen en ging huilend op de rand van haar bed zitten. Haar binnenste voelde als bevroren. Ik wil Dionisio, snikte ze, ik wil hem *nu*.

Wat is er *gebeurd*?

Ze had ervandoor moeten gaan, maar ze wilde alleen maar haar Gangster zien, wilde van hem horen dat er niks aan de hand was. Ondanks alles wat ze zojuist aan de weet was gekomen, hield ze aan de hoop vast dat hij alles goed zou maken, dat zijn rauwe stem haar hart zou kalmeren en dat hij de dierlijke angst zou wegnemen die aan haar binnenste knaagde. Arme Beli, ze geloofde nog steeds in hem. Trouw tot het eind. Zo trouw dat ze een paar uur later opveerde toen een buurvrouw schreeuwde: Oye, Inca, de novio staat voor je huis! Ze rende als een speer naar de deur, om La Inca heen, om haar eigen waakzaamheid heen, op blote voeten de straat op naar zijn auto. Het was ondertussen al donker en het ontging haar dat het zijn auto helemaal niet was.

Heb je ons gemist? vroeg Elvis Número Uno terwijl hij haar in de boeien sloeg.

Ze probeerde te gillen, maar het was te laat.

LA INCA DE VROME

Nadat de buren haar verteld hadden dat haar meid was meegenomen door de Geheime Politie, wist La Inca diep vanbinnen dat het onvermijdelijke dan toch was gebeurd – de Doem van de Cabrals was haar leven binnengeslopen. Toen ze aan het einde van de straat stokstijf in het donker stond te staren, voelde ze zich weggedragen worden door het koude getij van de wanhoop. Er doorflitsten haar talloze verklaringen voor wat er gebeurd was (en elke verklaring begon natuurlijk met die vervloekte Gangster), maar alles viel in het niet bij het feit *dat* het was gebeurd. Zoals ze daar stond, verloren in de almaar dieper duisternis, zonder een verwant, vriend of zelfs maar een bekende in het Palacio, gaf ze zich bijna gewonnen. Bijna liet ze zich meevoeren als een willoze streng zeewier, voorbij het rif van haar geloof, voorgoed de diepte in. Maar net toen ze op drift begon te raken, was het alsof er een hand naar haar werd uitgestoken en wist ze opeens weer wie ze was. Myotís Altagracia Toribio Cabral, telg van een voornaam zuidelijk geslacht. *Je moet haar redden*, zei de stem van wijlen haar echtgenoot. *Als jij haar niet te hulp komt, is ze verloren.*

Ze wierp haar ontreddering met een ruk van zich af en deed wat een vrouw van haar statuur hoorde te doen. Ze knielde neer voor haar portret van La Virgen de Altagracia en ging in gebed. Wij postmoderne plátanos wijzen de katholieke devotie van onze viejas vaak als ouderwets bijgeloof van de hand, maar het is juist op dit soort momenten, als alle hoop verdampt is en het einde nabij lijkt, dat de kracht van het gebed zich doet voelen.

Voor aanhangers van het Ware Geloof: het werd een gebed dat zijn weerga niet kende, een uniek hoogtepunt in de geschiedenis van de Dominicaanse vroomheid. De kralen van La Inca's rozenkrans vlogen snorrend door haar vingers en voor je Heilig! Heilig! Heilig! kon zeggen was haar kamer volgestroomd met vrouwen, jong en oud, hatelijk en mansa, somber en alegre. Zelfs zij die Beli onophoudelijk over de hekel hadden gehaald en voor hoer hadden uitgemaakt, hadden geen aansporing nodig om binnen te komen en hun prevelende bijdrage aan La Inca's gebed te leveren. Dorca was er, de dikke vrouw van de tandarts was er, en vele, vele anderen. De kamer gonsde van gelovigheid en de spirituele energie liep zo hoog op dat de Duivel vermoedelijk voor maanden uit het zuiden werd verdreven. La Inca had het niet eens in de gaten. Al had een orkaan de hele stad de hemel in gezogen, het zou haar concentratie niet in het minst hebben aangetast. Haar gezicht gloeide, de aderen stonden als kabels in haar hals, het bloed bonsde in haar oren, zo diep was ze in gebed, zo intensief was ze bezig om haar meid terug te brengen van de Afgrond. Ze ging zo lang en zo ingespannen door dat sommigen van haar navolgsters zich over de kop prevelden, een spirituele burn-out opliepen en nooit meer de heilige adem van de Todopoderoso in hun nek zouden voelen. Eén vrouw verloor zelfs het vermogen om onderscheid te maken tussen goed en kwaad. Zij kreeg jaren later een hoge post onder Balaguer. Bij het ochtendkrieken waren er nog maar drie bidsters over: La Inca zelf, natuurlijk, haar vriendin en buurvrouw Momóna (van wie gezegd werd dat ze wratten kon genezen en kuikens kon seksen terwijl ze nog in het ei zaten), en een dekselse zevenjarige wier godsvrucht tot dan toe overschaduwd was door haar gewoonte om zonder zakdoek haar neus te snuiten.

Ze baden tot ze de uitputting voorbij waren en dat glorievolle oord naderden waar het vlees sterft en opnieuw geboren wordt, waar het zijn een zuiver lijden wordt, en net toen La Inca haar geest uit zijn stoffelijke kluisters voelde loskomen, net toen de cirkel van leven en dood zich begon op te lossen...

KEUZEN EN HUN GEVOLGEN

Ze reden naar het oosten. In die tijd hadden de steden op het eiland nog geen kankerachtige uitlopers van smeulende, stinkende sloppenwijken. In die dagen waren stadsgrenzen nog echte begrenzingen, strak en Corbusieriaans. De stad hield plotsklaps op, als een hart dat ophield met kloppen, en het platteland begon. Het ene moment was je nog in de 20e eeuw (nou ja, de 20e eeuw van de derde wereld) en het volgende was je twee eeuwen terug in de tijd, omgeven door suikerrietvelden, als had iemand de hendel van een tijdmachine overgehaald. Volgens de overlevering, Beli's eigen overlevering, stond er die nacht een heldere volle maan en glansden de eucalyptusblaadjes als zilveren munten.

Een luisterrijke, serene wereld.

Maar in de auto...

Ze hadden al een flinke tijd op haar ingebeukt en haar rechteroog was nu een overrijpe pruim. Haar rechterborst was zo dik opgezwollen dat hij leek te barsten. Haar onderlip was opengespleten en er was iets met haar kaak waardoor ze niet kon slikken zonder een helse pijnscheut door haar lichaam te jagen. Ik sta versteld van haar onverzettelijkheid, nog altijd. Bij elke klap schreeuwde ze het uit, maar huilen? Huilen deed ze niet, entiendes? Dat plezier gunde ze hun niet. Zeker, er was angst, de misselijkmakende, holle angst van een pistool in je gezicht, van wakker worden en iemand over je heen gebogen zien staan, maar ze liet er niets van blijken, hield haar angst aan als een eindeloos uitgesponnen noot, en klampte zich vast aan de haat die ze voor deze mannen voelde. Haar leven lang zou ze hen blijven haten. Geen vergeving. Nooit. Haar leven lang zou ze maar aan hen hoeven denken of ze verdween in een maalstroom van woede. Ieder ander zou zich hebben afgewend, maar Beli hield haar gezicht juist naar hun vuisten op – en probeerde ondertussen haar knieën op te trekken om haar buik te beschutten. Wees maar niet bang, fluisterde ze met haar kapotte mond. Ik bescherm je, er zal je niks gebeuren.

Dios mío.

Ze zetten de auto langs de kant van de weg en sleurden haar het suikerrietveld in, steeds dieper, tot het riet zo oorverdovend suisde dat ze door een tropische storm leken te lopen. Onze meid moest voortdurend haar haren uit haar ogen schudden en ze kon alleen nog aan haar jongetje denken, aan haar arme kleine. En dat, maar dat alleen, was de reden waarom ze alsnog begon te huilen.

De grote agent gaf zijn partner een knuppel aan.

Vooruit, zei hij, we gaan het afronden.

Nee, zei Beli, en ze keek op naar hun gezichten.

Maar ze hadden geen gezicht.

Hoe ze het overleefde is me nog altijd een raadsel. Ze sloegen haar als een slavin, als een hond. Ik bespaar je hun geweld en beperk me tot de gevolgen. Haar rechtersleutelbeen was geknapt als een kippenbotje, haar rechterbovenarm was op drie plaatsen gebroken (ze zou er nooit veel kracht meer in hebben), ze had vijf gebroken ribben, haar linkernier was gekneusd, haar lever was gekneusd, haar rechterlong was ingeklapt, haar voortanden lagen eruit. In totaal had ze 167 verwondingen en het was puur toeval dat haar schedel niet was ingeslagen, al zwol haar hoofd op tot Elephant Man-achtige proporties. Hadden de heren nog tijd gehad voor een paar verkrachtinkjes? Ik vermoed van wel, maar we zullen het nooit weten omdat ze er niets over losliet. Wat vaststaat is dat alle vertrouwen uit haar was weggeslagen. Het was het soort geweld dat mensen breekt, voor eens en altijd.

Lange tijd, tot in het rietveld, had ze de hoop dat haar Gangster haar zou komen redden, dat hij zou opduiken met een pistool en soelaas zou bieden. Maar die hoop vervloog, en toen het haar voor het eerst zwart voor de ogen werd, was er de fantasie dat hij haar in het ziekenhuis kwam opzoeken en dat ze trouwden, hij in een onberispelijk kostuum, zij in het gips, een droom waaruit ze werd weggerukt door de KRAK van haar arm. En daarna was er alleen nog pijn, en het besef van haar dwaasheid. Toen ze opnieuw wegviel, zag ze hem weer bij die motoragent achterop springen terwijl zij gilde dat hij moest wachten, *wachten*. En er was een kort visioen, weinig meer dan een flits, van La Inca die in haar kamer zat te bidden. En ze hoorde de stilte die als een muur tussen haar en haar madre was opgerezen, hoog genoeg om hun liefde aan het zicht te onttrekken. En in de schemering van haar laatste krachten gaapte er een eenzaamheid die peillozer was dan de dood zelf, een eenzaamheid die alle herinneringen verzwolg, de eenzaamheid van een kindertijd waarin ze niet eens een eigen naam had gehad. En in die eenzaamheid voelde ze zich wegglijden, en ze wist dat ze er altijd zou blijven, alleen, donker, fea, met een stok in de grond krassend en veinzend dat het gekrabbel letters vormde, woorden, namen.

Maar toen, Ware Gelovigen, een wonder! Net toen onze meid door de leegte opgeslokt zou worden, terwijl de koude van de vergetelheid haar al bekroop, ontdekte ze diep in zichzelf een laatste restje Cabral-magie, en om die te ontsteken hoefde ze zich alleen maar te realiseren, voor de zoveelste maal in haar leven, dat ze was bedrogen, dat er met haar was *gesold*, door de Gangster, door Santo Domingo, door haar eigen stompzinnige verlangens. Dat inzicht volstond. Als Superman die in *Dark Knight Returns* de fotosynthetische energie van een heel oerwoud absorbeert om Coldbringer te weerstaan, zo redde Beli zichzelf door uit haar eigen woede te putten.

Als een helwit licht daarbinnen. Als een zon.

Ze kwam bij in het kille maanlicht. Een geknakt meisje op een bed van geknakte rietstengels.

Overal pijn. Maar ze was er nog.

En dan komen we nu bij het zonderlingste gedeelte van ons verhaal. Of dat wat hier volgt een spinsel van Beli's geteisterde geest was of iets anders, vraag het mij niet. Zelfs Uw Aandachtige Waarnemer heeft zijn leemten, zijn páginas en blanco. Wie kan immers weten wat er achter de Bronwand van het Universum huist? Maar of het nu echt was of niet, bedenk dat Dominicanen net als alle andere Cariben een grote gave voor het Buitengewone hebben. Anders hadden we natuurlijk nooit kunnen doorstaan wat we hébben doorstaan.

Enfin, terwijl Beli daar tussen leven en dood lag te zweven, verscheen er een wezen aan haar zijde dat haar op het eerste gezicht een nieuwsgierige mangoest leek. Maar toen zag ze dat het daar eigenlijk te groot voor was. En het had goudgroene leeuwenogen, en een diepzwarte pels. Het zette zijn intelligente voorpoten op haar borst en keek haar doordringend aan.

Je moet opstaan.

Mijn kindje, huilde Beli. Mi hijo precioso.

Hypatía, je kind is dood.

Nee, nee, nee, nee, nee.

Het wezen trok aan haar ongebroken arm. *Je moet nu opstaan, anders zul je nooit de dochter en de zoon krijgen.*

Welke dochter? jammerde ze. Welke zoon?

De kinderen die je nog wachten.

Het was donker en haar benen, toen ze stond, waren krachteloos als rook.

Volg me.

Het wezen verdween tussen het riet, en Beli, haar ogen vol tranen, had geen idee welke kant ze op moest. Ik weet niet of je het weet, maar suikerrietvelden zijn godvergeten groot. Zelfs de slimste volwassene kan erin verdwalen om maanden later als een hoop botten terug te worden gevonden. Maar voor ze in paniek kon raken, hoorde ze de stem van het wezen. Ze (want het was een vrouwelijke stem) zong! Met een accent dat Beli niet kon thuisbrengen. Venezolaans? Colombiaans misschien? *Sueño, sueño, sueño, como tú te llamas.* Beli greep beverig een rietstengel beet en deed een eerste wankele stap. Het duurde eindeloos eer haar voet de grond weer raakte en ze moest het zwart terugdringen dat haar weer voor de ogen wilde komen. Maar het lukte. En nog een stap. Ze werkte zich traag en o zo behoedzaam vooruit, want ze wist: als ze nu viel, stond ze nooit meer op. Soms zag ze de chabine-ogen van het wezen tussen de stengels glanzen. *Yo me llamo sueño de la madrugada.* Het riet wilde haar niet laten gaan. Het sneed in haar handpalm, stak in haar lendenen, klauwde in haar dijen, en zijn zoete stank verstopte haar luchtpijp.

Telkens als ze leek te bezwijken, concentreerde ze zich op de gezichten van de toekomst die haar beloofd was, de gezichten van de kinderen die haar waren toegezegd, en die gaven haar de kracht om door te gaan. Of ze putte uit haar hoop, of uit haar haat, of uit haar onoverwinnelijke hart. Maar uiteindelijk was alles uitgeput en kon ze alleen nog voorwaarts struikelen, voorovergebogen als een aangeslagen bokser, met haar ongebroken arm voor zich uit, dwars door het riet, en toen hield het riet op. Ze voelde asfalt onder haar blote voeten, en de wind in haar gezicht. De wind! Maar ze kon er maar een seconde van genieten want uit de duisternis doemde opeens een vrachtwagen op. Wat een pech, flitste het door haar heen, al die pijn en moeite en dan doodgereden worden als een hond. Maar ze werd niet doodgereden. De chauffeur, die later zou zweren dat hij de gedaante van een grote roofkat had gezien, met ogen als amberkleurige lampen, trapte uit alle macht op de rem en de wagen kwam pal voor de naakte, met bloed besmeurde Beli tot stilstand.

Zet je schrap, want dit slaat alles: in de laadbak van die vrachtwagen zat een Perico Ripiao-band die net had opgetreden op een bruiloft in Ocoa.

De bandleden zagen Beli staan wankelen en waren niet blij met wat ze zagen. Een baká! schreeuwde een van hen. Een cigüapa! riep een ander. Nee, een haitiano! riep een derde. Doe normaal, zei hun zangeres, het is gewoon een meisje. De bandleden raapten hun moed bijeen, tilden Beli op en legden haar tussen hun instrumenten. Ze bedekten haar met hun muzikantenjasjes en wasten haar gezicht met het water voor de radiateur en het versnijden van de klérin. Ze bekeken haar met ogen vol ontzetting, wreven langs hun lippen, streken door hun dunne haardos.

Wat denk jij dat er gebeurd is?

Volgens mij is ze aangevallen.

Door een leeuw of zo, opperde de chauffeur.

Misschien is ze uit een auto gevallen.

Ze ziet er eerder uit alsof ze *onder* een auto is gevallen.

Trujillo... fluisterde Beli.

De bandleden keken elkaar verbijsterd aan.

Weg met die meid, zei iemand zachtjes.

De guitarrista was het hiermee eens. Het is vast een subversief. Als de politie haar bij ons vindt, zijn we de lul.

We leggen haar weer op de weg, opperde de chauffeur. Dan maakt die leeuw haar wel af.

Er viel een stilte. De zangeres streek een lucifer aan, en in het zwakke schijnsel zag Beli een vrouw met een stompe neus en de goudgroene ogen van een chabine. We laten haar niet achter, zei ze met een eigenaardig cibaeña-accent, en pas toen begreep Beli dat ze gered was.[18]

Ze schreef haar adres in het stof op de laadklep, en toen werd alles weer zwart.

FUKÚ VERSUS ZAFA

Voor velen op het eiland is Beli's bijna-fatale ranseling nog altijd een bewijs dat er op het geslacht Cabral een fukú van de hoogste orde rust, vergelijkbaar met die op het geslacht Atreides in *Dune*. Twee Truji-líos in één leven, hoe kun je dat anders verklaren? Maar anderen trekken die redenering in twijfel en zien in Beli's overleving juist een blijk van het tegendeel. Zij wijzen erop dat gedoemden er doorgaans niet in slagen om in het holst van de nacht meer dood dan levend uit een nachtelijk rietveld weg te komen en gered te worden door een welwillend dansorkestje dat ze thuis aflevert bij een madre met cu-

18 De mangoest is een van de grilligste entiteiten in het fysieke universum, alsook een van de meest wijdverspreide. Hij begeleidde het mensdom op zijn uittocht uit Afrika en maakte na een lang verblijf in India de sprong naar dat andere India, tegenwoordig aangeduid met namen als 'de Antillen' of 'het Caribische gebied'. Sinds hij voor het eerst werd beschreven (in 675 voor Christus, in een anonieme brief aan Esarhaddon, vader van Ashurbanipal) heeft de mangoest zich een waardig tegenstander getoond van het gezag in al zijn vormen. Menigeen heeft hem door de eeuwen heen beschouwd als een bondgenoot van de mens, en volgens sommige Waarnemers is de mangoest ooit van een andere wereld naar de onze gekomen, maar overtuigend bewijs hiervan is tot dusver nooit geleverd.

rieuze connecties in de medische wereld. Als deze keten van onwaarschijnlijkheden ergens op wijst, zeggen de tegenstanders van de fukú-theorie, dan is het wel dat er een zegen op Beli rustte.

Maar dat dode kind dan?

Hoor eens, de wereld is vergeven van zulke tragedies. Om zoiets te verklaren hoef je echt niet met een vloek aan te komen.

La Inca rekende zich tot de tweede zienswijze. Ze bleef tot haar laatste snik geloven dat Beli in dat suikerrietveld niet door een vloek was aangeraakt maar door de Liefde Gods.

Tja, zei Beli zelf, ik ben in elk geval *ergens* door aangeraakt.

ONDER DE LEVENDEN

Tot de vijfde dag was het kielekiele, en toen onze meid eindelijk weer bij kennis kwam, deed ze dat gillend. Haar arm voelde alsof hij boven de elleboog doormidden was gezaagd. Haar hoofd alsof ze een kroon van gloeiend ijzer droeg. Haar long voelde als een kapotgeslagen piñata-pop. Jesú Cristo! Toen ze was uitgegild, begon ze te huilen, maar wat ze niet wist was dat ze al een halve week in het diepste geheim behandeld werd door twee van de beste artsen van Baní, vrienden van La Inca en hartstochtelijke Trujillo-haters. Ze hadden haar tetanusprikken en morfine-injecties gegeven, hadden haar arm in het gips gezet en haar gapende hoofdwonden gehecht (meer dan zestig puntos), en haar andere wonden met genoeg jodium besmeerd om een leger te desinfecteren. Nachtenlang hadden ze zich zorgen gemaakt, maar hun aanpak leek nu geslaagd en dat mocht een medisch wonder heten – al mogen we de spirituele bijdrage van La Inca's bidgezelschap niet uitvlakken. Ze heeft geluk dat ze zo'n sterk gestel heeft, zeiden de artsen terwijl ze hun instrumenten inpakten. Gods zegen rust op haar, zeiden de bidsters terwijl ze hun bijbel opborgen. Maar onze meid voelde zich bepaald niet gezegend. Na een minuut of vijf van hysterisch gesnik, en wennen aan het feit dat ze in bed lag, en dat ze nog leefde, piepte ze de naam van La Inca.

Naast het bed klonk de stem van haar weldoenster: Niet praten, hija. Tenzij je de Verlosser wilt danken.

Mamá, huilde Beli. *Mamá.* Ze hebben mijn bebé vermoord, en mij wilden ze ook vermoorden, en...

En het is ze niet gelukt, zei La Inca. Al hebben ze hard hun best gedaan. Ze legde haar hand op Beli's voorhoofd. En wees nu maar stil, lieverd.

De avond werd een ware bezoeking. Beli werd heen en weer geslingerd tussen ingetogen gesnik en woede-uitbarstingen die zo woest waren dat haar hechtingen erdoor dreigden te knappen. Ze leek wel bezeten. Het ene moment was ze zo stijf als een plank, en het volgende lag ze met haar benen te trappen, met haar goede arm te maaien, te vloeken als een ketter en gierend te huilen, ontroostbaar, haar klaplong en kapotte ribben ten spijt. *Mamá, me materon a mi hijo. Estoy sola, estoy sola.*

Sola? La Inca boog zich naar haar toe. Wil je dat ik je Gangster bel?

Nee.

La Inca keek haar aan. Nee, ik zou hem ook niet willen spreken.

Beli dreef die nacht rond op een oceaan van eenzaamheid, op golven van wanhoop. En uiteindelijk viel ze in slaap, en droomde ze dat ze dood was en een kist deelde met haar kind. En toen ze weer wakker werd, was het ochtend en klonk er buiten op straat een geweeklaag dat alles overtrof wat ze ooit aan geweeklaag had gehoord, een kakofonie van jammerklachten die recht uit de geschonden ziel van de mensheid zelf leek te komen. Een rouwlied voor de hele planeet.

Mamá, hijgde ze, *mamá.*

Tranquilísate, muchacha.

Mamá, is dat voor mij? Ga ik dood? Dime, mamá.

Ay, hija, no seas ridícula. La Inca legde haar handen op Beli's schouders, boog zich naar haar toe en fluisterde: Het is Trujillo. Hij is vermoord, op de avond van jouw ontvoering. Niemand weet nog wat er precies gebeurd is, maar hij is dood, zoveel is zeker.[19]

19 Ze zeggen dat hij die avond op pad was om weer eens ouderwets van bil te gaan. Ik geloof dat grif. De man was een hartstochtelijk culocraat. Waar zullen zijn laatste gedachten naar zijn uitgegaan? Naar de wip die hem wachtte in Estancia Fundación? Misschien dacht hij wel aan niets, wie zal het zeggen?

Hoe dan ook, we zien een zwarte Chevrolet die de auto van El Jefe zienderogen inhaalt, gevuld met aanslagplegers uit de hogere standen die de zegen hebben van de Verenigde Staten. Beide auto's naderen de stadsgrens, waar de wegverlichting ophoudt (want in Santo Domingo stuit de moderniteit nog letterlijk op grenzen), en in de duistere verte doemen de weilanden op waar anderhalf jaar eerder een jongeling met aanslagplannen in een hinderlaag lag, en faalde. El Jefe vraagt zijn chauffeur Zacarías de radio aan te zetten, maar er wordt poëzie voorgedragen, dus de radio gaat weer uit. Misschien deed poëzie hem te veel aan Galíndez denken, wie zal het zeggen?

De zwarte Chevrolet knippert met zijn lichten ten teken dat hij wil passeren. Zacarías denkt dat het een wagen van de Geheime Politie is en mindert bereidwillig vaart, en als de auto's zij aan zij rijden, steekt Antonio de la Maza zijn escopeta naar buiten en haalt de trekker over. (Antonio's broer was betrokken bij de moord op Galíndez en werd daarna zelf geliquideerd omdat hij te veel wist – een bewijs dat je maar beter drie keer kunt nadenken eer je een nerd om zeep helpt, want je weet nooit wat ervan komt.) Coño, me hirieron! schreeuwt El Jefe. Een tweede salvo raakt Zacarías in de schouder en in zijn pijn en schrik trapt hij op de rem. Pak je revolver, zegt El Jefe. Vamos a pelear! En Zacarías zegt: No, Jefe, son mucho. Maar El Jefe herhaalt zijn oproep om de aanvallers een lesje te leren. Hij had het bevel kunnen geven om de auto te keren en terug te sjezen naar de veiligheid van de hoofdstad, maar in plaats daarvan sterft hij à la Tony Montana. Hij strompelt de doorzeefde Bel-Air uit met zijn .38 in zijn hand, en de rest laat zich raden. Stel het je maar voor in de slow motion van John Woo.

Naar verluidt werden er ruim vierhonderd kogels op Rafael Leónidas Trujillo Molina afgevuurd, waarvan er zevenentwintig doel troffen (een mooi Dominicaans getal). Bij het uitblazen van zijn laatste adem deed hij twee pas-

Dus we weten nu, plataneros, dat Beli behoed was door de sacrale kracht van het gebed van haar madre. Al biddende had La Inca een zafa van de eerste orde over de fukú van het geslacht Cabral gelegd. Maar welke tol moest ze daar zelf voor betalen? Alle oude buren vertelden me hetzelfde: Beli was het land nog niet uit, of het begon bergafwaarts te gaan met La Inca. Ze takelde af als Galadriel na de verlokking door de Ring. Uit verdriet om het vertrek van haar meid, zegt de een. Uit verdriet om de fouten van haar meid, zegt de ander. Door de uitputting na haar herculische gebedsnacht, zegt een derde. Maar hoe je het ook verklaren wilt, vaststaat dat het haar van La Inca kort na Beli's vertrek spierwit werd. En ze verzwakte. En toen Lola jaren later bij haar kwam wonen, was ze allang geen schim meer van de vrouw van weleer.

En was haar gebed werkelijk afdoende geweest? Was Beli nu voorgoed veilig? Neen. Beli was nog altijd kwetsbaar. Aan het

sen in de richting van zijn geboorteplaats San Cristóbal, waarna hij zich leek te bedenken en een draai maakte in de richting van La Capital, en ter aarde stortte. Zacarías zeeg in de berm neer met een kogel uit een .357 in zijn pariëtale hersenkwab, maar hij overleefde het wonder boven wonder en herstelde voldoende om de vereffening in zijn eigen woorden na te vertellen. De la Maza zal aan zijn arme vermoorde broer hebben gedacht toen hij Trujillo's revolver uit zijn hand pakte en hem in zijn gezicht schoot, waarna hij deze, inmiddels befaamde, woorden sprak: Éste guaraguao ya no comerá mas pollito. En toen stopten de aanvallers Trujillo's lichaam in de... nou, wat denk je? In de kofferbak, natuurlijk.

En zo kwam Rotkop aan zijn eind. Zo kwam er (min of meer) een eind aan het tijdperk Trujillo.

Ik heb vele, vele bezoeken gebracht aan de plek waar hij werd neergeknald, maar er valt bar weinig over te vertellen. Behalve dat ik bij het oversteken een paar keer bijna onder de guagua uit Haina ben gekomen. En ik heb me laten vertellen dat dit stuk van de weg lange tijd een trefpunt is geweest voor de grootste angst die El Jefe bij leven had: los maricones.

einde van *The Return of the King* wordt het kwaad van Sauron opgenomen door een 'hevige stormwind' en netjes 'weggeblazen' en lacht het leven de helden weer toe[20], maar Trujillo was te machtig geweest, een te schadelijk gif om zomaar te verwaaien. Zelfs na zijn dood liet zijn kwaad zich gelden. Luttele uren na El Jefe's dodendans met die zevenentwintig kogels, begonnen zijn paladijnen wraakzuchtige amok te maken. Een Grote Duisternis daalde over het eiland neer, en voor de derde keer sinds de opkomst van Fidel werden er mensen van hun bed gelicht en opgepakt en bijeengedreven, ditmaal door Trujillo's zoon Ramfis. Velen vielen ten prooi aan ongekende wreedheden. De zoon bewees zijn vader eer met een orgie van terreur. Zelfs een vrouw met de innerlijke kracht van La Inca, die met de elvenring van haar wil haar eigen Lothlórien had geschapen, wist dat ze Beli niet kon beschermen tegen een directe aanval door het Oog. Hoe waren de moordenaars te stoppen als ze terugkwamen om hun werk af te maken? Ze hadden immers ook de gezusters Mirabal[21] omgebracht, en die waren wereldberoemd, dus wat hield hen tegen als ze haar arme verweesde negrita wilden vermoorden? La Inca voelde het gevaar alsof het fysiek aanwezig was, en misschien was het de vermoeidheid vanwege haar gebed, maar telkens als ze een blik op onze meid wierp, was het alsof ze achter haar een schim ontwaarde, die zich oploste als ze beter keek. Een donkere, lugu-

20 'En toen de Leiders hun blik zuidwaarts richtten op het Land van Mordor, scheen het hun toe dat zich, diepzwart tegen het wolkendek, een reusachtige schaduw verhief, solide, met weerlicht gekroond, groot genoeg om gans de hemel te vullen. Tot grote hoogte steeg de gedaante en dreigend strekte hij een immense hand naar hen uit. Schrikwekkend doch machteloos, want een hevige stormwind stak op en alles vervloog, en verdween, en er daalde een diepe stilte over de wereld neer.'

21 En waar werden de gezusters Mirabal vermoord? Juist, in een suikerrietveld. Daarna werden hun lichamen in een auto gezet, die ze lieten verongelukken. Een dubbele drievoudige moord – geen half werk.

bere schaduw die haar hart verkilde. En hij leek telkens groter.

La Inca wist dat ze iets moest *doen*, hersteld van haar vermoeienissen of niet, dus wendde ze zich tot haar voorgeslacht en Jesú Cristo om hulp. Jazeker, ze verzonk wederom in gebed. En meer dan dat. Als bewijs voor haar vroomheid begon ze nu ook te vasten. En niet zo zuinig ook. Ze at één sinaasappel per dag en verder niets, en ze dronk alleen water. Ging dat niet wat ver? Natuurlijk, en dat snapte ze zelf ook wel. Maar ze wist zich gewoon geen raad, vermoeid als ze was. Ze had de wilskracht van een mangoest, maar niet de vindingrijkheid. Ze sprak er met haar buren over, en die zeiden dat ze Beli naar de campo moest sturen. Daar is ze veilig, zeiden ze. Maar dat was natuurlijk onzin. Ze sprak met haar priester. En hij zei dat ze moest bidden. Maar dat deed ze al.

In de nacht na de derde dag werd haar bede om raad eindelijk verhoord. Ze droomde dat ze met wijlen haar man op het strand was waar hij was verdronken. Hij was weer donker van huid, zoals altijd in de zomer.

Je moet haar wegsturen.

Naar de campo? Maar daar sporen ze haar binnen de kortste keren op.

Nee, naar Nueva York. Ik heb uit zeer goede bron dat dat het beste voor haar is.

En daarop waadde hij met kwieke tred het water in. Ze riep hem terug. Kom, alsjeblieft, kom terug. Maar hij luisterde niet.

Zijn advies van gene zijde was te verschrikkelijk voor woorden. Een verbanning naar het noorden! Naar Nueva York, een stad die zo vreemd was, zo *buitenlands*, dat ze er zelf nooit naartoe had gedurfd. Voor haarzelf zou het de mislukking betekenen van haar grote missie: het in volle glorie herstellen van het Huis van Cabral. Maar dat viel in het niet bij wat het voor Beli zou betekenen. Die zou er verloren zijn zonder haar madre. Wat kon haar al niet overkomen tussen al die yanquis? De VS was een land dat geregeerd werd door gangsters, putas en klaplopers. De steden waren lawaaiig en vies, vol stinkende fabrieken, en ze baadden in sinvergüenza zoals Santo Domingo 's zomers in hitte baadde. Amerika was een monster met kille ogen waarin niets dan de verlokking van het geld fonkelde.

Nachtenlang worstelde La Inca met het advies zoals Jakob met de engel had geworsteld. Wat was wijsheid? Wie kon zeggen of de Trujillato nog lang aan de macht zouden blijven? De zwarte toverkracht van El Jefe leek al wat af te zwakken, en soms leek er zelfs iets voor in de plaats te komen dat aanvoelde als een frisse wind. Er gingen geruchten, schuchter nog als ciguas, dat de Cubanen aanstalten maakten voor een invasie, of dat er Amerikaanse marineschepen in aantocht waren. Wie kon weten wat er te gebeuren stond? Dus waarom zou ze haar meid al wegsturen? Waarom overhaast te werk gaan?

La Inca stond voor hetzelfde dilemma waar Beli's vader zestien jaar eerder voor gestaan had, toen het Huis van Cabral zijn eerste confrontatie met de macht van Trujillo had beleefd. De hachelijke, zenuwslopende keuze tussen niets doen of in actie komen.

Ze kon geen keuze maken en bad verder, en bleef vasten, en als er niets was gebeurd, had ze zichzelf misschien wel doodgehongerd. Maar zover kwam het niet. Drie dagen later stond ze de stoep voor het huis te vegen toen opeens de Elvissen voor haar opdoken. Is uw naam Myotís Toribio? Hun vetkuiven glansden als de schilden van zwarte reuzentorren. De mouwen van hun witte zomerkostuums spanden om hun armspieren, en ter hoogte van hun oksel kon ze het leer van hun pistoolholster horen kraken.

We willen uw dochter even spreken, zei Elvis Número Uno.

Por supuesto, zei ze gedienstig, en ze ging naar binnen, en toen ze weer naar buiten kwam met een machete in haar handen, liepen de Elvissen terug naar hun auto. Lachend.

Elvis Número Uno: Je ziet ons wel weer, vieja.

Elvis Número Dos: Reken maar.

Wie was dat? vroeg Beli vanuit het bed, haar goede hand zorgelijk op haar lege buik.

Niemand, zei La Inca, en ze legde de machete onder het bed.

Die nacht schoot 'niemand' een kijkgaatje in de voordeur.

De nachten daarop sliepen ze onder het bed, en later die week zei ze tegen haar meid: Wat er ook gebeurt, vergeet nooit dat je vader een dokter was, een *dokter*. En je moeder was verpleegster.

En ten slotte de woorden die niet uit konden blijven: Je moet hier weg.

Ik wil hier ook weg. Ik haat het hier.

Beli kon ondertussen alweer op eigen kracht naar het privaathuisje hobbelen, maar ze was diepgaand veranderd. Overdag zat ze stilletjes bij het raam, zoals La Inca zelf ook had gedaan toen haar man was verdronken. Ze glimlachte niet meer, ze lachte niet meer, ze sprak met niemand, zelfs niet met haar vriendin Dorca. Er was een donkere sluier over haar gekomen, als nata over café.

Je begrijpt me niet, hija. Je moet het land uit. Als je blijft, vermoorden ze je.

En nu moest Beli lachen.

Maar o Beli, lach niet te hard, lach niet te hard. Wat weet je nu nog van andere landen en diaspora's? Wat weet je van Nueba Yol of onverwarmde woonkazernes of kinderen met een zelfhaat die hun geest te gronde richt? Wat weet je nu nog, lieve meid, van *immigratie*? Lach niet te hard, mi negrita, want er wacht je een totaal andere wereld, neem dat van mij aan. Je lacht omdat je ziel is leeggeplunderd, omdat het bedrog van je minnaar je bijna de dood heeft ingejaagd, omdat je eerste zoon in je schoot is gestorven. Je lacht omdat je geen voortanden meer hebt en gezworen hebt nooit meer te glimlachen.

Ik wou dat ik iets anders kon vertellen, maar ik heb het hier op tape. La Inca zei dat je het land uit moest, en jij begon te lachen.

Einde verhaal.

DE LAATSTE DAGEN VAN DE REPUBLIEK

Het enige wat ze zich van die laatste maanden herinneren zou, waren haar angst en ontreddering (en het verlangen de Gangster dood te zien). Ze was in de greep van het Duister, leidde het bestaan van een schaduw, stil en schichtig. Naar buiten ging ze alleen als het echt niet anders kon. Kortom, ze gedroeg zich eindelijk zoals La Inca het zich altijd gewenst had, behalve dat ze niets zei. Wat viel er nog te zeggen? La Inca stak monologen af over de reis naar het noorden, doorspekt met goede raad, maar Beli voelde zich alsof ze al weg was. Santo Domingo begon te vervagen. Het huis, La Inca, de gebakken yuca die ze in haar mond stak, het was er al niet meer, en het was slechts een kwestie van afwachten tot de nieuwe wereld zijn intrede deed. De oude werd ze alleen nog maar gewaar als ze de Elvissen traag door de straat zag rijden. Dan gilde ze het uit van angst en reden ze weer weg met een vette grijns op hun gezicht. We zien je gauw weer. Reken maar. 's Nachts waren er nachtmerries van het suikerrietveld, en van de Man Zonder Gezicht. Maar als ze wakker werd, was daar altijd La Inca. Tranquila, hija. Tranquila.

(Waarom de Elvissen zo talmden? Misschien waren ze bang voor represailles nu de Trujillato waren gevallen. Misschien hadden ze toch wel ontzag voor La Inca. Misschien was het een kracht uit de toekomst die teruggreep naar het heden om haar tweede en derde kind te beschermen. Wie zal het zeggen?)

Ik denk niet dat La Inca één nacht sliep in die laatste maanden. Waar ze ook ging, ze had haar machete bij zich. Ze liet niets aan het toeval over. Ze wist: als Gondolin valt, moet je niet wachten tot de Balrogs op je deur komen bonken. Dan ga je ertegenaan. En dat was ook precies wat ze deed. Er werden papieren geritseld, er werd met smeergeld gewapperd, er werden vergunningen losgepraat. Kort daarvoor was dat nog ondenkbaar geweest, maar nu El Jefe dood was en het Plátano Gordijn aan flarden was, waren er allerlei manieren om weg te komen. La Inca gaf Beli foto's en brieven van de vrouw bij wie ze zou gaan inwonen in een plaats die El Bronx heette. Maar er drong niets tot Beli door. Ze negeerde de foto's, liet de brieven ongelezen en veroordeelde zichzelf tot een debacle als ze op Idlewild zou aankomen. La pobrecita.

Op een dag toen de spanning tussen het restant van de Trujillato en de Goede Buur een nieuw hoogtepunt bereikte, moest Beli voor de rechter verschijnen. La Inca liet haar ojas de mamón in haar schoenen stoppen, zodat hij niet te veel vragen zou stellen. Ze stond dof en verdwaasd naar de edelachtbare op te kijken, was er geen moment met haar gedachten bij.

De week daarvoor had ze eindelijk weer een ontmoeting met de Gangster gehad, in een motel in de hoofdstad – het 'liefdesmotel', gerund door Chinezen, uit het beroemde liedje van Luis Díaz. Het was niet het weerzien geworden waar ze op gehoopt had. Ay, mi pobre negrita, had hij gekreund, maar toen hij door haar haar streek, was er geen bliksem meer, alleen nog de dikke vingers van een oudere man. We zijn verraden, jij en ik. Gruwelijk verraden! Ze wilde over de dode baby beginnen, maar hij verjoeg het nietige spookje met een achteloos handgebaar en bevrijdde haar enorme borsten uit haar bh. We maken een nieuw kindje, beloofde hij. Ik krijg er twee, zei ze stilletjes. Hij lachte. We krijgen er vijftig!

Hij had nog altijd een hoop aan zijn hoofd, zat in over het lot van de Trujillato, was bang dat de Cubanen aanstalten maakten voor een invasie. Mensen als ik maken geen schijn van kans bij hun showprocessen. Ik zal de eerste zijn naar wie Che op zoek gaat.

Ik denk erover om naar Nueva York te gaan.

Nee, doe dat niet, wilde ze dat hij zei. Of: Laat mij op zijn minst met je meegaan. Maar hij vertelde haar alleen maar over een van zijn eigen reizen naar Nueba Yol, een klusje voor El Jefe, en hoe beroerd hij was geworden van de krab in een *Cubaans* restaurant. Over zijn vrouw sprak hij natuurlijk met geen woord. En zij vroeg er ook niet naar. Het zou haar gebroken hebben.

Toen ze voelde dat hij ging komen, reikte ze naar achteren om hem in zich te houden, maar hij wrong zich los en kwam op de donkere vlakte van haar verwoeste rug.

Als krijt op een schoolbord, grinnikte hij.

Achttien dagen later, op het vliegveld, dacht ze nog steeds aan hem.

Je hoeft niet weg hoor, zei La Inca opeens, vlak voordat ze in de rij ging staan. Maar het was te laat.

Ik wil weg.

Haar leven lang had ze geprobeerd gelukkig te zijn, maar Santo Domingo, dat vuile pokkeland, had haar in alles dwarsgezeten. Ik wil hier weg en ik kom nooit meer terug.

Zeg dat nou niet, hija.

Ik kom nooit meer terug.

Ze nam zich heilig voor een heel nieuw mens te worden. Het spreekwoord zei wel dat een ezel nooit als een paard terugkomt, al reist-ie nog zo ver, maar zij zou het ze laten zien, allemaal.

Neem zo nou geen afscheid van me. Hier, iets lekkers voor onderweg. Dulce de coco.

Ze nam het potje aan, maar wist nu al dat ze het na de paspoortcontrole weg zou gooien.

Vergeet me niet. La Inca omhelsde en kuste haar. En onthoud altijd wie je bent. Je bent de derde en laatste dochter van de familie Cabral. Het kind van een dokter en een verpleegster.

Toen ze nog één keer omkeek, stond La Inca uit alle macht te zwaaien, en te huilen.

Ze legde haar paspoort op de balie. Een paar schampere vragen, een serie lusteloze stempels en: doorlopen, alstublieft. Voor het opstijgen probeerde de man naast haar een praatje aan te knopen. Peperdure kleren, vier ringen aan zijn hand. Waar ga je heen, als ik vragen mag? Nooitgedachtland, snauwde ze. En toen, eindelijk, het gieren van de motoren en het vliegtuig dat zich losmaakte van het aardoppervlak. Beli sloot haar ogen, richtte zich in stilte tot de God aan wie ze nooit zo'n boodschap had gehad, en vroeg hem om kracht.

Arme Beli. Ze had tot het laatst de hoop gehad dat de Gangster nu toch komen zou om haar te redden. Het spijt me, mi negrita, het spijt me zo. Ik had je nooit in de steek moeten laten, maar nu wordt alles goed. Ze had voortdurend gekeken of ze hem zag – in de bus naar het vliegveld, bij de paspoortcontrole, bij het instappen. Zelfs nadat ze was gaan zitten, was er de bizarre fantasie geweest dat hij in een smetteloos gezagvoerdersuniform uit de cockpit zou komen. Ha, ik had je mooi beet, hè? Maar ze zou hem nooit meer in levenden lijve zien. Alleen nog in haar dromen.

Daar zit ze, een van de vele emigranten aan boord, allemaal watertjes op weg om een stroom te worden. En zij is nu dichter dan ooit bij de moeder die we nodig hebben als we Oscar en Lola geboren willen zien worden.

Ze is zestien, welgevormd, en haar huid is het donker voor de duisternis van de nacht, met de glans van het allerlaatste daglicht. Maar in weerwil van haar jeugd en haar schoonheid drukt haar gezicht een verbitterd wantrouwen uit. Haar schaarse dromen missen de kracht van een overtuiging, haar ambitie mist veerkracht. Haar vurigste hoop: dat ze een man zal vinden. Waar ze nog geen weet van heeft: de kou van het noorden, het saaie beulswerk in de factorías, de eenzaamheid van de Diaspora, dat ze werkelijk nooit meer in Santo Domingo zal wonen, in haar eigen hart. En wat ze ook niet weet: dat ze zal trouwen met de man naast haar, dat hij de vader van haar twee kinderen zal worden, en dat hij haar na twee jaar zal verlaten, haar derde en laatste ontluistering, en dat ze daarna nooit meer zal liefhebben.

Ze droomde van een stel blinden dat een bus binnenging om te bedelen bij de passagiers, een droom uit haar Verloren Jaren. Ze werd wakker omdat ze werd aangetikt door de guapo naast haar.

Señorita, dit zult u niet willen missen.

Laat me met rust, snauwde ze. Maar haar nieuwsgierigheid won het en ze keek toch maar even uit het raam.

Het was nacht en de lichtjes van Nueva York waren overal.

4
Emotionele opvoeding
1988-1992

Ik zal met mezelf beginnen. Een jaar voordat Oscar viel liep ik zelf averij op. Ik werd besprongen toen ik naar huis liep van de Roxy, door een groepje hangnegers ergens op een hoek van Joyce Kilmer Avenue. Het was twee uur 's nachts en ik liep er in mijn eentje. In een stad als New Brunswick is dat niet goochem, maar ik was stoer. Iemand als ik hoefde niet over te steken omdat er een stel morenos op een hoek stond. Daar kon ik best doorheen.

Niet dus. De glimlach van die ene gozer zal me mijn leven lang bijblijven, en het litteken op mijn wang zorgt er wel voor dat ik zijn ring ook niet meer vergeet. Ik zou hier graag schrijven dat ik zelf ook uitdeelde, maar ik incasseerde alleen maar, en als er geen auto met een Dappere Samaritaan was gestopt, hadden die teringlijers me waarschijnlijk doodgeslagen. Mijn redder wilde me naar Robert Wood Johnson brengen, maar daar wilde ik niks van weten. Ik was niet verzekerd, en na de dood van mijn broer (leukemie) had ik het ook niet meer zo op dokters en ziekenhuizen. Trouwens, voor iemand die zojuist lens was geslagen, voelde ik me eigenlijk behoorlijk goed.

Maar dat was de volgende ochtend anders. Ik was zo duizelig dat ik me niet op kon richten zonder te kotsen. Mijn ingewanden voelden alsof ze uit mijn lijf waren gerukt, met hamers waren platgeslagen en weer terug waren geplaatst met paperclips. Het ging niet best met me, en al mijn geweldige vrienden lieten me barsten. Behalve Lola. Toen zij van mijn maatje Melvin hoorde dat ik in elkaar was geslagen, kwam ze als een speer naar me toe. Ik was nog nooit zo blij geweest met bezoek. Lola, met haar grote onschuldige tanden. Lola, die moest huilen toen ze zag hoe ik eraan toe was.

Het was Lola die zich over me ontfermde. Die voor me kookte, schoonmaakte, mijn collegestof ophaalde, medicijnen voor me kocht, die me zelfs onder de douche zette. Het was Lola die me weer een beetje mijn ballen teruggaf, en er zijn niet zo gek veel vrouwen die dat voor je kunnen doen, geloof me. Ik kon nauwelijks rechtop staan van de pijn, maar zij zette me onder de douche en waste mijn rug. Dat staat me nog het helderst bij van die kloteweken: haar hand op die spons, en die spons op mij. Ik had een 'vaste vriendin' maar het was Lola die de nachten bij me doorbracht. Die haar sluike haar uitborstelde (een, twee, drie) voor ze haar lange lijf naast me onder de deken liet glijden. Geen nachtwandelingen meer, oké, Kung Fu?

Je studietijd hoort een periode te zijn waarin je zomaar wat rondklooit en nergens echt bij stilstaat. Maar bij Lola stond ik stil. Ze was iemand aan wie je niet zo snel voorbijging. Qua uiterlijk was ze zo ongeveer het omgekeerde van de chicks waar ik doorgaans op viel. Ruim één tachtig, nauwelijks tetas en donkerder dan de puurste chocola. Maar wel een paar heupen om van te dromen, en een kont om van te kwijlen. En wat ze vooral had was geldingsdrang. Voorzitster van haar sorority, voorzitster van SALSA, vice-voorzitster van Take Back the Night. Ze sprak perfect, bijna kakkineus Spaans.

We kenden elkaar al vanaf de introductieweken, maar hadden pas iets met elkaar gekregen in ons tweede jaar, toen haar moeder weer ziek werd. Rij me naar huis, Yunior, zei ze op een dag. En een week later kwam het ervan. Ik weet nog precies wat ze aanhad: een Douglass-joggingbroek en een Tribe T-shirt. Ze deed de ring af die haar vriendje haar gegeven had en zoende me, diep, maar zonder haar donkere ogen van me af te nemen.

Je hebt goeie lippen, zei ze.

Hoe kun je zo'n meid ooit vergeten?

Na drie avonden kreeg ze wroeging om dat vriendje en zette er een streep onder. En als Lola ergens een streep onder zet, dan zet ze een *streep*. Zelfs in die nachten na mijn pak slaag kon ik het schudden.

Wacht nou even, je komt bij me in bed liggen, maar ik mag nergens aankomen?

Yo soy prieta, Yuni, zei ze, pero no soy bruta.

Ze wist precies wat voor sucio ik was. Twee dagen na onze breuk had ze me een meisje van haar sorority zien versieren. Ze had me wekenlang geen blik meer waardig gekeurd.

Maar toen haar broer aan het eind van zijn tweede jaar die depressie kreeg en zichzelf bijna het graf in somberde, en zijn zieke moeder ook, wie liet zich toen van zijn goeie kant zien?

Precies, ondergetekende.

Lola viel zowat om van verbazing toen ik zei dat ik het volgende jaar wel zijn kamer in Demarest Hall met hem zou delen. Ik hou die eikel wel voor je in de gaten. Nadat hij bewusteloos was gevonden (hij had twee flessen 151 leeggedronken omdat een of andere huppelkut iets naars had gezegd) wilde niemand meer zijn kamergenoot zijn, dus het zag ernaar uit dat hij in zijn derde jaar helemaal alleen zou zijn. Hij moest het zelfs zonder Lola stellen, die voor een jaar in Spanje ging studeren, dus ze zat vreselijk over hem in. Ze kon haar oren niet geloven toen ik zei dat ik dan wel bij hem introk. En ze kon haar ogen niet geloven toen ik het nog deed ook! In Demarest nog wel, de Special Interest Residence Hall voor creatieve en sociaal-bewuste studenten, ofwel de weirdo's, losers en freaks van Rutgers University. Ik, die 170 kilo kon drukken. Ik, die Demarest altijd Homo Hall had genoemd. Ik, op wie artistiekelingen het effect van een rode lap op een stier hadden. Het leek mezelf ook ondenkbaar, maar ik deed het wel. Ik meldde me aan voor de schrijversafdeling, en toen het september werd waren we samen. Oscar en ik.

Ik doe graag alsof het pure menslievendheid van me was, maar dat is niet helemaal waar. Zeker, ik wilde Lola een dienst bewijzen door haar idiote broer in de gaten te houden, want ik wist dat hij de enige was van wie ze werkelijk hield. Maar ik bewees mezelf er ook een dienst mee. Een paar maanden eerder had ik zo ongeveer het laagste nummer uit de geschiedenis van de kamerverloting getrokken. Ik was vrijwel kansloos voor onderdak op de campus, en geld had ik niet, dus moest ik weer thuis gaan wonen of ergens onder een brug gaan slapen. Dat maakte van Demarest, met al zijn mafkezen, sukkels en... Oscar, nog niet eens zo'n slecht alternatief.

En hij was natuurlijk ook geen vreemde voor me. Hij hoorde bij Lola. Ik had hem vaak met haar over de campus zien lopen – altijd weer verbijsterd door de gedachte dat die twee broer en zus waren. (Ik Apokalips, zij New Genesis, zei hij lachend.) Zelf zou ik me hebben kapotgeschaamd voor zo'n broer, maar Lola was gek op hem. Ze nodigde hem uit voor al haar feestjes en protestbijeenkomsten. Stond-ie met een bord in zijn handen, liep-ie flyers uit te delen. Haar dikke onderknuppel.

Als ik zou zeggen dat ik nog nooit zo'n Dominicaan als hij had meegemaakt, zou ik me heel mild uitdrukken.

Wees welkom, Hond van God, zei hij me toen ik met mijn spullen de kamer binnenkwam.

Ik deed er een week over om te bedenken wat dat te betekenen had.

Van God – Domini. Hond – Canis.

Wees welkom, Dominicanis.

Het is achterafgepraat, maar ik had kunnen weten waar ik aan begon. Hij had het er altijd maar over dat er een vloek op hem rustte, en als ik ook maar iets van mijn eigen afkomst had geweten, zou ik (a) naar hem geluisterd hebben en (b) met een noodvaart de benen hebben genomen. Ik kom uit een familie van sureños, uit Azua, en als sureños uit Azua ergens verstand van hebben, dan is het van vloeken en onheil en het noodlot; en als je ooit in Azua bent geweest, dan weet je waarom. Hij had het mijn moeder maar één keer hoeven zeggen en ze was pleite geweest. Mijn moeder nam geen risico met fukús en guanguas en dat soort shit. En ik weet nu ook wat dat inhoudt, maar toen nog niet. Ik was nog simpel en ging ervan uit dat het een eitje zou zijn om op iemand als Oscar te passen. Ik was een krachtsporter, weet je. Ik kon meer tillen dan hij *woog*.

Wist ik veel.

Hij mocht dan neerslachtig zijn, maar hij leek me nog steeds de Oscar die ik al een paar jaar kende. Nog steeds dik, en nog steeds wereldvreemd. Schreef nog steeds tien, vijftien pagina's per dag. Was nog steeds dol op sf&f. Toen ik op een dag met Melvin naar de kamer liep, zag ik dat die lijp een bordje op onze deur had gehangen. En wat denk je dat erop stond? SPREEK, VRIEND, EN TREED BINNEN. In het Elfs van Tolkien! (En nee, ik ga je *niet* vertellen hoe ik dat wist.)

Ik zei: Wat krijgen we nou, De León, een bordje in het fucking *Elfs*?

Hij schraapte zijn keel. Sindarijns, om precies te zijn.

Melvin lag in een deuk. Homo, om precies te zijn!

Ondanks mijn belofte om een oogje in het zeil te houden, bemoeide ik me die eerste paar weken nauwelijks met hem. Ik was bezig, weet je. Ik had mijn baantje, het krachthonk, mijn novia, de sletjes daaromheen. Ik had het druk.

Als ik de kamer binnenkwam, was hij vaak al een slapende vleesmassa onder zijn dekbed. Het enige waar hij voor opbleef waren zijn rollenspelen en zijn anime-video's, en dan vooral *Akira*, een film die hij dat jaar wel duizend keer gezien moet hebben. Kwam ik binnen en zat hij weer voor de tv. Zit je nou alweer naar die shit te kijken? En hij, verontschuldigend: Hij is bijna af. En ik: Hij is altijd bijna af. Maar het stoorde me niet echt, ik vond *Akira* zelf ook wel goed, al was het niet iets om voor thuis te blijven. Lag ik even later op mijn bed en doezelde weg bij het geschreeuw van Kaneda, en schrok weer wakker van Oscar die zich aarzelend over me heen boog. Yunior, de film is finis. En ik: Fuck man, laat me slapen!

Al met al was hij best een schappelijke kamergenoot. Ik kreeg nooit stomme briefjes met klachten of gekanker, hij betaalde keurig voor zijn helft van alles, en als ik binnenkwam tijdens een van zijn Dungeons & Dragons-sessies, verhuisde hij met de hele handel naar de lounge zonder dat ik het hoefde te vragen. En zoals gezegd, *Akira* nam ik op de koop toe. (Maar *Queen of the Demonweb Pits* niet.)

Ik maakte zelf natuurlijk ook gebaren van goede wil. Kookte eenmaal per week. Pakte af en toe een van zijn manuscripten op (hij had er intussen vijf geschreven) en probeerde erin te lezen. Het was niet mijn ding (*Laat vallen die phaser, Arthurus Prime!*) maar ik kon wel zien dat hij aanleg had. Hij kon dialogen schrijven, wist zijn personages smoel te geven, hield de vaart in het verhaal. Ik liet hem op mijn beurt ook mijn eigen fictie zien, een en al overvallen en drugdeals en *Fuck you, Nando!* en PANG! PANG! PANG! PANG! Op verhaaltjes van acht pagina's kreeg ik commentaren van vier pagina's.

Hielp ik hem op vrouwengebied? Stelde ik mijn ervaring tot zijn beschikking?

Dat probeerde ik echt, geloof me. Maar wat de mujeres betrof, was O een hopeloos geval. De enige die hem in hopeloosheid benaderde was Jeffrey, een Salvadoraanse jongen die ik op de high school had gekend, die een totaal verbrand gezicht had en evenveel kans op een meisje maakte als het Spook van de Opera. Maar Jeffrey kon zijn kansloosheid tenminste aan een ongeval toeschrijven. Die luxe had Oscar niet. Wat kon hij zeggen? Dat het de schuld van Sauron was? Kom op, zeg. Hij woog 153 kilo! Hij praatte als een *Star Trek*-computer! En de ironie was: ik had nog nooit iemand meegemaakt die zo de No Pussy Blues had als hij, die zo naar een meisje snakte. Ik was dol op vrouwen, maar Oscar was er bezeten van. Voor hem waren ze het begin en het einde, Alfa en Omega, DC en Marvel. Hij *leed* er gewoon onder, kon geen chick voorbij zien komen of het zweet brak hem uit. Werd zomaar verliefd, aan de lopende band en zonder enige aanleiding. Alleen al in dat eerste semester was hij een keer of twintig totaal hoteldebotel. En het leidde natuurlijk tot niets, alleen al omdat zijn babbel beperkt bleef tot geleuter over rollenspelen. (Ik zal nooit die keer in de universiteitsbus vergeten – O gaat tegenover een bloedmooie morena zitten en zegt: Als jij in mijn spel fungeerde, kreeg je een Charisma-level achttien van me!)

Ik probeerde hem te coachen, deed echt mijn best. Simpele aanwijzingen als: begin niet zomaar tegen meisjes te kakelen die je nooit eerder hebt gezien, en raak je eens met iemand in gesprek, begin dan niet gelijk over Beyonder. Maar luisterde hij? Vergeet het maar. Oscar iets bijbrengen over meisjes was als stenen gooien naar Unus de Onkwetsbare. Hij had een ondoordringbaar krachtenveld om zich heen. Hij hoorde me aan, haalde zijn schouders op en zei: Welgemeende adviezen, m'n beste, maar mij zullen ze nooit baten, dus ik kan net zo goed mezelf zijn.

Maar jezelf is kut!

Dat moet ik helaas onderschrijven, maar ik ben nu eenmaal wie ik ben.

Of wat dacht je van dit gesprekje:

Yunior?

Wat?

Ben je nog wakker?

Ik waarschuw je, O, als het over *Star Trek* gaat...

Het gaat niet over *Star Trek.* Hij schraapte zijn keel. Ik heb me laten vertellen dat geen Dominicaan ooit als maagd is gestorven. Jij bent ervaren ter zake. Hecht jij geloof aan die stelling?

Ik richtte me op en zag hem in het halfdonker naar me kijken. Bloedserieus.

Ja, een dominicano moet minstens één keer geneukt hebben, da's een kosmische wet.

Welnu, zei hij met een zucht, dat baart mij dan grote zorgen.

In oktober overkwam me iets wat elke player op zijn tijd overkomt.

Ik liep tegen de lamp.

Geen wonder, zoals ik tekeerging. Maar pijnlijk was het wel. Mijn novia Suriyan kwam erachter dat ik het met een van haar zussen deed. Awilda heette de zus in kwestie, en geloof me: voor mij nooit meer een Awilda. Ik weet niet wat dat kreng bezielde, maar ze deed er alles aan om me een slechte naam te bezorgen. Ze nam zelfs een telefoongesprek op dat ik met haar had, en voor je *Wat krijgen we nou?* kon zeggen wist iedereen ervan. Volgens mij heeft ze dat bandje toen aan de hele stad laten horen. Het was de tweede keer in twee jaar tijd dat ik door de mand viel. Een record, zelfs voor mij. Suriyan draaide helemaal door. Ze vloog me aan in de universiteitsbus. Mijn vrienden kwamen niet meer bij, en ik maar doen alsof ik van niets wist.

Ik was opeens heel vaak op de kamer. Probeerde wat te schrijven, keek films met Oscar (*This Island Earth*, *Appleseed*, *Project A*), hield me, kortom, gedeisd.

Ik weet het, wat er gebeurd was had een reden moeten zijn om eens goed na te denken en het vreemdgaan af te zweren. Maar als je denkt dat die gedachte ook maar één seconde bij me opkwam, ken je geen Dominicaanse mannen. In plaats van de strijd met mezelf aan te gaan, koos ik de gemakkelijkste weg en concentreerde me op Oscar.

Van het ene moment op het andere besloot ik een nieuw mens van hem te maken. Toen hij op een avond weer eens over zijn 'droeve bestaan' zat te klagen, zei ik: Waarom verander je het dan niet?

Ik zou niets liever willen, m'n beste, maar wat ik ook probeer, mijn leven blijft lamentabel.

Dan help ik je wel.

Meen je dat? Zoals hij me aankeek... na al die jaren krijg ik er nog steeds kippenvel van.

Ik meen het. Maar dan moet je wel naar me luisteren.

Hij werkte zich overeind en legde zijn hand op zijn hart. Op mijn woord van eer, ik zal gehoorzamen! Wanneer beginnen we?

Dat merk je wel.

De volgende ochtend om zes uur gaf ik een schop tegen zijn bed.

Wat is er?

Niks bijzonders, zei ik, en ik gooide zijn sneakers op zijn pens. Gewoon de eerste dag van je nieuwe leven.

Die toestand met Suriyan zat me kennelijk hoog, want ik stak alles wat ik had in Project Oscar. Ik leek wel een Shaolinmeester. Zat hem de hele dag op zijn huid. Kreeg hem zover dat hij geen liefdesverklaringen meer afstak tegen meisjes die hij niet eens kende. (Daar maak je ze alleen maar bang mee, O.) Kreeg hem zover dat hij minder ging eten en ophield met zijn *Ik ben gedoemd* en zijn *Mij wacht een liefdeloos levenseinde* en zijn *Ik ben gespeend van aantrekkingskracht*. Positief denken, oetlul, positief denken! zei ik voortdurend, en daar leek hij zich aan te houden. Als ik erbij was, tenminste. Ik nam hem zelfs mee als ik ging stappen met de jongens. Maar alleen als we met een grote groep waren, waarin hij niet zo opviel. (De jongens vonden het maar niks – Wat neem je de volgende keer mee? Een dakloze?)

Maar mijn grootste prestatie: ik kreeg hem in beweging. Ik kreeg hem aan het *rennen*.

Het maakt wel duidelijk hoezeer hij tegen me opkeek. Oscar laten rennen, dat zou niemand anders zijn gelukt. De laatste keer dat hij zich aan lichaamsbeweging had gewaagd, was in zijn eerste studiejaar geweest, toen hij nog vijftig pond lichter was.

Ik zal er niet om liegen, de eerste keer had ik de grootste moeite om mijn lachen in te houden terwijl hij naast me door George Street hobbelde en zowat door zijn vette knieën zakte. Hij boog zijn hoofd zo diep mogelijk om zich af te sluiten voor het gejoel en de grappen. De beste: Hé, kijk daar eens, die latino laat zijn walrus uit!

Niks van aantrekken hoor, zei ik.

Ik... ga... dood, hijgde hij.

Het beviel hem voor geen meter. We waren nog niet terug of hij kroop weer achter zijn bureau, klampte zich er zowat aan vast. De ochtenden erna deed hij alles om eronderuit te komen. Stond hij om vijf uur op, zodat hij al achter zijn computer zat als ik uit bed kwam en kon doen alsof hij helemaal in een nieuw hoofdstuk zat. Geen gelul, O, dan probeer je er vanmiddag maar opnieuw in te komen. Op de ochtend van onze vijfde run ging hij letterlijk op zijn knieën voor me. Alsjeblieft, Yunior, ik *kan* niet.

Niet zeiken. Ga je schoenen pakken.

Ik begreep heus wel dat het zwaar voor hem was. Zo onverschillig was ik nou ook weer niet. Ik kon zien wat hij doormaakte. Dacht je dat mensen gemeen zijn tegen vetzakken? Dan moet je eens zien wat een vetzak over zich heen krijgt als hij iets aan zijn gewicht probeert te doen. Echt, dat haalt de Balrog in mensen boven. De lieflijkste meisjes riepen hem de hatelijkste dingen na. Ouwe dametjes riepen dat hij walgelijk was, *walgelijk*. Zelfs mijn vriend Harold, die nooit zo anti-Oscar was geweest, begon hem Jabba the Butt te noemen. Een drama was het.

Oké, dus mensen zijn wreed, maar zat er iets anders voor hem op? Ik vond van niet. Altijd maar achter die computer sf-shit zitten schrijven, af en toe naar het Student Center om videogames te spelen, oeverloos over meisjes praten maar er nooit een aanraken – wat was dat dan voor leven? Kom op zeg, we zaten op Rutgers, en Rutgers is één en al vrouwelijk schoon, en ik deelde een kamer met Oscar die me de hele nacht wakker hield met gelul over de Green Lantern en bespiegelingen als: Stel dat wij Orks waren, zouden we dan de innerlijke wens hebben om een Elf te worden?

Hij *moest* gewoon iets doen. Een daad stellen, weet je.

Maar hij stelde uiteindelijk een daad die me zwaar tegenviel.

Hij nokte ermee.

De manier waarop was te gek om los te lopen. We renden vier ochtenden in de week, ik vijf mijl en hij een stukje, maar ik vond het eigenlijk best goed gaan. Langzaam opbouwen, nietwaar? Maar op een ochtend keek ik over mijn schouder en zag dat hij stil was blijven staan. Badend in het zweet. Wat is er? riep ik terwijl ik terugholde. Heb je een hartaanval? Nee, zei hij. Waarom sta je dan stil? Omdat ik besloten heb op te houden met hardlopen, Yunior. Waarom? Omdat het niet gaat, Yunior. Gelul, man, je *wilt* gewoon niet dat het gaat. Nee, Yunior, het gaat echt niet. Kom op, Oscar, rennen met die hap! Maar hij schudde zijn hoofd. Hij probeerde me een hand te geven, en toen ik die weigerde, keerde hij zich om en liep naar de halte van de universiteitsbus.

De volgende ochtend porde ik hem met de punt van mijn sneaker, maar hij verroerde geen vin.

Ik zal niet meer hardlopen, klonk het van onder zijn kussen.

Tja, ik had natuurlijk niet kwaad moeten worden. Ik had geduld moeten hebben met die sukkel. Maar ik kreeg echt de tering in. Deed ik mijn uiterste best om die loser te helpen, liet hij me zomaar zakken. Ik nam het echt persoonlijk op.

Ik bleef drie dagen aan één stuk op hem inpraten. En hij maar: Nee, dank je, liever niet. Hij deed zijn uiterste best om me te paaien. Bood me zijn video's aan, zijn stripboeken zelfs, begon weer de nerd uit te hangen en met dure woorden te strooien – alles om de sfeer maar weer net als vroeger te krijgen. Maar ik wilde er niets van weten en zette hem uiteindelijk voor het blok: Of je gaat uit jezelf weer rennen, of ik dwing je.

Ik *wil* niet meer! Met een schrille uithaal.

Koppig. Net zijn zuster.

Je laatste kans, O, zei ik. Ik had mijn sneakers al aan. Hij zat aan zijn bureau en deed alsof hij me niet zag.

Ik legde mijn handen op zijn schouders.

Opstaan!

En hij schreeuwde ook: Laat me met rust!

En daar liet hij het niet bij. Hij kwam overeind en gaf me een duw.

We stonden tegenover elkaar. Hij bevend van angst en ellende, ik met mijn vuisten gebald, klaar om hem af te maken. Maar ik bedwong me, en gaf hem alleen maar een duw terug.

Hij kwakte als een zak bonen tegen de muur.

Dom van me. Dom, dom, dom.

Twee dagen later, om vijf uur in de ochtend: Lola aan de lijn.

Wat *mankeert* jou, Yunior?

Ik was nog half in slaap, en ik was het zat, en voor ik het wist was het eruit. Ach, wijf, rot toch op.

Oprotten? De stilte des doods. *Jij* kunt oprotten, Yunior, ik ben klaar met jou!

Doe je verloofde de groeten, zei ik sarcastisch. Maar ze had al opgehangen.

Godverdomme! brulde ik, en ik smeet de telefoon in de kast.

Einde oefening, experiment mislukt. Hij probeerde nog een paar keer zijn excuses aan te bieden, op die typische Oscar-manier van hem, maar dat negeerde ik. Ik was koeltjes geweest, maar nu werd ik ijzig. Ik vroeg hem niet meer mee als ik ging stappen, hing niet meer voor de tv met hem, gedroeg me alsof ik tot hem veroordeeld was. Geen urenlange gesprekken meer over schrijven en zo. Ik had hem niets meer te zeggen en keerde terug naar mijn oude leven als sucio. Met verdubbelde energie zelfs, maar dat zal de Oscar-frustratie zijn geweest. Voor hem werd het weer pizza's vreten en zich als een kamikaze op wildvreemde meisjes storten.

Toen de jongens doorkregen dat ik die gordo niet langer beschermde, spaarden ze hem geen seconde meer.

Niet dat ze hem aftuigden of zijn spullen pikten of zo, maar genadeloos waren ze wel. Hé, Oscar, vroeg Melvin keer op keer, heb jij weleens een toto gelikt? En Oscar telkens zijn hoofd schudden, te verlegen om van zich af te bijten. Nou, zei Mel dan weer, dat moet dan het enige zijn wat jij nog nooit geproefd hebt.

Tú eres nada de dominicano, zei Harold steeds. En Oscar maar zeggen dat hij wel degelijk Dominicaan was, wel degelijk.

Met Halloween maakte hij de kapitale fout zich als Doctor Who te verkleden. Dios mío. We kwamen hem tegen toen hij met twee andere sukkels van de schrijversafdeling over Easton liep, en in dat kostuum vond ik hem net een dikke Oscar Wilde. En dat zei ik ook. En dat bleef niet zonder gevolgen, want Melvin ging er gelijk in een nichterig Spaans overheen: Oscar Wao? Quién es Oscar Wao?

En dat was dat, zo bleven we hem noemen. Hé, Wao, hoe gaat-ie? Wao, haal je poten van mijn stoel.

En het tragische: na een week of wat reageerde hij erop alsof het echt zijn naam was.

Zo was hij. Hij werd nooit kwaad als we hem in de zeik namen. Keek ons alleen maar met een verwarde grijns aan. En ik wil mezelf niet schoonpraten, maar dat knaagde wel aan me. Als de anderen weg waren zei ik vaak: We dollen je maar hoor, Wao. Dat weet je toch wel, hè?

Natuurlijk, zei hij dan zachtjes.

Als zijn zuster belde en ik nam toevallig op, deed ik altijd zo opgewekt mogelijk, maar ze gaf geen krimp. Is mijn broer daar? was het enige wat ze zei. Kouder dan Saturnus.

Tegenwoordig vraag ik me weleens af wat me nu eigenlijk bozer maakte. Dat die loser niet meer wilde rennen, of dat die loser mij niet meer als coach wilde? En wat zou hem meer pijn hebben gedaan? Dat ik nooit echt zijn vriend was geweest, of dat ik gedaan had alsof ik zijn vriend was?

Daar had het bij moeten blijven. Dat had het hele Oscar-verhaal moeten zijn: gewoon een dikke gozer met wie ik een kamer deelde in het derde jaar, niets meer en niets minder. Maar toen besloot die mafkees verliefd te worden, *echt* verliefd. En in plaats van een jaar kreeg ik hem de rest van mijn leven.

Ken je dat schilderij *Madame X* van John Singer Sargent? Vast wel. Oscar had er een reproductie van aan zijn muur, naast zijn Robotech-poster en het originele filmaffiche van *Akira*, met die tekening van Tetsuo en de woorden NEO TOKYO IS ABOUT TO EXPLODE.

Afijn, Madame X, daar leek ze dus sprekend op. Maar ze was ook zo gek als een deur.

Iedereen in Demarest kende haar, Jenni Muñóz, een Puertoricaanse uit East Brick City die een kamer had op de Spaanse afdeling. Ze was de eerste hardcore goth die ik ooit in het echt had gezien – het was 1990, en voor gasten als ik was gothic nog iets nieuws en raadselachtigs. En een Puertoricaanse goth, dat was zoiets als een zwarte nazi. Haar echte voornaam was dus Jenni, maar haar gothvriendjes noemden haar La Jablesse. En naar de normen die gasten als ik voor vrouwelijk schoon hanteerden, was ze *adembenemend*. Een puntgave bruine huid, een gezicht met de symmetrie van een diamant, een diepzwart geverfd Cleopatra-kapsel, ogen met een overmaat aan eyeliner, zwartgestifte lippen, en de grootste en rondste tieten die ik ooit had gezien. Voor haar was het elke dag Halloween, en met het echte Halloween ging ze gekleed als, je raadt het al, domina – met een leernicht van de muziekafdeling aan een hondenband. Krankzinnig. Maar wat een lijf. Zelfs ik had het eerste semester een oogje op haar, maar bij de eerste (en enige) keer dat ik haar aansprak in de Douglass-bibliotheek, lachte ze me vierkant uit. En toen ik vroeg waarom ze lachte, zei ze: Waarom niet?

Kutwijf.

Maar goed, wie kwam er dus op de gedachte dat zij de liefde van zijn leven was? Wie werd halsoverkop verliefd omdat hij langs haar kamer kwam en hoorde dat ze Joy Division op had staan, zijn lievelingsband? Juist, Oscar. In het begin zat hij alleen maar op afstand naar haar te staren en te kreunen en over haar 'allesovertreffende luister' te zwammen. Toen ik vroeg of ze niet een beetje te hooggegrepen voor hem was, haalde hij zijn schouders op en zei: Voor mij is iedereen te hooggegrepen. Maar de week daarop zag ik hoe hij haar aansprak in Brower Commons. Ik zat te eten met Harold en Melvin, en terwijl zij over de Knicks kankerden, zag ik Oscar en La Jablesse langs het warme buffet schuifelen. Ik vroeg me af wanneer en hoe ze hem weg zou sturen. Als ze mij had uitgelachen, moest ze hem toch minstens de zaal uit schreeuwen. Hij ging voluit, zag ik. Zijn gebruikelijke *Battle of the Planets*-toer, aan één stuk door lullen en zweten als een otter. Zij hield ondertussen haar dienblad vast en keek schuins naar hem op. Niet veel meisjes zouden dat kunnen, schuins naar iemand opkijken zonder hun patat van hun dienblad te laten schuiven, maar haar lukte het moeiteloos. Geen wonder dat iedereen op haar geilde. Op een gegeven moment zag ik dat ze hem een knikje gaf en wegliep. Wij spreken elkaar spoedig weer! riep hij met overslaande stem. Doen we! riep ze terug. En o wat klonk dat sarcastisch.

Ik zwaaide en wenkte hem naar onze tafel. Zo, Romeo, hoe ging het?

Ik vrees dat ik verliefd ben, zei hij met neergeslagen ogen.

Hoe kun je nou verliefd zijn op dat rare wijf? Je hebt haar net ontmoet.

Noem haar geen wijf, zei hij afgemeten.

Ja, bauwde Melvin hem na, *noem haar geen wijf!*

Eén ding moest ik hem nageven, hij verslapte geen moment. Hij bleef zich zonder enige angst om af te gaan aan haar opdringen. In de gang, bij de toiletten, in de eetzaal, in de universiteitsbus. Als hij zichzelf had moeten beschrijven, zou hij woorden als *onversaagd* en *gereserveerd* hebben gebruikt. Niets was hem te dol. Hij prikte stripblaadjes op haar kamerdeur!

Oscar en La Jablesse. Ik gaf hem evenveel kans als een scheet in een wervelstorm, maar Jenni had een hersenbeschadiging *of* een zwak voor dikke nerds, want tegen het einde van februari was haar sarcasme spoorloos verdwenen en deed ze zelfs aardig tegen hem. En alsof dat niet verbijsterend genoeg was begon ze zelfs tijd met hem door te brengen! In het openbaar! Ik wist niet hoe ik het had. Maar het werd nog gekker. Op een dag kom ik terug van een college creatief schrijven, zit hij met haar op onze kamer. Ze zaten alleen maar te praten, over Alice Walker of zo, maar toch. Oscar straalde alsof hij zojuist tot Jedi-ridder was geslagen. Jenni glimlachte alsof ze het in geen jaren zo naar haar zin had gehad. En ik? Ik stond sprakeloos. Ik kon zien dat Jenni me herkende. Ze nam me geamuseerd op en vroeg: Moet ik van je bed af? In een

Jersey-accent dat alle lucht uit me wegsloeg.

Nah, zei ik. Griste mijn sporttas van de vloer en maakte dat ik de deur uit kwam.

Toen ik terugkwam van het krachthonk, zat Oscar achter zijn computer aan pagina vijfduizendzesendertig van zijn nieuwe boek te werken.

Voor de draad ermee, Wao, wat heb jij met de Bruid van Frankenstein?

O, niets. We praten af en toe wat.

Waarover dan?

Trivia, m'n beste. Dingen van weinig belang.

Ik kon aan zijn stem horen dat hij intussen wist hoe ze mij had afgebrand. Fuck.

Nou, succes ermee. Als ze je maar niet aan Beëlzebub offert.

In maart waren ze onafscheidelijk. Gingen zelfs naar de film met zijn tweeën (rotzooi als *Ghost*, en het nog veel ergere *Hardware*) en daarna nog een uurtje naar de Franklin Diner, waar Oscar zijn best deed om niet voor drie te eten. Het viel niet mee om me ervoor af te sluiten, vooral niet omdat Jenni ook in Demarest woonde, maar ik had het gelukkig druk met de vrouwenjacht, mijn baantje als bezorger van pooltafels en mijn weekenden met Harold en Melvin. Zat het me dwars dat een stuk als Jenni hem wél zag zitten en mij niet? Natuurlijk zat dat me dwars. Tot dan toe was ik altijd de Kaneda van ons beiden geweest, en nu was ik Tetsuo.

Jenni legde het er dik bovenop. Ze liep gearmd met hem over de campus en gaf hem om de haverklap een knuffel. Oscars aanbidding had de gloed van een supernova en daar leek ze zich graag in te koesteren. Ze las hem haar gedichten voor, waar hij commentaren op gaf als: U zijt de muze der muzen. Ze gaf hem haar stumperige tekeningen, die hij op onze deur prikte. Ze vertelde hem uitgebreid over haar leven, en hij noteerde alles in zijn dagboek. Dat ze op haar zevende door haar tante in huis was genomen omdat haar moeder met een man op Puerto Rico ging trouwen. Dat ze op haar elfde was weggelopen. Dat ze tot haar studietijd in een kraakpand had gewoond dat het Crystal Palace heette.

Ik hoor het je denken: Wacht even, las hij stiekem in Oscars dagboek?

En of ik dat deed.

Waarom zo nieuwsgierig? Je had hem eens moeten zien in die tijd! De liefde had hem compleet veranderd. Hij lette ineens op zijn kleding. Streek elke ochtend zijn hemd voor hij het aantrok. Hij haalde een houten samoeraizwaard uit zijn kast en stond 's morgens vroeg met ontbloot bovenlijf op het gazon voor Demarest denkbeeldige vijanden in mootjes te hakken. Hij begon zelfs weer met rennen. Nou ja, joggen.

O, dus nou kun je *wel* lopen? vroeg ik, maar hij salueerde alleen maar en daverde hijgend en puffend voorbij.

Ik weet het, ik weet het, ik had blij voor hem moeten zijn, had het hem moeten gunnen. Ik, die er zelf niet één, niet twee, maar drie chicas op na hield, en dan zwijg ik nog van alle losse sletjes die ik in de clubs oppikte. Maar ik moet eerlijk zijn – ik was jaloers. Ben ik niet trots op, maar zo'n karakter krijg je als je in je jeugd nooit liefde hebt gehad. In plaats van hem aan te moedigen, kreeg ik alleen maar de ziekte in als ik hem met La Jablesse zag. En in plaats van mijn vrouwenervaring met hem te delen, zei ik alleen maar dat hij moest oppassen.

Het was een waarschuwing uit nijd, maar daarom nog geen ongegronde waarschuwing.

Jenni had altijd gozers achter zich aan, en een kind kon bedenken dat Oscar alleen maar tijdverdrijf voor haar was, iets ter afwisseling van het echte werk. Op een dag zag ik haar op het gazon met de lange punk die niet in Demarest woonde maar er wel altijd rondhing, bij elke studente sliep die hem wilde hebben. Net zo mager als Lou Reed, en net zo arrogant. Hij deed haar een of andere yogahouding voor, en ze lachte alsof ze nog nooit zoiets leuks had gezien. Nog geen twee dagen later kwam ik de kamer binnen en lag Oscar op zijn bed te huilen.

Hé, wat krijgen we nou, man? zei ik terwijl ik aan mijn gewichtenriem frunnikte. Wat is er?

Laat me met rust.

Heeft ze je gedumpt? Ja, hè, ze heeft je gedumpt.

Laat me met rust! loeide hij. LAAT... ME... MET... RUST.

Ik ging ervan uit dat het wel weer goed kwam. Een week of twee pruilen en dan gooide hij alles wel weer op zijn schrijven – het enige wat hem houvast bood. Maar het liep anders. Ik wist dat er iets mis was toen hij *helemaal* niet meer schreef. Wao, die meer van schrijven hield dan ik van vreemdgaan, lag de hele dag op bed en staarde naar het schaalmodel van de SDF-1 dat hij aan het plafond had hangen. Tien dagen lang lag hij in de vernieling en zei shit als: Ik verlang naar de vergetelheid zoals anderen naar vleselijk genot verlangen. Het maakte me uiteindelijk zo ongerust dat ik stiekem het nummer van zijn zus in Madrid overschreef en een telefooncel opzocht om haar te bellen. Het kostte me uren, en ik weet niet hoeveel muntjes, om haar aan de lijn te krijgen.

Wat moet je?

Niet ophangen, Lola, het gaat over Oscar.

Ze belde hem diezelfde avond nog, vroeg quasiargeloos hoe het ging, en tegen haar was hij natuurlijk wel openhartig. Ondanks dat ik erbij zat.

Laat het rusten, Mister, zei ze. Zet je eroverheen.

Dat kan ik niet, piepte hij. Mijn ziel is verscheurd.

Je ziel heelt wel weer, je moet verder, je hebt je hele leven nog voor je, enzovoort, enzovoort, en na een uur of twee beloofde hij haar dat hij zijn best zou doen.

Ik gaf hem een kwartiertje om tot zichzelf te komen en zei: Kom op, Oscar, we gaan een potje gamen.

Hij schudde zijn hoofd en zei: Street Fighter is voor mij taboe.

En, wat vond je ervan? vroeg ik Lola even later vanuit de telefooncel.

Ik weet niet, zei ze. Ik heb hem wel vaker zo meegemaakt, dat wel.

Wat wil je dat ik doe?

Hou hem maar in de gaten voor me, oké? Zorg dat hij geen gekke dingen doet.

Maar dat gebeurde toch. Twee weken later, toen hij zonder te kloppen Jenni's kamer binnenliep en zij zich met de punk vermaakte. Ze waren spiernaakt (en wie weet, misschien ook wel besmeurd met kippenbloed) en voor ze iets kon zeggen ging hij door het lint. Schold haar uit voor slet en hoer, vloog bijna letterlijk tegen haar muren op en scheurde haar posters weg, smeet haar boeken in het rond, noem maar op. Haar buurvrouw kwam me alarmeren en ik rende de trap op om hem in de houdgreep te nemen. Ophouden nu, Oscar! *Kappen!* Maar hij bleef tieren en probeerde op mijn voet te stampen.

Wat een toestand. De punk zag ik nergens, maar ik hoorde achteraf dat hij uit het raam was gesprongen en weggevlucht in de richting van George Street. In zijn blote reet.

Rutgers University. Altijd wat te beleven.

Om een lang verhaal kort te maken: hij mocht op de kamer blijven, maar moest één keer per week naar de psycholoog en mocht niet meer op de tweede verdieping komen. Heel Demarest beschouwde hem nu als een zwaar kaliber seriemoordenaar en de meisjes liepen in een angstige bocht om hem heen. Wat La Jablesse betreft: die kreeg een kamer in een studentenflat aan de rivier. Ze zou dat jaar afstuderen en ik kreeg haar nog maar één keer te zien, toen ik in de bus zat en zij Scott Hall binnenliep met die hoge dominalaarzen van haar.

En zo liep ons studiejaar ten einde. Oscar werkte lusteloos aan zijn verhalen, en ik kon niet door de gang lopen of iemand vroeg me hoe ik het vond om een kamer met 'die gek' te delen, waarop ik meestal vroeg hoe zij het zouden vinden als ik hun kop achterstevoren sloeg. Geen leuke periode.

Toen het tijd werd om de kamerhuur te verlengen, leek me dat geen onderwerp om met O te bespreken. Harold en Melvin woonden nog thuis, dus met hen viel geen kamer te delen, en ik besloot weer aan de verloting mee te doen. En nu won ik de jackpot. Een eenpersoonskamer in Frelinghuysen. Toen ik Oscar vertelde dat ik Demarest ging verlaten, rukte hij zich lang genoeg uit zijn neerslachtigheid los om verbaasd naar me op te kijken, alsof dit wel het laatste was wat hij ooit had verwacht. Ik begon een excuus te stamelen, maar hij brak me af en zei: Ik begrijp het. En toen ik me wilde omkeren, greep hij mijn hand en zei: Het was mij een eer en genoegen.

Ja, mij ook, zei ik.

Het is me ik weet niet hoe vaak gevraagd: Zag je het dan niet aankomen? Waren er dan geen signalen? Tja, misschien waren die er. Ik had hem in ieder geval nog nooit zo ongelukkig gezien. Maar ik kon het niet meer opbrengen om er met hem over te praten. Ik wilde alleen nog maar weg.

Op onze laatste avond als kamergenoten zoop hij twee flessen Cisco leeg. Ik weet niet of die naam je nog iets zegt, maar dat spul werd vloeibare crack genoemd, dus je begrijpt: de Wao was *fucked up*.

Op mijn maagdelijkheid! schreeuwde hij.

Niet zo hard, man. Je maakt iedereen wakker.

Je hebt gelijk, niemand wil mij horen. Aangapen wel, maar horen niet!

Kom op nou, O, tranquilísate.

Gedraag ik mij abderitisch? Schroom dan niet het mij te zeggen, m'n beste!

Ik schroom niks, maar ik heb geen idee wat je lult.

Hij liet zijn hoofd hangen. Niemand begrijpt mij ooit. *Niemand.*

Ik had natuurlijk bij hem moeten blijven, had in die stoel moeten blijven zitten om hem op te beuren en te zeggen dat alles heus wel weer in orde zou komen, maar het was al nacht en ik was hem zat. Ik wilde weg. Ik wilde dat Indiase meisje naaien dat ik in Douglass was tegengekomen, en daarna nog een jointje roken en dan pitten. Dus ik ging.

Vaarwel, waarde vriend, zei hij. Het ga je goed!

En toen ik weg was, deed hij het volgende. Hij maakte de derde en laatste fles Cisco soldaat, ging naar buiten, liep waggelend de campus af en stak de straat over naar het klassieke treinstation van New Brunswick, vanwaar het spoor in een lange curve naar de brug over Route 18 en de Raritan klimt. Zelfs 's nachts kom je makkelijk dat station binnen en houdt niemand je tegen als je van het perron stapt voor een wandeling langs de spoorbaan. En dat is precies wat hij deed. Hij sjokte langs de reling van de spoordijk naar de brug, en toen hij meer dan twintig meter boven straatniveau was, bleef hij staan en overdacht zijn ellendige leven. Wenste dat hij in een ander lichaam was geboren. Betreurde alle boeken die hij nooit zou schrijven. Probeerde zichzelf misschien ook nog wel op andere gedachten te brengen, wie zal het zeggen? En toen klonk in het station de fluit voor de nachtexpres van 4.12u naar Washington. Hij stond te tollen op zijn benen. Hij sloot zijn ogen (of misschien wel niet) en toen hij ze weer opende, bevond zich iets naast hem wat zo uit Ursula K. Le Guin leek weggelopen. Hij zou het later de Gouden Mangoest noemen, maar hij wist, ook op dat moment al, dat het geen echte mangoest kon zijn. Het was een wezen van overweldigende schoonheid. Goudgroene ogen die dwars door hem heen leken te kijken, maar niet verwijtend of bestraffend – er school iets veel onthutsenders in. Ze staarden elkaar aan; het wezen in volmaakte rust, sereen als een boeddha, en Oscar in verbijsterd ongeloof. En toen klonk de fluit voor de tweede keer en opende hij zijn ogen (of sloot ze) en weg was het wezen.

Hier had hij zijn hele leven op gewacht, een magische, bovennatuurlijke ontmoeting, maar in plaats van zich op de betekenis van het visioen te bezinnen, schudde hij zijn logge kop en zette het uit zijn gedachten. De trein kwam eraan en hij was bang dat hij zijn moed zou verliezen, dus haalde hij diep adem en liet zich voorover in de duisternis vallen.

Hij had, uiteraard, een briefje voor me achtergelaten (en er lagen briefjes onder voor zijn zuster, zijn moeder, en Jenni). Hij dankte me voor alles. Ik mocht zijn boeken hebben, zijn games, zijn video's, zijn speciale Dio's. Hij had 'zeer aan onze vriendschap gehecht' en ondertekende met: Je compañero, Oscar Wao.

Als hij volgens plan op het asfalt van Route 18 was neergekomen, dan was het einde verhaal geweest. Maar hij moet te dronken zijn geweest om goed te mikken, of misschien werd hij (zoals zijn moeder beweerde) door een hogere macht behoed, want hij miste het wegdek en kwam precies tussen de rijstroken terecht. Normaal gesproken zou dat ook afdoende zijn geweest, want op de 18 loopt bijna overal een betonnen vangrail, waarop hij uiteen zou zijn gespat in een baaierd van ingewanden, maar uitgerekend op dit stuk hadden ze een beplante middenberm aangelegd. In plaats van op een betonnen rand landde hij op dichte, pasgesnoeide struiken, en in plaats van in de nerdenhemel, waar je 58 maagden krijgt om rollenspelen mee te doen, ontwaakte hij in Robert Wood Johnson, met twee gebroken benen, een ontwrichte schouder en een gevoel alsof hij, tja, van een spoorbrug was gesprongen.

Ik zat aan zijn bed, natuurlijk, met zijn moeder en zijn louche oom die regelmatig naar de toiletten glipte voor een snuifje.

Hij ziet ons, en wat doet die mafkees? Hij wendt zijn gezicht af en begint te huilen.

Zijn moeder tikte hem op zijn goede schouder en zei: Wacht

maar tot ik met je alleen ben, dan geef ik je een echte reden om te janken.

Een dag later kwam Lola over uit Madrid, en voor ze iets kon zeggen begon haar moeder aan een traditioneel Dominicaans welkomstwoord. Zo, nu je broer op sterven ligt kun je *wel* komen. Als ik dat had geweten, had ik mezelf iets aangedaan.

Lola negeerde haar, en mij. Ging naast haar broer zitten en pakte zijn hand.

Gaat het, Mister?

Hij schudde zijn hoofd.

Het is nu een hele tijd geleden, maar als ik aan haar denk, zie ik haar voor me zoals ze in het ziekenhuis zat, zo van het vliegveld van Newark: wallen onder haar ogen, haar haar een piekige warboel, maar ze had nog wel de tijd gevonden om haar lippen te stiften en make-up op te doen.

Ik hoopte op positieve energie (geil tot in de dood, zelfs in ziekenhuizen), maar toen we op de gang stonden kreeg ik de volle laag. Waarom heb je niet op hem gelet, klootzak? Hoe kon je dit laten gebeuren?

Vier dagen later mocht hij eruit en namen ze hem mee naar huis, in Paterson. En ik pakte de draad ook weer op. Zocht mijn eenzame moeder op in London Terrace, dat erger verloederd was dan ooit. Als ik een echte vriend was geweest, zou ik hem elke week hebben opgezocht. Maar dat deed ik niet. Het was zomer, ik zat achter een paar nieuwe chicas aan, ik moest pooltafels bezorgen, dus ik had weinig tijd – maar ik zal het eerlijk toegeven: het ontbrak me vooral aan ballen. Ik belde wel een paar keer hoe het ging, en dat vergde al een hoop, want ik was elke keer bang dat ik van zijn moeder of zus zou horen dat hij dood was. Onterecht, want het ging steeds een beetje beter en hij beweerde zelfs dat hij 'innerlijk verkwikt' was. Voor hem geen zelfmoordpogingen meer. Hij schreef weer als een bezetene. Geloof me, Yunior, ik word de Dominicaanse Tolkien.

Eén keer ging ik bij hem langs, omdat ik toch in P-town moest zijn voor een van mijn sucias. Ik was het niet eens van plan, eerlijk gezegd, maar op een gegeven moment gaf ik een ruk aan mijn stuurwiel, stopte bij een pompstation en belde het nummer, en voor ik het wist zat ik in het huis waar hij was opgegroeid. Zijn moeder was te ziek om haar kamer uit te komen. Hij was enorm afgevallen. Zelfmoord doet een mens goed, zei hij lachend. Zijn kamer was nog nerdier dan hijzelf, voor zover dat mogelijk was. Het plafond hing vol met X-wings en TIE-fighters. Op het gips om zijn rechterbeen (zijn linker was al geheeld) stonden alleen de namen van mij en Lola – voor de rest had hij het zelf volgekrabbeld met 'troostrijke' citaten van Robert Heinlein, Isaac Asimov, Frank Herbert en Samuel Delany. Zijn zus was ook thuis, maar liet me links liggen. Toen ik haar langs de open kamerdeur zag lopen, lachte ik en riep: En, hoe gaat het met la muda?

Ze vindt het vreselijk om hier te zijn, zei Oscar.

Wat is er mis met Paterson? schreeuwde ik naar de gang. Hé, muda, wat is er mis met Paterson?

Alles! schreeuwde ze terug. Ze droeg een kort atletiekbroekje, en de aanblik van haar benen maakte het bezoek meer dan de moeite waard.

Toen Oscar en ik alle beleefdheden en oppervlakkigheden hadden uitgewisseld, bleef ik zwijgend naar zijn boeken en games zitten staren. Ik wachtte tot hij er iets over zei, en hij kreeg langzaam door dat er geen ontkomen aan was.

Het was dwaas van me, zei hij ten slotte. Ondoordacht.

Dat kun je wel zeggen, ja. Wat dacht je ermee te bereiken, O?

Hij haalde met een zucht zijn schouders op. Ik was ten einde raad.

Maar dan doe je nog niet *zoiets*, zakkenwasser. Maagd zijn

is erg, maar dood zijn is veel erger, neem dat maar van mij aan.

Zo ging het nog een halfuur door, maar het enige wat me nog bijstaat is wat hij zei toen ik naar de deur liep: Het was de vloek die me dreef.

Doe niet zo raar, Oscar. Die shit hoort bij onze ouders.

Nee, ook bij ons, zei hij.

Op mijn weg naar buiten zag ik Lola in de keuken staan. Ik stapte naar binnen. Wat denk je, komt het weer goed met hem?

Ik denk het wel. Ze stond een ijsblokjestray te vullen onder de kraan. Hij wil komend voorjaar weer naar Demarest.

Is dat wel een goed idee?

Ze staarde voor zich uit en dacht er een halve minuut over na. Typisch Lola. Volgens mij wel, zei ze.

Nou, jij kunt het beter beoordelen dan ik. Ik viste mijn autosleutels uit mijn zak. Hoe gaat het met je verloofde?

Goed, zei ze zacht. Ben jij nog met Suriyan?

Het deed nog steeds pijn om die naam te horen. Nee, allang niet meer.

En daar stonden we dan, elkaar aan te kijken.

In een ideale wereld had ik me over haar tray heen gebogen en haar een zoen gegeven, en dan was alles goed geweest. Maar ik hoef jou niet te vertellen dat dit geen ideale wereld is. Het is niet eens Midden-Aarde. Ik knikte, zei: Nou, ik zie je wel weer eens, liep naar buiten en reed weg.

En daarbij had het moeten blijven. Dat had het moeten worden: gewoon een herinnering aan een dikke nerd met wie ik een kamer had gedeeld en die zich van kant had proberen te maken. Niets meer, niets minder. Maar zo makkelijk is het niet om van de De Leóns af te komen.

Het eerste semester was twee weken oud toen hij in Frelinghuysen op mijn deur kwam kloppen. Kwam me zijn werk laten zien en vroeg me naar het mijne! Ik wist niet wat ik meemaakte. Er was me verteld dat hij een training op BCC deed om invalkracht te worden op zijn oude high school, maar hier stond hij opeens voor me, met een schaapachtige grijns en een blauwe map onder zijn arm. Aanvaard een hartelijke groet, Yunior!

Oscar, eh, kom binnen.

Hij was nog meer afgevallen, droeg zijn haar kort en had zich zelfs geschoren. Hij zag er, geloof het of niet, *goed* uit. Maar nog steeds een fantasyfreak, dat wel. Hij was net klaar met de eerste roman van wat een vierluik moest worden. Het obsedeert me, verzuchtte hij, en het wordt mijn dood nog... o, sorry.

Er was nog steeds niemand die zijn kamer in Demarest met hem wilde delen. Snap jij dat nou, m'n beste? Zo zie je maar hoe bekrompen de ruimdenkenden zijn. Maar enfin, zo heb ik volgend semester wel alle ruimte. Nu nog bedenken wat ik ermee moet. Eén ding is zeker, zonder jouw gestaalde mesomorfie zal het er vreemd toeven zijn.

Als je dat maar weet, zei ik.

Bij het afscheid zei hij dat ik beslist langs moest komen in Paterson als ik even tijd had. Ik zal je graag op mijn overdaad aan nieuwe Japanimatie vergasten.

Doe ik, O, afgesproken.

Maar ik ging niet langs. Ik had het druk. Echt waar, *druk* – pooltafels bezorgen, studiepunten halen, naar mijn doctoraal toe werken. En er gebeurde bovendien een wondertje: op een dag klopte Suriyan op mijn deur. Ze was mooier dan ooit. Zullen we het nog eens proberen, Yunior? Of ik ja zei? Wat dacht je! Of we diezelfde avond al van bil gingen? Reken maar.

Dat ik niet langsging weerhield O er trouwens niet van om af en toe bij mij langs te komen, met een nieuw hoofdstuk en een nieuw verhaal over een meisje dat hij in de bus had gezien, of op straat, of in de klas.

Jij verandert ook nooit, hè? zei ik.

Nee, zei hij zachtjes, ik vrees van niet.

Rutgers was altijd onrustig, maar in die laatste herfst was het er een chaos. In oktober werden vier eerstejaarsmeisjes van Livingston Hall betrapt op het dealen van coke. Ik kende ze toevallig en had ze altijd als een nuffig stelletje gorditas beschouwd. Zoals het spreekwoord al zegt: Los que menos corren, vuelan. Op Bush liep een ruzietje om niks tussen de Lambda's en de Alfa's uit de hand, en er werd gevreesd voor een regelrechte oorlog tussen zwart en latino. Maar die bleef uit. Te veel feesten, te veel mensen die liever neukten dan vochten.

Die winter lukte het me eindelijk een verhaal te schrijven dat niet te erg voor woorden was – over de vrouw met wie we een patio hadden gedeeld toen we nog in de DR woonden, een señora van wie iedereen zei dat ze de hoer speelde, maar die altijd voor mij en mijn broer zorgde als mijn moeder en abuelo aan het werk waren. Mijn docent kon zijn ogen niet geloven. Indrukwekkend, Yunior, niet één schiet- of steekpartij! Niet dat het hielp, overigens. Ik won er tenminste geen prijs mee, waar ik eerlijk gezegd wel op had gehoopt.

En toen werd het examentijd, en wie loop ik tegen het lijf? Lola! Ik herkende haar amper, want haar haar was langer dan ooit en ze droeg zo'n rechthoekig brilletje waar je anders alleen alternatieve blanke chicks mee zag lopen. Genoeg zilver om haar polsen om iemands losgeld te kunnen betalen, en zoveel dijbeen onder haar denim rokje dat het gewoon niet eerlijk was. Toen ze mij ook zag, trok ze gelijk dat rokje omlaag, maar dat haalde weinig uit. We zaten in de universiteitsbus. Ik kwam terug van een meisje van nul komma nul betekenis, zij was op weg naar een of ander afscheidsfeestje. Ik ging naast haar zitten. Geen greintje boosheid meer in die prachtige grote ogen. Maar ook geen verwachting.

Hoe gaat het met je? vroeg ik.

Goed. En met jou?

Ook goed. Nog even, dan heb ik kerstvakantie.

Prettige dagen alvast. En toen, precies haar moeder, pakte ze haar boek weer op en ging verder met lezen.

Ik boog me voorover en bekeek het omslag. *Introduction to Japanese*. Wat krijgen we nou? vroeg ik. Ben je nou nog niet uitgestudeerd?

Ik ga volgend jaar Engelse les geven in Japan, zei ze. Verheug me er nu al op.

Niet 'ik hoop te gaan' of 'ik heb me aangemeld', nee: 'ik ga'.

Japan? grinnikte ik. Wat heeft een Dominicaan nou in Japan te zoeken?

Je hebt gelijk, zei ze, en ze sloeg met een geërgerd gebaar een bladzij om. Waarom zou je ergens anders heen willen als je in *New Jersey* woont?

Ik keek haar glimlachend aan. Foei, wat een sarcasme, Lola.

Neem me niet kwalijk, Yunior.

Zoals ik al zei: het was december. Mijn Indiase meisje, Lily, zat op de campus op me te wachten, en Suriyan ook. Maar ik stond bij geen van beiden stil. Ik dacht aan de enige keer dat ik Lola eerder had gezien dat jaar. Ze had voor Henderson Chapel een boek zitten lezen, met zoveel aandacht dat het schadelijk voor haar gezondheid leek. Oscar had me verteld dat ze met een paar vriendinnen een appartement in Edison deelde en een of ander kantoorbaantje had om geld te sparen voor haar volgende avontuur. Die dag had ik haar ook gedag willen zeggen, maar ik had niet gedurfd, bang voor een ijzige reactie.

Buiten gleed Commercial Ave voorbij en daar, in de verte, waren de lichtjes van Route 18. Het werd een van de momenten die ik nog altijd voor ogen krijg als ik aan Rutgers denk. De meisjes voor ons die over een jongen smoesden. Lola's handen om het boek, met cranberry-gelakte nagels. Mijn eigen handen als reuzenkrabben. Van alle chicks die ik op Rutgers had leren kennen, van alle chicks die ik ooit gekend had, was Lola de enige op wie ik nooit vat had kunnen krijgen. Dus waarom dan dat gevoel dat zij me beter kende dan wie ook?

Wat ik wilde was duidelijk, al zou Suriyan me dan *echt* nooit meer willen zien, en al zou ik dan eindelijk een nette jongen moeten worden, want Lola was geen Suriyan – met Lola zou ik iemand moeten zijn die ik nooit geprobeerd had te zijn. De bus reed College Ave op. Mijn laatste kans. Dus deed ik wat Oscar zou hebben gedaan, draaide me abrupt naar haar toe en zei: Laten we ergens gaan eten, Lola. Ik beloof dat ik je niet uit de kleren probeer te krijgen.

Ja ja, zei ze, en ze sloeg haar bladzij zo ruw om dat ze hem er bijna uit scheurde.

Ik legde mijn hand over de hare, en ze keek me verbijsterd aan – alsof ze al met me op weg was en maar niet begrijpen kon waarom.

Erewoord, zei ik.

Jij en eer, zei ze. Maar ze trok haar hand niet weg.

We gingen naar haar appartement aan Handy Street. Voor ik haar goed en wel op stoom had, verstijfde ze opeens en trok me bij mijn oren tussen haar benen vandaan. Zoals ze me aankeek – waarom is dat het gezicht dat ik maar niet vergeten kan, zelfs nu niet na al die jaren? Moe van het harde werken, opgezet van de slaap, een mengeling van woede en kwetsbaarheid die voor mij altijd Lola zal blijven, hoe oud ik ook word.

Ze keek me eindeloos lang in mijn ogen, en toen ik haar blik niet meer verdragen kon, zei ze: Niet meer liegen, Yunior, dat is alles wat ik vraag.

Dat beloof ik, zei ik.

Niet lachen, ik meende het echt.

Veel meer valt er niet te vertellen. Behalve dit.

Na de kerstvakantie trok ik weer bij hem in. Had er de hele winter over gedubd, maar op de eerste ochtend van het semester stond ik hem op te wachten voor zijn deur in Demarest. Urenlang stond ik daar, en op het laatst bedacht ik me nog bijna, maar toen hoorde ik hun stemmen en kwamen ze de trap op met zijn spullen.

Ik weet niet wie er verbaasder was, Oscar, Lola of ik.

Geheel in Oscar-stijl stak ik mijn hand op en zei: Mellon! En het duurde even voordat hij het woord herkende.

Mellon, zei hij verbouwereerd.

Dat najaar na zijn Val was duister geweest (las ik in zijn dagboek). Hij had nog wel degelijk over een tweede poging nagedacht, maar hij was bang. Voor wat het met zijn zuster zou doen, maar vooral voor wat hij zichzelf misschien onthield. Een wonder. Een glorieuze zomer. Hij had gelezen, geschreven en tv-gekeken met zijn moeder. Geen fratsen meer, had zijn moeder gedreigd, anders blijf ik je voor altijd achtervolgen, hoor je me?

Ja, señora, had hij volgens zijn dagboek geantwoord.

Hij deed haast geen oog dicht en ging uiteindelijk maar nachtelijke ritten maken met de auto van zijn moeder. Elke keer dat hij wegreed, dacht hij dat het voor het laatst zou zijn. Hij reed overal naartoe. Raakte verdwaald in Camden. Vond de buurt waar ik ben opgegroeid. Reed door New Brunswick toen de clubs daar uitgingen, bekeek de mensen die de straat op stroomden en hoorde zijn maag knorren. Op een nacht kwam hij zelfs in Wildwood terecht en zocht de coffeeshop op waar hij Lola was komen redden, maar die bleek gesloten. Op een andere nacht pikte hij een liftster op. Een hoogzwanger meisje met een immense buik en een pokdalig gezicht. Sprak nauwelijks Engels, kwam uit Guatemala en was hier illegaal. Ze moest dringend naar Perth Amboy, en Oscar, onze held, zei: No te preocupas. Te traigo.

Que Dios te bendiga, zei ze, met onverholen argwaan in haar ogen.

Hij gaf haar zijn nummer, voor het geval dat, maar ging ervan uit dat ze nooit zou bellen, en dat deed ze ook niet.

Op sommige nachten reed hij zo lang en zo ver dat hij af en toe wegdommelde achter het stuur. Zat hij het ene moment nog aan zijn personages te denken en dreef dan zomaar weg in een weldadige roes, zijn ondergang tegemoet – tot er een innerlijk alarm overging.

Lola!

Niets zo opwindend (schreef hij) als je eigen leven redden door wakker te worden.

TWEE

Geen mens is onmisbaar. Maar Trujillo is eenmalig en onvervangbaar. Want Trujillo is geen gewoon mens. Hij is [...] een kosmische kracht [...]. Wie hem op één lijn stelt met de andere leiders van onze dagen, vergist zich deerlijk. Hij behoort tot [...] de categorie van hen die voor een uitzonderlijk lot zijn geboren.

La Nación

Ik had beter moeten weten, wilde ook helemaal niet, maar besloot het nog één keer te proberen. Oerstom, natuurlijk.

Op een dag, ik was al veertien maanden in Santo Domingo, zei mijn abuela dat het tijd voor me werd om naar Paterson terug te keren, naar mijn moeder. Ik kon mijn oren niet geloven. Het voelde als verraad, puur verraad. Een vreselijk gevoel, dat ik later alleen nog gevoeld heb toen het stukliep met jou.

Ik wil niet terug! protesteerde ik. Ik wil hier blijven!

Maar ze wilde niet luisteren. Ze stak bezwerend haar handen op. Het is wat je moeder wil en het is wat ik wil en het is gewoon het beste.

En wat ik wil, doet dat er dan niet toe?

Het spijt me, hija.

Zo gaat het dus. Zo is het leven. Al het geluk dat je met veel pijn en moeite naar je toe trekt, wordt zomaar weer weggeblazen. Als je het mij vraagt, bestaan er geen vloeken. Volgens mij is er alleen het leven. En da's genoeg.

Ik reageerde onvolwassen. Ik stopte met hardlopen, ik stopte met school en ik brak met al mijn vriendinnen, zelfs met

Rosío. Ik zei Max dat het uit was, en hij keek me aan alsof ik hem in zijn borst had geschoten. Toen ik weg wilde lopen, stak hij een hand op om me tegen te houden, maar ik gilde tegen hem, de gil van mijn moeder, en hij liet zijn hand weer vallen. Ik dacht dat het zo het beste voor hem was, wilde hem niet meer pijn doen dan strikt noodzakelijk.

In die laatste weken haalde ik de ene stommiteit uit na de andere. Ik kon toch niet blijven, dus moest alles maar kapot, dat zal mijn beweegreden geweest zijn. Ik begon zelfs de slet uit te hangen, zo ver was ik heen. Hij was de vader van een klasgenote van me. Had altijd achter me aan gezeten, zelfs als zijn dochter erbij was, dus belde ik hem op. Op één ding kun je altijd rekenen in Santo Domingo. Niet op de stroomvoorziening. Niet op de politie.

Maar wel op seks.

Seks is er altijd.

De hofmakerij sloeg ik over. Op ons eerste avondje uit liet ik me meteen meenemen naar een motel. Hij was zo'n rijke politieke patser, een peledista. Reed in een grote jípeta met airconditioning. Je had hem eens moeten zien toen ik mijn broek omlaag trok. De blijdschap op zijn gezicht!

Tot ik hem om tweeduizend dollar vroeg. Amerikaanse, zei ik erbij.

In de woorden van mijn abulea: Voor een slang is elke prooi een muisje, tot hij in een mangoest bijt.

Het was mijn grote puta-moment. Ik wist dat hij het geld op zak had, anders had ik er niet om gevraagd. En het was niet eens te veel. Ik denk dat hij me in totaal een keer of negen gepakt heeft, dus dat geld heeft hij er dik uit gekregen. Na afloop zat ik altijd rum te drinken terwijl hij zich met een zakje coke verpoosde. Een prater was hij niet echt, en dat kwam me prima uit. Hij schaamde zich ook altijd zichtbaar. Heel vermakelijk. Zat-ie te zeuren dat dat geld eigenlijk voor de opleiding van zijn dochter was bestemd, bla bla bla. Steel het dan terug uit de staatskas, zei ik lachend. Als hij me voor het huis afzette, gaf ik hem altijd nog een zoen – om te voelen hoe hij terugdeinsde.

Tegen La Inca zei ik niet zoveel meer, maar zij hield niet op met tegen mij te praten. Ik hoop dat je het daar goed gaat doen op school. Ik hoop dat je me zo vaak mogelijk komt opzoeken. Ik hoop dat je nooit je afkomst vergeet. Ze bracht alles in gereedheid voor mijn vertrek. Ik was te kwaad om over haar na te denken, om erbij stil te staan hoe erg ze me zou missen. Na het vertrek van mijn moeder had ze nooit meer haar leven met iemand gedeeld. Op een gegeven moment begon ze het huis op te ruimen alsof zij het was die wegging.

Wat doet u toch allemaal? vroeg ik. Gaat u soms met me mee?

Nee, hija, ik ga een tijdje naar mijn geboortestreek.

En u haat uw geboortestreek!

Maar nu wil ik er een poosje zijn.

En toen belde Oscar opeens, voor het eerst in al die tijd. Om zoete broodjes te bakken nu hij wist dat ik terugkwam.

Je komt weer hier wonen, hoor ik.

Reken er maar niet op.

Waak voor onbezonnenheid, Lola.

Waak voor onbezonnenheid, bauwde ik hem na. Jezus, man, je zou jezelf eens moeten horen.

Hij slaakte een zucht. Ik hoor mezelf voortdurend.

Als ik 's ochtends wakker werd, keek ik eerst onder mijn bed om te zien of het geld er nog lag. Met tweeduizend dollar kon je in die dagen alle kanten op, en ik fantaseerde er natuurlijk op los. Japan, of Goa, waar een van mijn klasgenoten over verteld had. Ook een eiland, had ze gezegd, maar ontzettend mooi. Heel anders dan Santo Domingo.

En toen kwam de dag waarop mijn moeder me kwam ophalen. Op haar eigen, in het oog springende wijze. Niet met een gewone taxi maar met een zwarte limousine. De hele barrio liep uit om te zien wat er aan de hand was, en zij natuurlijk doen alsof ze de toeloop niet eens in de gaten had. Ze was magerder dan ooit, uitgemergeld, en ik zag tot mijn afgrijzen dat de chauffeur aanstalten maakte om haar uit de auto te tillen.

Hé, laat haar met rust! riep ik.

Mijn moeder keek hoofdschuddend op naar La Inca – ook jij hebt haar geen manieren kunnen leren.

La Inca keek onverstoorbaar terug – ik heb mijn best gedaan.

Wat volgde was het moment dat iedere dochter vreest. Mijn moeder nam me van onder tot boven op. Ik was nog nooit zo fit geweest, had mezelf nog nooit zo mooi en aantrekkelijk gevonden, en wat zegt dat kreng?

Coño, pero tú sí eres fea.

Veertien maanden in één klap foetsie. Alsof ik ze nooit had meegemaakt.

Nu ik zelf moeder ben, besef ik dat ze me niet anders had kunnen begroeten. Mensen zijn zoals ze zijn, en zij was zo. Een rijpe banaan wordt nooit meer groen, zeggen ze in Santo Domingo. Zelfs aan het eind wilde ze me niets tonen wat ook maar vagelijk op liefde leek. Ze liet geen traan om me. Om zichzelf ook niet, trouwens. De enige voor wie ze huilde was Oscar. Mi pobre hijo, snikte ze. Mi pobre hijo. Menigeen heeft een moeizame relatie met zijn ouders, maar iedereen leeft met het idee dat er op het eind toch wel iets zal veranderen, zal verbeteren. Bij ons gebeurde dat niet.

Ik zou vast en zeker weer zijn weggelopen. Ik zou niets hebben laten merken, was mee teruggegaan en had thuis de schijn gewekt dat ik weer helemaal mijn draai had gevonden, en op een ochtend zou ik er opeens niet meer geweest zijn. Zoals mijn vader er ooit zomaar vandoor was gegaan. Ik zou zijn verdwenen zoals alles verdwijnt. Spoorloos. Ik was ergens ver weg gaan wonen. En ik zou er gelukkig zijn geworden, daar ben ik van overtuigd. Ik zou geen kinderen hebben genomen. Ik had mezelf donkerbruin laten kleuren door de zon, had mijn haar kroezig laten worden en had over straat kunnen gaan zonder kans op herkenning. Dat was mijn droom, mijn stellige voornemen, al heb ik ondertussen wel geleerd dat je nooit kunt vluchten. Nooit. De enige uitweg is naar binnen.

En daar gaan deze verhalen ook over, denk ik.

Maar destijds? Geen twijfel mogelijk. Ik zou 'm weer gesmeerd zijn. La Inca of niet, ik was er geheid vandoor gegaan.

Alleen... Max ging dood.

Sinds de dag waarop ik het had uitgemaakt had ik hem niet meer gezien en niets meer van hem gehoord. Mijn arme Max, die meer van me hield dan woorden konden zeggen, die bij elke wip uitriep dat hij zo gelukkig was. Dat ik niets meer van hem vernomen had was niet zo gek. Hij woonde in een andere buurt en ging met andere mensen om, een ander soort mensen. Hoewel, soms, als de peledista me naar een motel reed, was het net alsof ik Max door het gruwelijk drukke middagverkeer zag flitsen, met een filmspoel onder zijn arm (ik had een rugzak voor hem willen kopen, maar dat was zijn stijl niet, zei hij). Mijn dappere Max, die tussen twee bumpers door kon glippen als een leugen tussen de lippen van een mens.

Wat er gebeurde was dat hij op een dag (geteisterd door liefdesverdriet, dat weet ik zeker) een inschattingsfout maakte en vermorzeld werd tussen een bus op weg naar de Cibao en een bus op weg naar Baní. Zijn schedel brak in duizend scherven en de filmspoel rolde af tot het einde van de straat.

Ik hoorde het pas toen hij al begraven was. Zijn zuster belde me.

Hij hield zoveel van jou, snikte ze. Meer dan van wie ook.

De vloek, zeg jij misschien.

Het leven, zeg ik. Nou ja, het leven en ik.

Je had hun gezichten eens moeten zien. Ik gaf zijn moeder het geld dat ik de peledista had afgetroggeld. Zijn broertje Maxim kocht er een overtocht van naar Puerto Rico, en het laatste wat ik van hem hoorde was dat het hem goed ging. Hij heeft er een winkeltje, en zijn moeder woont allang niet meer in Los Tres Brazos. Is mijn toto toch nog ergens goed voor geweest.

Ik zal altijd van je houden, zei mijn abuela op het vliegveld. En toen keerde ze zich om en liep weg.

In het vliegtuig begon ik te huilen. En ik weet hoe bespottelijk het klinkt, maar vanbinnen ben ik blijven huilen tot ik jou ontmoette. Ik was kapot van wroeging. De andere passagiers moeten gedacht hebben dat ik krankzinnig was. Ik verwachtte voortdurend een mep van mijn moeder, of op zijn minst een scheldkanonnade, maar ze bleef stil.

Ze legde haar hand op mijn arm en liet hem daar. Na een uur keerde een vrouw voor ons zich om en vroeg: Kan uw dochter niet wat stiller zijn? En mijn moeder zei: Kun jij niet wat minder stinken?

Ik vond het nog het ergst voor de viejo naast ons. Je kon zien dat hij op familiebezoek was geweest. Hij had een gleufhoedje op en een gloednieuwe chacabaña aan. Hij klopte me op mijn rug en zei: Rustig maar, muchacha, Santo Domingo blijft waar het is. Het was er in het begin en het zal er aan het eind zijn.

Ouwe gek, mompelde mijn moeder, en ze sloot haar ogen voor een dutje.

5
Arme Abelard
1944-1946

DE BEROEMDE DOKTER

Als de familie er al over praat (het onderwerp is zo goed als taboe), begint ze steevast met hetzelfde: Abelard en zijn Misplaatste Grap over Trujillo.[22]

Abelard Luis Cabral was de grootvader van Oscar en Lola. Een heelkundige, opgeleid in het Mexico van Lázaro Cárdenas, met zijn eigen kliniek in La Vega in de Cibao. Een man die alom werd bewonderd. Un hombre muy serio, muy educado y muy bien plantado.

(Dus je voelt eigenlijk al waar dit op uit gaat draaien.)

In die lang vervlogen dagen, lang voor jouw en mijn geboorte, voor de delincuencia en de bankfaillissementen die uiteindelijk tot de Diaspora zouden leiden, vormden de Cabrals een voorname familie. Weliswaar niet zo stinkend rijk en van

22 Er zijn natuurlijk andere beginnen mogelijk. Betere zelfs als je het mij vraagt. Ik zou zelf begonnen zijn met de ontdekking van de Nieuwe Wereld door de Spanjaarden, of met de invasie door de VS in 1916. Maar als de De Leóns dit als begin van zichzelf willen kiezen, wie ben ik dan om hun historiografie te kritiseren?

historisch belang als de Ral Cabrals uit Santiago de los Caballeros, maar bepaald geen takje van niks. In La Vega, waar de familie al sinds 1791 woonde, genoten ze een welhaast koninklijk aanzien. Een voorwerp van trots waren ze, net als La Casa Amarilla en de Río Camú, en iedereen keek met welgevallen naar het huis dat Abelards vader had laten bouwen: Casa Hatüey[23], dat na vele uitbreidingen veertien kamers telde (de oorspronkelijke stenen kern deed dienst als werkvertrek voor Abelard) en omringd werd door boomgaarden met een rijke opbrengst aan amandelen en mango's, en een hypermoderne stal die ruim plaats bood aan zes arabieren met een vacht als velijnpapier. Niet minder dan vijf bedienden zorgden ervoor dat het huishouden op rolletjes liep. En dan was er nog het moderne art-decoappartement in Santiago, waar Abelard menig weekend doorbracht om zich over de familiezaken te buigen.

In een tijd waarin de gemiddelde Dominicaan van gebakken yuca moest leven en een buik vol parasieten had, konden de Cabrals zich te goed doen aan pasta's en Italiaanse worstsoorten, geserveerd op porselein uit Beleek en genuttigd met tafelzilver uit Jalisco. Het inkomen van een arts was ook toen al riant, maar Abelards welstand berustte vooral op de nalatenschap van zijn liefdeloze en opvliegende vader: een cementfa-

23 Hatüey was een Taíno-opperhoofd en in die hoedanigheid de Ho Chi Minh van zijn volk. Toen de Spanjaarden de eerste genocide in de geschiedenis van het eiland pleegden, vluchtte hij per kano naar Cuba om daar versterking te halen – een reis die drie eeuwen later door Máximo Gómez zou worden overgedaan. Casa Hatüey werd zo genoemd omdat het huis zou zijn gebouwd door een afstammeling van de priester die Hatüey probeerde te zegenen voor de Spanjaarden hem op de brandstapel ter dood brachten. (Wat hij zei voor het vuur werd ontstoken, is een legende op zichzelf: Zijn er blanken in de hemel? Dan ga ik liever naar de hel.) De man verdient het om als held voort te leven, maar de vergetelheid dreigt. Of misschien loopt het nog treuriger af en eindigt hij net als zijn camarada Crazy Horse: als biermerk in een land dat hij niet eens kende.

briek, een paar chique warenhuizen in Santiago en een aantal landerijen in de Septrionales.

Kortom, de Cabrals mochten zich tot de klasse der bevoorrechten rekenen. In de zomer 'leende' het gezin de cabaña van een neef in Puerto Plata en bracht er maar liefst drie hele weken door. Abelards dochters, Jacquelyn en Astrid, zwommen en poedelden in de branding en pigmenteerden (in lekentaal: bruinden) dat het een aard had, onder het toeziend oog van hun moeder die zichzelf al donker genoeg vond en daarom geen centimeter buiten de schaduw van haar parasol trad. Hun vader beluisterde het oorlogsnieuws op de radio of wandelde in zijn witte overhemd met vest over het strand met een peinzende uitdrukking op zijn gezicht, blootsvoets en met opgerolde broekspijpen. Zijn kroezige haar hoog opgewaaid, zijn buik een middelbare bolling. Soms trok een schelp of kwijnende degenkrab zijn aandacht en boog hij zich op handen en voeten voorover om zijn vondst met een juweliersloep te bekijken, wat hem volgens zijn lachende dochters en hoofdschuddende echtgenote sterk op een hond deed lijken die een drol besnuffelde.

Er zijn nog altijd cibaeños die zich Abelard herinneren, en ieder zal je vertellen dat hij niet alleen maar een uitmuntend geneesheer was. Hij had een van de briljantste geesten van het land, was ongekend erudiet en verbluffend veelzijdig, maar vooral een kei op taalkundig en rekenkundig gebied. Hij was belezen in het Spaans, Engels, Frans, Latijn en Grieks, hij verzamelde zeldzame boeken, verloor zich graag in abstracte bespiegelingen, publiceerde met regelmaat in het *Journal of Tropical Medicine* en rekende zich als verwoed amateuretnograaf tot de school van Fernando Ortíz.

Kortom, Abelard was een Licht – representant van een menstype dat in het Mexico van zijn studiejaren welig had getierd, maar nagenoeg afwezig was op het eiland van El Generalissimo Rafael Leónidas Trujillo Molina. Hij liet geen kans onbenut om de leeshonger en leergierigheid van zijn dochters te stimuleren (beide hadden dan ook al op hun negende Frans kunnen spreken en Latijn kunnen lezen) en hij bereidde hen voor op een toekomst waarin ze in zijn voetspoor als arts zouden treden. Zo intellectualistisch was hij, dat iedere verrijking van zijn kennis, hoe triviaal ook, hem een ongebreidelde vreugde bezorgde en hem bij wijze van spreken een gat in de lucht deed springen, hoog genoeg om de vanallengordel te passeren. De smaakvolle salon van Casa Hatüey, waar het behang nog was uitgezocht door zijn vaders tweede vrouw, was een toevluchtsoord voor de plaatselijke todologos. Hele avonden werd er fel gediscussieerd, en hoewel Abelard zich dikwijls stoorde aan het lage niveau (dat hem met weemoed deed terugdenken aan de UNAM), had hij die bijeenkomsten voor geen goud willen prijsgeven. Het kwam geregeld voor dat zijn dochters hem goedenacht kwamen wensen om de volgende ochtend te ontdekken dat hij nog steeds in een debat was verwikkeld, met rode ogen en haar dat in plukken overeind stond, geeuwend maar onverminderd geestdriftig. En als ze hem dan goedemorgen kwamen wensen, zoende hij ze op hun wangen en noemde hen zijn Brillantes. Als die twee later groot zijn, pochte hij vaak tegen zijn vrienden, zullen ze ons in alles overtreffen.

Het bewind van Trujillo was niet de best denkbare periode om een wonder van geleerdheid te zijn, niet de beste tijd om het debat te minnen, om salons te organiseren, om je in wat voor opzicht dan ook als intellectueel te manifesteren. Maar Abelard was leep. Hij waakte er altijd voor dat de discussie een wending naar de politiek (lees: Trujillo) nam, hield alles puur theoretisch en heette iedereen welkom die aanwezig wilde zijn, zodat de Geheime Politie zich nooit buitengesloten hoefde te voelen. Zo grondig was hij in het vermijden van verkeerde indrukken, dat hij El Jefe niet eens in zijn mijmeringen betrok. Hij was een meester in de Kunst van de Dictator-Vermijding

– eens te meer omdat hij er glansrijk in slaagde de schijn van een overtuigd Trujillista op te houden.[24] Persoonlijk zowel als in zijn hoedanigheid van voorzitter van zijn geneeskundige genootschap, was hij een gulle donateur van de Partido Dominicano. Zijn vrouw (tevens zijn verpleegster en assistente) vergezelde hem op iedere medische campagne die Trujillo op touw zette, hoe afgelegen de betreffende campo ook was, en niemand evenaarde zijn vermogen om een schaterlach te onderdrukken als de Mislukte Veedief weer eens een verkiezing won met 103 procent van de stemmen. Als er een banket ter ere van Trujillo werd gegeven, reed Abelard steevast naar Santiago om acte de présence te geven. Hij arriveerde als een van de eersten, vertrok als een van de laatsten, glimlachte de hele tijd en zei geen woord – koppelde zijn intellect af en opereerde puur op wilskracht. Als het zijn beurt was om El Jefe de hand te schudden, overlaadde hij hem met de warmste uitingen van bewondering en genegenheid (zoals je weet wordt elk dictatorschap omgeven door een waas van homo-erotiek), waarna hij zich weer ijlings terugtrok en op zo groot mogelijke afstand bleef – doordrongen van het besef dat er aan een innige omgang met Trujillo onverantwoorde gezondheidsrisico's kleefden.

Hoe groter de afstand, hoe beter. Abelard was dan ook blij dat zijn vader hem geen bezittingen had nagelaten die hem een

24 Nog ironischer is het dat Abelard als geen ander de kunst verstond om ziende blind te zijn als het regime zijn ergste uitspattingen beging. Niemand kon zich zo meesterlijk op de vlakte houden. In 1937 bijvoorbeeld, toen de Vrienden van de Dominicaanse Republiek zich uitleefden op alle Haïtianen, Haïtiaans-Dominicanen en Haïtiaans lijkende Dominicanen, toen er kortom een heuse genocide plaatsvond, hield Abelard zijn neus op veilige diepte in zijn boeken. Hij liet het aan zijn vrouw over om de Haïtiaanse bedienden te verbergen en vroeg haar er niets over. Overlevenden die met gapende machete-wonden zijn praktijk binnenstrompelden, lapte hij zo goed mogelijk maar zonder een woord te zeggen op.

buurman of zakenrelatie van El Jefe maakten. Zijn contacten met Rotkop waren weldadig summier.[25]

En dat zouden ze waarschijnlijk ook gebleven zijn als hij zich in de loop van 1944 niet genoodzaakt was gaan voelen om zijn vrouw en oudste dochter thuis te laten als hij zijn opwachting maakte bij Jefe-gelegenheden – een opmerkelijke inbreuk op het protocol. Bij wijze van verklaring vertelde hij zijn vrienden en bekenden dat zijn vrouw aan 'zenuwzwakte' leed en dat Jacquelyn haar moest verzorgen, maar de ware reden voor hun afwezigheid was de combinatie van Trujillo's beruchte geilheid en de metamorfose die Jacquelyn had ondergaan. Ze was nog altijd ernstig van aard en hyperintelligent, maar niet langer een slungelige bakvis. Een wel zeer ingrijpende adolescentie had haar als bij toverslag in een meer dan bekoorlijke jongedame veranderd, met een paar duizelingwekkende tieten en dito heupen en billen – een conditie die je in het Santo Domingo van de jaren veertig een groot probleem opleverde, en dat probleem schreef je met een hoofdletter T en dan r en dan u en dan j en dan illo.

Vraag het iedere willekeurige Dominicaan van gevorderde leeftijd en het antwoord zal altijd hetzelfde zijn: Trujillo was niet slechts een Wreed Dictator maar bovendien een Dominicaans Dictator, en dus ook de Grootste Geilaard van het land, die elke toto in de DR als zijn persoonlijke eigendom be-

25 Tot zijn spijt waren zijn banden met Balaguer minder los. De Demon Balaguer was toen uiteraard nog geen Stemmendief, maar al wel Trujillo's minister van Onderwijs (met alle gevolgen van dien voor het nationale kennisniveau) en hij greep elke kans aan om met zijn 'mede-intellectueel' Abelard van gedachten te wisselen. Hij bestookte hem met theorieën die waren opgebouwd uit vier delen Gobineau, vier delen Goddard en twee delen nazi-eugenetica. (Deze Duitse leer, verzekert hij Abelard, is intussen gemeengoed op het Europese vasteland. Aha, mompelt Abelard met een beleefd knikje.)

Wie van beiden het slimst was? Domme vraag. Abelard, de Cerebro del Cibao, zou hem met Tables & Ladders binnen twee seconden uit alle drie dimensies hebben weggevaagd.

schouwde. Het is een onbetwistbaar historisch feit: als je in Trujillo's DR tot de hogere kringen behoorde en je liet je lieftallige dochter in de nabijheid van El Jefe vertoeven, dan kon je er donder op zeggen dat ze binnen een week als een gelouterde prof met zijn ripio in de slag was. En dat had je dan maar te pikken. Iedereen wist dat dit de prijs was die je voor een leven in welstand betaalde, en geloof het of niet, er waren meer dan genoeg mannen, hombres de calidad y posición, die hun dochters uit eigen vrije wil aan de Mislukte Veedief aanboden.

Die mentaliteit was Abelard vreemd. Toen hij in de gaten kreeg wat er met Jacquelyn aan de hand was, toen hij zelfs zijn ziekste patiënten zag reikhalzen als ze voorbijliep, toen hij merkte dat ze verkeersopstoppingen veroorzaakte op de Calle El Sol, wist hij dat het tijd werd om haar thuis te laten. Hij verzette zich nog een tijdje, want het druiste tegen zijn karakter in om zo drastisch te zijn, maar toen hij op een ochtend zag hoe ze zich op een nieuwe schooldag voorbereidde, een kind nog, maar wel een kind dat op zekere plaatsen zowat uit haar uniform scheurde, wist hij dat er niks anders op zat.

Het was overigens geen sinecure om een rondborstige en reeënogige dochter voor Trujillo te verbergen. Alsof je de Ring verborgen hield voor Sauron. Dominicanen hebben de naam hitsig te zijn, maar El Jefe was hitsig tot de honderdste macht. Hij hield er talloze spionnen op na, die geen andere taak hadden dan de provincies af te stropen naar vers neukvlees voor de grote leidsman. Diens regime was eerst en vooral een culocratie, en het achterhouden van vrouwen en dochters gold min of meer als hoogverraad. Wie zijn muchacha niet snel genoeg prijsgaf, maakte kans op een verfrissend bad in een speciaal daartoe ingericht bassin met acht mensenhaaien. Dus vergis je niet, Abelard liep een geducht risico, zijn hoge aanzien ten spijt. Hij liet weliswaar niets aan het toeval over, liet zijn vrouw zelfs manisch-depressief verklaren door een bevriende psychiater, en liet die diagnose vervolgens kwistig uitlekken, maar gevaarlijk bleef het. Als Trujillo & Co erachter kwamen, zou dat voor hem (en voor Jacquelyns maagdenvlies) het einde betekenen.

Vandaar dat hem telkens het angstzweet uitbrak als hij bij een of andere plechtigheid in de rij stond en El Jefe kwam handenschuddend naderbij. In gedachten hoorde hij dan al die schelle stem: Dokter Abelard Cabral, waar is uw *beeldschone* dochter? Ik heb *veel* over haar gehoord!

Jacquelyn zelf had geen flauw idee van wat haar bedreigde. Ze was even argeloos als intelligent en niets stond verder van haar af dan de gedachte dat ze weleens verkracht kon worden door haar Illustere President. Al wat haar bezighield waren haar lessen in de Franse taal, omdat ze in het voetspoor van haar vader wilde treden met een buitenlandse medicijnenstudie. Aan de Faculté de Médecine de Paris! Om de nieuwe Madame Curie te worden! Als ze niet met haar neus in de boeken zat, oefende ze met haar vader of met huisbediende Esteban El Gallo, die in Haïti was geboren en nog steeds een uitstekend woordje fransoos sprak.[26] Kortom, zij noch haar zusje had enig besef van het gevaar. Zorgeloos als Hobbits waren ze. Blind voor de Schaduw die zich aan de einder verhief. Op dagen waarop hij niet in de kliniek of in zijn werkkamer hoefde te zijn, stond Abelard bij het tuinraam en bespiedde zijn spelende dochters tot zijn hartzeer hem te machtig werd.

Elke ochtend voor ze met haar lessen begon, pakte Jackie een schoon vel papier en schreef: *Tarde venientibus ossa.*

Voor de laatkomers, enkel de beenderen.

26 Na Trujillo's genocide op de Haïtianen en Haïtiaans-Dominicanen in 1937 zou de DR tot het eind van de jaren vijftig haitiano-luw blijven. Esteban was een uitzondering omdat hij er zo verdomd Dominicaans uitzag én omdat Socorro hem tijdens de genocide in het poppenhuis van haar dochter Astrid had verstopt. Vier hele dagen had hij er opgevouwen in doorgebracht, als een donkerhuidige Alice-pop.

Abelard besprak zijn zorgen met slechts drie personen. De eerste was uiteraard zijn vrouw. Socorro heette ze, en ook zij had formidabele kwaliteiten. Ze was een fameuze schoonheid uit het oosten (Higüey) en dus de bron van de uiterlijke pracht aan haar dochters. Als jonge vrouw had ze eruitgezien als een donkere Dejah Thoris, wat voor Abelard de voornaamste reden was geweest om het aanzienlijke standsverschil te negeren en de jacht op haar in te zetten. Maar haar verpleegkundige bekwaamheden hadden een nauwelijks minder voorname reden gevormd. Hij vond haar de beste verpleegster die hij ooit had meegemaakt, zijn tijd in Mexico incluis – en dat wilde heel wat zeggen, want de Mexicaanse gezondheidszorg was zowat heilig voor hem. Haar noestheid en encyclopedische kennis van volksgeneeskunde en huismiddeltjes maakten haar onmisbaar voor zijn praktijk. Maar haar reactie op zijn Trujillo-zorgen was typerend. Ze was een pientere, bedreven en hardwerkende vrouw die overal tegen kon en zelfs niet met haar ogen knipperde als ze met de bloedfontein uit de stomp van een afgehakte arm werd geconfronteerd, maar abstracter onheil, zoals de dreiging van Rotkops geslachtsdrift, weigerde ze domweg onder ogen te zien, zelfs als ze Jacquelyn in haar almaar nauwsluitender kleding hielp.

Waarom strooi je het praatje rond dat ik loca zou zijn? vroeg ze geërgerd.

Hij besprak de kwestie ook met zijn bijvrouw, señora Lydia Abenader. Na zijn terugkeer uit Mexico was zij de eerste van drie vrouwen geweest bij wie hij bot ving met een huwelijksaanzoek. Abelards vader, die haar graag als zijn schoondochter had gezien, had het hem nooit vergeven dat hij de deal niet rond had kunnen krijgen – tot op zijn wrokkige sterfbed was hij Abelard voor slappeling blijven uitmaken. Nu was Lydia weduwe en Abelards belangrijkste minnares.

De derde met wie hij erover sprak was zijn buurman en oude vriend Marcus Applegate Román, die dikwijls met hem meereed naar presidentiële plechtigheden omdat hij zelf geen auto kon rijden. Met Marcus was het meer een spontane gemoedsuitstorting op een moment dat zijn bezorgdheid hem te veel werd. Ze reden in het holst van een augustusnacht terug naar La Vega, over een oude mariniersweg uit de bezettingstijd, door de inktzwarte akkerlanden van de Cibao. De nacht was zo zwoel dat ze de ramen omlaag hadden en de constante stroom muggen, tot in hun neusgaten toe, voor lief namen. Abelard stak opeens van wal. In dit land blijft bijna geen enkele jonge vrouw voor aanranding gespaard, klaagde hij, en hij noemde ter illustratie het geval van een muchacha die kort daarvoor aan El Jefe was geofferd, de dochter van een gezamenlijke kennis, pas afgestudeerd aan de universiteit van Florida. Marcus hoorde het aan en zei niets terug. Een beangstigend stilzwijgen. Zijn gezicht was een schaduw in het duister van de Packard. Marcus was bepaald geen fan van de Jefe, die hij meer dan eens un bruto y un imbecil had genoemd, maar dat deed weinig af aan Abelards gevoel dat hij een levensgevaarlijke indiscretie had begaan. De Geheime Politie was overal en je kon niemand meer echt vertrouwen. Maar hij kon niet meer terug en zette door. Stoort jou dat niet? vroeg hij.

Marcus boog zich voorover om een sigaret op te steken, en toen hij zich weer oprichtte, zei hij: Daar kunnen wij niets aan veranderen, Abelard.

Maar stel je nu eens voor dat jouw gezin bedreigd werd, wat zou jij dan doen?

Ik zou ervoor zorgen dat ik lelijke dochters had.

Lydia's reactie was een stuk pragmatischer geweest. Ze had aan haar kaptafel haar stugge haar zitten borstelen, en hij had op bed gelegen, ook naakt, afwezig aan zijn ripio trekkend. Stuur haar naar de nonnen, had ze gezegd. Op Cuba, bedoel ik. Mijn familie zal wel voor haar zorgen.

Cuba was Lydia's droom. Het was haar Mexico. Altijd dromend van een terugkeer.

Maar daar heb ik een uitreisvergunning voor nodig.

Vraag die dan aan.

Maar als El Jefe die dan onder ogen krijgt?

Lydia legde met een nijdige tik haar borstel neer. Hoe groot is de kans daarop, Abelard?

Je weet maar nooit, zei hij. In dit land weet je het maar nooit.

Zijn vrouw was voor huisarrest, zijn bijvrouw was voor Cuba, en zijn beste vriend zei niks. Zijn ingeboren voorzichtigheid fluisterde hem in dat hij geen drieste besluiten moest nemen, dat hij af moest wachten tot de situatie concreter werd. En dat gebeurde aan het einde van het jaar.

Bij een van die eeuwigdurende presidentiële evenementen gaf El Jefe hem een hand, en toen gebeurde het, de nachtmerrie die uitkwam – in plaats van door te lopen bleef Trujillo staan, hield zijn vingers beet en vroeg met die schrille stem: U bent dokter Abelard Cabral, nietwaar? Abelard maakte een buiging. Uw dienaar, Excellentie. In nog geen nanoseconde brak het zweet hem uit. Hij wist wat er nu komen ging. De Mislukte Veedief had in al die jaren nog geen drie woorden tegen hem gezegd, dus wat kon er anders komen? Hij durfde niet van Trujillo's bepoederde gezicht weg te kijken, maar vanuit zijn ooghoeken zag hij de opgetogen spanning bij de hielenlikkers. Zij voelden dat er iets te gebeuren stond.

Ik heb u hier al vaak gezien, dokter, maar de laatste tijd zonder uw echtgenote. Bent u van haar gescheiden?

Ik ben nog steeds getrouwd, Excellentie. Met Socorro Hernández Batista.

Het doet me deugd dat te horen, zei El Jefe. Ik vreesde even dat u in un maricón was veranderd. Hij keerde zich grinnikend om naar zijn hielenlikkers. O, Jefe, gierden ze, u *bent* me er een!

Iemand met ballen zou misschien iets gezegd hebben om zijn eer te verdedigen, maar zo iemand was Abelard niet. Hij hield zijn mond.

Ik weet dat u geen maricón bent hoor, zei El Jefe terwijl hij met zijn knokkel een traan van jolijt wegveegde. U heeft twee dochters, heeft men mij verteld. Una que es muy bella y elegante, no?

Abelard had al tientallen antwoorden op deze vraag bedacht, maar wat hij zei kwam puur uit een reflex voort: Inderdaad, Jefe, ik ben vader van twee dochters. Maar mooi? Als je van vrouwen met een snor houdt, misschien.

El Jefe zweeg een ogenblik, en in dat martelende moment van stilte zag Abelard al voor zich hoe Jacquelyn bruut verkracht werd terwijl hijzelf aan een touw hing en in het haaienbassin werd neergelaten. Maar toen, o heerlijk wonder, verkreukelde Trujillo's gezicht en barstte hij in lachen uit. En Abelard lachte gul met hem mee. En Rotkop liep weer verder.

Toen Abelard die nacht thuiskwam, schudde hij zijn vrouw uit haar slaap opdat ze samen de Heer konden danken voor de redding van hun gezin. Het gekke was: Abelard had vele kwaliteiten, maar met gevatheid was hij bepaald niet gezegend, en niemand wist dat beter dan hijzelf. Het kwam zomaar bij me op, zei hij tegen zijn vrouw. Alsof het me werd aangereikt.

Door God, bedoel je?

Tja, zei Abelard, in ieder geval door *iemand*.

EN TOEN?

Drie maanden lang wachtte Abelard op het Begin van het Eind. Wachtte tot hij zou opduiken in de Foro Popular-rubriek van de krant. Spottende opmerkingen over 'een zekere bottendokter uit La Vega'. Want zo begonnen ze hun sloopwerk meestal, met onschuldig lijkende kritiek – dat je kleding uit de mode was of dat je vloekende kleuren droeg. Hij wachtte op een brief waarin hij ontboden werd voor een persoonlijke ontmoeting met de Jefe. Wachtte op de dag waarop zijn dochter niet van school zou komen. Hij viel ruim tien kilo af. Hij begon overmatig te drinken. Hij hielp bijna een patiënt om zeep met een ongelukkige uithaal van zijn scalpel. Het was dat Socorro de schade opmerkte voordat ze de sloeber dichtnaaiden, anders was het leed niet te overzien geweest. Hij ging dagelijks tegen zijn vrouw en dochters tekeer. Hij kreeg hem niet meer overeind bij zijn minnares. Maar de regentijd ging over in de hete tijd, en de kliniek bleef gewoon volstromen met zieken, gewonden en onmachtigen, en toen er na vier maanden nog steeds niks gebeurd was, durfde Abelard een voorzichtige zucht van verlichting te slaken.

Misschien, dacht hij bij zichzelf. Misschien.

SANTO DOMINGO CONFIDENTIAL

Het leven onder de Trujillato had veel weg van die beroemde aflevering van de *Twilight Zone* waar Oscar zo dol op was. Over een dorp met de naam Peaksville, dat van de buitenwereld is afgesneden en geterroriseerd wordt door een blank jongetje met goddelijke gaven. Anthony, zo heet het joch, is een ettertje met onvoorspelbare kuren. Alle inwoners zijn als de dood voor hem en verraden en bedriegen elkaar om maar niet de volgende te zijn die hij een misvorming bezorgt of, veel erger, *het maïsveld in stuurt.* Wat hij ook uitvreet, een eekhoorn drie koppen geven, de oogst verpesten met een sneeuwstorm of een uit zijn gratie geraakt vriendje de dood tegemoet sturen tussen de maïs, de bibberende dorpsbewoners moeten hem ervoor danken. Dat was heel goed van je, Anthony. Heel erg goed!

Tussen 1930 (toen de Mislukte Veedief de macht greep) en 1961 (het jaar waarin hij vol lood werd gepompt) was Santo Domingo het Peaksville van de Cariben, met Trujillo als Anthony en het volk in de rol van De Man Die In Een Speelgoedbeest Werd Veranderd. En mocht je nu meewarig met je ogen rollen: de vergelijking is geenszins overdreven. Geen tiran heeft ooit meer macht gehad en meer angst gezaaid dan Trujillo. De eikel heerste over Santo Domingo alsof het zijn persoonlijke bezit was, zijn eigen Midden-Aarde.[27] Hij zonderde het af achter het Plátano Gordijn en gedroeg zich als een plantagebaas die alles en iedereen zijn wil kon opleggen. Hij moordde naar hartenlust, zoons, broers, vaders en moeders. Hij liet vrouwen op hun trouwdag bij hun man weghalen en pochte vervolgens over de 'aangename bruidsnacht' die hij met ze had beleefd. Niets ontsnapte aan zijn Oog. Hij beschikte over een Geheime Politie die Stasiër was dan de Stasi en werkelijk iedereen in de gaten hield, thuis en overzee. Zijn veiligheidsapparaat was zo belachelijk *grondig*, dat als je 's ochtends om halfnegen iets negatiefs over hem zei, de kans groot was dat je nog voor tienen in de Cuarenta belandde en een stroomstok in je reet kreeg geramd. (Wie zei daar dat wij derdewereldbewoners niet efficiënt kunnen zijn?) Geen wonder, overigens, die grondig-

27 Waar Anthony zijn geesteskracht gebruikte om Peaksville van de buitenwereld af te sluiten, gebruikte Trujillo de macht van zijn ambt. Zijn eerste maatregel na het inpikken van het presidentschap was het afsluiten van het land – een geforceerde isolatie die we hier het Plátano Gordijn zullen noemen. Wat betreft de van oudsher poreuze grens met Haïti (die altijd meer schijn dan scheidslijn was geweest) stelde de Mislukte Veedief zich op als Dr. Gull in *From Hell.* Met een gruwelijk ritueel van bloed en stilte, machete en perejil, duisternis en ontkenning, maakte hij de grens tot iets wat veel meer was dan een lijn op de landkaart – een diepe kloof tussen de geschiedenissen en geesten van de respectieve bevolkingen. Na twee decennia was het Plátano Gordijn zo ondoordringbaar dat de meerderheid van de Dominicanen er niet eens weet van had dat de Geallieerden de Tweede Wereldoorlog hadden gewonnen. En zij die daar wel iets van hadden meegekregen, geloofden de propaganda dat Trujillo een voorname rol had gespeeld bij het verslaan van de jappen en moffen. Rotkops land had geen privater eigendom kunnen zijn als hij er een krachtenveld om had aangebracht. (Wie heeft er behoefte aan fantasykrachten als hij over de kracht van de machete kan beschikken?)

Volgens de meeste deskundigen wilde El Jefe de wereld buitensluiten, maar sommige wijzen erop dat hij minstens zo graag iets binnen wilde houden.

heid. Zoals iedere Heer van het Duister die zijn Schaduw waard is, mocht Trujillo zich verheugen in de welhaast perverse toewijding van talloze onderdanen.[28] De schattingen lopen uiteen, maar 42 tot 87 procent van de pueblo stond op de loonlijst van de Geheime Politie. Het gevolg was dat je eigen buren je konden aangeven omdat je was voorgekropen in de colmado, of iets bezat wat hun hebzucht had opgewekt. Onnoemelijk veel mensen gingen op die manier de vernieling in, verraden door lui die ze als panas beschouwden, door hun bloedeigen verwanten, door een ongelukkige verspreking. De ene dag zat je nog ontspannen op je galería noten te kraken, en de volgende dag zat je in de Cuarenta en werd je zelf met een notenkraker bewerkt. De paranoia liep zo hoog op dat velen geloofden dat El Jefe bovennatuurlijke gaven bezat. Er werd gefluisterd dat hij nooit sliep, dat hij nooit zweette, dat hij dingen op honderden kilometers afstand kon zien, ruiken of voelen, dat hij beschermd werd door de boosaardigste fukú op heel het eiland. (En dan vraag je je nog af waarom je ouders zo gesloten zijn, waarom je per toeval moest ontdekken dat je broer niet echt je broer is.)

Natuurlijk waren er ondanks dit alles mensen die voor hun mening durfden uit te komen, die hun verachting voor El Jefe in nauwelijks verhulde termen kenbaar maakten, die zich *teweerstelden*. Maar Abelard was daar de man niet naar. Hij leek in niets op zijn Mexicaanse collega's die zich voor alles interesseerden wat zich waar ook ter wereld afspeelde, die er rots-

28 In *La Era de Trujillo* geeft Galíndez een treffend voorbeeld van de trouw des volks. Toen een geschiedenisstudent bij zijn doctoraalexamen werd gevraagd de pre-Columbiaanse culturen van de Amerika's te beschrijven, begon hij met de stellige bewering dat veruit de belangrijkste pre-Columbiaanse cultuur 'de Dominicaanse Republiek in het tijdperk van Trujillo' was. Lachwekkend? Wat dacht je dan hiervan: de examencommissie vond dat ze hem niet konden laten zakken, want het antwoord getuigde hoe dan ook van inzicht in het historische belang van El Jefe.

vast van overtuigd waren dat verandering mogelijk was. Abelard droomde niet van de Revolutie. Het deed hem niets dat zijn oude studentenhuis in Coyoacán op een paar straten van de plek stond waar Trotski had gewoond en een ijspriem tussen zijn ogen had gekregen. Hij wilde alleen maar zijn patiënten bijstaan en dan weer snel de rust van zijn werkkamer opzoeken, zonder een kogel of het haaienbassin te hoeven vrezen. Zo heel af en toe vertelde iemand (meestal Marcus) hem over de laatste wandaad van Trujillo: een gegoede familie die was onteigend en verbannen, een gezin dat aan de haaien was gevoerd omdat een van de zoons een vergelijking had getrokken tussen Trujillo en Hitler, een vakbondsman die in Bonao onder verdachte omstandigheden om zeep werd geholpen. Abelard hoorde deze gruwelverhalen gelaten aan, liet een stilte vallen en bracht het gesprek op een ander onderwerp. Hij had niet de minste behoefte om zich in het lot van de Ongelukkigen te verdiepen. Hij hoefde beslist niet te weten wat er in Peaksville gebeurde. Hij wilde dat gepraat niet in zijn huis. Zijn zienswijze, noem het zijn Trujillo-filosofie, was dat je maar het best je kop omlaag, je mond dicht, je beurs open en je dochters verborgen kon houden. Nog een jaar of twintig, zo profeteerde hij, dan is Trujillo dood en wordt de DR vanzelf een democratie.

Maar profetieën bleken niet zijn sterke kant. Santo Domingo werd nooit een democratie. En die twintig stille jaren waren hem niet gegeven.

HET BESLUIT

1945 beloofde voor het gezin Cabral een groots jaar te worden. Abelard kreeg twee artikelen gepubliceerd, een in het prestigieuze [...] en een in een bescheidener medisch tijdschrift uit Caracas, maar met beide oogstte hij veel lof. De warenhuizen draaiden beter dan ooit, want het eiland profiteerde volop van de oorlogshausse en zijn bedrijfsleiders hadden de grootste moeite om de schappen gevuld te houden. Ook de landerijen leverden fikse winsten op, want de wereldwijde instorting van landbouwprijzen was nog veraf. De wachtkamer van de kliniek puilde uit en hij wist een aantal riskante operaties met grote chirurgische vaardigheid tot een glansrijk eind te brengen. Zijn dochters blaakten van gezondheid en Jacquelyn was voor het volgende studiejaar toegelaten op een befaamde kostschool in Le Havre – een prachtkans op ontsnapping. Zijn vrouw en bijvrouw droegen hem op handen. Zelfs het personeel wekte een welgedane indruk. Al met al had onze arts dus redenen te over om zeer met zichzelf ingenomen te zijn. Hij eindigde elke dag in zijn luie stoel met een cigarro in zijn mondhoek en een tevreden grijns op zijn bolle gezicht.

Het leven leek warempel *goed*.

Maar dat was het niet.

In februari was er weer eens een presidentieel evenement (de viering van, hou je vast, Onafhankelijkheidsdag) en ditmaal was de invitatie zeer expliciet gesteld. Voor dokter Abelard Luis Cabral én vrouw én dochter Jacquelyn. De gastheer had die laatste naam niet één-, niet twee-, maar driemaal onderstreept. Abelard ging zowat van zijn stokje toen hij het zag. Hij zat verslagen aan zijn bureau, voelde zijn hart tegen zijn slokdarm bonken en staarde bijna een uur naar het velletje van geschept papier, waarna hij het opvouwde en in zijn binnenzak stak.

De volgende ochtend zocht hij de gastheer op, die niet ver van Casa Hatüey woonde. De man stond bij zijn kraal en keek hoofdschuddend toe terwijl een paar knechten zijn dekhengst in actie probeerden te krijgen. Toen hij Abelard zag naderen, betrok zijn gezicht. Het gaat toch niet over die invitatie, hè? Die is me zo voorgeschreven door het Palacio. Abelard maakte voor de vorm nog even een praatje en toen hij weer naar zijn auto liep, hoopte hij dat het beven van zijn handen niet te zien was.

Hij zocht opnieuw het advies van Marcus en Lydia. (Thuis hield hij er zijn mond over omdat hij zijn vrouw, en in haar verlengde hun dochter, niet in paniek wilde brengen.)

Waar hij bij zijn eerdere gesprekken nog min of meer rationeel was geweest, was hij nu volkomen van streek. Tegen Marcus ging hij meer dan een uur tekeer over de wreedheid en onrechtvaardigheid van alles (zonder de naam van zijn kwelgeest te laten vallen, want *zo* overstuur was hij nu ook weer niet). Hij tierde aan één stuk door, wisselde machteloze woede af met onbedaarlijk zelfmedelijden, en uiteindelijk drukte Marcus een hand tegen zijn mond om ook iets te kunnen zeggen, maar hij tierde nog even verder. Waanzin is het! Pure waanzin! Ik ben het hoofd van mijn gezin! *Ik* bepaal wie er heen gaat en wie niet!

Je weet wel beter, Abelard, zei Marcus gelaten. Hij is de president en jij bent maar een arts. Als hij jouw dochter wil ontmoeten, kun je alleen maar gehoorzamen.

Maar dit is onmenselijk!

Wanneer is dit land ooit menselijk geweest, Abelard? Jij weet alles van geschiedenis, zeg het maar.

Lydia was zelfs nog minder meelevend. Ze las de invitatie, vloekte een binnensmondse *coño* en trok tegen hem van leer. Ik heb je gewaarschuwd, Abelard! Heb ik je niet gezegd dat je haar naar Cuba moest sturen toen het nog kon? Dan was ze bij mijn familie geweest, veilig en wel, maar je wilde niet en kijk wat ervan gekomen is. Nu heeft hij zijn Oog op je laten vallen.

Ik weet het, Lydia, ik weet het. Maar wat moet ik nu?

Jesú Cristo, Abelard, zei ze met bevende stem. Wat denk je dat je nog kunt? We hebben het over Trujillo hoor!

Toen hij weer thuiskwam, keek het portret van El Jefe, dat bij elk fatsoenlijk gezin aan de muur hing, met boosaardige welwillendheid op hem neer.

Misschien hadden ze nog een kans gehad als onze dokter het devies van zijn oudste dochter ter harte had genomen (*Tar-*

de venientibus ossa) – als hij zijn gezin aan boord van een boot naar Puerto Rico had gesmokkeld, of met vrouw en kinderen over de Haïtiaanse grens was geglipt. Maar helaas, in plaats van te handelen bleef Abelard kniezen en talmen en piekeren. Hij kon geen hap meer door zijn keel krijgen, deed geen oog meer dicht en liep de hele nacht door het huis te ijsberen. Het gewicht dat hij er in de voorgaande maanden aan had gegeten, vloog er weer af. Hij zocht zo vaak als hij kon het gezelschap van zijn dochters op. Jackie, zijn oogappel, kende intussen alle straten van de Franse wijk uit haar hoofd, en haar bevallige voorkomen had haar het verbluffende aantal van twaalf huwelijksaanzoeken opgeleverd. Ze had daar zelf weliswaar geen weet van, omdat elk aanzoek keurig aan Abelard en zijn vrouw was gericht, maar toch. De tienjarige Astrid ging meer en meer op haar vader lijken, qua karakter zowel als uiterlijk. Ze was dus minder mooi dan haar oudere zus, maar had een goed stel hersens en een optimistische inslag, speelde ongehoord mooi piano en was Jacquelyns bondgenoot, steun en toeverlaat. De zusjes verwonderden zich over alle aandacht die ze van hun vader kregen. Ben je gestopt met werken, Papi? Hij schudde zijn hoofd en keek ze aan met een droeve blik in zijn ogen. Nee, ik vind het gewoon prettig om tijd met jullie door te brengen.

Wat is er toch met je? vroeg zijn vrouw voortdurend. Maar hij weigerde op die vraag in te gaan. Laat me met rust, mujer.

Hij voelde zich ten slotte zo beroerd dat hij zijn toevlucht begon te zoeken in de kerk, iets wat hij nooit eerder had gedaan (en het was ook een weinig voor de hand liggende stap, want iedereen wist dat de geestelijkheid en Trujillo vier handen op één buik waren). Hij ging bijna elke dag te biecht en had urenlange gesprekken met de priester, maar die had geen andere tips dan te bidden en op de Heer te vertrouwen en de ene kaars na de andere te branden.

Hij dronk intussen drie flessen whisky per dag.

Abelards Mexicaanse vrienden hadden hun geweer gepakt om verhaal te gaan halen in het Palacio (althans, dat idee had hij van hen), maar daarvoor aardde hij zelf te veel naar zijn vader, die Trujillo nooit een strobreed in de weg had gelegd. Toen het leger in 1937 met de uitroeiing van alle Haïtianen begon, had zijn vader daarvoor zijn paarden ter beschikking gesteld; en toen hij niet één paard terugkreeg, had hij dat zonder een woord van protest aanvaard en als een vorm van bedrijfskosten beschouwd.

Abelard bleef drinken en tobben. Hij verwaarloosde Lydia. Hij trok zich steeds langer terug in zijn werkkamer en wist zichzelf ten slotte wijs te maken dat er niets zou gebeuren als hij Socorro en Jacquelyn meenam. Hij werd alleen maar op de proef gesteld, dat was alles. Maar toen hij zijn vrouw en dochter vertelde dat ze ook op de Onafhankelijkheidsviering werden verwacht, verzweeg hij dat Trujillo er aanwezig zou zijn. Om ze niet nodeloos ongerust te maken. Hij verfoeide zichzelf om zijn leugenachtigheid, maar wat kon hij anders?

Tarde venientibus ossa.

Jackie was zo opgetogen! Het werd haar eerste grote feest. Haar moeder nam haar mee om een nieuwe jurk te kopen, en haar haar te laten doen in de kapsalon, en nieuwe schoenen te kopen. Ze kreeg zelfs een paar oorbellen met echte parels. Socorro hielp haar dochter bij alle voorbereidingen, zonder enige argwaan. Maar een week voor het feest kreeg ze opeens nachtmerries waarin ze terug was in de stad waar ze als meisje was opgegroeid (voordat ze geadopteerd werd door een tante die haar Helende Gave zag en haar naar de verpleegstersschool stuurde). Ze tuurde over de stoffige, met frangipanes omzoomde weg die naar de hoofdstad voerde, en vanuit de van hitte trillende verte naderde een mannengedaante die zo'n angst bij haar opriep dat ze met een gil ontwaakte. Abelard sprong in paniek uit het bed naast haar en zelfs de meisjes schrokken wakker in hun kamer. Ze had die droom de hele week, elke nacht opnieuw, als een wekker die bleef afgaan.

Op de dag voor het feest deed Lydia hem het voorstel om samen met de stoomboot naar Cuba te vluchten. De kapitein was een kennis van haar en had zich bereid verklaard om hen mee te smokkelen. Ze was ervan overtuigd dat het zou lukken. Zodra we er zijn, laten we je dochters overkomen.

Dat kan ik niet doen, zei hij hoofdschuddend. Ik kan mijn gezin toch niet in de steek laten?

Lydia draaide zich weer om en ging verder met het borstelen van haar haar. Ze zeiden geen van beiden nog iets.

Op de middag voor het feest stond Abelard mismoedig bij de auto toen hij zijn oudste dochter in de salon zag staan. Ze had haar feestjurk al aan, boog zich over een van haar talloze Franse boeken, en o wat was ze mooi. De volmaakte schoonheid. De volmaakte jeugd. En op dat moment kwam hij tot inzicht. Het was niet zo'n openbaring waarmee de letterkunde doorspekt is, geen lichtflits of bonte stralenkrans of woeste gemoedsbeweging, maar dramatisch was het niettemin. Hij wist het opeens heel zeker. Wist dat hij het *niet* moest doen. Hij zei zijn vrouw dat ze het vergeten kon. Ze ging niet mee. En daarna zei hij Jacquelyn hetzelfde. Hij negeerde hun verontwaardigde tegenwerpingen, stapte in zijn auto, haalde Marcus op en reed naar het feest.

Waar is je dochter? vroeg Marcus.

Die gaat niet mee.

Marcus schudde zijn hoofd en zweeg.

Toen Trujillo de rij afging om handen te schudden en bij Abelard kwam, keek hij hem doordringend aan. Snoof de lucht op als een kat. En uw vrouw en dochter?

Abelard beefde als een riet maar wist zijn gezicht in de plooi te houden. Hij voelde de verandering die nu komen ging. Mijn oprechte verontschuldigingen, Excellentie, maar ze konden helaas niet aanwezig zijn.

Trujillo's varkensoogjes vernauwden zich. Aha, zei hij ijzig.

Hij maakte een wegwerpgebaar en liep verder.

Niemand durfde Abelard zelfs maar aan te kijken. Ook Marcus niet.

DE ONHEILSGRAP

Nog geen vier weken na het feest werd dokter Abelard Luis Cabral opgepakt door de Geheime Politie, wegens 'smaad en laster jegens de persoon van de president'.

Als we de verhalen mogen geloven, had het met een grap te maken.

Op een middag, kort na Onafhankelijkheidsdag, reed Abelard (die, dat had ik geloof ik nog niet verteld, een gedrongen man was met een verrassend grote lichaamskracht, een baard en dicht bijeenstaande maar levendige ogen) in zijn oude Packard naar Santiago om daar een secretaire te kopen voor zijn vrouw, en natuurlijk meteen even langs te wippen bij zijn minnares. Hij was nog altijd aangedaan door het feest, wat ook goed te merken was aan zijn onverzorgde voorkomen en afwezige houding. De koop van de secretaire verliep zonder problemen en hij tilde het ding eigenhandig op het dak van zijn auto, waarna hij het vastzette met touw en aanstalten maakte om Lydia te gaan opzoeken. Maar net voor hij kon instappen werd hij aangesproken door twee 'bekenden' die hem uitnodigden voor een hartversterking in Club Santiago. Waarom hij meeging? Wie zal het zeggen? Misschien wilde hij geen argwaan wekken, of anders maakten uitnodigingen hem nu misschien zo bang dat het niet meer bij hem opkwam om ze af te slaan. Hoe het ook zij, hij zat urenlang in de club, waar hij aan een akelig voorgevoel probeerde te ontkomen door honderduit over geschiedenis, geneeskunst en Aristofanes te praten, en heel veel te drinken en behoorlijk aangeschoten te raken. En toen de avond op zijn eind liep, vroeg hij de 'jongens' of ze hem even wilden helpen om de secretaire van het dak van zijn auto naar de kofferbak te verplaatsen, wat hem toch veiliger leek, want anders moesten zijn bedienden het ding thuis losmaken en van de auto tillen, en daar waren ze veel te klunzig voor. De muchachos wilden hem natuurlijk graag ter wille zijn. En toen hij even later met zijn sleuteltjes stond te prutsen om het deksel van de kofferbak open te krijgen, zei hij op luide toon: Nou maar hopen dat er geen lijken in liggen! Dat hij deze woorden daadwerkelijk sprak, werd naderhand door niemand betwist. Hij gaf het zelf ook toe bij het verhoor.

De kofferbakgrap wekte een zekere verlegenheid bij de 'jongens', aangezien het automerk Packard een nogal beruchte plaats inneemt in de Dominicaanse geschiedenis. Het was de auto waarvan Trujillo zich in zijn beginjaren bediende bij het terroriseren van zijn pueblo. Na de grote orkaan van '31, bijvoorbeeld, reden zijn trawanten massaal naar de vuren waarin de lijken werden verbrand van hen die bij het natuurgeweld waren omgekomen. Daar maakten ze dan de kofferbak van hun Packard open en haalden er 'orkaanslachtoffers' uit die opvallend droog waren en pamfletten van de oppositiepartij in hun dode vingers hadden. Wat een wind, hè? zeiden de trawanten dan. Bij deze hier is er een kogel dwars door zijn kop gewaaid, ha ha!

Wat er vervolgens gebeurde is tot de huidige dag het voorwerp van felle discussies. Vast staat dat Abelard na het openen van de kofferbak zijn hoofd onder het deksel stak en riep: Nee hoor, geen lijk te bekennen! Een flauwe grap, misplaatst zelfs, maar natuurlijk geen laster of smaad. Maar toen...

In Abelards eigen versie konden zijn vrienden er wel om lachen, werd de secretaire ingeladen en reed hij weg naar zijn appartement in Santiago, waar Lydia op hem wachtte (tweeënveertig jaar oud maar nog altijd mooi en nog steeds ongerust over zijn dochter). De aanklager en zijn anonieme 'getuigen' stelden echter dat het net iets anders was gegaan: na het openen van de kofferbak van zijn Packard had dokter Abelard Luis Cabral de volgende woorden gesproken: Nee hoor, geen lijk te bekennen! *Trujillo heeft ze er zeker al uit gehaald.*

Einde citaat.

ALS JE HET MIJ VRAAGT

... is dit de belachelijkste jeringonza uit de Caribische geschiedenis. Maar de jeringonza van de één is het leven van de ander.

DE ONDERGANG

Hij bracht die nacht door met Lydia. Het was een moeilijke tijd voor hen. Tien dagen daarvoor had Lydia hem verteld dat ze zwanger was. Ik ga je een zoon schenken! had ze gejubeld. Maar twee dagen later was de zoon indigestie of iets van dien aard gebleken. Aan de ene kant een opluchting voor Abelard, die al genoeg aan zijn hoofd had (en het had voor hetzelfde geld ook een dochter kunnen worden), maar aan de andere kant een teleurstelling, want een zoon zou hij toch wel schitterend hebben gevonden – daar zouden de beroerde omstandigheden niets aan hebben afgedaan, noch het feit dat de carajito een kind van zijn bijvrouw was geweest. Hij wist dat Lydia al heel lang naar iets snakte wat hun relatie 'echt' zou maken, dat van hen samen zou zijn. Ze had hem al talloos vele malen gevraagd zijn vrouw te verlaten en met haar verder te gaan, en dat leek ook wel aanlokkelijk als hij in Santiago met haar in bed lag, maar hij hoefde maar thuis te komen en zijn dochters te zien of de gedachte vervloog. Hij was een voorspelbaar mens, en zeer gesteld op zijn voorspelbare geneugten. Maar Lydia gaf nooit op, bleef proberen hem te doen inzien dat liefde nu eenmaal liefde was en boven al het andere moest worden gesteld. Ze hield zich kranig toen hun zoon vals alarm bleek (Waarom zou ik deze borsten willen verpesten? zei ze lachend), maar hij voelde hoe ontgoocheld ze was. Hij was het zelf ook. Hij had warrige dromen vol nachtelijk kindergehuil. Ze speelden in het eerste huis van zijn vader en drukten hun stempel op zijn wakende uren. Het was geen opzet geweest, maar na het droeve nieuws had hij Lydia dagenlang gemeden. Hij had gezopen als een ketter (bang, denk ik, dat zijn fantoomzoon anders zijn hart zou breken), maar gaandeweg was hij de begeerte van weleer gaan voelen – de wellust die hem had doen duizelen bij hun eerste ontmoeting op de verjaardag van zijn neef Ámilcar, toen ze beiden nog jong en slank waren, en het leven nog vol belofte.

Voor het eerst sinds tijden spraken ze met geen woord over Trujillo.

Dat was lang geleden zeg, fluisterde hij in die laatste zaterdagnacht. Hoe hebben we het zo lang kunnen uithouden?

Zo moeilijk is dat niet hoor. Ze plukte aan het vel van haar buik. We zijn klokken, Abelard. Geduldig tikkende klokken.

Hij schudde zijn hoofd. Je vergist je, mi amor, we zijn veel meer dan dat. Wonderen zijn we.

Tja, ik zou het verhaal graag in dit ene moment laten doorspelen. Ik wou dat ik Abelard een tevreden man kon laten blijven, maar helaas. In de week die volgde openden zich twee nucleaire ogen boven Hiroshima en Nagasaki, en hoewel niemand het nog besefte, werd de wereld opnieuw geschapen. Nog geen twee dagen nadat de bommen Japan voor eeuwig hadden verminkt, droomde Socorro dat de man uit haar terugkerende droom zich over het bed van haar echtgenoot boog. Hij had geen gezicht, die man. Ze wilde gillen, maar haar keel zat dicht. De nacht daarop droomde ze dat hij zich ook over de bedden van haar dochters boog.

Ik blijf maar nachtmerries houden, zei ze tegen Abelard,

maar hij legde haar met een handgebaar het zwijgen op. Urenlang tuurde ze naar de weg die voor Casa Hatüey langs liep. Ze begon kaarsen te branden in haar kamer. En in Santiago kust Abelard de handen van Lydia, en ze slaakt een verzaligde zucht, en de geallieerde Eindoverwinning is aanstaande, en zo ook het moment waarop twee mannen van de Geheime Politie in een glanzende Chevrolet stappen en naar Abelards huis rijden. De Ondergang is daar.

DETENCIÓN

Toen de mannen van de Geheime Politie (die toen nog geen SIM heette, maar voor het gemak zullen we dat acroniem hier wel gebruiken) hem in de boeien sloegen, was dat de schok van zijn leven – maar dit alleen omdat hij nog niet weten kon dat hij de volgende negen jaar de ene schok van zijn leven na de andere zou beleven. Heren, alstublieft, smeekte hij toen hij over zijn eerste verbijstering heen was, laat me nog een briefje voor mijn vrouw achterlaten. Daar zorgt Manuel wel voor, zei SIMiaan Número Uno, en hij wees naar zijn breedgeschouderde collega die speurend door de kamer liep. Het laatste wat Abelard van zijn huis zag toen hij naar de auto werd gevoerd, was Manuel die met geoefende nonchalance door zijn bureauladen rommelde.

Abelard had zich de agenten van de SIM altijd voorgesteld als ongeletterd tuig, maar deze twee mannen waren opmerkelijk beleefd en deden eerder aan handelsreizigers in stofzuigers denken dan aan sadistische beulen. SIMiaan Número Uno verzekerde hem onderweg dat de 'kwestie' snel zou worden opgehelderd. We hebben dit soort dingen wel vaker bij de hand, legde Número Uno uit. Iemand heeft u iets kwalijks in de schoenen geschoven, maar dat zullen we ongetwijfeld kunnen ontzenuwen.

Dat hoop ik dan maar, zei Abelard half verontwaardigd en half in doodsangst.

No te preocupes, zei SIMiaan Número Uno. El Jefe duldt niet dat er in ons land onschuldigen achter de tralies verdwijnen.

Número Dos zweeg de hele tijd. Abelard zag dat zijn pak nogal smoezelig was, en hij merkte dat beide mannen naar whisky roken. Hij probeerde kalm te blijven, want angst (zo leert *Dune* ons) is de moordenaar van je geest, maar dat lukte niet echt. Hij zag voor zich hoe zijn vrouw en dochters herhaaldelijk werden verkracht. Hij zag zijn huis in lichterlaaie. Het was dat hij kort voor zijn arrestatie naar het toilet was geweest, anders had hij in zijn broek gepist.

Ze waren binnen de kortste keren in Santiago (iedereen die ze voorbijreden keek nadrukkelijk de andere kant op) en reden er naar het Fortaleza San Luis. Toen ze door de poort van dat beruchte gebouw reden, voelde Abelard de scherpe rand van zijn angst in een blinkend mes veranderen. Bent u er zeker van dat ik degene ben die u zocht? Hij was zo bang dat zijn stem ervan kraakte. Maakt u zich geen zorgen, dokter, zei Número Dos, u bent hier op de juiste plek. Het waren de eerste woorden die hij sprak. Abelard was er al van uitgegaan dat hij doofstom was. Nu ze binnen het fort waren, was het Número Dos die glimlachte en keek Número Uno gespannen uit het raam.

De beleefde SIM-mannen droegen hem over aan een paar niet-zo-beleefde cipiers, die hem zijn schoenen ontnamen, zijn portefeuille, zijn riem en zijn trouwring, waarna ze hem in een kantoortje afleverden waar een andere cipier het papierwerk zou doen. Het was er heet en benauwd. Er hing een zware rottingsgeur. Zijn arrestatie werd niet toegelicht, zijn vragen en verzoeken werden genegeerd, en toen hij met stemverheffing vroeg waarom hij zo behandeld werd, boog de cipier zich over zijn schrijfmachine heen en gaf hem een vuistslag. Achteloos bijna, alsof hij naar een pakje sigaretten reikte. Abelard drukte zijn geboeide handen tegen zijn mond en ontdekte dat de zegelring van de cipier zijn onderlip had gekloofd. De pijn was zo intens en zijn ongeloof zo groot dat hij slechts *Waarom?* kon stamelen, waarop de cipier opnieuw opveerde en hem nu vol op zijn voorhoofd raakte. Omdat wij hier de vragen stellen, zei hij. Hij draaide een nieuw formulier in zijn schrijfmachine en keek of het wel goed recht zat. Het bloed liep tussen Abelards vingers door en hij begon te snikken, en de cipier grinnikte en riep zijn collega's uit de belendende kantoortjes erbij. Moet je zien wat een jankerd ik hier heb!

Even later werd Abelard een algemene arrestantencel in geduwd, die naar malariazweet en diarree stonk en gevuld was met onguur ogende leden van wat Broca de 'criminele stand' noemde. Toen de cipiers de deur weer op slot hadden gedraaid, deelden ze de andere gevangenen mee dat Abelard homoseksueel en communist was. Dat is *niet* waar! schreeuwde hij. Maar wie gelooft een communistische flikker? In de uren die volgden werd Abelard danig gemolesteerd en stukje bij beetje ontkleed. Een zwaargebouwde cibaeño eiste zelfs zijn onderbroek op, en toen Abelard die prijsgaf, trok hij hem over zijn broek heen aan. Son muy cómodos, liet hij zijn vrienden weten. Abelard werd gedwongen om naakt bij de strontpotten te gaan zitten, en als hij stiekem probeerde weg te kruipen, schreeuwde iedereen: Quédate ahí con la mierda, maricón! Dus zo sliep hij in, tussen de stront, de pis en de vliegen, en hij werd een paar maal wakker door een grapjas die hem een drol probeerde te voeren. Eten mocht hij niet van zijn celgenoten. Ze namen hem drie dagen achtereen zijn karige porties af. Pas op de vierde dag kreeg een eenarmige zakkenroller medelijden met hem en kon hij ongestoord een hele banaan eten. Hij probeerde zelfs de schil weg te krijgen, zo'n honger had hij.

Arme Abelard. Laat op de avond van die vierde dag werd hij eindelijk uit de cel gehaald voor nadere ondervraging. De anderen sliepen al toen een stel cipiers hem beetgreep en meesleurde naar een kleine, slecht verlichte kamer waar hij met leren riemen op een tafel werd gebonden. En hij ratelde ondertussen aan één stuk door. Alstublieft dit is een jammerlijk misverstand ik kom uit een zeer voorname familie en ik verzoek u met klem mijn vrouw op de hoogte te stellen en mijn advocaten die ongetwijfeld in staat zullen zijn om deze zaak de wereld uit te helpen ik ben hier schandalig behandeld en eis een gesprek met uw commandant. Hij vergat er zowat adem bij te halen, en hij viel pas stil toen hij het elektrische apparaat zag dat de cipiers in gereedheid stonden te brengen. Hij staarde ernaar en zijn maag kromp samen van angst, maar ondanks die angst speelde zijn spreekwoordelijke weetgierigheid op en hij vroeg: Wat is dat in godsnaam?

Wij noemen het de pulpo, zei een van de cipiers.

Ze lieten hem de rest van die nacht zien hoe het werkte.

Het duurde drie dagen eer Socorro uitvond waar haar man was, en nog eens vijf dagen eer ze toestemming uit de hoofdstad kreeg om hem te bezoeken. De bezoekruimte waar ze op Abelard moest wachten, had veel weg van een latrine. De enige verlichting was een sputterende olielamp en het leek alsof de hoeken door een groot aantal mensen waren volgescheten – een opzettelijke vernedering natuurlijk, maar Socorro was veel te ongerust om zich dat te realiseren. Nadat ze bijna een uur had gewacht (een andere señora zou haar beklag hebben gedaan, maar Socorro verdroeg de stank en het halfdonker en het ontbreken van een stoel met een uit angst geboren onverschilligheid) werd Abelard met geboeide handen binnengebracht. Hij droeg een onderhemd dat hem veel te klein was en een broek die hem veel te klein was. Hij schuifelde alsof hij bang was iets te laten vallen. Hij zat pas een ruime week vast maar zag er al deerniswekkend uit. Twee blauwe ogen, beurse plekken op zijn handen, armen en hals, en zijn gescheurde lip was monsterlijk opgezwollen. De voorgaande nacht was hij opnieuw ondervraagd en de cipiers hadden hem met bullenpezen bewerkt. Een van zijn testikels zou blijvend verschrompelen door de klappen die hij had gekregen.

Arme Socorro. Rampspoed was zo ongeveer haar levensverhaal. Haar moeder was doofstom en haar aan de drank geraakte vader had het vermogen van zijn middenstandsgezin tarea voor tarea verbrast, tot ze niets meer bezaten dan wat kippen en een vervallen huisje en hij als dagloner moest gaan werken. Het verhaal ging dat hij nooit over de aanblik heen was gekomen van zijn vader die werd doodgeslagen door een buurman die brigadier bij de politie was. Socorro kreeg derhalve een jeugd van overgeslagen maaltijden en afdankertjes van haar nichten. Haar vader kwam drie, vier keer per jaar voor een dag of wat naar huis en sprak dan met niemand, lag alleen maar stomdronken op zijn bed. Als muchacha had Socorro last van haar 'zenuwen' en rukte soms zomaar handenvol haar uit haar hoofd. Ze was zeventien toen ze Abelards aandacht trok als leerling-verpleegster, maar begon pas te menstrueren toen ze al een jaar getrouwd waren. Zelfs als volwassene overkwam het haar nog dat ze midden in de nacht wakker schrok in de overtuiging dat het huis in brand stond, van kamer naar kamer holde en overal een vuurzee verwachtte. Als Abelard haar voorlas uit zijn kranten, ging haar belangstelling vooral uit naar aardbevingen, epidemieën, overstromingen en scheepsrampen.

Wat had ze verwacht, in dat uur wachten waarin ze onophoudelijk aan de knoopjes van haar jurk had gefrunnikt en de riem van haar handtas had verschoven en gevoeld had of haar hoed van Macy's nog wel recht op haar hoofd stond? Een gehavende echtgenoot, zeker. Un toyo, zelfs dat. Maar niet deze Abelard die totaal verwoest leek, die schuifelde als een oude man, in wiens ogen een radeloze angst glom. Dit was veel erger dan haar apocalyptische geest ooit had kunnen bedenken. Dit was de Ondergang.

Toen ze haar handen op zijn schouders legde, begon hij gierend te huilen. De tranen stroomden over zijn wangen terwijl hij alles probeerde te vertellen wat hem was aangedaan.

Het was niet lang na dit bezoek dat Socorro tot de ontdekking kwam dat ze zwanger was. Van Abelards Derde en Laatste Dochter.

Zafa of Fukú?

Zeg het maar.

Er zou altijd gespeculeerd blijven worden. Had hij het nu wel gezegd of niet? (Oftewel: Had hij zijn ondergang nu wel of niet zelf teweeggebracht?) Zelfs de familie was verdeeld. Zijn nicht La Inca was er heilig van overtuigd dat hij niets had gezegd, dat het een complot van Abelards vijanden was om hem en zijn gezin van hun geld en bezittingen te beroven. Maar anderen waren niet zo zeker. Hij had waarschijnlijk toch wel *iets* gezegd, die avond in Club Santiago, en dat was toevallig opgevangen door agenten van de Jefe. Geen complot, een combinatie van onachtzaamheid en dronkenschap. En alles wat daarna kwam? Que sé yo, gewoon stomme pech.

Er zijn nogal wat mensen die er een bovennatuurlijke draai aan geven. Zij geloven dat Trujillo op Abelards dochter uit was en dat hij, toen hij zijn zin niet kreeg, een joekel van een fukú op het gezin legde. Dat ze daarom al die ellende hebben meegemaakt.

Maar wat was het nou? vraag jij misschien. Toeval, een complot of een fukú? Helaas, die vraag zul je voor jezelf moeten beantwoorden. Het enige wat zeker is, is dat niets zeker is. Stilte omgeeft ons op dit punt. Trujillo & Co hebben geen documentatie nagelaten waaruit we iets zouden kunnen opmaken – ze misten de lust tot boekstaven van hun Duitse tegenhangers. En de fukú schrijft ook geen memoires, weet je. Aan de nog levende Cabrals hebben we evenmin iets. Over alles wat met Abelards gevangenschap en de daaruit voortvloeiende onttakeling van de clan te maken heeft, bewaren ze een stilzwijgen waarmee ze elke sfinx de loef afsteken. Een fluistering hier en daar, meer niet.

Kortom, als je een mooi afgerond verhaal wilt, moet ik je teleurstellen. Oscar was in zijn laatste dagen ook op zoek naar antwoorden. Of hij ze gevonden heeft? Wie zal het zeggen?

Maar laten we wel wezen, het eiland wemelt van de verhalen over De Meid Die Door Trujillo Werd Begeerd.[29] Als plank-

29 Hier lijkt me het verhaal op zijn plaats van Anacaona, oftewel de Gouden Bloem, een van de oermoeders van de Nieuwe Wereld, en de mooiste indiaanse ooit. (De Mexicanen mogen hun Malinche hebben, wij Dominicanen hebben Anacaona.) Anacaona was de vrouw van Caonabo, een van de vijf caciques die over ons eiland heersten toen de Admiraal het 'ontdekte'. In zijn verslagen beschrijft Bartolomé de las Casas haar als een 'wijze vrouw met groot gezag, uiterst hoffelijk en meer dan gracieus'. Andere ooggetuigen zeiden het bondiger: Een bloedmooi wijf dat ballen had en van wanten wist. Toen de Spanjaarden Hannibal Lectertje begonnen te spelen met de Taíno, vermoordden ze Anacaona's man als een van de eersten (een verhaal op zich) en zoals het een krijgsvrouw betaamt, riep ze haar volk op tot verzet, maar de Spanjaarden waren niet te stoppen en richtten bloedbad na bloedbad na bloedbad aan. Na haar gevangenneming probeerde ze een dialoog op gang te brengen met de woorden: 'Moord strekt niemand tot eer en geweld leidt slechts tot meer geweld. Laat ons een brug van liefde slaan, opdat wij nader tot elkaar kunnen komen en opdat anderen in ons voetspoor kunnen treden.' Maar de Spanjaarden waren niet echt in de stemming voor bruggen en het betreden van voetsporen. Na een schijnproces hingen ze de dappere Anacaona op. In de schaduw van een van de eerste kerken in Santo Domingo. The End.

De legende wil dat haar op de avond voor haar terechtstelling een kans op lijfsbehoud werd geboden – ze zou worden vrijgelaten als ze met een Spanjaard trouwde die smoorverliefd op haar was. (Zie je de overeenkomst? Trujillo wilde de gezusters Mirabal, de Spanjaard wilde Anacaona.) Stel een hedendaagse Dominicaanse voor zo'n keus, en ze weet niet hoe snel ze zich bij het altaar moet melden. Maar Anacaona was hopeloos ouderwets en schijnt te hebben geantwoord dat de blanken haar bruine reet konden likken, of woorden van die strekking. En dat was het einde van Anacaona, oftewel de Gouden Bloem, een van de oermoeders van de Nieuwe Wereld, en de mooiste indiaanse ooit.

ton zijn ze, die verhalen. (Niet dat er plankton op het eiland voorkomt, maar je begrijpt wel wat ik bedoel.) Zo talrijk dat Mario Vargas Llosa zijn muil maar hoefde te openen om ze uit de lucht te zeven. Je hoort ze overal, en hun populariteit is begrijpelijk, want ze verklaren alles. Nam Trujillo jullie je huizen en bezittingen af en stopte hij je ouders of grootouders in de gevangenis? Dan zal hij wel geil zijn geweest op de dochter des huizes en werd die niet aan hem uitgeleverd!

Het maakt in één klap alles duidelijk, en het leest nog prettig weg ook.

Maar in Abelards geval is er nog een andere, veel minder gebruikelijke verklaring. Een geheime overlevering die van een heel andere oorzaak spreekt dan een ongepaste grap of Jacquelyns culo.

Volgens deze versie raakte hij in de problemen door een boek.

(Hoor je het? De theremin begint te spelen...)

In de loop van 1944, aldus het verhaal, toen Abelard zich alleen nog maar zorgen maakte over zijn relatie met Trujillo, begon hij aan een boek over hem. Op zichzelf was dat niet uniek, want in 1945 zou de ene na de andere uitgeweken hotemetoot met een zwartboek op de proppen komen, maar het verhaal wil dat Abelard het over een heel andere boeg gooide. Als we het gefluister mogen geloven, werkte hij aan een exposé over de bovennatuurlijke achtergronden van het regime! Een boek over de Duistere Krachten van El Jefe. Een boek waarin hij zou betogen dat al die geruchten over de president (dat hij bijzondere gaven had, dat hij geen gewone sterveling was) weleens een kern van waarheid konden hebben. Dat het zeer wel mogelijk was dat Trujillo, zo niet in feite dan toch in wezen, uit een andere wereld afkomstig was!

Het zou de moeder van alle toverboeken zijn geworden. Jezus, als ik die shit eens had kunnen lezen. (En ik hoef je niet te vertellen hoe graag *Oscar* het had gelezen.) Maar helaas, het verhaal wil dat het manuscript na Abelards arrestatie 'zoekraakte'. Er waren geen kopieën en geen van zijn vrienden had hem er ooit over gehoord. Zelfs zijn vrouw en dochters wisten er niets van. Alleen een bediende die hem (in het diepste geheim) geholpen had met het verzamelen van alle legendes en geruchten.

Tja, wat moet ik ervan zeggen? In de DR is een verhaal pas een *verhaal* als het een bovennatuurlijk tintje heeft, dus dit verhaal zal altijd wel verteld blijven worden, zelfs door mensen die er niks van geloven. Oscar vond het uiteraard een uiterst aantrekkelijke versie van de Ondergang. Het raakte hem recht in zijn sf&f-hart. Een geheimzinnig manuscript, een bovennatuurlijke of misschien zelfs wel buitenaardse dictator die het Eerste Eiland van de Nieuwe Wereld in zijn greep nam en van de buitenwereld afsneed, die zijn vijanden vloeken kon opleggen waar ze aan kapotgingen – pure Lovecraft was het.

Het Verloren Boek van Abelard Luis Cabral. Persoonlijk houd ik het erop dat het ontsproten is aan de overspannen voodoo-verbeelding van ons eiland. De Meid Die Door Trujillo Werd Begeerd mag dan een stuk banaler zijn, het is tenminste wel een verklaring waar je geloof aan kunt hechten, nietwaar? Banaal, maar wel reëel.

En toch.

Het is eigenaardig dat Trujillo nooit achter Jackie is aan gegaan, ondanks dat hij Abelard achter de tralies had. Hij stond weliswaar bekend om zijn grilligheid en onvoorspelbaarheid, maar eigenaardig blijft het.

Ook is het vreemd dat Abelards boeken, de vier die hij geschreven had én de honderden in zijn bibliotheek, allemaal spoorloos zijn. Nergens meer te vinden, naar het schijnt. Niet in een archief, niet in een privéverzameling, nergens. Naar verluidt zijn ze allemaal vernietigd. Sterker nog: al het papier in zijn huis zou in beslag zijn genomen en verbrand. En als dat je niet creepy genoeg is: er bestaat niet één voorbeeld meer van zijn handschrift! Akkoord, het regime ging vaak grondig te werk, maar niet één velletje papier meer met zijn handschrift erop? Dat noem ik geen grondige aanpak meer. Dan moet je iemand, en de dingen die hij schrijft, echt *weg* willen hebben.

Maar nogmaals: het is maar een verhaal, zonder harde bewijzen, het soort shit waar alleen nerds voor warmlopen.

HET VONNIS

Terug naar de feiten. In februari 1946 werd Abelard formeel schuldig bevonden aan al het ten laste gelegde, en tot achttien jaar veroordeeld. Achttien jaar! Lijkbleek werd hij de rechtszaal uit gevoerd, zonder dat hij een woord had kunnen zeggen. Socorro, hoogzwanger inmiddels, moest in bedwang worden gehouden omdat ze de rechter wilde aanvliegen. En mocht je je nu afvragen of er geen kranten waren die er schande van spraken, of de burgerrechtenbeweging niet in het geweer kwam, of de oppositiepartijen het niet voor hem opnamen, dan spijt het me dat ik het zeggen moet, maar dan heb je tot nu toe lelijk zitten suffen. Er *was* geen zelfstandige krant, burgerrechtenbeweging of oppositie. Er was alleen Trujillo. En wat de jurisprudentie van die tijd betreft: Abelards advocaat kreeg één telefoontje van het Palacio en wist niet hoe snel hij het hoger beroep in moest trekken. Het is beter als we niets meer zeggen, hield hij Socorro voor, dan leeft hij langer. Niets zeggen, alles zeggen, het deed er niet toe. Het was de Ondergang.

Het huis met veertien kamers in La Vega, het luxueuze appartement in Santiago, de stallen met plaats voor wel zes arabieren, de chique warenhuizen en de landerijen, alles werd geconfisqueerd door de Trujillato en verdeeld onder de Jefe en zijn handlangers, van wie er enkele met Abelard op stap waren geweest toen hij de Misplaatste Grap maakte. (Ik zou ze bij naam kunnen noemen, maar de belangrijkste ken je al: een goede vriend en naaste buur.) Maar ingrijpender dan dat alles was de wijze waarop Abelard van de aardbodem verdween.

Je huis en bezittingen aan de Trujillato verliezen, dat overkwam zovelen. Maar de arrestatie (of als je van fantasy houdt: dat boek) bracht een ongekende neergang in de fortuin van de Cabrals teweeg. Alsof er ergens op kosmisch niveau een hendel werd overgehaald die een valluik onder heel het gezin deed openklappen. Noem het extreme pech, noem het de delging van een karmische schuld, noem het voor mijn part fukú, maar ze raakten zwaar in de versukkeling. En volgens sommigen is dat altijd doorgegaan, van generatie op generatie.

DE NASLEEP

Als eerste teken van dat blijvende onheil wijst de familie op het feit dat Abelards derde en laatste dochter, die kort na zijn vonnis het levenslicht zag, zwart ter wereld kwam. En niet zomaar zwart. *Zwart* zwart. Hartstikke zwart, moorzwart, diepzwart, veel te zwart, te zwart om los te lopen. Want zo was de cultuur waar ik uit voortgekomen ben: in Santo Domingo zagen mensen de donkere teint van hun kind als een slecht voorteken.

Wil je liever iets concreters?

Nog geen twee maanden nadat ze het leven had geschonken aan de derde en laatste dochter (die Hypatía Belicia Cabral werd gedoopt) raakte Socorro, wellicht terneergedrukt door haar verdriet om de verdwijning van haar man, en om het feit dat zijn familie haar was gaan mijden als de pest (of de fukú, zo je wilt), in een niet geringe postnatale depressie die haar voor een aanstormende ammunitietruck deed stappen. De chauffeur merkte pas iets toen hij haar al tot La Casa Amarilla had meegesleept. We kunnen slechts hopen dat de botsing haar op slag doodde, maar ze was het in elk geval wel toen ze haar lichaam onder het chassis vandaan wurmden.

Het was heel verdrietig, maar er was niets meer aan te doen, en hoe moest het nu met de dochters? Hun vader zat opgesloten, hun moeder was dood en het leeuwendeel van de familie bleef liever op de achtergrond omdat Trujillo zo nadrukkelijk de voorgrond bepaalde, dus zat er niets anders op dan de meisjes te verdelen onder de weinigen die bereid waren zich over hen te ontfermen. Jackie werd naar haar welgestelde peten in La Capital gestuurd en Astrid ging naar verwanten in San Juan de la Maguana.

Ze zouden elkaar, en hun vader, nooit meer zien.

Maar het leed was nog lang niet geleden, en zelfs als je niet in fukús van welke aard of omvang ook gelooft, zou je je hebben afgevraagd wat er in 's hemelsnaam aan de hand was. Kort na het tragische ongeval van Socorro werd Esteban de Gallo, de voormalige hoofdbediende van het gezin, doodgestoken voor een nachtclub. De daders werden nooit opgespoord. Lydia stierf kort nadien. Volgens sommigen aan een gebroken hart, volgens anderen aan baarmoederkanker. Haar lichaam werd pas maanden later gevonden. Ze woonde immers alleen.

In 1948 werd Jackie, het Gouden Kind van Abelard, dood aangetroffen in het zwembad van haar peetouders. Intens droevig, maar ook uiterst merkwaardig, want wegens schoonmaakwerkzaamheden stond er maar een halve meter water in dat zwembad. Haar peten hadden haar niet anders meegemaakt dan als een spraakzaam meisje dat blijmoedig in het leven stond en waarschijnlijk nog een positieve kant aan een mosterdgasaanval zou hebben gezien. Ondanks haar trauma's, ondanks de omstandigheden waaronder ze van haar ouders was gescheiden, had ze zich altijd welwillend opgesteld en steevast alle verwachtingen overtroffen. Op haar dure particuliere school was ze de beste van haar klas geweest, beter nog dan de kinderen uit de Amerikaanse kolonie, zo buitensporig intelligent dat ze regelmatig fouten van haar leraren verbeterde, zelfs tijdens overhoringen en proefwerken. Ze was de aanvoerster geweest van het debatteerteam én de zwemploeg, had met tennis altijd iedereen van de baan geslagen, met recht een Gouden Meisje. Maar klaarblijkelijk was ze toch niet over de Ondergang, en haar rol daarbij, heen gekomen. Althans, zo legde men de gruwelijke vondst uit. Maar is het niet vreemd dat haar 'zelfmoord' drie dagen na het bericht kwam dat ze was toegelaten tot een nog veel betere school in Frankrijk? En dat ze zich daar volgens iedereen mateloos op verheugd had en dolblij was geweest dat ze Santo Domingo achter zich kon laten?

Haar zusje Astrid (we hebben je nauwelijks gekend, lieverd) verging het niet veel beter. In 1951 zat ze te bidden in een kerk in San Juan, waar ze bij haar tíos woonde, toen ze in het achterhoofd werd geraakt door een verdwaalde kogel en ter plekke overleed. De baan van de kogel had precies over het middenpad gelopen, van de kerkdeur naar het altaar, maar niemand wist wie er geschoten had. Niemand had zelfs maar een schot gehoord.

Van het oorspronkelijke viertal leefde Abelard het langst. Hij was zelfs nog in leven toen al zijn kennissen en familieleden, zijn nicht La Inca incluis, in 1953 het bericht van de overheid geloofden dat hij dood was. (Waarom ze zulke fratsen uithaalden? Daarom.) Pas na zijn echte dood kwam aan het licht dat hij al die tijd in de Nigüa-gevangenis had gezeten. Veertien jaar lang. Wat een nachtmerrie.[30] Ik zou je van alles en nog wat over

30 Nigüa en El Pozo de Nagua waren tijdens de Trujillato regelrechte vernietigingskampen, ofwel Ultamos. Bijna niemand die er verzeild raakte kwam er levend uit – en de enkeling die het wél overleefde, wenste doorgaans dat hij dat niet had gedaan. De vader van een vriend van mij bracht acht jaar in Nigüa door omdat hij onvoldoende eerbied had getoond voor de vader van El Jefe. Hij vertelde me ooit over een medegevangene die zo onverstandig was om bij de cipiers over kiespijn te klagen, waarop ze een geweer in zijn mond staken en zijn hersens in een baan om de aarde brachten. Zo, die kies

zijn gevangenschap kunnen vertellen, dingen die je afwisselend razend, diepbedroefd en kotsmisselijk zouden maken, maar ik bespaar je de pijn en angst, de vernederingen en martelingen, de eenzaamheid en beestachtigheid van die veertien verspilde jaren. Ik bespaar je de overdaad aan gruwelen en houd het bij één voorval (dat de vraag bij je zal wekken of ik je eigenlijk wel iets bespaard heb).

In 1960, toen het ondergrondse verzet tegen Trujillo zijn hoogtepunt bereikte, werd Abelard aan een wel zeer boosaardige behandeling onderworpen. Hij werd aan een stoel gekluisterd en in de volle zon gezet, waarna ze een nat touw strak om zijn hoofd bonden. Deze procedure werd La Corona genoemd, een eenvoudig maar effectief staaltje wreedheid. In het begin snijdt het touw alleen maar in je hoofdhuid, maar als het droogt en krimpt door de zon, word je letterlijk krankzinnig van de pijn. Geen marteling werd zo gevreesd, want je ging er niet dood aan, maar leven deed je daarna ook niet meer. Het verging Abelard niet anders. Toen ze hem losmaakten, was de trotse vlam van zijn intellect voorgoed gedoofd. De korte tijd die hem nog restte bracht hij door in een woordeloze verdwazing, al zijn er voormalige gevangenen die zich momenten herinneren waarop hij weer even bij zijn verstand leek. Dan stond hij huilend naar zijn handen te kijken, alsof hij zich de tijd heugde waarin zijn bedrevenheid levens had gered. Uit eerbied voor die tijd werd hij door zijn medegevangenen El Doctor genoemd. Hij stierf enkele dagen voor de moord op Trujillo en kreeg een anoniem graf in een veld buiten de ge-

is eruit! hadden ze gelachen. (De cipier die de trekker had overgehaald, stond daarna bekend als El Dentista.)

Nigüa had vele beroemde alumni, zoals de schrijver Juan Bosch, die na zijn vrijlating de meest vooraanstaande Dominicaanse balling werd, en die het na zijn terugkeer tot president van de republiek zou schoppen. Zoals Juan Isidro Jiménes Grullón het in zijn boek *Una Gestapo en América* zegt: 'Es mejor tener cien niguas en un pie que un pie en Nigüa.'

vangenis. Oscar heeft de plek op een van zijn laatste dagen bezocht. Had er niks over te melden. Gewoon een met onkruid overwoekerde lap grond. Hij brandde er een paar kaarsen, legde bloemen, bad en ging terug naar zijn hotel. Er is al tientallen jaren sprake van een gedenkteken dat er voor de slachtoffers van Nigüa zou worden opgericht, maar tot dusver is het daar niet van gekomen.

DE DERDE EN LAATSTE DOCHTER

En hoe verging het de derde en laatste dochter, Hypatía Belicia Cabral, die pas twee maanden oud was toen haar moeder stierf, die haar vader nooit zou zien, die slechts een paar maal in de armen van haar zusters had gelegen toen ook zij uit haar leven verdwenen, die Casa Hatüey nooit vanbinnen had gezien, die welhaast letterlijk het Kind van de Apocalyps was? Welnu, zij was nog veel moeilijker onder te brengen dan Astrid of Jackie. Ze was nog maar een baby, immers, en aan Abelards kant van de familie stond niemand te trappelen om een kind met zo'n donkere huid in huis te nemen. Tot overmaat van ramp was ze bakiní ter wereld gekomen – ziekelijk en met een veel te laag geboortegewicht. Ze kon nauwelijks drinken of huilen, zo zwak was ze. Buiten de familie was er bijna niemand die het 'zwartje' graag in leven zag blijven, en het is een vreselijke aantijging, ik weet het, maar binnen de familie hoopte men eigenlijk ook dat ze snel zou bezwijken. Een paar weken lang was het kantje boord, en als daar niet ene Zoila was geweest, een lieve en zeer donkerhuidige jonge moeder die bereid was haar te zogen, zou ze het inderdaad niet hebben gered. Tegen het einde van haar vierde maand begon de baby aan een inhaalslag. Ze was nog steeds zo bakiní als wat, maar haar gewicht nam toe en haar gehuil, dat tot dan toe geklonken had als doodsgereutel, werd steeds doordringender. Haar beschermengel Zoila streelde haar vlekkerige hoofdje en zei: Nog zes maanden, mi'jita, dan ben je más fuerte que Lílis.

Maar er waren Beli geen zes rustige maanden vergund. (Stabiliteit stond voor haar niet in de sterren, alleen Verandering.) Op een dag dienden zich totaal onverwachts een paar verre verwanten van Socorro aan, die het kind opeisten en zo'n beetje uit Zoila's armen rukten. Het waren dezelfde verwanten die Socorro met een zucht van verlichting had verlaten toen Abelard haar ten huwelijk vroeg, en ik vermoed dat het ze niet zozeer om het kind zelf ging maar om de bijdrage in de opvoedingskosten die ze van de Cabrals verwachtten. Toen dat geld namelijk uitbleef, voltooiden ze de Ondergang door Beli door te schuiven naar nog verdere verwanten op het platteland van Azua. En hier wordt het spoor vaag. Deze Azuanos bleken tot het menstype te behoren dat mijn moeder salvajes noemt. Na zich een maand over de huilerige zuigeling te hebben bekommerd, ging de vrouw des huizes er op een dag mee van huis, en keerde daags daarop zonder zuigeling terug. Ze vertelde haar vecinos dat het kind gestorven was, wat door sommige werd geloofd, want het was nog altijd een scharminkeltje, maar de meeste gingen ervan uit dat ze het verkocht had. Dat gebeurde namelijk zo vaak in Santo Domingo (en het gebeurt trouwens nog steeds).

En de sceptici hadden gelijk. Als betrof het een personage uit een van Oscars fantasyboeken was het weesje (al dan niet in het kader van een bovennatuurlijke wraakoefening) versjacherd aan een familie in een heel ander deel van Azua – wildvreemde mensen die haar als criada in huis namen. Zonder te weten wie ze was en waar ze vandaan kwam, leefde ze als huisslaaf in een barre, straatarme streek en verdween voor lange, lange tijd uit het zicht.[31]

31 Ik heb tot mijn negende in Santo Domingo gewoond en zelf ook criadas gekend. Er woonden er twee in de callejón achter ons huis. De treurigste

Ze verschijnt pas weer ten tonele in 1955, als een fluistering in het oor van La Inca.

Als Uw Aandachtige Waarnemer wil ik geen onduidelijkheid laten bestaan over La Inca's houding in de periode die ik de Ondergang noem. Anders dan sommigen willen doen geloven leefde ze destijds niet in ballingschap op Puerto Rico. Ze woonde in Baní, had zich afgekeerd van haar familie en rouwde om haar man, die ze drie jaar daarvoor had verloren. (Voor de fantasyliefhebber: zijn dood kwam dus ruim voor de Ondergang en valt buiten het bestek van een eventuele vloek.)

De eerste drie jaar van haar rouw waren buitengewoon zwaar, want manlief zaliger was de enige die ze ooit had liefgehad en

meisjes die ik ooit heb meegemaakt. Afgebeuld en uitgebuit. Een van de twee, Sobeida, kookte, deed het huishouden en haalde water voor een gezin van acht. En dan verzorgde ze ook nog de jongste twee koters, die nog in de luiers zaten. En nu komt het: zelf was ze *zeven*! Naar school is ze nooit geweest, en als mijn moeders vriendin Yohana haar niet af en toe apart nam (in het geniep, uiteraard) om haar wat elementaire dingen bij te brengen, was ze zonder enige kennis op welk gebied dan ook opgegroeid.

Sobeida hoorde een beetje bij de zomervakanties die ik op het eiland doorbracht. Om de paar dagen kwam ze bij ons binnen om mijn abuelo en mijn moeder gedag te zeggen (en een minuutje van de novela op tv mee te pikken), en dan ging ze er weer snel vandoor om het volgende karwei te beginnen. Mijn moeder stopte haar altijd een paar centen toe. Nooit iets anders, want de ene keer dat ze een jurkje voor haar gekocht had, zag ze de dag daarop dat een dochter uit dat gezin erin rondliep. Ik probeerde natuurlijk ook weleens een praatje met haar te maken, sociaal bewogen als ik ben, maar ze sloeg altijd ijlings op de vlucht – voor mij én mijn idiote vragen. Waar denk je dat je het over hebben kunt met haar? zei mijn moeder dan. La pobrecita kan haar eigen naam niet eens schrijven!

Op haar vijftiende werd ze met jong geschopt door een of andere sloeber uit de callejón, en mijn moeder vertelde me laatst dat het gezin haar kind nu ook laat werken. Het jochie haalt water, zodat zijn moeder dat niet meer hoeft te doen.

die haar ooit echt had liefgehad, en ze waren nog maar drie maanden getrouwd geweest toen hij haar ontviel. Zo intens was haar verdriet dat het nauwelijks doordrong toen ze via via over de Trujillo-perikelen van haar neef Abelard hoorde. Ze deed dan ook niets, hoezeer ze zich daar later ook voor schamen zou. Haar zielenpijn was te hevig. En wat kon een vrouw als zij doen? Ook toen haar het nieuws bereikte van de dood van Socorro en het gesol met de dochters, deed ze, eveneens tot haar latere schaamte, niets. Haar rouw was nog steeds diep, en het scheen haar toe dat de rest van de familie meer kon uitrichten. Pas toen ze vernam dat Jackie en Astrid het tijdelijke met het eeuwige hadden verwisseld, wist ze zich lang genoeg uit haar malaise los te rukken om in te zien dat ze, dode echtgenoot of geen dode echtgenoot, rouw of geen rouw, ernstig tekort was geschoten in haar verantwoordelijkheid jegens haar neef, die altijd goed voor haar geweest was en die haar huwelijk had toegejuicht toen de rest van de familie had gesmaald. Het was een inzicht dat haar hevig aangreep en met zelfverwijt vervulde. Ze rechtte haar rug en ging op zoek naar de Derde en Laatste Dochter – maar toen ze zich bij de verwanten vervoegde die het kind van Zoila hadden afgenomen, werd haar een klein graf getoond en stond ze voor een voldongen feit. Niet dat ze deze louche elementen voor een cent vertrouwde, maar ze was helderziend noch forensisch geschoold en had dus geen andere keus dan aan te nemen dat het kind inderdaad gestorven was. En het had niet hoeven sterven als zij niet zo passief was geweest. Dit was een vreselijk besef, maar vreselijk als het was zorgde het er wel voor dat haar rouw vervloog. Ze kwam weer voluit tot leven. Ging er keihard tegenaan en zette een keten van bakkerijen op. Wijdde zich vol overgave aan het bedienen van haar klanten. Maar ze bleef zo nu en dan van de kleine negrita dromen, de laatste spruit van haar dode neef. Dag tía, zei het kleintje in die dromen, en dan werd La Inca wakker met een huilend hart.

En toen was het 1955, het zogeheten Jaar van de Weldoener waarin Trujillo zich met een eindeloze stroom handelsbeurzen, festivals en feesten liet eren. La Inca's bakkerijen liepen intussen als evenzovele treinen en ze was weer helemaal de vrouw van weleer die de achting genoot van ieder die haar kende. En op een mooie dag vertelde iemand haar een verbijsterend verhaal. Naar het scheen woonde er ergens in Azua een meisje dat graag naar de nieuwe plattelandsschool had gewild die Trujillo in haar streek had laten bouwen, maar haar ouders, die niet haar echte ouders waren, hadden die wens niet willen honoreren. Het kind had echter een bijzonder sterke wil en had haar taken in en rond het huis verwaarloosd om toch stiekem lessen bij te wonen, wat natuurlijk was uitgekomen en tot grote woede had geleid bij haar ouders, die niet haar echte ouders waren. Bij het huiselijk tumult dat vervolgens uitbrak, was de arme muchachita gruwelijk verminkt geraakt doordat haar vader, die niet haar echte vader was, een pan kokende olie over haar naakte rug had leeggegoten. De verbranding had haar bijna het leven gekost. (In Santo Domingo gaat goed nieuws vaak als een lopend vuurtje, maar slecht nieuws gaat als de bliksem.) En het meest opzienbarende aan het hele verhaal: volgens de geruchten was het verbrande meisje familie van La Inca!

Familie? Van mij? stamelde La Inca. Wat zou dat arme schaap dan van me zijn?

Je herinnert je je neef toch, die dokter was in La Vega? Die naar de gevangenis moest na een Misplaatste Grap over El Jefe? Nou, fulano hoorde van fulano die het weer van fulano had, dat die kleine meid zijn dochter is!

Twee dagen lang verwierp ze de gedachte. Er werd zoveel gekletst in Santo Domingo. Ze wilde niet geloven dat de kleine misschien toch nog leefde, op het platteland van Azua nog wel![32] Twee nachten lang lag ze uren te tobben en moest ze

32 Wie het eiland kent (of bekend is met het werk van Kinito Méndez), weet

mamajuana gebruiken om de slaap te kunnen vatten, maar uiteindelijk, na een droom waarin haar dode man aan haar verschenen was, wist ze dat ze het verhaal moest natrekken, al was het maar om haar gemoedsrust te herwinnen. Ze vroeg haar buurman en belangrijkste deegkneder Carlos Moya (die ooit ook haar deeg had gekneed, maar toch maar met een ander was getrouwd) of hij haar naar de plaats wilde rijden waar het meisje zou wonen. Als ze echt het kind van mijn neef is, herken ik haar in één oogopslag, verzekerde ze hem. En vierentwintig uur later keerde ze huiswaarts met een onwaarschijnlijk lange en

precies wat hier bedoeld wordt. Het platteland van Azua is een van de armste en armzaligste gebieden van de DR. Een landschap dat zeker in die dagen een opmerkelijke overeenkomst vertoonde met de radioactieve einde-der-tijden-woestenijen uit de sf-literatuur. Azua was ons Outland, onze Verdoemde Aarde, onze Verboden Zone, onze Glaswoestijn, ons Doben-al, ons Salusa Secundus, ons Ceti Alfa Zes, ons Tatooine. Zelfs de bewoners hadden er kunnen doorgaan voor overlevenden van een nucleaire holocaust. De armsten onder hen (en bij zulke infelices woonde Beli) droegen lorren, liepen blootsvoets rond en woonden in krotten die opgebouwd leken uit restanten van de wereld-van-voor-de-bom. Als je astronaut Taylor tussen deze lui had gedropt, zou hij op zijn knieën zijn gevallen en had hij *You finally did it!* geschreeuwd. (Rustig, Charlton, het is Azua maar.) Behalve cacteeën, insecten en hagedissen gedijde er niets, of het moest de mijnbouw in Alcoa zijn. Of nee, nu vergeet ik de beroemde geiten van deze regio (los que brincan las Himalayas y cagan en la bandera de España).

En of Azua troosteloos was. Mijn moeder, een tijdgenote van Belicia, bracht er maar liefst vijftien jaar van haar leven door, en ze vertelt dat het er in de jaren vijftig een oord was van verslaving, inteelt, darmparasieten, twaalfjarige bruidjes en ranselingen met de zweep. Gezinnen waren er onafzienbaar groot, omdat er buiten de sponde geen enkel vertier was, en omdat de kindersterfte waanzinnig hoog was, en omdat je voortdurend door het meest uiteenlopende onheil kon worden bezocht, zodat je voor een fikse stoet koters moest zorgen of anders het gevaar liep van een helse ouwe dag en een afgebroken bloedlijn. Kinderen die de dood *niet* in de ogen hadden gezien, werden met argwaan bekeken. (Mijn moeder overleefde een aanval van acute reuma, een ziekte die haar lievelingsnicht fataal werd. Toen haar koorts eindelijk zakte en ze bij kennis kwam, hadden mijn abuelos de kist voor haar begrafenis al in huis.)

onwaarschijnlijk magere en deerniswekkend gehavende Belicia – en met een blijvende afkeer van de campo en al wie er woonde.

De beestmensen hadden haar niet alleen met kokende olie overgoten maar ook nog in een kippenhok opgesloten! Ze hadden haar er eerst niet eens uit willen halen. Ze kan geen familie van u zijn, hadden ze tegen La Inca gezegd. Daar is ze veel te zwart voor. Maar La Inca had de Stem tot hen gericht, en toen het kind uit het hok kwam, te zwaar verbrand om zich op te kunnen richten, had La Inca in die verwilderde, furieuze ogen getuurd en meteen het gevoel gekregen dat de ogen van Abelard en Socorro naar haar terug tuurden. Zwart of niet zwart, dit was haar: de Derde en Laatste Dochter. Verloren gewaand maar toch nog gevonden.

Ik ben echte familie van je, had La Inca met verstikte stem gezegd. Ik kom je redden.

En zo waren, letterlijk in een oogwenk, twee levens onherroepelijk veranderd. La Inca installeerde Beli in het kamertje dat haar man gebruikt had voor zijn middagdutjes en zijn houtsnijwerk. Ze regelde papieren die het kind haar identiteit teruggaven. Ze schakelde de beste artsen in. Beli's brandwonden waren huiveringwekkend. Op meer dan honderd plaatsen derdegraads. Een etterend maanlandschap van haar nek tot haar onderrug. Alsof ze Hiroshima of Nagasaki had doorgemaakt. Op de eerste dag dat ze weer gewone kleren aan kon, dofte La Inca haar zo mooi mogelijk op en liet haar fotograferen voor het huis.

Daar staat ze: Hypatía Belicia Cabral, de Derde en Laatste Dochter. Achterdochtig, stuurs, teruggetrokken, een geteisterde en uitgeteerde campesina, maar met een houding en gelaatsuitdrukking die in gothische reuzenletters haar ONVERZETTELIJKHEID schreven. Donkerder dan donkerhuidig, maar onmiskenbaar een dochter van haar ouders. Geen twijfel mogelijk. Nu al langer dan Jackie ooit geworden was. Ogen met exact dezelfde kleur als die van de vader van wie ze niets wist.

VERGETELHEID

Over die eerste negen jaar (en de Verbranding) zei Beli nooit meer iets. Alsof ze die periode direct na aankomst in Baní in een vat voor nucleair afval had gestopt en in de diepste krochten van haar geest had opgeslagen. Het zegt veel over haar: *veertig jaar lang* niet één woord over dit eerste hoofdstuk van haar leven – niet tegen haar madre, niet tegen haar vriendinnen, niet tegen haar aanbidders, niet tegen de Gangster, niet tegen haar echtgenoot. En al helemaal niet tegen haar teerbeminde kinderen, Lola en Oscar. *Veertig jaar.* Het weinige dat ik van haar Azuaanse dagen weet, komt van La Inca's relaas over de dag waarop ze haar uit de klauwen van de beestmensen redde. En dat was een eenmalig relaas, want ook La Inca is er, nog altijd, uiterst zwijgzaam over. Casi la acabaron – meer zul je niet van haar horen.

Ik ben ervan overtuigd dat Beli er zelfs nooit meer aan gedacht heeft, behalve misschien op een paar cruciale momenten. Ze zal vergetelheid hebben gezocht in het populairste mengsel op ons eiland: vijf delen verdringing, vijf delen zelfbedrog. Daaruit zal ze, als zovelen, de kracht hebben geput om zichzelf opnieuw tot aanzijn te roepen.

TOEVLUCHTSOORD

Maar genoeg daarover. Waar het om gaat is dat Belicia Cabral in Baní een toevluchtsoord vond. En in La Inca vond ze de moeder die ze nooit had gehad. La Inca leerde haar lezen en schrijven, leerde haar netjes eten, leerde haar hoe ze zich kleden moest, en hoe ze zich te gedragen had. Ze gaf het kind geen moment respijt, gaf haar een opvoeding op fast-forward, maakte er een ware beschavingsmissie van, gedreven als ze werd door haar kolossale spijt en wroeging over haar dadeloosheid, nalatigheid, verraad. En Beli toonde zich op haar beurt een leergierige pupil, ondanks (of misschien wel dankzij) alles wat ze had meegemaakt. Ze wierp zich op La Inca's lessen als een mangoest op een kip. Na het eerste jaar waren haar scherpste kantjes weggeslepen. Ze kon nog altijd driftig en agressief zijn, was ruw in haar bewegingen, en in haar ogen glansde nog steeds de meedogenloosheid van een valk, maar ze had de houding en het woordgebruik (en de verwaandheid) van una muchacha respetable. Als ze geen mouwloze jurkjes droeg, was het litteken alleen zichtbaar in haar nek. In 1962 zou ze naar de VS reizen om er de vrouw te worden die Oscar en Lola zouden kennen, maar nu was ze nog het meisje dat alleen door La Inca werd gekend, dat volledig gekleed sliep en soms gillend wakker werd, het kind dat victoriaanse tafelmanieren aanleerde, en een afkeer kreeg van vuil en arme mensen.

Het zal je niet verbazen dat ze een onalledaagse relatie hadden, met haar eigen spelregels. La Inca waakte ervoor om Beli's tijd in Azua (en de Verbranding) ter sprake te brengen. Ze zinspeelde er niet eens op. Over Beli's voorgeschiedenis (haar vader en moeder, de beroemde dokter en de mooie verpleegster, haar zusters Jackie en Astrid, het legendarische Casa Hatüey) sprak ze onophoudelijk, maar Azua verzweeg ze alsof die tijd nooit bestaan had – zoals ze ook altijd deed alsof er geen arme sloebers in de barrio woonden, terwijl die juist wemelde van de arme sloebers. Zelfs als ze Beli's rug invette, en dat moest elke ochtend en elke avond, meed ze het onderwerp en zei alleen: Siéntese aqui, señorita. En voor Beli was het een zegen, die zwijgzaamheid. Haar verloren jaren bleven zo beperkt tot de woeste gevoelens die soms zomaar bij haar opkwamen.

Echte zielsverwanten werden ze nooit en konden ze ook niet worden. Daar was het kind te heetgebakerd voor en haar madre te vormelijk. Maar voor Beli was het een periode waarin ze een geborgenheid ervoer die ze nooit voor mogelijk had gehouden. Ze had nooit meer honger, hoefde nooit meer te jakkeren en La Inca verhief nooit haar stem, laat staan dat ze tegen haar schreeuwde, of duldde dat anderen hun stem verhieven. Voor ze Beli inschreef op Colegio El Redentor met zijn rijkeluiskinderen, liet ze haar in alle rust bijleren op de oude en vervallen openbare school in de barrio, in een klas met kinderen die drie jaar jonger waren dan zij. Beli maakte er geen vriendjes en vriendinnetjes, wat ze ook niet had verwacht of zelfs maar wenste, maar ze begon zich wel voor het eerst in haar leven haar dromen te herinneren – een luxe die ze nooit had gekend. Stormachtig waren die dromen vaak, zeker in het begin, en ze bestreken het hele spectrum: dromen waarin ze kon vliegen of verdwaald was, maar ook dromen over de Verbranding, waarin ze het gezicht van haar 'vader' weer in een lege vlek zag veranderen terwijl hij met de pan met olie op haar afkwam. Maar zelfs in die droom was ze nooit meer bang. Ze schudde gewoon haar hoofd en zei: Jij bent er niet meer.

Nee, bang was ze nooit in haar dromen, al was er één die haar op het benauwende af intrigeerde – een droom waarin ze in haar eentje door een immens maar leeg huis liep, waarvan het dak door regen werd gegeseld. Wiens huis was dit? Ze had geen idee. Maar ze hoorde wel kinderstemmen.

Tegen het einde van haar eerste schooljaar riep de meester haar op een ochtend voor het bord om er de dag en de datum op te schrijven, een eretaak waarvoor alleen de beste leerlingen in aanmerking kwamen. Daar stond ze, als een reuzin, en het deed haar niets dat ze de gedachten van de andere kinderen kon raden, hoe ze haar in stilte voor La Prieta Quemada of La Fea Quemada uitscholden, zoals ze dat altijd hardop deden op het schoolplein. Toen ze weer zat, bekeek de meester haar gekrabbel en zei: Goed gedaan, Señorita Cabral! Die dag zou ze nooit meer vergeten, zelfs niet toen ze de Koningin van de Diaspora werd.

Goed gedaan, Señorita Cabral!

Ze zou het nooit meer vergeten. Ze was negen jaar en elf maanden oud. Het waren de dagen van Trujillo.

6
HET LAND DER GEDOEMDE ZIELEN
1992-1995

HET DUISTER

Na zijn afstuderen ging Oscar weer thuis wonen. Was er als maagd vertrokken, keerde als maagd terug. Hij haalde de posters van zijn highschooltijd (*Star Blazers*, *Captain Harlock*) van de muren van zijn kamer en prikte er de posters van zijn studietijd (*Akira*, *Terminator 2*) voor in de plaats. Nu Reagans Evil Empire alweer een halfvergeten herinnering was, fantaseerde hij nooit meer over het einde der tijden. Alleen nog over de Ondergang. Hij deed zijn Aftermath-game weg en kocht Space Opera.

De economie lag op zijn reet (het Clinton-effect was nog ver-af) en de eerste zeven maanden voerde hij nada uit, waarna hij als invalskracht aan de slag kon op, o ironie, Don Bosco Tech. Hij stuurde zijn romans en verhalen rond, en de uitgevers stuurden ze weer net zo snel terug. Maar hij bleef schrijven, bleef het proberen. Na een jaar kreeg hij het aanbod om zijn invallerschap om te zetten in een vaste aanstelling. Hij had kunnen weigeren, had de benen kunnen nemen, maar hij liet zich overhalen. Zag een schemer over zijn toekomst vallen. Haalde zijn schouders op.

Was Don Bosco dan niet meer de nachtmerrie uit zijn dagen als leerling? Was de school op miraculeuze wijze in een toonbeeld van christelijke broederschap en naastenliefde veranderd? Was de Heilige Geest er neergedaald om alle bruutheid weg te nemen? Schei uit alsjeblieft. Het gebouw leek een stuk kleiner dan vroeger, dat wel. Het lerarenkorps leek meer dan ooit weggelopen uit het Innsmouth van Lovecraft, boosaardig en door inteelt ondermijnd. En er liep meer donkere jeugd rond. Maar sommige dingen (zoals blanke rassenwaan en zwarte zelfhaat) veranderen nooit. De gangen gingen nog altijd zwanger van het gnuivende sadisme dat hij zich van vroeger herinnerde. En vroeger, toen de school zijn moronic inferno was geweest, had hij er tenminste nog als leerling rondgelopen – nu deed hij dat als leraar Engels en geschiedenis. Geen nachtmerrie meer? Jesú Santa María, een *tiendubbele* nachtmerrie! Hij was geen goede leraar, had geen liefde voor het vak, en werd door leerlingen van elk jaar en elk niveau overvloedig afgezeken. Ze begonnen al te lachen als ze hem in de gang aan zagen komen. Deden alsof ze hun broodje van hem weghielden. Vroegen midden onder de les of hij weleens van bil ging. En hoe hij dan ook antwoordde, de hele klas lag in een deuk – niet alleen om zijn verlegenheid, maar ook, dat voelde hij aan, om het beeld van dikke De León die een onfortuinlijke vrouw onder zich verpletterde. Ze lieten er tekeningen van rondgaan, die Oscar dan na de les op de vloer zag liggen, compleet met gesprekswolkjes. *Genade, meneer Oscar, genade!* Het maakte zijn liefde voor het vak niet groter.

Elke dag zag hij hoe de coole leerlingen hun sadistische hart ophaalden aan de dikke, de lelijke, de intelligente, de arme, de impopulaire, de Afrikaanse, de Indiase, de Arabische, de onaangepaste, de verwijfde, de homoseksuele – en in elk van de gemartelden herkende hij zichzelf. Vroeger waren het alleen blanke kinderen geweest die zulke ploertenstreken uithaalden, maar in dit specifieke opzicht had het donkere volksdeel zijn achterstand ingehaald. Soms probeerde hij een pispaal op te beuren. Laat je niet kisten hoor, je bent niet alleen. Maar het laatste wat een freak wil is troost van een andere freak. Ze maakten zich zonder een woord uit de voeten.

In een vlaag van enthousiasme probeerde hij een sf&f-club te beginnen. Hing overal affiches op. Zat twee donderdagmiddagen na schooltijd in zijn klaslokaal, met de deur uitnodigend open en zijn lievelingsboeken voor zich uitgespreid op tafel. Luisterde naar het geroezemoes in het leeglopende gebouw, en af en toe een kreet in de gang, *Beam me up!* of *Nanoo-nanoo!*, gevolgd door hoongelach. En als hij na een halfuur zijn boeken bijeenraapte, de klas afsloot en door de uitgestorven gang liep, klonken zijn voetstappen kwetsbaar in de stilte.

De enige collega met wie hij het kon vinden was een andere vreemde eend, Nataly, een 29-jarige alterna-latina die aan witte hekserij deed (waardoor ze hem vagelijk aan Jenni deed denken, hoewel ze allesbehalve mooi was en geen make-up droeg). Ze had vier jaar in een inrichting gezeten, waar ze behandeld was voor iets wat ze zelf 'zenuwen' noemde en waar ze haar vriend, Stan the Can, had leren kennen. Stan werkte nu als ambulancebroeder, wat volgens Nataly dé baan voor hem was, omdat de aanblik van doorzeefde of platgereden mensen hem om de een of andere reden een reusachtige kick bezorgde. Stan lijkt me een opmerkelijke persoonlijkheid, zei Oscar. Dat is-ie zeker, zei Nataly met een zucht.

Ondanks Nataly's weinig tot de verbeelding sprekende uiterlijk en de medicamenteuze nevel die haar altijd leek te omgeven, inspireerde ze Oscar tot hardnekkige en voor zijn doen tamelijk bizarre lustfantasieën. Omdat hij haar veel te onaantrekkelijk vond om mee in het openbaar te verschijnen, stelde hij zich zo'n decadente seks-om-de-seks-relatie met haar voor. Dat hij bijvoorbeeld onaangekondigd haar appartement binnenviel en haar het bevel gaf zich uit te kleden en naakt burgers voor hem te bakken. En even later zat ze dan in haar blootje (of nee, met alleen een schortje voor) op haar keukenvloer geknield, en hij had alles nog aan. En vandaar werd het hoe langer hoe weirder.

Na Oscars eerste jaar als leraar vertelde Nataly, die in elke pauze een teug whisky nam, die hem bekend maakte met strips als Sandman en Eightball, die om de haverklap geld van hem leende en nooit een cent terugbetaalde, dat ze een nieuwe baan had in Ridgewood (Jippie, juichte ze toonloos, naar de suburbs) en dat was dat: het eind van hun vriendschap. Hij belde nog een paar keer, maar het was altijd paranoïde Stan die opnam en zei dat ze er niet was, en dat hij zou doorgeven dat Oscar gebeld had, wat nooit geloofwaardig klonk. Dus liet hij het ten slotte maar zo.

Een sociaal leven? Die eerste paar jaar was daar geen sprake van. Hij reed eenmaal per week naar de mall in Woodbridge, voor de rollenspelen in The Game Room, de strips in Hero's World en de fantasy in Waldenbrooks. Het nerdencircuit. In Friendly's werkte een flinterdun zwart meisje waar hij langdurig en hevig verliefd naar staarde maar dat hij niet eens durfde aan te spreken.

Met Al en Miggs had hij al in geen tijden meer gechild. Beiden waren in hetzelfde jaar gesjeesd, respectievelijk van Monmouth University en Jersey City State, beiden werkten nu in de Blockbuster aan de andere kant van de stad, en het zat er dik in dat ze beiden in hetzelfde graf zouden belanden.

Maritza zag hij ook nooit meer. Hij hoorde dat ze getrouwd was met een Cubaan en in Teaneck woonde. Huisje, boompje, beestje, kindje.

En Olga? Hoe het met haar ging wist niemand precies. Volgens de geruchten had ze de Safeway willen beroven waar ze een tijdlang had gewerkt. Had het niet nodig gevonden een bivakmuts op te zetten, ondanks dat de hele supermarkt haar nog kende. Het verhaal wilde dat ze in Middlesex zat en niet voor haar vijftigste zou vrijkomen.

Was er niet één meisje in zijn leven? Echt helemaal niemand?

Nope. Op Rutgers had het gewemeld van de meisjes en was er een sociale context waarin een mutant als hij ze aan kon spreken zonder een massale paniek teweeg te brengen. Maar de echte wereld was weerbarstiger. In de echte wereld wendden meisjes zich met onverholen walging af als hij ze op straat voorbijliep. In de bioscoop wisselden ze van plaats om niet naast hem te hoeven zitten. Op een keer was er zelfs een vrouw in de bus die riep dat hij voor zich moest kijken. Ik weet wat je denkt, viezerik!

Mijn eenzaamheid is altijddurend, schreef hij in een brief aan zijn zus, die Japan had verruild voor New York en mij. In dit leven is niets altijddurend, schreef ze terug. Waarop hij haar een eenregelig briefje schreef: In het mijne wel.

En thuis, hoe ging het daar? Niet rampzalig, maar ook niet geweldig. Zijn moeder was nog magerder. Stiller ook. Minder in de greep van de waanzin uit haar jeugd. Ze was nog steeds een werkpaard, en vond het nog steeds goed dat de huurders van de bovenverdiepingen onderdak boden aan elke verwant die uit Zuid-Amerika kwam overwaaien. Zijn tío Rudolfo, Fofo voor zijn vrienden, was weer in de gewoonten vervallen van voor zijn bajestijd. Hij was weer aan de caballo, kreeg zweetaanvallen onder het eten en had in de tussentijd Lola's kamer genomen, zodat Oscar hem vrijwel nachtelijks zijn strippervriendinnen kon horen neuken. Tío, riep hij op een nacht, zet je bed eens wat zachter! Aan de muren van zijn kamer had tío Rudolfo foto's hangen uit zijn eerste jaren in de Bronx. Zestien, zeventien jaar oud, maar hij had zich al gekleed als een pooier. De jaren voor Vietnam. Ik was er de enige Dominicaan, pochte hij. Ook hingen er foto's van Oscars vader en moeder, uit de twee jaar dat ze samen waren geweest.

Toch hield je van hem, zei hij weleens tegen Oscars moeder.

Alsof jij iets van liefde weet, lachte ze dan schamper.

En Oscar zelf? Uiterlijk was hij nauwelijks veranderd. Hij

was niet dikker dan in onze tijd als kamergenoten. Op de huid onder zijn ogen na. Die was opgezwollen door jaren van stille wanhoop. Vanbinnen was het één grote lijdensweg. Het werd hem soms zwart voor de ogen en dan voelde hij zich door het niets vallen. Hij wist dat hij langzaam maar zeker in het ergste menstype op deze wereld veranderde: in een verbitterde ouwe nerd. Zag zichzelf al de rest van zijn leven miniatuurtjes bekijken in The Game Room. Hij wilde die toekomst voor geen goud, maar had geen idee hoe hij eraan ontkomen kon, zag geen uitweg.

Fukú.

Het Duister. Er waren ochtenden waarop hij met geen mogelijkheid uit bed kon komen. Alsof er een gewicht van tien ton op zijn borst drukte. Alsof hij op zijn matras werd gedrukt door lanceringskrachten. Het zou grappig zijn geweest, als het niet zo'n pijn deed. Hij had dromen waarin hij over de kwaadaardige planeet Gordo doolde, op zoek naar onderdelen voor zijn gecrashte ruimteschip, maar hij zag alleen uitgebrande ruïnes, krioelend van door straling verminkte levensvormen.

Ik heb geen idee wat me mankeert, zei hij in een telefoongesprek met Lola. Het woord is waarschijnlijk crisis, maar ik ervaar het eerder als een meltdown. Dit was de periode waarin hij zonder aanleiding leerlingen de klas uit schopte, zomaar tekeer kon gaan tegen zijn moeder, geen woord op papier kreeg, de kast van zijn tío opende en de Colt tegen zijn slaap zette. Een periode waarin hij weer aan de spoorbrug begon te denken. Dagenlang lag hij op bed en stelde zich voor hoe het zou zijn als zijn moeder hem daar de rest van zijn leven zijn maaltijden kwam brengen. Aan haar bereidheid hoefde hij niet te twijfelen. Niet nadat hij had opgevangen wat ze op een onbewaakt ogenblik tegen zijn tío zei: Kan me niet schelen, ik ben blij dat ik hem om me heen heb.

Toen die periode weer voorbij was, toen hij zich niet langer als een geslagen hond voelde en weer een pen kon oppakken zonder tranen in zijn ogen te krijgen, werd hij door wroeging overspoeld. Hij bood zijn moeder keer op keer zijn verontschuldigingen aan. Het was alsof ze al mijn goedheid hadden gestolen, Mami. Rustig maar, hijo, ik begrijp het wel. Hij nam af en toe de auto om Lola op te zoeken. Die was na een jaar Brooklyn naar Washington Heights verhuisd. Ze liet haar haar weer groeien. Ze was even zwanger geweest, en dol van vreugde, maar had het laten weghalen omdat ik met een ander rommelde. Daar ben ik weer, zei Oscar als hij bij haar binnenstapte. En dan kookte ze voor hem en daarna bleef hij nog een paar uurtjes, rookte haar weed en vroeg zich altijd af waarom hij dat gevoel van liefde niet kon vasthouden.

Hij werkte aan een vierluik dat zijn magnum opus moest worden, een kruising tussen J.R.R. Tolkien en E.E. 'Doc' Smith. Hij maakte lange autoritten. Soms zelfs tot in Amishland. Daar zat hij dan in zijn eentje in wegrestaurants, gluurde naar de Amish-meisjes en stelde zichzelf voor in het gewaad van een geestelijke, sliep op de achterbank en reed weer terug.

Soms droomde hij van de mangoest.

En als je denkt dat het niet triester kan: op een dag wandelde hij The Game Room binnen en ontdekte tot zijn stomme verbazing dat de nieuwe generatie spelfreaks geen boodschap meer had aan rollenspelen. Ze waren nu in de ban van Magic Cards! Een revolutie die niemand had zien aankomen. Geen personages en strategieën meer, alleen nog kaarten die domweg tegen elkaar werden uitgespeeld. Niks geen verhaalkunst of tactiek meer, alleen nog maar rekenwerk. En populair dat die shit was! Hij probeerde het ook even uit, probeerde een fatsoenlijk spel kaarten op te bouwen, maar moest vaststellen dat het hem niet boeide. Verloor de hele reut aan een elfjarig ettertje en kon er niet eens mee zitten. Een veeg teken. Als de nieuwste nerdery je koud liet, als je de oude beter vond, was je Tijd ten einde.

Tegen het eind van zijn derde jaar als leraar op Don Bosco vroeg zijn moeder of hij nog vakantieplannen had. De laatste paar jaar had zijn tío juli en augustus in Santo Domingo doorgebracht en ze wilde deze zomer met hem mee. Ik heb mi madre al in geen tijden meer gezien, zei ze zachtjes. En ik heb nog veel promesas in te lossen, dus voor het te laat is...

Oscar was er nog veel langer niet geweest. Niet sinds die zomer toen de voornaamste knecht van zijn abuela ijlend op zijn sterfbed had gelegen, in de vaste overtuiging dat er weer een invasie dreigde. Hij had met zijn laatste ademtocht *Haïtianen!* geroepen, en ze hadden allemaal de begrafenis bijgewoond.

Tja, het is een raar idee, maar als hij nee had gezegd, was hij waarschijnlijk nog oké geweest. (Als je een kutbestaan als het zijne oké kunt noemen.) Maar dit is geen Marvel Comic waarin we ons in *wat als* kunnen verliezen. De tijd dringt, zoals dat heet.

Feit is dat Oscar die mei in topvorm was, voor zijn doen. Een paar maanden daarvoor had hij het Duister het hoofd proberen te bieden door weer eens aan een dieet te beginnen, dat hij gecombineerd had met lange wandelingen door de buurt, en raad eens wat? Hij had het dit keer volgehouden en was maar liefst twintig pond afgevallen! Een milagro! Alsof hij er toch nog in geslaagd was zijn ionenmotor te repareren en de sterren tegemoet te vliegen. De zwaartekracht van planeet Gordo trok uit alle macht, maar zijn jarenvijftigraket, de *Hijo de Sacrificio*, leek het te houden! Zie hem daar zitten, onze dappere astronaut: zijn ogen wijd opengesperd, neergedrukt in zijn lanceerstoel, hand op zijn mutantenhart.

Denk alsjeblieft niet dat hij nu slank was, of zelfs maar bij slank in de buurt kwam, maar hij was ook geen jonge Cannon meer. Eerder die maand had hij zelfs weer eens moed gevat en een bebrilde morena aangesproken in de bus: Ah, fotosynthese, een fascinerend onderwerp! Waarop ze zowaar haar nummer van *Cell* had laten zakken voor een knikje en een: Ja, vind ik wel. Balsem voor zijn ziel, die ervaring. Wat maakte het uit dat hij geen moer om biologie gaf en bij God niet had geweten hoe hij de uitwisseling in een telefoonnummer kon laten resulteren, laat staan in een date. Hij kon de wereld weer aan. Niets deerde hem meer – zijn leerlingen niet, het feit niet dat PBS met *Doctor Who* was gestopt, zijn eenzaamheid niet, de uitgevers niet met hun afwijzingsbrieven. Hij voelde zich *onoverwinbaar*. En de zomers van Santo Domingo... ahh, de zomers van Santo Domingo hebben zo hun eigen allure, zelfs voor nerds die bij God niet weten hoe ze een chick moeten versieren.

Elke zomer weer gooit Santo Domingo de motor van de Diaspora in zijn achteruit en roept zijn verloren zoons en dochters terug. Piloten vrezen voor hun overvolle en overbeladen toestel. De vliegvelden puilen uit van veel te warm geklede reizigers. Kruiers en bagagecarrousels kreunen onder het verzamelde gewicht van de cadenas en paquetes. Restaurants, bars, clubs, theaters, malecones, stranden, resorts, hotels, moteles, pensions, barrios, colonias, campos, ingenios, ze wemelen van quisqueyanos uit alle windstreken. Alsof er een wereldwijd reevacuatiebevel van kracht is: Terug naar huis, allemaal! Terug naar huis! Van Washington Heights tot Rome, van Perth Amboy tot Tokyo, van Brijeporr tot Amsterdam, van Lawrence tot San Juan. Het is een jaarlijkse aanpassing van de hoofdwetten der thermodynamica, waardoor elke lekkere dominicanakont ter wereld naar het eiland en de moteles wordt gezogen. Eén groot feest is het. Voor iedereen. Behalve natuurlijk voor de armen, de zwarten, de werklozen, de zieken, de Haïtianen, de bewoners van de bateys en de kinderen die de lust opwekken van Canadese, Amerikaanse, Duitse of Italiaanse pedo's.

Nou en of, mensen, de zomers van Santo Domingo zijn iets aparts!

Dus Oscar zei: De geesten van mijn voorouders hebben tot mij gesproken, Moeder. Ik neem mij voor u te vergezellen. Hij was in topvorm, voor zijn doen, en hij zag het al helemaal voor zich – hoe hij zijn deel zou krijgen van al die eilandseks, en hoe hij daarna ook nog de ware liefde zou vinden bij een eilandmeisje. (Want je kunt er niet *altijd* naast grijpen, toch?)

Het was zo'n abrupte beleidswijziging dat Lola hem erover aansprak. Maar je bent al in geen eeuwen meer in Santo Domingo geweest!

Hij haalde zijn schouders op. Precies, ik wil wel weer eens wat anders.

BEKNOPT REISVERSLAG VAN EEN BEZOEK AAN HET MOEDERLAND

En zo vloog de hele familie De León op vijftien juni naar het Eiland. Oscar ziek van de vliegangst en opgetogen als een kind, maar de kroon werd gespannen door hun moeder, die zich had opgedoft alsof ze op audiëntie ging bij koning Juan Carlos van Spanje. Als ze een bontjas zou hebben bezeten, had ze die ook aangetrokken. Alles om maar te laten zien dat ze van ver kwam, en ver boven de andere dominicanos verheven was. Oscar had haar nog nooit zo deftig en elegant gezien, en zo comparona zien doen – ze maakte echt iedereen het leven zuur, van het baliepersoneel tot de stewardessen, en toen ze eenmaal hun firstclassplaatsen hadden ingenomen (zij betaalde) keek ze verontwaardigd om zich heen: Dit zijn geen gente de calidad!

Oscar viel direct na het opstijgen in slaap, bekwijlde zichzelf, miste de maaltijd en de film en schrok pas weer wakker toen ze aan de grond stonden en iedereen applaudisseerde.

Wat is er? Wat is er?

Rustig maar, Mister. Dit betekent dat we nog heel zijn.

De drukkende hitte was nog net als vroeger, en zo ook de vochtige tropenstank, de luchtvervuiling, de duizenden motorfietsen, auto's en trucks die de wegen en straten vulden, de venters en ruitenwassers die bij elk stoplicht stonden samengeklonterd (Wat zijn die lui donker, zei Oscar, en zijn moeder zei: Malditos haitianos), de voetgangers die loom en onbeschut in de felle zon liepen, de bussen die zo overvol waren dat ze geen passagiers maar een lading reserveledematen naar een of andere oorlog leken te vervoeren, de algehele wrakkigheid van de gebouwen, alsof Santo Domingo een soort olifantenkerkhof was, maar dan voor zieke en gehavende betonkolossen. En de honger op de gezichten van de kinderen, ook die was er nog steeds. Maar in sommige opzichten leek het toch ook alsof zich te midden van het verval een geheel nieuw land begon aan te dienen. De wegen waren beter en de auto's minder aftands. Bussen op de langere routes, zoals naar de Cibao, waren zelfs nieuw en hadden airco. Her en der stonden fastfoodrestaurants, Amerikaanse zoals Dunkin' Donuts en Burger King, maar ook lokale, met logo's die Oscar niet herkende. Pollos Victorina. El Provocón No. 4. En er waren nu veel meer verkeersborden en -lichten, al leek iedereen er schijt aan te hebben. Maar de grootste verandering was deze: La Inca had in de voorbije jaren haar bakkerijketen naar La Capital verplaatst (We werden te groot voor Baní, zei zijn neef Pedro Pablo, die hen was komen afhalen van het vliegveld). Ze had er nu zes, verdeeld over de buitenwijken, en de familie woonde in een gloednieuw huis in Mirador Norte. Ja ja, we zijn capitaleños nu, zei Pedro Pablo trots.

La Inca was zelf ook veranderd sinds Oscars laatste bezoek. Ze was altijd leeftijdsloos geweest, de Galadriel van de familie, maar nu kon hij zien dat de jaren ook voor haar verstreken, ondanks haar nog altijd kaarsrechte houding. Haar haar was bijna helemaal wit, haar huid was een netwerk van rimpels en zonder bril kon ze niets meer lezen. Maar aan haar houding, uiterlijk en innerlijk, was niets veranderd. Toen ze hem voor het eerst sinds zeven jaar zag, legde ze haar handen op zijn schouders en zei: Mi hijo, eindelijk ben je weer bij ons.

Dag, Abuela. En na een aarzeling, schuchter: Bendición.

(Maar niets kon ontroerender zijn dan La Inca en zijn moeder. Zwijgend stonden ze tegenover elkaar, tot zijn moeder haar handen voor haar gezicht sloeg en in snikken uitbarstte. Met de stem van een klein meisje: Madre, ik ben weer thuis. En toen vielen ze elkaar huilend in de armen, en Lola omhelsde hen beiden, en Oscar wist zich met zijn houding geen raad en voegde zich maar bij zijn neef Pedro Pablo, die hun koffers van het busje naar de patio de atrás liep te sjouwen.)

Het was echt verbazend hoeveel hij van de DR vergeten was. De hagedisjes die overal rondscharrelden, en de hanen in de ochtend, gevolgd door het geschreeuw van de plataneros en de bacalao-man, en van tío Carlos Moya, die hem de eerste avond dronken voerde met Brugal en vochtige ogen kreeg bij de herinneringen aan hem en zijn zus.

Maar waar hij vooral niet over uit kon, was dat hij vergeten was hoe ongelooflijk mooi de Dominicaanse vrouwen waren.

Je hebt thuis toch voorbeelden genoeg, zei Lola afgemeten.

Bij de ritjes die hij die eerste dagen maakte, verrekte hij zijn nek zowat.

Ik ben hier in de hemel, schreef hij in zijn dagboek.

Zijn neef Pedro Pablo was het hier niet mee eens. De hemel? Hij zoog zijn adem in tussen zijn tanden. Esto aquí es un maldito *infierno*.

DE EERSTE WEEK

Een greep uit de foto's waar Lola mee thuiskwam. Oscar die in de achterkamer Octavia Butler zit te lezen. Oscar op de Malecón, met een fles Presidente in zijn hand. Oscar bij de Columbus-vuurtoren, waar zich ooit de helft van Villa Duarte bevond. Oscar met zijn neef Pedro Pablo als die nieuwe bougies gaat kopen in Villa Juana. Oscar die een hoed past op de Conde. Oscar naast een burro in Baní. Oscar en zijn zuster (zij in een stringbikini die het hoornvlies van je ogen doet springen). Je ziet hem zijn best doen een gewone toerist te lijken. Hij glimlacht erop los, maar in zijn ogen heerst verbluftheid.

En heel opvallend: hij draagt nergens zijn wijde dikkemannenjas.

EILANDMAGIE

Na die eerste week, nadat zijn neven en nichten hem van de ene bezienswaardigheid naar de andere hadden gesleept, na zijn gewenning aan de bloedhitte en het hanengekraai en het feit dat iedereen hem Huáscar noemde (zijn Dominicaanse naam, nog iets wat hij was vergeten), na de innerlijke fluistering te hebben overwonnen die elke geëmigreerde Domo kwelt als hij vakantie komt vieren (*Je hoort hier niet*), nadat hij mee was geweest naar wel vijftig clubs, hoewel hij de salsa noch de merengue noch de bachata kon dansen, zodat hij in zijn eentje Presidentes had zitten drinken terwijl Lola zich met zijn neven en nichten in het zweet werkte, nadat honderden mensen zich over het verschil met zijn zus hadden verbaasd (We zijn jong uit elkaar gehaald en ik ben daarna door wolven opgevoed), na een paar heerlijk stille ochtenden waarop hij in zijn eentje had zitten schrijven, nadat hij op een dag al zijn geld aan bedelaars had weggegeven en niet meer met de taxi naar huis kon zodat hij zijn neef Pedro Pablo moest bellen om hem te komen halen, nadat hij hemdloze en schoenloze zevenjarigen om de restjes had zien vechten die hij op zijn bord liet liggen na een terrasbezoek, nadat zijn moeder hen allemaal mee uit eten had genomen in de Zona Colonial, waar de obers hen schuins hadden bekeken (Ze denken vast dat je Haïtiaans bent, mam, zei Lola – La única haitiana acquí eres tú, mi amor, zei ze koeltjes), nadat een graatmagere vieja zijn beide handen had gegrepen en om een stuiver had gesmeekt, nadat zijn zuster had gezegd dat dat nog niks was vergeleken bij de bateys, nadat hij een dag in het dorp had doorgebracht waar La Inca was opgegroeid, en een drol had moeten draaien in een latrine, en zijn kont had moeten afvegen met een maïsblad (Da's pas genieten! schreef hij in zijn dagboek), na zijn eerste gewenning aan de heksenketel van het leven in La Capital (de guaguas, de smerissen, de schrijnende armoede, de Dunkin' Donuts, de bedelaars, de Haïtianen die op bijna elke kruising geroosterde pinda's verkopen, de schrijnende armoede, de vuile pokketoeristen die de stranden in beslag nemen, de novelas waarin Xica da Silva om de vijf seconden uit de kleren gaat en waar Lola en zijn nichten verslaafd aan waren, de middagwandelingen op de Conde, de schrijnende armoede, de barrios populares, wat een veel te rooskleurige naam is voor doolhoven van steegjes en hutten van roestend golfplaat, de mensenmassa's waar hij doorheen moest waden en moest blijven waden omdat hij anders binnen de kortste keren omver werd gelopen, de magere 'bewakers' voor de warenhuizen, met zichtbaar kapotte geweren, de muziek, de schunnige moppen die hij overal hoorde, de schrijnende armoede, conchos waar hij zowat uit werd geperst omdat ze klanten bleven oppikken, de muziek, de nieuwe tunnels in de bauxietrijke aarde, de borden die de nieuwe tunnels verboden verklaarden voor ezelwagentjes), nadat hij op één dag naar Boca Chica en Villa Mella was geweest en zoveel chicarrones had gegeten dat hij langs de weg zijn hart uit zijn lijf kotste (Da's pas genieten! riep zijn tío Rudolfo), nadat hij van zijn abuela op zijn donder had gekregen omdat hij zo lang niet geweest was, nadat hij van zijn tío Carlos Moya op zijn kloten had gekregen omdat hij zo lang niet geweest was, nadat hij van zijn neven en nichten op zijn flikker had gekregen omdat hij zo lang niet geweest was, nadat hij de onvergelijkbare pracht van de

Cibao had herontdekt, nadat hij de verhalen over zijn moeder had gehoord, nadat hij was opgehouden zich over de hoeveelheid politieke propaganda te verbazen waarmee de hele stad werd volgeplakt (Ladrones, stuk voor stuk, wist zijn moeder), na de visite van de geschifte tío die gemarteld was tijdens het bewind van Balaguer en die in een verhit politiek debat raakte met zijn tío Carlos Moya (waarna ze het beiden op een zuipen hadden gezet), nadat hij in Boca Chica zijn eerste zonnebrand had opgelopen, nadat hij gezwommen had in de Caribische Zee, nadat zijn tío Rudolfo hem knetterstoned had gekregen met mamajuana de marisco, nadat hij voor het eerst van zijn leven Haïtianen uit een guagua geschopt had zien worden omdat de andere passagiers hen vonden stinken, nadat hij horendol was geworden van alle bellezas die hij overal zag, nadat hij zijn moeder had geholpen met het installeren van twee nieuwe airconditioners en daarbij een blauwe nagel had opgelopen, nadat ze al hun meegebrachte cadeaus hadden uitgedeeld, nadat Lola hem had voorgesteld aan de jongen met wie ze als tiener verkering had gehad en die nu ook capitaleño was, nadat hij de foto's had gezien van Lola in haar privéschool-uniform, een slungelige muchacha met hartverscheurende ogen, nadat hij bloemen had gelegd op het graf van de bediende van zijn abuela die hem als kind had verzorgd, nadat hij zo erg aan de dunne was geweest dat hem bij elke eruptie de tranen in de ogen sprongen, nadat hij met Lola alle flutmusea in de hele stad had bezocht, nadat hij gemerkt had dat het hem niks meer deed dat iedereen hem gordo (of nog erger: gringo) noemde, nadat hij in zowat elke winkel van de stad was afgezet, nadat het tot hem was doorgedrongen dat La Inca elke ochtend voor hem bad, nadat hij strontverkouden was geworden omdat zijn abuela de airco in zijn kamer veel te hoog had gezet, besloot hij zomaar opeens, van het ene moment op het andere, dat hij de rest van de zomer met zijn moeder en tío op het Eiland zou blijven. Dat hij niet met Lola mee naar huis vloog. Het kwam bij hem op toen hij op een avond met Lola op de Malecón naar de zee stond te staren. Wat heb ik in Paterson te zoeken? zei hij. Hij hoefde die zomer geen les te geven en hij had al zijn materiaal voor het vierluik bij zich. Het lijkt me een uitstekend idee, zei Lola. Het zou heel goed voor je zijn om een tijdje in la patria te blijven. Misschien vind je hier wel een leuke campesina. Het *voelde* ook goed, leek de ideale manier om zijn hoofd en hart vrij te maken van de zwaarmoedigheid van de voorbije maanden. Zijn moeder was heel wat minder enthousiast, maar La Inca legde haar met een handgebaar het zwijgen op. Hijo, al wil je hier je hele leven blijven! (Het bevreemdde hem wel dat ze hem meteen daarna een crucifix omdeed, dat hij niet meer af mocht doen.)

En nadat Lola in haar eentje was teruggevlogen (Pas goed op jezelf, Mister) en de angst en vreugde over zijn beslissing waren geluwd, nadat hij zijn draai had gevonden in Abuela's huis en aan het idee was gewend dat hij de rest van de zomer zonder Lola zou doorbrengen, nadat zijn fantasie over een eilandromance een wrede grap was gaan lijken (Kom op zeg, hij kon niet dansen, had geen poen, had geen snelle kleren, had geen zelfvertrouwen, kwam niet uit Europa en zag er niet uit, dus zijn kans op een wip met een eilandmeisje was nul komma nul), nadat hij een hele week had zitten schrijven en (o ironie) een keer of vijftig het aanbod van zijn neven had afgeslagen om met ze naar een bordeel te gaan, werd Oscar verliefd op een bijna-voormalige puta.

Haar naam was Ybón Pimentel. Oscar achtte haar het begin van zijn *echte* leven.

LA BEBA

Ze woonde twee huizen verder en was net als de De Leóns een nieuwkomer in Mirador Norte. (Oscars moeder had ooit haar huis in Paterson kunnen kopen door dag en nacht te werken. Ybón had voor het hare ook dag en nacht gewerkt, maar dan achter een raam in Amsterdam.) Ze was een van die goudkleurige mulatas die in het Caribisch gebied chabines worden genoemd. Ze had Medusa-achtig haar, kopergroene ogen, en als ze één blanke voorzaat meer zou hebben gehad, was ze ziekelijk bleek geweest.

Toen Oscar de kleine, ietwat mollige schoonheid voor het eerst tegenkwam, tijdens een van de pauzes die hij af en toe nam voor een ommetje of een kop koffie in het buurtcafé, klakte ze op haar hoge hakken naar een Pathfinder, lachte hem toe terwijl ze instapte en reed weg. Hij ging ervan uit dat ze bij iemand op bezoek was geweest, want anders dan het gros van de buurtbewoners hield ze er geen Amerikaanse kledingstijl op na. Toen hij haar een paar dagen later opnieuw tegenkwam, glimlachte ze *weer*. En toen hij haar voor de derde keer zag (en hier begint het wonder, mensen), kwam ze aan zijn tafeltje in het café zitten en vroeg: Wat lees je daar? Hij wist even niet hoe hij het had, maar toen drong het tot hem door: *Holy Shit!* Een vrouw zei iets tegen *hem*. Ongekend! Alsof zijn levenslijn verward was geraakt met die van een filmster of zo. De reden werd al snel duidelijk: Ybón kende zijn abuela en gaf haar weleens een lift als Carlos Moya het te druk had met zijn bestellingen. Jij bent de jongen van haar foto's, zei ze met een teder lachje. Ja, maar toen was ik nog klein, zei hij. Dat was voor de oorlog een ander mens van me maakte. De grap ontging haar. Ja, dat zal wel, zei ze ernstig. Nou, ik ga maar weer eens. De zonnebril ging weer omlaag, de kont ging omhoog, en weg was de belleza. Oscars erectie wees haar na als een wichelroede.

Ybón had ooit een jaar of wat op de UASD doorgebracht, maar ze was niet echt een studiebol. Ze had lachrimpeltjes en was, althans in Oscars ogen, de charme en openheid zelve. Had de intense aantrekkingskracht waar mooie, goed geconserveerde dertigsters wel vaker in ruime mate over beschikken. De eerstvolgende keer dat hij haar 'tegenkwam' (voor haar huis, na urenlang op de uitkijk te hebben gestaan), zei ze in het Engels: Goedemorgen, meneer De León, hoe gaat het met u? Voortreffelijk, mevrouw, en met u? Ze lachte. Ook heel goed, dank u wel. Hij wist niet waar hij zijn handen moest laten, dus verstrengelde hij zijn vingers maar op zijn rug. Het bleef pijnlijk stil terwijl ze haar sleutel in het hek van haar voortuin stak. Heet, hè? wist hij ten slotte uit te brengen. Ja, vind jij het ook zo warm? zei ze. Gelukkig maar, ik dacht al dat ik in de overgang was. En met een blik over haar schouder, nieuwsgierig misschien naar die rare jongen die zijn uiterste best stond te doen om niet naar haar te kijken, of misschien zag ze al hoezeer ze hem van zijn stuk bracht en had ze met hem te doen: Kom even binnen, een biertje drinken.

Het huis was zo goed als leeg (bij zijn abuela was de inrichting sober, maar dit was *karig*). Ik heb nog geen tijd gehad om het hier aan te kleden, zei ze monter. Er stond alleen een keukentafel, een losse stoel, een bureau, een bed en een tv, dus moesten ze met zijn tweeën op het bed zitten. Oscars oog viel op een paar astrologieboeken die eronder lagen, en een stapeltje romans van Paulo Coelho. Ze zag hem kijken en zei met een glimlach: Paulo Coelho heeft mijn leven gered. Ze gaf hem een biertje, nam zelf een dubbele scotch en vergastte hem de volgende zes uur op haar levensverhaal. Het was duidelijk dat ze in geen tijden met iemand had kunnen praten. Oscar beperkte zich tot knikken, hummen en lachen als zij lachte. En hij zweette de hele tijd peentjes, zat zich wanhopig af te vragen of het de bedoeling was dat hij iets ondernam, en of hij iets zou klaarspelen als hij iets ondernam. En door al dat getob drong het pas na een uur of drie tot hem door wat het nu eigenlijk voor werk was dat ze zo uitvoerig beschreef, dat hij één lang vertoog beluisterde over prostitutie. *Holy Shit!*, the sequel. Putas waren dan wel het voornaamste exportartikel van de DR, maar hij was nog nooit in de nabijheid van een prostituee geweest, laat staan over de vloer.

Toen hij even uit haar slaapkamerraam keek, zag hij zijn abuela in haar voortuin reikhalzend naar links en rechts staan kijken waar hij toch bleef. Hij wilde opstaan om het raam omhoog te schuiven en haar te roepen, maar Ybón praatte aan één stuk door.

Een vreemd, vreemd vogeltje was Ybón. Vrolijk en ongedwongen, een vrouw om je volledig bij op je gemak te voelen. Maar ze had tegelijkertijd iets afstandelijks over zich, als was ze (en ik citeer Oscar) een gestrande buitenaardse prinses die nog deels in een andere dimensie vertoefde. Zo pretentieloos dat je haar weer net zo snel vergeten kon als je van haar in de ban was geraakt. En zo leek ze het ook precies te willen hebben: hevige maar korte belangstelling – niets blijvends. Ze leek het soort meisje te willen zijn waarbij je eens in de zoveel tijd om elf uur 's avonds aanklopte, om dan weer maandenlang weg te blijven. Dat leek alle binding die ze aankon.

Maar hoe goed Oscar haar ook doorzag, bij hem werkte haar houding niet. Waar het vrouwen betrof had hij de geest van een yogi – als hij eenmaal gefocust was, bleef hij gefocust. Toen hij die avond bij haar wegging en door de gebruikelijke muggenzwerm naar het huis van zijn abuela liep, was hij verkocht, compleet verkocht.

Deed het dan geen afbreuk dat ze na haar vierde whisky Italiaans door haar Spaans was gaan mengen, of struikelde en bijna languit was gegaan toen ze hem uitliet? Natuurlijk niet.

Hij was verliefd.

Zijn moeder en abuela stonden hem bij de deur op te wachten, met rollers in hun haar, vergeef me het cliché. Ze konden niet over zijn sinvergüencería uit. Weet je dan niet dat die vrouw een PUTA is? Weet je dan niet dat ze voor dat huis op haar RUG HEEFT GELEGEN?

Hij wankelde even onder hun gecombineerde woede, maar

herpakte zich snel en zei: En weten jullie dan niet dat haar tante een RECHTER was? En haar vader een directeur bij het TELEFOONBEDRIJF?

Als je een vrouw wilt, help ik je daar wel aan, zei zijn moeder, nijdig uit het raam kijkend. Die puta is alleen maar op je geld uit.

Ik hoef geen hulp. En zij is geen puta.

La Inca onderwierp hem aan haar Blik van Immense Kracht. Hijo, niet brutaal zijn tegen je moeder.

En hij gaf zich bijna gewonnen. Bijna bezweek hij voor hun gezag. Maar toen proefde hij het bier weer op zijn lippen en haalde hij zijn schouders op.

Zijn tío Rudolfo, die in de kamer naar een wedstrijd zat te kijken, benutte het moment van stilte en riep met zijn beste Grandpa Simpson-stem: Hoeren hebben mijn leven verwoest!

Nog meer wonderen. Toen Oscar de volgende ochtend opstond en meteen weer die woeste vreugde voelde, meteen naar Ybóns huis wilde rennen om zich aan een poot van haar bed te ketenen, bedwong hij zichzelf en deed niets. Hij wist dat hij het kalm aan moest doen, stapje voor stapje, wist dat hij zijn dwaze hart in toom moest houden. Anders verpestte hij het. Wat *het* ook mocht zijn. Natuurlijk liep hij over van de fantasieën. Wat dacht je dan? Hij was een niet-meer-zo-dikke dikzak die nog nooit een meisje had gekust, laat staan de rest, en nu werd er met een begeerlijke puta onder zijn neus gewapperd. Ybón, hij was er heilig van overtuigd, was een gebaar ten langen leste van het Opperwezen, een kans in extremis om toch nog een volwaardig Dominicaans manspersoon te worden. Als hij dit verknalde, moest hij voor eeuwig Villains & Vigilantes blijven spelen. Dit mag niet misgaan, hield hij zichzelf voor. Dus speelde hij de ultieme troefkaart: het Wachten.

Hij sukkelde de hele dag door het huis. Probeerde te schrijven, maar dat lukte voor geen meter. Keek naar een Dominicaanse comedyserie, waarin zwarte Dominicanen in strorokjes witte Dominicanen in safaripakken in een kookpot stopten. Lachen. Tegen de middag had hij Dolores, de 38-jarige 'muchacha' die kookte en schoonmaakte, finaal in de gordijnen.

De volgende dag trok hij een schone chacabana aan en kuierde naar haar huis. (Nou, het was meer een ingehouden hollen.) Er stond een rode Jeep voor, neus aan neus met de Pathfinder. Met een nummerbord van de Policía Nacional. Hij stond stompzinnig voor haar hek, in de onbarmhartige zon. Voelde zich een totale oetlul. Natuurlijk was ze getrouwd! Natuurlijk had ze een vriend! De toren van zijn optimisme stortte met daverend geraas in.

Maar de volgende dag was hij er weer. En nu was er niemand thuis.

Hij begon van lieverlee te geloven dat ze terug was getransporteerd naar de dimensie waaruit ze was voortgekomen. Maar drie dagen later stond hij toch weer in haar kamer. Waar was je? liet hij zich ontvallen, en hij kon nog slechts hopen dat het niet al te zielig klonk. Ik, eh, ik was al bang dat je was uitgegleden in de badkuip of zo. Ze lachte en wiebelde kittig met haar achterste. Ik moest centjes verdienen, mi amor.

Toen hij aanbelde had ze aerobics staan doen voor haar tv, in een stretchbroek en iets wat nog het best omschreven kon worden als een haltertopje. Hij kon zijn ogen bijna niet van haar afhouden. Oscar! had ze geroepen toen ze opendeed. Kom binnen, querido! Kom binnen!

NOOT VAN DE AUTEUR

Ik weet wat er nu gezegd zal worden: Maakt hij er nu opeens een tropisch sprookje van? Een puta en ze is geen minderjarig cokeverslaafd wrak? Ongeloofwaardig!

Maar luister, moet ik dan naar de Feria gaan om er een representatiever model uit te zoeken? Zou het beter zijn als ik

Ybón veranderde in die andere puta die ik ken: Jahyra, een voormalige buurvrouw in Villa Juana, die daar nog altijd in zo'n oud, roze geschilderd houten huis met een zinken dak woont? Jahyra, het oertype van de Caribische hoer, half aanbiddelijk en half verachtelijk. Jahyra, die op haar vijftiende van huis ging voor een carrière die haar langs Curaçao, Madrid, Amsterdam en Rome voerde, die er twee kinderen aan overhield, die op haar zestiende een paar sili's liet inbouwen in Madrid, waar ze een grotere cupmaat mee verkreeg dan Luba uit *Love and Rockets* (maar niet zo'n grote als die van Beli), die er prat op gaat dat haar apparato al die jaren haar hele familie heeft onderhouden. Zou het beter zijn als ik de ontmoeting van Oscar en Ybón in de wereldberoemde Lavacarro liet plaatsvinden, waar Jahyra nog altijd zes dagen per week werkt, en waar je (gemak dient de mens) je auto kunt laten wassen terwijl je jezelf op een nummertje pijpen en neuken trakteert? Zou dat beter zijn? Ja?

Maar dan zou ik wel liegen.

Ik fleur deze vertelling dan wel op met de nodige sf&f-motieven, maar het moet toch eerst en vooral het *ware* verhaal zijn van het Korte Maar Wonderbare Leven Van Oscar Wao. Kun je echt niet geloven dat er vrouwen als Ybón bestaan, en dat ze gesteld kunnen raken op 23-jarige nerdmaagden?

Kies maar. Met de rode pil ga je door, met de blauwe keer je terug naar de Matrix.

HET MEISJE UIT SABANA IGLESIA

Op hun foto's ziet Ybón er nog hartstikke jong uit. Het zit 'm in haar lach, en in haar ontspannen houding. Hallo, hier ben ik, lijkt ze te zeggen. Vind je me leuk, mooi. Zo niet, even goeie vrienden. Ze kleedde zich ook jong, maar ze was ruim zesendertig. Op foto's van dichtbij zie je kraaienpootjes, en ze klaagde voortdurend over haar buikje, en dat haar borsten en billen hun stevigheid begonnen te verliezen. Dat laatste was ook de reden waarom ze vijf dagen per week naar de sportschool ging. Als je zestien bent, is een lichaam als dit gratis. Maar als je tegen de veertig gaat lopen, *pffff*, dan heb je er een dagtaak aan!

Toen Oscar voor de derde keer op bezoek was, schonk ze haar whiskyglas weer vol en haalde ze haar albums uit de kast. Ze liet hem alle foto's zien van toen ze zestien was, zeventien, achttien. Altijd op het strand, altijd in een bikini, altijd met wijduitstaand jarentachtighaar, altijd met een lach, en altijd met haar armen om middelbare, blanke, harige kerels met wijduitstaand jarentachtighaar. Oscar bekeek die verlopen koppen en uitgezakte lijven en voelde de hoop in zich opwellen. Onder elke foto stond een datum en een plaatsnaam, waardoor hij Ybóns puta-loopbaan door Italië, Portugal en Spanje kon volgen. Wat was ik nog mooi toen, zei ze weemoedig. En ze had gelijk, haar lach overstraalde de zon. Maar Oscar vond haar nu niet minder mooi. Integendeel, de rijpheid in haar verschijning verhoogde juist haar luister (een laatste glans voor het duister), en dat vertelde hij haar ook.

Je bent lief, mi amor. Ze sloeg haar whisky achterover en raspte: Wat is jouw sterrenbeeld?

Hij werd hoe langer hoe verliefder. Schrijven kwam er niet meer van. Hij ging vrijwel elke dag naar haar huis, ook als ze gezegd had dat ze moest werken – voor het geval dat ze ziek was, of besloten had te stoppen zodat ze met hem kon trouwen. De poort van zijn hart stond wijd open. Hij had een verende tred. Hij voelde zich *soepel*. Zijn abuela bleef op hem inpraten. Zelfs God houdt niet van putas, zei ze. Ja, lachte zijn tío, die geeft de voorkeur aan putos! Zijn tío leek het geweldig te vinden dat hij niet langer een pájaro als neef had. Niet te geloven, zei hij trots, de palomo is eindelijk een man. Hij sloeg zijn arm om Oscars nek en nam hem in de politiegreep. Op welke datum was het, jongen? Als ik thuiskom, wil ik op dat nummer wedden bij de paardenrennen!

Daar gaan we weer: Oscar en Ybón bij haar thuis, Oscar en Ybón in de bioscoop, Oscar en Ybón op het strand. Ybón had het hoogste woord, maar Oscar kreeg er af en toe ook een woord tussen. Ze vertelde hem over haar twee zoons, Sterling en Perfecto, die bij hun opa en oma op Puerto Rico woonden en die ze alleen tijdens vakanties zag. In haar Europese jaren hadden ze het met haar foto en haar geld moeten doen, en toen ze naar het Eiland terugkeerde waren het al opgeschoten jongens en wilde ze hen niet meer weghalen bij de enige familie die ze ooit gekend hadden. (Ik zou met mijn ogen hebben gerold, maar Oscar slikte het als zoete koek.) Ze vertelde hem over haar twee abortussen, vertelde hem over haar tijd in de vrouwengevangenis van Madrid, vertelde hem hoe zwaar het was om je lichaam te verkopen. Ze vroeg hem: Wat denk jij, kan iets wat onmogelijk is soms toch mogelijk zijn? Ze vertelde dat ze nog veel plezier had gehad van die paar jaar Engels aan de UASD. Vertelde over haar reis naar Berlijn met een omgebouwde trans uit Brazilië, haar beste vriendin in die tijd. Vertelde dat die trein soms zo langzaam reed dat ze bloemen van de spoordijk had kunnen plukken. Ze vertelde over haar Dominicaanse vriendje, een politiechef die ze de capitán noemde, en over haar buitenlandse vriendjes: een Italiaan, een Duitser en een Canadees, die ze haar drie bandidos noemde en die in verschillende maanden van het jaar naar het Eiland kwamen om haar op te zoeken. Wees maar blij dat ze allemaal een gezin hebben, zei ze, anders was ik deze hele zomer aan het werk geweest. (Hij had liever dat ze niet over deze mannen sprak, maar durfde dat niet te zeggen, bang dat ze hem zou uitlachen, dus zei hij: Jammer, ik had ze graag meegenomen voor een excursie naar La Zurza. En zij stootte hem lachend aan.)

Hij vertelde op zijn beurt over de keer dat hij met een paar andere college nerds naar een gamersconventie in Wisconsin was gereden, zijn enige grote reis. Hoe ze de nachten in een camper hadden doorgebracht en Pabst hadden gedronken met de plaatselijke indianen. Hij vertelde over zijn liefde voor zijn zuster Lola, en over wat zij allemaal had meegemaakt. Hij vertelde over de keer dat hij zelfmoord had proberen te plegen. Dat was het enige verhaal waarbij Ybón hem geen moment in de rede viel. Toen hij klaar was, hief ze slechts haar glas op. Op het leven!

Ze hadden het nooit over de vele uren die ze met elkaar doorbrachten. Misschien moeten we maar trouwen, zei hij op een dag, zonder erbij te glimlachen. Ik zou een vreselijke echtgenote zijn, zei ze. Hij kwam zo vaak langs dat hij haar soms ook in een van haar 'buien' trof, stemmingen waarin de buitenwereldse prinses de overhand kreeg en ze kil en narrig was. Op die dagen liep ze meteen na het opendoen naar haar bed, liet zich zwijgend neerploffen en deed alleen haar mond open om hem een domme americano te noemen als hij bier morste. Maar hij liet zich nooit kennen en vuurde de ene geestigheid na de andere op haar af. Ga je mee naar de Plaza Central? Ik hoorde op het nieuws dat Jezus daar gratis condooms uitreikt. Uiteindelijk kreeg hij haar dan zover dat ze meeging naar de bioscoop, waar de prinses zich weer een beetje terugtrok. En na de film nam ze hem mee naar een Italiaans restaurant. En daar zoop ze zich dan helemaal klem. Zo erg dat hij haar naar de Pathfinder moest dragen en zelf terug moest rijden door het helse verkeer. Na een paar keer hopeloos te zijn verdwaald ging hij er op zulke avonden toe over om Clives te bellen, de vaste (en hyperreligieuze) taxista van zijn abuela, die telkens prompt kwam opdraven en als een gids voor hem uit reed. Onderweg vlijde ze haar hoofd in zijn schoot en praatte tegen hem, soms in het Italiaans, soms in het Spaans, soms over de vechtpartijen in de vrouwengevangenis, soms over lieflijker dingen, maar waar ze het ook over had, het was adembenemend om haar mond zo dicht bij zijn klok-en-hamerspel te hebben.

LA INCA SPREEKT

Welnee, hij heeft haar helemaal niet op straat ontmoet. Zijn neven, die idiotas, namen hem mee naar een huis van plezier. Daar leerde hij haar kennen. Daar heeft ze hem een rad voor ogen gedraaid.

YBÓNS WOORDEN, ALS OPGETEKEND DOOR OSCAR

Ik wilde helemaal niet terug. Maar toen ik uit de gevangenis kwam, had ik grote schulden bij bepaalde mensen. En mijn moeder was ziek. Dus heb ik toch het vliegtuig maar genomen.

In het begin was het heel zwaar. Als je eenmaal fuera bent geweest, is Santo Domingo het kleinste plekje op aarde. Maar ik heb op mijn reizen geleerd dat je aan alles kunt wennen. Zelfs aan Santo Domingo.

WAT NOOIT VERANDERT

Goed, ze kregen dus een hechte band, maar dan is het nu weer tijd voor de cruciale vragen: Kusten ze elkaar weleens in de Pathfinder? Schoof hij zijn hand weleens onder haar ultrakorte rokje? Begon ze weleens tegen hem op te rijen en hees in zijn oor te fluisteren? Woelde hij weleens door haar warrige bos haar terwijl ze hem afzoog? Neukten ze?

Natuurlijk niet. Ook wonderen hebben hun limiet. Hij wachtte op een teken, een teken dat zij ook verliefd was op hem, en hij begon er rekening mee te houden dat dat deze zomer niet meer zou gebeuren. Maar hij had al plannen om terug te komen voor Thanksgiving, en voor Kerstmis. Toen hij haar dat liet weten, keek ze hem vreemd aan en zei alleen maar zijn naam, Oscar, een beetje treurig.

Ze was zeer op hem gesteld, dat leed geen twijfel. Ze hield van zijn rare praatjes, van zijn verblufte blik als hij iets nieuws ontdekte bij haar thuis (zoals die keer dat hij in haar badkamer naar haar zeepsteen stond te kijken. Van welke planeet komt dit zonderlinge mineraal? had hij gezegd.) Hij had de indruk dat ze buiten hem weinig mensen kende. Buiten haar vriendjes uit binnen- en buitenland, buiten haar zuster die psychiater was in San Cristobál en haar ziekelijke moeder in Sabana Iglesia, leek haar leven net zo leeg als haar huis.

Ik wil niet te veel spullen, zei ze als hij haar een lamp of een ander stuk huisraad wilde geven, dat geeft maar rommel. En hij veronderstelde dat ze hetzelfde dacht over vrienden en kennissen. Maar hij wist dat hij niet als enige bij haar over de vloer kwam. Op een dag lagen er drie lege condoomwikkels op de vloer rond haar bed. Kon je geen kauwgumpje voor mij bewaren? vroeg hij, en ze lachte zonder een spoor van gêne. Arme Oscar. Hij wist van geen opgeven.

Hij droomde weleens dat zijn ruimteschip, de *Hijo de Sacrificio*, eindelijk was opgestegen maar met de snelheid van het licht op de Ana Obrégon Barrière afkoerste.

OSCAR VOOR DE RUBICON

In de eerste week van augustus begon Ybón meer en meer over haar vriendje de capitán te praten. Hij scheen over Oscar gehoord te hebben en wilde hem graag eens ontmoeten. Hij is heel erg jaloers, zei Ybón met neergeslagen ogen. Niks aan de hand, zei Oscar. Regel maar een ontmoeting. Ik doe altijd wonderen voor het zelfvertrouwen van vriendjes.

Ik weet niet hoor, zei Ybón. Misschien moeten we elkaar wat minder vaak zien. Wordt het geen tijd dat je een vriendin zoekt?

Ik heb een vriendin, zei hij gedecideerd. Een hartsvriendin.

Een jaloerse minnaar met een hoge rang bij de politie in een derdewereldland... Menigeen zou er als een speer vandoor zijn gegaan. Menigeen had het eerste het beste vliegtuig genomen. Maar Oscar? Dat gepraat over de capitán maakte hem alleen maar neerslachtig. Hij stond er geen seconde bij stil dat het slecht nieuws is als Dominicaanse smerissen je 'graag willen ontmoeten'. Dat ze dat nooit willen omdat ze een bosje bloemen voor je hebben gekocht.

Op een nacht, niet lang na het condoomwikkelincident, schrok Oscar wakker in zijn overgekoelde kamer en realiseerde zich met ongebruikelijke helderheid dat hij weer op weg was. Hard op weg om zo lijp van een vrouw te worden dat hij niet helder meer kon nadenken, en op ramkoers raakte. Kappen, zei hij in zichzelf. Maar hij wist dat kappen al geen optie meer was. Zijn liefde was even onontkoombaar als een geas bij Dungeons & Dragons. Twee avonden eerder was ze zo dronken geworden dat hij haar in bed had moeten helpen. O god, Oscar, o god, had ze gelald, we moeten voorzichtig zijn, o god. Maar ze had het matras nog niet onder zich gevoeld of ze was begonnen zich uit haar kleren te wurmen. Waar hij bij stond. Hij wendde zich af tot ze onder het dekbed lag, maar wat hij opving vanuit zijn ooghoeken, brandde zich evenzogoed vast op zijn netvlies. Toen hij de kamer uit wilde lopen, richtte ze zich op en het dekbed gleed van haar glorieuze borsten. Nog niet weggaan, Oscar. Wacht tot ik slaap, alsjeblieft. Dus was hij naast haar gaan liggen, boven op het dekbed, en was pas naar huis gelopen toen het al licht werd.

Hij had haar prachtige boezem gezien, van heel dichtbij. Het was te laat, veel te laat, om nog naar de inwendige stem te luisteren die zei dat hij weg moest gaan.

LAATSTE KANS

Twee ochtenden daarna kwam Oscar zijn kamer uit en zag hij zijn tío in de hal naar de voordeur staan kijken. Wat is er? Zijn tío wees naar de deur, en vervolgens naar een put in de wand daartegenover. Ze hebben gisteravond op ons huis geschoten, zei hij woedend. Vuile kut-Dominicanen, trekken zomaar schietend door een woonbuurt. We mogen van geluk spreken dat we nog leven.

Zijn moeder stopte haar vinger in het kogelgat. Noem je dat geluk? Ik niet.

Ik ook niet, zei La Inca, en haar ogen boorden zich in die van Oscar.

Heel even, een ogenblik maar, voelde Oscar een woeling diep in zijn binnenste. Maar in plaats van die gemoedsbeweging nader te overdenken, schraapte hij zijn keel en zei: We zullen het niet gehoord hebben door al die airco's. En hij liep de deur uit, naar Ybón. Ze zouden die dag naar de Duarte gaan.

OSCAR GESLAGEN

Augustus was al op de helft toen Oscar eindelijk de capitán ontmoette. En hij kreeg die dag ook zijn eerste echte kus. Je kunt dus gerust zeggen dat het een dag was die zijn leven veranderde.

Ybón had zichzelf weer eens buiten westen gedronken in een restaurant, na een lange speech over hoe ze elkaar wat meer 'ruimte' moesten geven, die hij met gebogen hoofd had aangehoord, zich afvragend waarom ze dan wel de hele tijd zijn hand zat vast te houden. Het was al laat en hij reed zoals gebruikelijk achter Clives aan, de behulpzame taxista, toen er een Jeep met een stel politiemannen in burger naast de Pathfinder kwam rijden. Oscar kreeg te verstaan dat hij vaart moest minderen en naar de kant moest rijden. Dit is niet mijn auto, zei hij tegen de politieman, en hij wees demonstratief op de slapende Ybón.

Doet er niet toe. Stoppen, alstublieft.

Hij gehoorzaamde en zette de Pathfinder met een onbehaaglijk gevoel aan de kant. En op dat moment richtte Ybón zich op en staarde hem aan met haar groene ogen. Weet je wat ik wil, Oscar?

Ik durf het bijna niet te vragen, zei hij.

Ik wil, zei ze terwijl ze zich naar hem toe boog, un beso.

En opeens zat ze op zijn schoot.

De eerste keer dat je het lichaam van een vrouw tegen het jouwe voelt drukken, en dan die eerste diepe kus, wie kan dat ooit vergeten?

Tja, om eerlijk te zijn ben ik het inderdaad vergeten, maar het zou Oscar nooit meer loslaten. Hij kon het nauwelijks geloven. Het is zover. Het is eindelijk zover! Haar lippen vol en vochtig. Haar tong die zijn mond binnengleed. Het stralende licht, alsof hij naar een hoger zijnsniveau transcendeerde. De hemel, dit is de hemel, dacht hij. Maar toen begreep hij dat het de zaklantaarns waren van de twee stillen. Grote, logge kerels waren het. Ze zagen eruit alsof ze van een planeet met een extra hoge zwaartekracht kwamen, en we zullen ze hier Solomon Grundy en Gorilla Grod noemen. En wie ontwaarde Oscar achter hen? Wie keek daar toe met ogen vol moordlust? Natuurlijk, de capitán – het vriendje van Ybón.

Grod en Grundy rukten hem de auto uit. En probeerde Ybón hem vast te houden? Liet ze een luidkeels protest tegen deze ruwe onderbreking van hun minnespel horen? Natuurlijk niet. Ze viel in katzwijm.

De capitán, een magere jabao van in de veertig, stond onberispelijk gekleed bij de smetteloos rode Jeep. Katoenen pantalon, gesteven wit hemd, schoenen die glommen als scarabeeën. Een van die rijzige, gestroomlijnde, hooghartige, satanisch knappe gasten bij wie de meerderheid van het mensdom automatisch een inferieur gevoel krijgt. Tevens een van die door en door slechte mannen die je maar hoeft aan te kijken om te weten dat mensen wel degelijk, alle postmoderne rimram ten spijt, *boosaardig* kunnen zijn. In de nadagen van de Trujillato was hij nog te jong geweest om zich tegen de macht aan te schurken. Pas na de Amerikaanse Invasie had hij zijn strepen kunnen verdienen. Net als mijn vader steunde hij de Amerikanen, en omdat hij in de strijd tegen de rooien methodisch te werk ging en nooit genade toonde, belandde hij binnen de kortste keren in de hogere echelons van de militaire politie. Onder de Demon Balaguer had hij het druk. Vakbondskantoren beschieten vanaf de achterbanken van auto's. Huizen van vakbondsleiders in de fik steken. Mensen aftuigen met koevoeten. De Twaalf Jaren waren een toptijd voor mannen als hij. In 1974 hield hij het hoofd van een oude vrouw onder water tot ze verdronk (ze had een grondrechtenbeweging voor de boeren in San Juan proberen op te richten). In 1977 gebruikte hij de kolf van zijn Florsheim om het strottenhoofd te verbrijzelen van een 15-jarige jongen (ook zo'n communistische oproerkraaier, opgeruimd staat netjes). Hoe ik dat weet? Ik ken hem. Hij heeft familie in Queens en komt zijn neven elk jaar met Kerstmis flessen Johnnie Walker Black geven. Zijn vrienden noemen hem Fito. Als jongen was het zijn droom om rechten te gaan studeren. Maar toen hij in de ban van de calie-scene raakte, waren rechten het eerste wat hij vergat.

Zo, dus jij bent de New Yorker. Toen Oscar de ogen van de capitán zag, begreep hij pas goed hoe zwaar hij de lul was. De capitán had ook dicht bijeenstaande ogen, net als hij, maar die van de capitán waren blauw en huiveringwekkend. (De ogen van Lee van Cleef!) Als Oscars sluitspieren niet zo sterk waren geweest, waren zijn avondeten, middageten en ontbijt langs alle kanten uit hem weggespoten.

Ik heb niks gedaan, jammerde Oscar. Ik ben Amerikaans staatsburger! probeerde hij.

De capitán sloeg naar een mug. Ik ook, zei hij. Ik ben genaturaliseerd in Buffalo. Een stad in de staat New York is dat.

Ik heb mijn paspoort gekocht in Miami, zei Gorilla Grod. Ik heb alleen maar een verblijfsvergunning, zei Solomon Grundy mistroostig.

Gelooft u mij, alstublieft. Ik heb niets gedaan.

De capitán lachte zijn volmaakte tanden bloot. Weet je wie ik ben?

Oscar knikte. Hij mocht dan onervaren zijn, dom was hij niet. U bent de ex-vriend van Ybón.

Geen ex, maldito parigüayo! schreeuwde de capitán, en de pezen in zijn hals rezen op als in een tekening van Krikfalusi.

Ze zei dat u haar ex-vriend was, hield Oscar vol.

De capitán greep hem bij zijn strot.

Dat zei ze echt, piepte Oscar.

Oscar bofte. Als hij eruit had gezien als mijn pana Pedro, de Dominicaanse Superman, of als mijn gabber Benny, een model, was hij waarschijnlijk ter plekke afgeknald. Maar omdat hij dik en allesbehalve knap was, omdat hij inderdaad un maldito parigüayo leek, wekte hij net niet genoeg woede voor zo'n drastische reactie. De capitán hield het bij een paar vuistslagen. En omdat Oscar nooit eerder 'een paar vuistslagen' had gekregen van een pezige vent met een militaire opleiding, hield hij er een gevoel aan over alsof hij overlopen was door het complete backfield van de Steelers in '77. De lucht was zo grondig uit hem weggeslagen dat hij dreigde te stikken. Het gezicht van de capitán verscheen vlak boven het zijne. Raak mijn mujer nog één keer aan en ik maak je af, parigüayo. U bent haar ex, fluisterde Oscar, en toen trokken Grundy en Grod hem (met enige moeite) overeind en duwden hem in hun Jeep. Het laatste wat hij zag toen ze wegreden? De capitán die Ybón aan haar haren uit de Pathfinder sleurde.

Hij probeerde uit de auto te springen, maar Gorilla Grod gaf hem een elleboogstoot die hem al zijn verzet deed staken.

Nacht in Santo Domingo. Aardedonker, want het was Santo Domingo dus was er een stroomstoring. Zelfs de vuurtoren lag eruit.

Waar ze hem naartoe reden? Wat dacht je? De suikerrietvelden, natuurlijk.

Een fraai voorbeeld van de Eeuwige Wederkeer van Hetzelfde, nietwaar? Oscar liet van angst zijn plas lopen.

Ben jij niet opgegroeid in deze streek? vroeg Grundy zijn donkerhuidige collega.

Lik me reet, domme lul. Ik kom uit Puerto Plata.

Weet je het zeker? Ik vind je wel iets Haïtiaans hebben. Hoe is je Frans?

Oscar probeerde iets te zeggen maar was zijn stem kwijt. (In situaties als deze had hij zich altijd een geheime held voorgesteld, die uit het niets opdook en nekken brak à la Jim Kelly, maar zijn geheime held had blijkbaar dringender zaken aan zijn hoofd.) Het ging allemaal zo snel. Hoe had hij in dit parket kunnen belanden? Wat had hij fout gedaan? Hij kon het nog steeds niet geloven. Hij ging sterven. Hij probeerde zich Ybón voor te stellen op zijn begrafenis, in een doorschijnend zwart gewaad, maar dat lukte niet, te nerveus. Hij zag zijn moeder en La Inca aan het graf staan. Zeiden we het niet? Hebben we je niet gewaarschuwd? Hij zag Santo Domingo voorbijglijden en voelde zich hopeloos, ongelooflijk, onbestaanbaar alleen. Hoe kon dit nu gebeuren? Hoe kon dit *hem* gebeuren? Hij was saai, hij was dik, hij was voor niemand een bedreiging. En hij was zo verschrikkelijk bang. Hij dacht aan zijn moeder, aan zijn zuster, aan alle miniatuurtjes die hij nog niet geschilderd had, en hij begon te huilen. Hé, hou op, zei Grundy. Maar Oscar kreeg zichzelf niet stil, zelfs niet door zijn vuisten tegen zijn mond te drukken.

Ze reden tijdenlang door het donker, en toen stopten ze, abrupt, bij een immens suikerrietveld. Grundy en Grod trokken hem met vereende krachten de auto uit, waarna de een hem vasthield en de ander de kofferbak opende, en tot de ontdekking kwam dat de batterijen van hun zaklantaarns leeg waren, zodat ze hem weer in de Jeep duwden en terugreden. Toen ze even later met de eigenaar van een colmado over de prijs van zijn batterijen stonden te ruziën, wist Oscar dat dit zijn kans was om uit de auto te springen en krijsend de straat in te rennen. Maar hij kon geen vin verroeren. Hij hield zich voor dat angst nu zijn grootste vijand was, maar ook dat kreeg hem niet in beweging. Ze hadden pistolen! Hij staarde naar buiten en hoopte op een wonder, op een paar Amerikaanse mariniers die een nachtelijk eindje om gingen, maar hij zag alleen een man die in een schommelstoel voor zijn vervallen huis zat. En toen hij beter keek, leek het alsof die man geen gezicht had. En op dat moment stapten Grundy en Grod weer in en reden weg.

Met fel schijnende zaklantaarns duwden ze hem even later voor zich uit het riet in. Oscar had nog nooit zo'n luide en buitenaardse wereld meegemaakt – het geritsel, het gekraak, glimpen van snelle bewegingen voor zijn voeten (slang? mangoest?) en boven hem de sterren, stil en ongenaakbaar bijeen. En toch had deze omgeving een eigenaardige vertrouwdheid. Hij had sterk het gevoel dat hij hier al eens eerder was geweest, lang geleden. Het was geen déjà vu. Het was iets ergers. Maar voor hij zich erop bezinnen kon, ontglipte het hem, zonk hij weg in zijn angst, en de twee mannen zeiden dat hij moest blijven staan en zich om moest keren. We hebben iets voor je, zeiden ze vriendelijk. En die vriendelijkheid rukte hem de Realiteit binnen. Niet doen! smeekte hij. Alstublieft! Maar in plaats van oorverdovende lichtflitsen en de eeuwige duisternis, was er Grod die hem dreunend op zijn hoofd sloeg met zijn pistoolkolf. De pijn was fel genoeg om de cocon van zijn angst te verscheuren en hij voelde de kracht terugvloeien in zijn benen en wilde zich omdraaien en wegrennen maar te laat, ze begonnen al op hem in te beuken met hun pistolen.

Het is niet duidelijk of ze op zijn dood uit waren of hem alleen maar een lesje wilden leren. Misschien had de capitán het ene bevolen en deden ze het andere. Misschien deden ze precies wat hun was opgedragen, of misschien had Oscar gewoon geluk. Wie zal het zeggen? Het enige wat ik weet is dat het een ranseling uit duizenden werd. Een Götterdämmerung van geweld. Een zo meedogenloos en niet-aflatend pak slaag dat zelfs Camden, de Wereldhoofdstad der Mishandelingen, er trots op was geweest. Hij *gilde*, maar de gepatenteerde Pachmayr-pistoolgrepen bleven op hem neerkomen. Hij jankte, maar ze gingen onverstoorbaar door. Hij raakte buiten westen, maar zelfs dat hielp niet. Ze schopten hem in zijn kruis tot hij weer bij was en trokken hem overeind. Hij probeerde weg te kruipen tussen het riet, maar ze sleurden hem weer terug. Het was als een paneldiscussie op tv – eindeloos. Jezus, zei Gorilla Grod, hij laat me wel zweten, die dikke. De meeste tijd beukten ze om beurten op hem in, maar soms ook met zijn tweeën tegelijk, en er waren momenten waarop Oscar de indruk kreeg dat hij door drie man werd geslagen. Dat de gezichtsloze man uit de schommelstoel zich bij hen had gevoegd. Op het eind, toen alles begon weg te vloeien, zag Oscar zijn abuela voor zich. Ik heb je toch verteld over die putas? Ik zei je toch dat ze je dood zou worden?

Vlak voor de afronding (Grod die met twee hakken tegelijk op zijn hoofd sprong) wist Oscar het zekerder dan ooit: er was nog een derde man, die tussen het riet stond toe te kijken. Maar voor hij zijn gezicht kon zien doofde het licht definitief en voelde hij zich weer vallen, net als toen, recht op Route 18 af, en hij kon zich nergens aan vastgrijpen.

CLIVES BRENGT REDDING

De enige reden waarom hij niet tussen dat onafzienbare suikerriet bleef liggen en na een paar uur zijn laatste adem zou hebben uitgeblazen, was dat Clives, de godvruchtige taxista, de moed had gehad, en de leepheid, en de pure goedheid, om achter de Jeep aan te rijden. Stiekem, met gedoofde koplampen. Zodra hij de politiemannen weg zag rijden, startte hij zijn motor en reed naar de plek waar de Jeep had gestaan. Hij liep onverschrokken het riet in, maar had geen zaklantaarn en liep een halfuur vergeefs rond te ploeteren, en hij wilde net opgeven om de speurtocht bij het eerste morgenlicht te hervatten toen hij iemand hoorde... *zingen*. Het was nog een mooie zangstem ook, vond Clives. En hij kon het weten, want hij zong zelf weleens solo in zijn kerkkoor. Hij liep zo snel als hij kon naar de plaats waar het vandaan kwam en was er bijna toen er opeens een hevige wind opstak die hem zowat omverblies. Alsof hij door een tornado werd geraakt, door de luchtverplaatsing van een ten hemel stijgende engel. Maar nog voor hij zijn evenwicht had hervonden ging de wind weer liggen, net zo snel als hij was opgestoken, en al wat resteerde was de geur van verbrande kaneel. En daar, op enkele rietstengels van hem af, lag Oscar. Bewusteloos, bloedend uit beide oren, op sterven na dood.

Clives probeerde het uit alle macht, maar hij ontbeerde de kracht om Oscar in zijn eentje naar de taxi te slepen, dus liet hij hem liggen waar hij lag (Hou vol!), rende naar zijn wagen en reed naar de dichtstbijzijnde batey om de hulp in te roepen van een aantal braceros, wat nog niet zo eenvoudig bleek omdat de braceros hun batey niet durfden te verlaten, bang als ze waren voor eenzelfde pak beuk van hun opzichters als Oscar van de politiemannen had gehad. Hij hield echter vol, wist een paar mannen zover te krijgen dat ze in zijn wagen stapten en scheurde weer naar de plaats des onheils. Wat een dikke! zei een van de braceros toen ze bij Oscar stonden. Mucho plátanos, lachte een ander. Mucho *mucho* plátanos zei een derde, maar toen was het gedaan met grappen maken en sjouwden ze hem naar de taxi en legden hem op de achterbank. En het portier was nog niet dicht of Clives trok op en reed zo snel mogelijk weg, in de naam des Heren, nageschreeuwd en met stenen bekogeld door de Haïtianen, die boos waren omdat hij ze een lift terug naar hun kamp had beloofd.

CLOSE ENCOUNTERS OF THE CARIBBEAN KIND

Achteraf zou Oscar zich een droom herinneren waarin hij met een mangoest sprak. Alleen was het niet zomaar een mangoest, maar de Mangoest.

Wat moet het worden, muchacho? wilde de Mangoest weten. Meer of minder?

En bijna had hij minder gezegd. Zo moe, zoveel pijn (minder! minder! minder!), maar op het laatste nippertje had hij zich zijn familie herinnerd. Lola, en zijn moeder, en Nena Inca. Hij had zich herinnerd hoe hij als jongetje was geweest, hoe levensblij en optimistisch nog. Het eerste wat hij altijd had gezien als hij 's ochtends wakker werd: zijn lunchtrommel naast zijn bed. *Planet of the Apes*.

Meer, zuchtte hij.

... ..., sprak de Mangoest, en toen blies de wind hem terug de duisternis in.

DOOD OF LEVEND

Zijn neus gebroken, een jukbeen verbrijzeld, zijn zevende hersenzenuw beschadigd, drie tanden bij de hals afgebroken, een hersenschudding.

Maar hij leeft nog wel, hè? vroeg zijn moeder.

Ja, dat wel, zei de arts.

Laat ons bidden, zei La Inca resoluut. Ze greep Beli's handen en boog haar hoofd.

Als ze al een gelijkenis tussen Heden en Verleden zagen, spraken ze daar met geen woord over.

INSTRUCTIES VOOR EEN HELLEGANG

Hij bleef drie etmalen buiten kennis.

Er bleef hem van bij dat hij een aantal magische dromen had gehad, maar bij zijn eerste maaltijd, een caldo de pollo, kon hij zich daar al niets meer van herinneren – behalve, vagelijk, het beeld van een Aslan-achtige gedaante met gouden ogen die hem iets probeerde uit te leggen, maar hij verstond er geen woord van door de schetterende merengue die uit het huis van de buren kwam.

Een hele tijd later pas, op een van zijn laatste dagen, kwam één van die dromen hem weer duidelijk voor de geest. Hij stond op de binnenplaats van een vervallen kasteel, met een oude man die een opengeslagen boek voor hem ophield. De viejo droeg een masker. Het duurde even voor Oscar zijn blik scherp kreeg, maar toen zag hij dat de bladzijden van het boek blanco waren.

Het boek is leeg. Dat waren de woorden die La Inca's dienstmeid hem hoorde zeggen toen hij door de bewustzijnsbarrière brak en terugkeerde in het Hier en Nu.

INZICHT

Voor moeder De León was de maat vol. Zodra ze het groene licht kreeg van de artsen, belde ze de luchtvaartmaatschappij. Ze was niet van gisteren, had zo haar eigen ervaringen met dit soort dingen, en ze zei het haar zoon zo simpel mogelijk, om zijn arme geteisterde hoofd niet onnodig zwaar te belasten: Oké, stommeling, je gaat naar huis.

Nee, zei hij door zijn kapotte lippen. En hij meende het. Het eerste wat hij gedaan had toen hij bijkwam en wist dat hij nog leefde, was naar Ybón vragen. Ik hou van haar, fluisterde hij. En zijn moeder zei: Hou toch je kop, idioot!

Waarom schreeuw je tegen die jongen? wilde La Inca weten.

Omdat hij onzin kletst.

La Inca's huisarts sloot een epiduraal hematoom uit, maar kon niet garanderen dat Oscar geen hersenletsel had. (Was ze het liefje van een smeris? Tío Rudolfo floot tussen zijn tanden. Dan zou ik er maar van uitgaan dat hij hersenletsel heeft.) U doet er goed aan hem direct naar huis te sturen, zei de doctora, maar Oscar weigerde. Vier dagen lang weerstond hij elke poging om hem naar het vliegveld te krijgen, wat veel zegt over zijn innerlijke kracht, want hij slikte handenvol morfine en hij kraakte in al zijn voegen. Hij had klokje rond een vierdubbele migraine en zag geen moer met zijn rechteroog. Zijn gezicht was zo opgezet dat hij voor John Merrick Junior kon doorgaan, en als hij probeerde te staan, was het alsof de grond onder hem werd weggetrokken. De pijn bleef maar op hem aan rollen, onafwendbaar en onontkoombaar. Hij zwoer een eed om nooit meer een gevechtsscène te schrijven. Maar het was niet alleen maar kommer en kwel. Zijn toestand leverde verrassende inzichten op. Zo realiseerde hij zich dat er echt iets tussen Ybón en hem gaande was, anders had de capitán hem nooit zo te grazen genomen. Een pak slaag als bewijs voor een liefdesband. Is dat iets om te juichen, vroeg hij de ladekast, of om te huilen? En er waren meer inzichten. Toen hij op een dag zijn moeder gadesloeg, die met nijdige rukken het bed afhaalde, drong het tot hem door dat die verhalen over een familievloek, die hij zijn leven lang gehoord had, weleens *waar* konden zijn.

Fukú.

Hij proefde het woord, probeerde het aarzelend uit. *Fuck you.*

Zijn moeder haalde woedend uit, maar La Inca kon haar

hand nog net onderscheppen, een luide pets van vlees op vlees. Ben je *gek* geworden? vroeg La Inca, en Oscar kon niet uitmaken of ze nu tegen zijn moeder sprak of tegen hem.

Wat Ybón betreft: ze reageerde niet op haar pieper, en als het hem lukte het raam te bereiken, zag hij geen Pathfinder voor haar huis staan. Ik hou van je! riep hij de straat in. Ik hou van je! Op een keer wist hij zich helemaal naar haar voordeur te werken en aan te bellen en werd hij betrapt door zijn tío die hem weer mee naar binnen troonde. 's Nachts lag hij zich allerlei gruwelijke *Sucesos*-eindes voor Ybón in te beelden, en als zijn hoofd dan voelde alsof het ging ontploffen, probeerde hij haar met zijn telepathische krachten te bereiken.

Maar op dag drie was ze er dan. In zijn kamer. Ze ging op de rand van zijn bed zitten terwijl zijn moeder in de keuken met pannen en potten smeet en hard genoeg *puta* riep om hoorbaar te zijn.

Vergeef me dat ik niet opsta, fluisterde Oscar. Mijn hersenpan wil vandaag niet meewerken.

Ze was helemaal in het wit. Haar haar was nog nat van de douche, een tumult van rossige krullen. En natuurlijk, de capitán had haar ook verrot geslagen. Natuurlijk had zij ook twee blauwe ogen, en natuurlijk had hij het daar niet bij gelaten (zo had hij zijn .44 Magnum in haar vagina gestoken en gevraagd van wie ze nu *echt* hield). Maar er was geen plekje dat Oscar niet met liefde zou hebben gekust. Ze legde haar vingertoppen op zijn hand en zei dat ze elkaar nooit meer konden ontmoeten. Hoe hij ook tuurde, haar gezicht bleef een vage vlek. De buitenwereldse prinses had weer eens helemaal de overhand. Hij hoorde alleen het verdriet van haar ademhaling. Waar was de vrouw die hem nog maar een week geleden naar een flaquita had zien kijken, en toen quasiboos zei dat alleen honden van botten hielden? Waar was de vrouw die minstens vijf verschillende jurken aantrok voor ze van huis ging? Hij bleef turen, maar het enige wat hij zag was zijn liefde voor die vrouw.

Hij pakte de papieren die hij had volgeschreven en hield ze naar haar op. Er is zoveel dat ik je vertellen wil...

Ik ga met [...] trouwen, zei ze afgemeten.

Ybón, zei hij, en hij probeerde de goede woorden te vinden, maar ze was al weg.

Se acabó. Zijn moeder en zijn abuela en zijn tío zeiden waar het op stond en duldden geen tegenspraak meer en dat was dat. Toen ze naar het vliegveld reden, had hij geen oog voor het landschap of de zee. Hij probeerde iets te ontcijferen dat hij die nacht geschreven had, staarde naar het papier op zijn schoot, sprak de woorden onhoorbaar uit. Mooie dag vandaag, zei Clives. Hij keek op met tranen in zijn ogen. Ja, heel mooi.

In het vliegtuig zat hij tussen zijn tío en zijn moeder. Jezus, Oscar, siste Rudolfo. Kijk eens wat vrolijker. Je lijkt wel een drol met een hemd aan.

Zijn zuster stond hen op JFK op te wachten. Toen ze zijn gezicht zag, begon ze te huilen en kon niet meer stoppen. Toen ze bij mij binnenkwam, huilde ze nog steeds. Je had Mister eens moeten zien, snikte ze. Ze hebben hem zowat *dood*geslagen.

Wat hoor ik nou weer over je, Oscar? zei ik toen ik hem aan de lijn kreeg. Kan ik je nou nooit eens een paar dagen alleen laten?

Zijn stem klonk gesmoord. Ik heb een vrouw gekust, Yunior. Ik heb eindelijk een vrouw gekust.

Maar dat heeft je wel bijna je kop gekost, O.

Laten we de zaak niet overdrijven, m'n beste. Mijn corpus is nog grotendeels intact.

Maar toen ik een paar dagen later zijn gezicht zag, schrok ik me wezenloos. Godverdomme, Oscar...

Hij maakte een afwerend gebaar. Verwijl niet te lang bij mijn sterfelijk omhulsel, waarde vriend. Er speelt hier iets van een hogere orde.

Hij schreef het woord voor me op. *Fukú.*

GEDACHTENIS

Ze spreidde haar armen alsof ze heel haar lege huis wilde omhelzen, heel de wereld misschien wel.

WEER IN PATERSON

Hij was weer thuis. Hij lag in bed. Hij heelde. Zijn moeder was nog steeds te kwaad om hem aan te willen kijken.

Hij was volkomen ontredderd. Een wrak. Hij wist dat hij van haar hield zoals hij nog nooit van iemand had gehouden. En hij wist wat hij eigenlijk moest doen. Terugvliegen. Naar de hel met de capitán. Naar de hel met Grundy en Grod. Naar de hel met iedereen. Maar in het rationele daglicht was dat makkelijker gezegd dan 's nachts, als de angst zijn ballen in ijswater veranderde, dat als pis langs zijn benen liep. Keer op keer droomde hij van het riet, het gruwelijke riet, alleen was hij het nu niet die in elkaar werd geslagen, maar zijn zuster, en zijn moeder, en hij hoorde ze gillen, smeken om genade, alstublieft, in godsnaam, *hou op*, maar in plaats van naar hun stemmen toe te rennen, rende hij weg. Werd gillend wakker. *Niet ik. Niet ik.*

Hij keek voor de duizendste maal naar *Virus* en kreeg het voor de duizendste maal te kwaad toen de Japanse wetenschapper eindelijk Vuurland en de liefde van zijn leven bereikte. Hij begon voor pakweg de miljoenste maal aan *The Lord of the Rings*, een van zijn grootste liefdes en grootste vertroostingen sinds hij de trilogie als negenjarige eenling aangereikt had gekregen door zijn lievelingsbibliothecaresse. Hier, probeer dit maar eens. Een suggestie die zijn leven had veranderd. En weer verslond hij het, tot aan de passage met: 'En uit het verre Harad zwarte mannen als half-trollen.' Toen moest hij stoppen omdat zijn hoofd en hart te veel pijn deden.

Zes weken na de Kolossale Rammeling droomde hij voor de zoveelste keer van het riet. Maar in plaats van weg te rennen toen het gejammer begon, toen de botten begonnen te knappen, vergaarde hij alle moed die hij ooit in zich had gehad, en zou hebben, en dwong zichzelf tot dat wat hij niet wilde, niet kon.

Hij luisterde.

DRIE

Dit gebeurde in januari. Lola en ik woonden in de Heights, ieder in een eigen appartement – het was nog voor de yuppeninvasie en je kon door heel Upper Manhattan lopen zonder één yogamat te zien. Het ging niet geweldig tussen Lola en mij. Kan ik je genoeg over vertellen, maar hier doet het er niet toe. Al wat je moet weten is dat we danig langs elkaar heen leefden. Als we elkaar één keer per week spraken, was het veel, terwijl we officieel nog steeds een stel waren. Helemaal mijn schuld natuurlijk. Kon mijn rabo niet in mijn broek houden, hoewel geen meid aan haar kon tippen.

Afijn, ik was die hele week al thuis, mijn uitzendbureau liet het afweten, en op een gegeven moment gaat de deurbel. Ik keek uit het raam, en het was Oscar. Had hem sinds zijn thuiskomst niet meer gezien, weken geleden alweer. Hé Oscar, kom boven! Ik wachtte hem in de hal op en omhelsde hem toen hij uit de lift stapte.

Hoe gaat-ie, bro? Het vergaat mij wonderwel, zei hij. We liepen mijn appartement in, gingen zitten en ik pakte mijn zakje Hollandse terwijl hij me bijpraatte. Ik ga binnenkort weer naar Don Bosco.

Erewoord? zei ik. Erewoord, zei hij. Zijn gezicht was nog behoorlijk gehavend. De linkerkant hing een beetje.

Rook je mee?

Ach welja, maar met mate hoor. Ik wil niet beneveld raken.

Die laatste dag bij mij op mijn bank maakte hij een vredige indruk. Een beetje afwezig misschien, maar vooral vredig. Ik zou Lola die avond vertellen dat hij volgens mij eindelijk met zichzelf in het reine was, eindelijk een leven voor zichzelf wilde, maar de waarheid zou een tikje ingewikkelder blijken. Je had hem eens moeten zien. Hij was *slank*. Was al zijn vet kwijt. En kalm dat hij was, kalm.

Wat hij zoal gedaan had in die voorbije weken? Schrijven natuurlijk, en lezen. En zich opmaken voor een vertrek uit Paterson. Hij wilde het verleden achter zich laten, een nieuw begin maken, en daar ging veel denkwerk in zitten. Hij mocht van zichzelf maar tien boeken meenemen. De kern van zijn canon, zoals hij het noemde. Ik wil straks niet te veel spullen, zei hij. Dat geeft maar rompslomp. Het leek een vreemde uitspraak voor hem, maar later zouden we het maar al te goed begrijpen.

Na een aandachtige haal zei hij: Neem het me niet kwalijk, Yunior, maar ik ben hier met een bijbedoeling. Ik vroeg me af of je me een dienst kon bewijzen.

Tuurlijk, bro. Laat horen.

Hij had geld nodig voor een waarborgsom, was met een appartement in Brooklyn bezig. Het had me aan het denken moeten zetten, want Oscar vroeg niemand ooit om geld, dat was zijn stijl gewoon niet. Maar ik wist niet hoe snel ik een cheque moest uitschrijven.

Mijn slechte geweten, vermoed ik.

We lieten de joint heen en weer gaan en ik begon over de problemen die Lola en ik hadden. Je had nooit vleselijke betrekkingen met dat Paraguayaanse meisje moeten aangaan, zei hij gedecideerd. Ik weet het, zei ik, ik weet het.

Ze houdt van je.

Dat weet ik.

Waarom ga je dan vreemd?

Als ik dat wist, zouden we geen problemen hebben.

Misschien moet je er eens goed over nadenken. Hij stond op.

Wacht je niet tot Lola komt?

Ik moet weer op pad, m'n beste. Er is een vrouw in het spel.

Lazer op. Echt?

Hij knikte alleen maar, de smiecht.

Is ze mooi? vroeg ik.

Hij glimlachte. Dat is ze zeker.

De volgende dag, zaterdag, was hij weg.

7
De laatste reis

De laatste keer dat hij naar Santo Domingo vloog was hij geschrokken toen na de landing het applaus opklonk. Ditmaal was hij erop voorbereid en klapte tot zijn handen ervan tintelden.

In de terminal belde hij Clives, die een uurtje daarna kwam voorrijden en hem ontzette van alle collega-taxistas die hem in hun wagen wilden trekken. Cristiano, zei Clives, wat doe je hier?

De onweerstaanbaarheid van Oude Krachten, zei Oscar grimmig.

Ze parkeerden schuin voor haar huis en zaten er bijna zeven uur te wachten. Clives probeerde het voortdurend uit zijn hoofd te praten, maar hij wilde niet luisteren. En toen was daar opeens de Pathfinder. Ze was alleen. Ze leek vermagerd. Zijn hart verkrampte en de gedachte doorflitste hem om het toch maar zo te laten. Terug naar Don Bosco. Zijn miserabele leven voortzetten. Maar toen zag hij haar ineengedoken houding, alsof de hele wereld haar bekeek, en dat gaf de doorslag. Hij draaide het portierraam omlaag. Ybón, zei hij. Ze bleef staan, hield haar hand boven haar ogen, en toen herkende ze hem. Ze zei zijn naam ook. *Oscar*. Hij stapte uit, liep naar haar toe en sloeg zijn armen om haar heen.

Haar eerste woorden? Mi amor, je moet hier meteen weer weg.

Maar hij bleef bij haar staan, midden op straat, en luchtte zijn hart. Hij vertelde haar dat hij van haar hield en dat hij flink te pakken was genomen maar nu weer beter was, en als ze hem één week gaf, één week maar met zijn tweeën, dan zou alles goed zijn voor hem en zou hij alles aankunnen. En zij zei dat ze hem niet begreep, dus zei hij het opnieuw, dat hij van haar hield en dat ze belangrijker voor hem was dan het Universum en dat hij daar nooit meer aan ontkomen kon, dus alsjeblieft, laten we één week ergens heen gaan, geef me voor één week je kracht en dan laat ik je met rust als je dat wilt.

Misschien hield zij ook wel een beetje van hem. Misschien was er diep in haar binnenste wel een stem die zei dat ze haar sporttas op het beton moest laten staan en met hem in de taxi moest stappen. Maar ze had haar hele leven al mannen als de capitán meegemaakt, had in Europa een vol jaar voor gajes als hij moeten werken eer ze haar verdiensten voor zichzelf kon houden. En ze wist als geen ander dat het verlaten van een Dominicaanse smeris gelijkstond aan de kogel.

Ik ga hem nu bellen, Oscar, zei ze met een floers in haar ogen. Dus zorg dat je weg bent voor hij er is.

Ik ga niet weg, zei hij.

Ga, alsjeblieft.

Nee.

Hij liet zichzelf het huis van zijn abuela binnen (had de sleutel nog). De capitán kwam na een uur de straat in rijden en zat minutenlang ongedurig te toeteren, maar Oscar ging niet naar buiten. Hij had alle fotoalbums van La Inca gepakt en nam ze een voor een door. Toen La Inca thuiskwam van de bakkerij, zat hij te schrijven aan de keukentafel.

Oscar?

Ja, Abuela, zei hij zonder op te kijken. Ik ben het.

Het is moeilijk uit te leggen, schreef hij zijn zuster later.
En dat geloof ik graag.

DE VLOEK VAN DE CARIBEN

Zevenentwintig dagen lang deed hij maar twee dingen: schrijven en Ybón achter de vodden zitten. Hij zat voor haar huis, belde haar pieper, ging naar de roemruchte Riverside Club waar ze werkte, liep naar de supermarkt als hij de Pathfinder van haar huis zag wegrijden, voor het geval dat ze boodschappen ging doen, wat negen van de tien keer niet het geval was. Als de buren hem op straat zagen, schudden ze hun hoofd en zeiden: Moet je hem zien, die loco.

In het begin stond ze doodsangsten uit. Ze zei geen woord tegen hem, negeerde hem uit alle macht, en toen ze hem voor het eerst in de club zag, schrok ze zo erg dat haar knieën er letterlijk van knikten. Hij wist dat hij haar tot radeloosheid dreef, en kon toch geen afstand nemen. Na een dag of tien had haar angst haar zo uitgeput dat ze het niet eens meer op kon brengen te zwijgen. Als hij haar nu voorbijliep in een gangpad, of haar toelachte in de club, siste ze: Ga naar huis, Oscar, alsjeblieft.

Ze voelde zich ellendig als ze hem zag, en later zou ze hem vertellen dat ze zich ook ellendig voelde als ze hem niet zag, zo bang was ze dan dat ze hem vermoord hadden. Hij schoof lange, hartstochtelijke brieven tussen de spijlen van haar hek, maar de enige reacties waren telefoontjes van mannen die hem namens de capitán in mootjes dreigden te hakken. En dan noteerde hij de tijd en belde de ambassade om te melden dat commandant [...] hem met de dood had bedreigd.

Hij bleef hoop houden, want als ze hem echt weg wilde hebben, had ze hem allang ergens heen gelokt om hem door de capitán te laten afmaken. Of anders had ze hem op zijn minst uit de Riverside laten bannen. En dat deed ze niet.

Sjonge, wat kun jij dansen! schreef hij in een van zijn brieven. In een andere zette hij zijn plannen uiteen om haar te trouwen en mee terug te nemen naar de States.

En zie, ze begon kleine briefjes terug te schrijven, die ze hem steels toestopte in de club of bij hem thuis liet bezorgen. Alsjeblieft, Oscar, ik doe geen oog meer dicht. Ik wil niet dat je iets overkomt, dus ga alsjeblieft terug. Ga thuis verder met je leven.

Maar mooie, mooie vrouw, schreef hij, dit is mijn thuis.

Je echte thuis, mi amor.

Kan een mens er geen twee hebben?

Op de negentiende avond werd er gebeld aan het hek. Hij legde meteen zijn pen neer en liep naar buiten. Wist dat zij het was. Ze zat al in de Pathfinder, duwde het portier voor hem open. Toen hij instapte, wilde hij haar zoenen, maar ze weerde hem af. Niet doen, Oscar. Ze reden naar La Romana, waar de capitán volgens haar geen vrienden had. Tijdens de rit werd er niets opmerkelijks gezegd. Geen verrassingen. Toen hij zei dat hij haar nieuwe haar leuk vond, schoot ze in de lach en begon te huilen, en zei: Echt? Vind je het niet sletterig?

Jij en sletterig zijn twee totaal verschillende dingen, Ybón.

En het thuisfront, wat deden wij? Lola nam het vliegtuig en smeekte hem mee terug te komen. Ze zei hem dat het zijn dood zou worden, en die van Ybón. Hij liet haar uitpraten en zei dat ze niet begreep wat er op het spel stond. En of ik dat weet! schreeuwde ze. Nee, zei hij kalm, je hebt geen idee. Ook zijn abuela probeerde haar gezag aan te wenden. Ze liet de Stem op hem los, maar hij was niet meer de oude Oscar. Er was iets wezenlijks in hem veranderd. Hij leek nu zelf een soort gezag te hebben.

Twee weken na zijn vertrek uit Paterson kwam zijn moeder aan in La Capital. Razend, zelfs voor haar doen. Ik wil dat je meekomt, nu meteen! Het spijt me, Mami, maar dat zal niet gaan. Ze greep hem beet en probeerde te trekken, maar hij was Unus de Onkwetsbare. Pas op, Mami, je bezeert jezelf nog.

En jij helpt jezelf om zeep!

Dat ben ik anders niet van plan hoor.

En ik? Natuurlijk, ik was er ook. Was met Lola meegereisd. Geen betere relatietherapie dan een naderende ramp.

Et tu, Yunior? zei hij toen hij me zag.

Niets hielp.

DE LAATSTE DAGEN VAN OSCAR WAO

Wat duren zevenentwintig dagen ontzettend kort! Op een avond kwam de capitán met een paar van zijn vrienden de Riverside binnen. Oscar staarde hem dik tien seconden aan en vertrok, bevend over al zijn leden. Hij deed geen moeite Clives te bellen, sprong in de eerste de beste taxi.

Op de avond daarna probeerde hij haar op het parkeerterrein van de club te zoenen, en wendde ze haar gezicht af, maar niet haar lichaam. Niet doen. Als hij het ziet, vermoordt hij ons.

Zevenentwintig dagen. En hij schreef elke dag, bijna driehonderd pagina's in totaal, volgens zijn brieven. Toen ik hem op een avond aan de telefoon had (een van de weinige keren dat hij ons belde), zei hij dat hij het bijna had. Wát heb je bijna? vroeg ik.

Dat zie je nog wel, was alles wat hij wilde zeggen.

En toen gebeurde dat wat we allemaal hadden zien aankomen. Op een avond reed Clives hem van de Riverside terug naar huis en moesten ze stoppen voor rood en stapten er opeens twee mannen in de taxi. Gorilla Grod en Solomon Grundy, uiteraard. Leuk je weer eens te zien, zei Grod, waarna ze op hem in begonnen te beuken, zo hard als de beperkte ruimte toeliet.

Ditmaal huilde Oscar niet toen ze naar de rietvelden reden. Zafra stond voor de deur en het riet was hoog en dik. Hier en daar hoorde je creoolse stemmen, en stengels die als Triffids tegen elkaar tikten. De suikerrietgeur was onvergelijkelijk intens en er stond een prachtige volle maan aan de hemel. Clives smeekte hen Oscar te sparen, maar ze lachten slechts. Maak jij je nou maar druk om je eigen hachje, zei Grod. Oscar lachte ook met zijn kapotgeslagen mond. Rustig maar, Clives, zei hij. Ze zijn te laat.

Grod deelde die mening niet. Integendeel, zei hij, volgens mij zijn we precies op tijd.

Ze reden langs een bushalte en het was heel even alsof Oscar zijn familie in een guagua zag stappen. Iedereen. Zelfs zijn arme dode grootouders. En achter het stuur van de bus zat de Mangoest. En de cobrador was de Man Zonder Gezicht. Maar het was zomaar een hersenschim, vervlogen zodra hij met zijn ogen knipperde. Toen de auto tot stilstand kwam, stuurde hij telepathische boodschappen naar zijn moeder (Ik hou van u, señora), naar zijn tío (Stop met die troep, tío, en leef), naar Lola (Ik vind dit heel erg voor je, maar ik zal altijd van je houden), naar alle vrouwen die hij ooit had liefgehad (Olga, Maritza, Ana, Jenni, Karen en al die anderen van wie hij niet eens de naam had gekend) en natuurlijk naar Ybón.[33]

Ze duwden hem voor zich uit het rietveld in en draaiden hem na een poosje om. Hij rechtte zijn rug. (Clives, die ze vastgebonden hadden achtergelaten, was intussen weggeglipt en hield zich schuil om hem straks weer naar zijn familie te kun-

33 'Hoe ver je ook gaat... waarheen je je ook zult begeven in dit grenzeloze universum... nergens ben je... ALLEEN!' (Uatu de Waarnemer in: *Fantastic Four* # 13, mei 1963.)

nen brengen.) Ze keken Oscar aan, en hij keek naar hen. En hij begon te spreken. De woorden vloeiden moeiteloos over zijn lippen, alsof ze van een ander kwamen. Zijn Spaans was voor één keer foutloos. Hij zei hun dat het verkeerd was wat ze deden. Dat ze de wereld een grote liefde ontnamen. En er was veel dat op liefde leek, maar ware liefde was zeldzaam, en als iemand dit geleerd had, dan was hij het. Hij vertelde over Ybón. Hoeveel hij van haar hield, en wat ze wel niet geriskeerd hadden met zijn tweeën, en dat ze ondertussen dezelfde dromen hadden en dezelfde woorden spraken. Hij vertelde hun dat haar liefde hem de kracht had geschonken om te doen wat hij gedaan had. En wat hij gedaan had, konden zij niet meer ongedaan maken. Hij zei dat het hun waarschijnlijk niets zou doen om hem te doden, en dat ze altijd gevoelloos zouden blijven en gevoelloze kinderen zouden voortbrengen. Tot ze oud en zwak werden, of op een andere manier de dood onder ogen moesten zien. Dan zouden ze voelen dat hij aan gene zijde op hen wachtte, en daar zou hij geen vetzak of sukkel of van liefde verstoken eenling zijn, maar een held. Een wreker. Want alles wat je kunt dromen (hij stak zijn hand op), dat kun je ook zijn.

Ze wachtten geduldig tot hij was uitgesproken en het donker hun gezichten tot vlekken had gemaakt, en toen zeiden ze: Luister, we laten je gaan als je ons zegt wat het Engels is voor fuego.

Vuur, zei hij. Het was eruit voor hij het wist.

Oscar...

8
Einde verhaal

Dat is het wel zo'n beetje.

We vlogen er weer heen om het lichaam op te halen. Buiten de familie was er niemand op zijn begrafenis, zelfs Al en Miggs niet. Lola huilde aan één stuk door. Een jaar later keerde de kanker van hun moeder terug en beet zich ditmaal vast. Ik ging zes keer met Lola mee naar het ziekenhuis. Volgens de artsen had ze nog een maand of tien, maar ze had het zelf al opgegeven.

Ik heb gedaan wat ik kon.

Meer had je niet kunnen doen, Mami, zei Lola. Maar ze wilde het niet horen. Draaide ons haar verminkte rug toe.

Ik heb gedaan wat ik kon, maar het was niet genoeg.

Ze werd naast haar zoon begraven. Lola droeg een zelfgeschreven gedicht voor en dat was dat. Stof zijt gij en tot stof zult gij wederkeren.

De familie nam tot viermaal toe een advocaat in de arm, maar het kwam nooit tot een aanklacht. De ambassade werkte niet echt mee. De regering ook niet. Voor zover ik weet woont Ybón nog altijd in Mirador Norte. Zal ook nog steeds wel in de Riverside dansen. La Inca verkocht na een jaar het huis en verkaste weer naar Baní.

Lola zwoer dat ze nooit meer terugging naar dat vreselijke land. In een van onze laatste nachten als novios zei ze: Tien miljoen Trujillos zijn we, en anders niet.

WAT ONS TWEEËN BETREFT

Ik had graag verteld dat Oscars dood ons samenbracht. Maar ik kreeg geen vat op mezelf. Na het halve jaar waarin ze haar moeder had nagelopen, beleefde Lola iets wat in astrologische kring de Terugkeer van Saturnus wordt genoemd. Op een dag belde ze en vroeg waar ik die nacht geweest was, en toen ik geen goed verhaal had, zei ze: Dag, Yunior, alle goeds.

Een jaar lang naaide ik alles wat los en vast zat en wisselde 'laat haar doodvallen' af met de narcistische hoop dat alles weer goed zou komen, zonder daar ook maar iets voor te doen. En toen ik in augustus terugkwam uit Santo Domingo, vertelde mijn moeder dat Lola een cubano had leren kennen in Miami, waar ze naartoe was verhuisd, en dat ze zwanger van hem was en trouwen ging.

Ik belde haar. Jezus, Lola, wat hoor ik nou?

Maar ze hing op.

EN NU

Meer dan tien jaar geleden is het nu, maar ik denk nog steeds aan hem. De ongelooflijke Oscar Wao. Al vanaf zijn dood heb ik een terugkerende droom waarin hij op de rand van mijn bed komt zitten. We zijn weer in Rutgers, in Demarest Hall – de plek waar wij altijd wel zullen blijven, denk ik. In die droom is hij niet mager, zoals op het eind, maar gigantisch dik. Hij wil met me praten, smacht naar een gesprek, maar ik kan geen woord uitbrengen en hij ook niet. Dus zitten we daar stilletjes.

Vijf jaar na zijn dood kwam er een tweede droom bij. Over hem of iemand die op hem lijkt. We staan op de binnenplaats van een kasteel dat tot een ruïne is vervallen. Die hele binnenplaats is gevuld met hoge stapels boeken, stoffig en oud. Hij staat voor me en draagt een boosaardig masker dat zijn hele gezicht bedekt, maar in de kijkgaten zie ik twee dicht bijeenstaande ogen die me maar al te bekend voorkomen. Hij houdt een opengeslagen boek voor me op en maakt een gebaar dat ik erin moet lezen. Ik herken dit, het is een scène uit een van die idiote films van hem, en ik begin weg te rennen. Maar hoe hard ik ook ren, hij blijft voor me staan, en na een tijdje valt me op dat zijn handen helemaal glad zijn, en de bladzijden van het boek leeg.

En dat de ogen achter dat masker me toelachen.

Zafa.

Maar soms loopt de droom anders. Dan kijk ik op, zie dat hij geen gezicht heeft en word met een gil wakker.

DE DROMEN

Het was *geen* goede periode, die tien jaar. Een en al rottigheid. Ik was alles kwijt. Lola, mezelf, alles. Maar op een ochtend werd ik wakker naast iemand om wie ik geen reet gaf, en mijn bovenlip zat vol coke-snot en coke-bloed, en ik zei: Oké, Wao, oké. Jij wint.

WAT MIJ BETREFT

Tegenwoordig woon ik in Perth Amboy, New Jersey. Ik geef creatief schrijven aan Middlesex Community College en bezit een eigen huis aan het hoge eind van Elm Street, niet ver van de staalfabriek. Het is niet het soort kast dat de bareigenaren kopen, maar ook geen krot. Mijn mededocenten vinden Perth Amboy maar een gribus, maar dat moeten zij weten.

Een docentschap, een huis in New Jersey, het is niet echt het leven waar ik als jongen van droomde, maar ik voel me er redelijk wel bij. Ik heb een vrouw die ik aanbid en die mij aanbidt, een negrita uit Salcedo die ik eigenlijk niet verdien. Soms, heel soms, hebben we het over kinderen, en er zijn momenten waarop het idee me aanspreekt. Ik zit niet meer achter de vrouwen aan. Niet vaak meer, tenminste. Als ik niet college geef of mijn honkbalteam coach of me in het zweet werk in de sportschool of met het vrouwtje op de bank hang, zit ik in mijn werkkamer te schrijven. De laatste tijd schrijf ik zelfs veel. Van de vroege donkere uurtjes tot de late donkere uurtjes. Heb ik van Oscar geleerd. Ik ben een nieuw mens, namelijk, een nieuw mens, een nieuw mens.

EN WAT ONS BETREFT

Geloof het of niet, maar we staan weer op goede voet met elkaar. Een paar jaar terug is ze met Ruben the Cuban en hun dochtertje terugverhuisd. Verkochten hun huis in Miami, kochten er een in Paterson en reizen nu de hele wereld rond. (Ik hoorde het nieuws van mijn moeder, bij wie Lola nog altijd langskomt, want Lola blijft Lola.) Soms, als de sterren gunstig staan, loop ik haar tegen het lijf. Bij demonstraties, in de boekhandels waar we altijd kwamen, of op straat in NYC. Soms is Ruben the Cuban bij haar, soms niet. Maar haar dochtertje is er altijd. De ogen van Oscar. Het haar van Hypatía. Slim, levendig kind. Er ontgaat haar niets. Leest ook veel, als ik Lola mag geloven. Zeg Yunior eens gedag, zegt Lola tegen haar. Hij was je tío's beste vriend.

Dag tío, zegt ze.

Nee, je tío's *vriend*, corrigeert Lola.

Dag tío's vriend.

Lola's haar is nu lang en nooit meer sluik. Ze is zwaarder, oogt minder argeloos, maar blijft de cigüapa van mijn dromen. Maar altijd blij dat ze me ziet. Geen spoortje wrok meer, entiendes?

Hoe gaat het met je, Yunior?

Prima, en met jou?

De hoop is allang vervlogen, maar ik heb jaren gedroomd dat het nog te lijmen was, dat we weer net als vroeger in bed zouden liggen, met de plafondventilator aan, en de kringelende rook van onze weed, en dat ik eindelijk de woorden probeerde te zeggen die ons konden redden.

... ...

Maar voor ik ze kan vormen word ik wakker. Mijn gezicht is nat van het zweet. En zo weet je dat het nooit meer zou kunnen.

Nooit meer.

Maar zo erg is het niet hoor. Als we elkaar tegenkomen, lachen we, praten we, zeggen we om beurten de naam van haar dochtertje.

Ik vraag nooit of haar dochtertje al dromen heeft. Ik praat nooit over vroeger.

Als we in gesprek raken, gaat het altijd alleen maar over Oscar.

Bijna klaar. Nog een paar dingen, dan zal Uw Aandachtige Waarnemer zijn kosmische plicht vervuld hebben en kan hij zich weer terugtrekken in het Blauwe Gebied op de maan, om tot het einde der tijden te zwijgen.

Zie me dat prachtige meisje toch eens, onze muchachita, Lola's dochtertje. Donker en speersnel. In de woorden van haar overgrootmoeder: una jurona. Met wat meer zelfbeheersing had ze mijn dochtertje kunnen zijn. Met wat meer... Maar daar is ze me niet minder dierbaar om. Ze klimt in bomen, ze schuurt haar kont tegen de deurpost, ze oefent malapalabras als ze denkt dat niemand luistert. Spreekt zowel Spaans als Engels.

Noch Billy Batson, noch Captain Marvel, maar de bliksemschicht zelf.

Een gelukkig kind, voor zover ze dat kunnen zijn. Blij!

Maar aan een koordje om haar hals: niet één, niet twee, maar drie azabaches. Die welke Oscar droeg als baby, die welke Lola droeg als baby, en die welke Beli van La Inca kreeg toen die haar een Wijkplaats bood. Drie afweermiddelen tegen het Boze Oog, dagelijks aangevuld met een gebedenreeks van heb ik jou daar. (Lola nam geen halve maatregelen: zowel mijn moeder als La Inca zijn madrina van het kind.) Veiligheid voor alles.

Maar op een dag zal de Kring doorbroken worden.

Want dat worden Kringen nu eenmaal.

En dan zal ze voor het eerst dat woord horen: *fukú*.

En zal ze dromen van de Man Zonder Gezicht.

Nu nog niet, nog lang niet, maar ooit gebeurt het.

En als ze een ware telg van de familie is (en ik vermoed van wel), dan zal ze op een dag haar angst afwerpen en op zoek gaan naar antwoorden.

Nu nog niet, maar ooit gebeurt het.

Op een dag wordt er onverwachts op mijn deur geklopt.

Soy Isis. Hija de Dolores de León.

Allemachtig! Kom binnen, chica, kom binnen!

(En het zal me opvallen dat ze nog altijd haar azabaches draagt. En ze heeft de benen van haar moeder, en de ogen van haar oom.)

Ik zal haar iets te drinken inschenken, en mijn vrouw gaat haar speciale pastelitos bakken. Ik zal zo luchtig mogelijk naar haar moeder informeren, en ik pak de foto's van weleer, waar we met zijn drieën op staan. En later op de avond neem ik haar mee mijn kelder in en open er de vier oude koelkasten waarin ik de boeken van haar oom bewaar, zijn games en spelen, zijn manuscripten, zijn strips, zijn papieren. Geen betere bescherming tegen brand, aardbevingen of wat dan ook, dan een ouwe koelkast.

Een lamp, een bureau, een bed – ik heb het allemaal al in gereedheid.

Hoe lang ze bij ons blijft?

Zo lang als nodig is.

En misschien, heel misschien, als ze net zo slim en moedig is als ik denk dat ze zal zijn, neemt ze alles in zich op wat wij meegemaakt en geleerd hebben, en voegt ze daar haar eigen inzichten bij, en zorgt ze ervoor dat het voorgoed ophoudt.

Dat is wat ik op mijn beste dagen hoop.

Maar er zijn ook mindere dagen, waarop ik moe ben en somber. Dan blijf ik tot diep in de nacht achter mijn bureau zitten, slapeloos, en blader door Oscars beduimelde Watchmen-omnibus – een van de weinige dingen die hij meenam op zijn Laatste Reis, een van de weinige dingen die we vonden en mee terug namen. Een van zijn dierbaarste bezittingen. Ik blader erdoorheen tot ik bij het laatste, huiveringwekkende hoofdstuk kom – 'A Stronger Loving World'. Een van de plaatjes heeft hij driemaal omkringeld, met dezelfde krachtige halen die zijn laatste brieven kenmerkten. Oscar, die *nooit* in zijn boeken en strips knoeide. Het is het plaatje waarin Adrian Veidt en Dr. Manhattan hun laatste gesprek hebben, nadat het mutantenbrein New York City heeft vernietigd, nadat Dr. Manhattan Rorschach heeft gedood, nadat Veidts plan om 'de wereld te redden' is geslaagd.

Veidt zegt: Ik heb juist gehandeld, nietwaar? Uiteindelijk is alles toch nog goed gekomen.

En het antwoord van Manhattan, vlak voordat hij ons universum verruild voor het zijne, luidt: Uiteindelijk? Niets komt ooit ten einde, Adrian. Niets komt ooit ten einde.

De laatste brief

Vlak voor het eind heeft hij nog post verstuurd. Een stel ansichtkaarten met wat luchtigheden. Op die voor mij noemt hij me Count Fenris, en hij raadt me de stranden van Azua aan, mocht ik die nog niet kennen. De kaart voor Lola heeft als aanhef: Mijn Lieve Bene Gesserit Heks.

Maar dat was niet alles. Acht maanden na zijn dood werd er in Paterson een pakket bezorgd (*acht* maanden, exprespost op zijn Dominicaans). Er zaten hoofdstukken in van zijn onvoltooid gebleven meesterwerk, het scifi-vierluik met de titel *Starscourge*, en een lange brief aan Lola – waarschijnlijk het laatste wat hij voor zijn dood geschreven heeft.

In die brief vertelde hij over zijn research en over het nieuwe boek waar hij aan werkte, een manuscript dat hij haar apart zou toesturen. Je doet er goed aan die tweede zending te lezen, schreef hij. Hij bevat alles wat ik hier de laatste weken geschreven heb, alles wat je volgens mij moet weten. Lees het allemaal maar en je begrijpt waarom. (*De remedie voor al wat ons kwelt*, stond er in de kantlijn bij gekrabbeld.)

Maar de pest was: die tweede zending kwam nooit! Zoekgeraakt tussen de DR en de VS, of hij had het nog niet verstuurd toen hij werd vermoord, of misschien heeft hij de versturing aan iemand anders overgelaten, die het vergat.

Eeuwig zonde, maar die brief bevatte ook het nodige spektakel. Zo bleek het hem na ons vertrek toch nog gelukt te zijn om Ybón mee te krijgen op een uitje! Hij had een heel weekend met haar doorgebracht in een strandhuis in Barahona (had ze gedurfd omdat de capitán 'voor zaken' weg moest). En raad eens wat? Ze hadden *geneukt*. God zij geloofd en geprezen!

Hij schreef dat het hem uitstekend bevallen was. En dat Ybóns jeweetwel anders had gesmaakt dan hij verwachtte. Ze smaakt naar Heineken, liet hij weten. Hij schreef dat ze de hele tijd bang was geweest dat de capitán hen zou betrappen. Op een nacht was ze met een ruk overeind gekomen en had *Hij is hier!* geschreeuwd. En Oscar had hem ook gezien en was uit bed gesprongen om zich manmoedig op de indringer te werpen en toen pas te merken dat het geen indringer was maar het schildpaddenschild dat als decoratie aan de muur hing. Brak zowat mijn neusbeen! Hij schreef dat Ybón haartjes had tot aan haar navel, en dat ze scheel keek bij de penetratie. En dat hij de seks als zodanig nog niet eens het mooiste had gevonden. Wat hem vooral had getroffen waren de kleine intieme dingetjes die hij nooit had kunnen bevroeden. Zien hoe ze haar haar zat te kammen, of schoon ondergoed pakte, of naakt naar de badkamer liep. Of dat ze zomaar op zijn schoot kwam zitten en haar gezicht in zijn hals drukte. De intimiteit van naar haar luisteren als ze over haar kindertijd vertelde, of zoals zij luisterde toen hij vertelde dat hij nog maagd was geweest. Hij vond het godgeklaagd, schreef hij, dat hij zo godverdomde lang op dit soort dingen had moeten wachten. (Ybón had gezegd dat hij het geen wachten moest noemen. O nee? Hoe moet ik het dan noemen? Nou, had ze gezegd, noem het... leven.) Hij schreef: Dus dit is waar iedereen het altijd over heeft. Diablo, had ik dat maar eerder geweten. De schoonheid, zeg, de schoonheid!

Dankbetuiging

Mijn dank gaat uit naar:

El pueblo dominicano. En naar Hen Die Over Ons Waken.

Mi querido abuelo Osterman Sánchez.

Mi madre, Virtudes Díaz, en mis tías Irma en Mercedes.

Meneer en mevrouw El Hamaway (die me mijn eerste woordenboek gaven en me lid maakten van de Science Fiction Book Club).

Santo Domingo, Villa Juana, Azua, Parlin, Old Bridge, Perth Amboy, Ithaca, Syracuse, Brooklyn, Hunts Point, Harlem, el Distrito Federal de México, Washington Heights, Shimokitazawa, Boston, Cambridge, Roxbury.

Elke leraar die aardig tegen me was, elke bibliothecaresse die me boeken aanbeval. Mijn studenten.

Anita Desai (die me mijn baantje aan de MIT bezorgde – heb ik je nooit genoeg voor bedankt, Anita); Julie Grau (wier vertrouwen en geduld dit boek voortbrachten) en Nicole Aragi (die elf jaar lang haar geloof in me behield, zelfs als ik het zelf kwijt was).

The John Simon Guggenheim Memorial Foundation, the Lila Wallace-Reader's Digest Fund, the Radcliffe Institute for Advanced Study van Harvard University.

Jaime Manrique (omdat hij de eerste schrijver was die me serieus nam), David Mura (omdat hij de Jedi-meester wilde zijn die me de Weg toonde), Francisco Goldman ofwel de Beruchte Frankie G (omdat hij me naar Mexico bracht en erbij was toen het begon), Edwidge Danticat (omdat ze mi querida hermana is).

Deb Chasman, Eric Gansworth, Juleyka Lantigua, Dr. Janet Lindgren, Ana María Menéndez, Sandra Shagat en Leonie Zapata (omdat ze het wilden lezen).

Alejandra Frausto, Xanita, Alicia Gonzalez (voor Mexico).

Oliver Bidel, Harold del Pino, Victor Díaz, Victoria Lola, Chris Abani, Juana Barrios, Tony Capellan, Coco Fusco, Silvio Torres-Saillant, Michele Oshima, Soledad Vera, Fabiana Wallis, Ellis Cose, Lee Llambelis, Elisa Cose, Shreerekha Pillai, Patricia Engel (voor Miami), Lily Oei (die er de beuk in gooide), Sean McDonald (die er een punt aan draaide).

Manny Perez, Alfredo de Villa, Alexis Peña, Farhad Ashgar, Ani Ashgar, Marisol Álcantara, Andrea Greene, Andrew Simpson, Diem Jones, Denise Bell, Francisco Espinosa, Chad Milner, Tony Davis en Anthony (voor een goed heenkomen).

MIT. Riverhead Books. *The New Yorker*. Alle scholen en instellingen die me steunden.

De familie: Dana, Maritza, Clifton en Daniel.

De Hernandez-clan: Rada, Soleil, Debbie en Reebee.

De Moyer-clan: Peter en Gricel. En Manuel del Villa (rust in vrede, Zoon van de Bronx, Zoon van Brookline, Echte Held).

De Benzan-clan: Milagros, Jason, Javier, Tanya, en de tweeling Mateo y India.

De Sanchez-clan: Ana (die altijd klaarstond voor Eli) en Michael en Kiara (die haar terugnamen).

De Piña-clan: Nivia Piña y mi ahijado Sebastian Piña.

De Ohno-clan: Dr. Tsuneya Ohno, mevrouw Makiko Ohna, Shinya Ohno, en Peichen natuurlijk.

Amelia Burns (Brookline en Vineyard Haven), Nefertiti Jaquez (Providence), Fabiano Maisonnave (Campo Grande en São Paulo), en Homero del Pino (die me als eerste naar Paterson bracht).

De Rodriguez-clan: Luis, Sandra, en mijn peetdochters Camila en Dalia (ik hou van jullie).

De Batista-clan: Pedro, Cesarina, Junior, Elijah y mi ahijada Alondra.

De Bernard-De León-clan: Doña Rosa (mi otra madre), Celines de León (ware vriend), Rosemary, Kelvin en Kayla, Marvin, Rafael (alias Rafy), Ariel, en mijn maatje Ramon.

Bertrand Wang, Michiyuki Ohno, Shuya Ohno, Brian O'Halloran en Hisham El Hamamay, voor hun steun aan het begin.

Dennis Benzan, Benny Benzan, Peter Moyer en Héctor Piña, voor hun steun aan het eind.

En Elizabeth de León, die me uit het diepe duister leidde en me het licht schonk.

Glossarium van het Dominicaanse Spaans

Om de lijst niet onhanteerbaar lang te maken, heb ik er geen woorden in opgenomen die iedereen kent of kan afleiden uit de context (u weet vast wel wat *puta* betekent, u snapt vast wel wat *toto* betekent) – de vertaler.

abuelo, abuela – opa, oma
acabarse – sterven, eindigen (casi la acabaron: ze was er bijna geweest; se acabó: het is over)
alguien – iemand, ook in de zin van 'iemand die iets voorstelt'
azabache – klein amulet van zwart barnsteen
Azua – provincie in het zuiden van de DR
bacalao – stokvis
baká – idioot, krankjorem; krankzinnige
barrio – buurt, wijk
batey – kamp voor (Haïtiaanse) dagloners op een suikerplantage
beba – mooie vrouw, 'babe'
belleza – mooie vrouw
bendecir – zegenen (que Dios te bendiga, of het informelere bendición: God zegene je)

bien plantado – knap van uiterlijk
bochinche – tumult
borracho, borracha – zuipschuit (m/v)
bracero – dagloner, plantagewerker
bruja – tovenares, helderziende vrouw
bruto, bruta – stom; stommeling (m/v; yo soy prieta, pero no soy bruta: ik ben wel zwart, maar niet achterlijk)
burro – ezel, ook als scheldwoord
caballo – paard; slang voor heroïne ('horse')
cabeza dura – koppig, halsstarrig (una cabeza dura: een stijfkop)
calidad – kwaliteit (gente de calidad: mensen van niveau)
calie – politiespion
callejón – steeg
campo – platteland
capaz – capabel, geschikt
caracaracol – behendigheid, 'gevoel'
carajo – verdomme
chabine – mulat met groene ogen en rood of blond kroeshaar
Cibao – vallei in het noorden van de DR; de belangrijkste landbouwstreek
cigua – palmtapuit (*Dulus dominicus*), een zangvogeltje
cigüapa – bergnimf uit het Dominicaanse volksgeloof
clavo – spijker (clavo saca clavo: 'de ene spijker drijft de andere uit')
cocolo – nikker, roetmop
colmado – kleine supermarkt annex eettent en bar
concho – motorfietstaxi
coño – kut (ook als scheldwoord en uitroep)
corona – (stralen)krans
criada – 'dienstmeisje' (in feite: kindslaaf)
cuero – slet
cuidate – zorg goed voor jezelf (als groet, vgl. 'take care')
culo – kont (cómeme el culo: 'lik me reet')

delincencia – criminaliteit
desgraciado – stumper, mislukkeling
diabluras – streken, kattenkwaad
diosa – godin
dulce de coco – gekonfijte kokos
escuela – school
exigente – veeleisend
fea – lelijke meid, mormel, etc.
fuera – in het buitenland, over de grens
flaquita – magere meid
fulano – 'die en die', 'hoe heet-ie ook weer', dinges
galleta – tik, mep (galletazo is hier de vergroting van)
gordo, gorda – dik; dikzak (gordo asqueroso: walgelijk dik; gordita: dikkerdje)
guagua – bus
guapo, guapa – knap, mooi; knappe vent, mooie meid
guaraguarao – inheemse haviksoort (Antonio de la Maza: Deze guaraguarao zal geen kuikens meer verschalken)
güey – gozer
hijo, hija – zoon, dochter (informeel: jongen, meisje)
huevos – kloten, testikels
jabao – mulat
jefe – chef, baas
jeringonza – flauwekul
jodido – klote, waardeloos
juron – mangoest (en wel de Indische mangoest, *Herpestes auropunctatus*, die in de 19e eeuw geïntroduceerd werd om de suikerrietvelden vrij van slangen en knaagdieren te houden)
ladron – dief, boef (ladronazo is hier de versterking van)
lameculos – kruiper, 'kontlikker'
La Zurza – straatarme en zwaar vervuilde stad nabij Santo Domingo
Liborio – een sjamaan en sekteleider die begin 20e eeuw over de grensstreek met Haïti heerste

madrina – peetmoeder
malapalabra – scheldwoord
maldito – verdomde, vervloekte
maricón – flikker, mietje
mesera – serveerster
meter – in doen; slang voor neuken (coje esa chica y metéselo: pak die meid en steek 'm erin)
milagro – wonder
moreno, morena – neger, negerin
mudo, muda – stomme (m/v)
nigua – schadelijke zandvlooiensoort (es mejor tener cien niguas en un pie que un pie en Nigüa: 'liever honderd niguas in je voet dan één voet in Nigüa')
novio, novia – verloofde; vaste vriend, vriendin
pájaro – sulletje, sukkel
paliza – afgang
pana – vriend, kameraad
peledista – lid van de centrumrechtse PLD (Partido de la Liberación Dominicana)
pelota – Dominicaanse naam voor honkbal (de nationale sport)
pendejo, pendeja – sufferd, trut (amor de pendejo: dwaze liefde)
pequeño, pequeña – klein kind
perejil – opsmuk, valse schijn
Perico Ripiao – de oervorm van de merengue, uit de Cibao (de naam, 'verscheurde papegaai', verwijst naar een bordeel in Santiago, waar de muziek voor het eerst zou zijn gespeeld)
plátano – banaan; slang voor latino ('bananenvreter')
pobrecita – sufferdje, arme ziel
popóla – kutje; seks
por supuesto – natuurlijk
preocupar – zich zorgen maken (no te preocupas, te traigo: maak je geen zorgen, ik breng je)
prieto, prieta – zwart; zwarte

pulpería – bazaar
pulpo – octopus
quemado, quemada – verbrande
querido, querida – schatje, lieverd
quíen – wie
Quisqueya – naam van de Taíno ('Wereldmoeder') voor het eiland Hispaniola
ripio – pik
saber – weten (que sé yo: wat weet ik; 'weet ik het?')
salvaje – barbaar
sapo, sapa – sukkel, onbenul
SIM – Servicio de Inteligencia Militar, Trujillo's Geheime Politie
sucio, sucia – vies, obsceen; viezerik (m/v)
sureño, sureña – zuiderling (m/v)
Taíno – indianenvolk (de naam betekent 'goede mensen') dat door Columbus op Hispaniola werd aangetroffen, waarna de Spanjaarden het in slavernij brachten, vrijwel uitroeiden en vervingen door negerslaven
taxista – taxichauffeur
tener – hebben, vasthouden (ya te tengo: ik heb je!)
tesoro – schat (als in 'goudschat')
tetúa – vrouw met grote borsten
tío, tía – oom, tante
todologo – alweter
todopoderoso – almachtig
váyanse – hoepel op, wegwezen
vecino – buur
vergüenza – schaamte (sinvergüenza: schaamteloosheid, zondigheid)
viejo, vieja – grijsaard, ouwetje
yara – pas op, kijk uit
zafra – de oogsttijd van het suikerriet